谨以此作为父母祈福，为父母未了心愿传承之

张波 小说散文自选集

# 老爷子的西皮二黄

张波 著

南京师范大学出版社

# 序一

六十岁,该是人生立言之时,但这立言必在立行、立德之中方能大彻大悟。作者是我的同事、老乡、忘年之交,在他行将跨入六十,这一人生极有总结价值的一章时,推出了他的立言之作《老爷子的西皮二黄》,嘱我作序,脑中便浮上杨绛的一句话——"我们曾如此渴望命运的波澜,到最后才发现:人生最曼妙的风景,竟是内心的淡定与从容。"

作者的系列小说、散文、诗歌、随笔,当是他人品、艺品、书品的折射。灯下读罢,挥不去的是浓郁的亲情、乡情、友情,还有针砭时弊的投枪,艺坛攀登的足迹,西皮二黄的回响。诚如徐志摩所说:"我将于茫茫人海中寻访我唯一之灵魂伴侣,得之,我幸。"

《老爷子的西皮二黄》是他最看重的一页,他选择其作为书名,并作为献给影响并塑造他独立人格的慈父之特别祭礼。小说真实地描述了那段扭曲而伤感的岁月,刻画了一位有正义感的老革命文艺工作者,含辛茹苦经营剧团,却遭打击迫害,冤屈而逝的悲剧故事。小说结尾留下了苦涩而沉痛的一笔:追悼会没有播放哀乐,那西皮二黄像是从老爷子嗓子里挤出的几番无奈,几声悲怆。

他从旧人往事中寻觅"城市过往的回声",那热气腾腾的"大澡堂子"和"老宴春早茶",那难以忘怀的"母子播音那时光""老家小巷""老同学"和"家长会";因为他是位艺术的多面手,自然便会有"琴房曾是我们的青春小屋,黑白琴键曾是我们成长的阶梯"的感慨;"后台"的探秘,"话剧不孤单"的信念安放;对《战马》《老炮儿》《伪装者》等剧作的中肯点评;也因为他是位具有诗人气质的男子汉,故会发出"我不忍见到酒哭者,女人尚有美感,男人酒哭不如去死"的豪言,写下"夜将天色抹黑/想掩盖白天的污秽/留下星星点点/让失眠人与心里的灯相会"的诗句。

  这是一册专属于他的心灵约会,也是他敞开胸襟的一种圆润而不腻耳的音响,一种不再需要对别人察言观色的从容,一种不理会喧闹的微笑,一种无需声张的厚实。愿他像《放生》一般,潇洒地面对未来。

戴晓权 2016 春于美国亚特兰大寓所

# 序二

我一直这样以为,一个真正热爱艺术懂得生活的人,灵魂里一定根植着一种基因,这种基因让他们善于发现周围环境的细节,并且懂得在内心深处思考,将感悟化为自身的营养从而为己所用,然后渗透自己的品味再从自身气质中淋漓尽致地散发出来。所以,注重交往过程中的细节无时不反映人们对生活的态度,对世人的关注,对他人人格的尊重!就因为生活中的许多细节常常是平凡的、具体的、零散的,因此,常常会被人们忽略,但是它们在生活中的作用却是不可估量的。

毫不夸大地讲,作者就属于上述那种艺术造诣深邃、知识鸿博、注重人文细节、敬重他人的虚怀若谷之人。

回望岁月中,每每与之相见,不管是相约在同城的某间茶社品茗,还是在异地他乡不期邂逅,他总是那般的悫诚扑面、贵雅爽人,永远让你浸润在那种宾至如归的感动中。

2010年4月因作者盛情相邀,我和妻子驱车前往美丽富饶、风光如画之地——天目湖畔的溧阳,观赏他为该市茶叶节开幕式执导的《山、水、茶、竹》大型文艺晚会。记得,晚会是在新落成的溧阳市体育馆内举行,晚上七点半晚会准时拉开帷幕,可早在傍晚时分,近三千席位的体育馆内就已经座无虚席。当天溧阳城内的人们纷纷奔走相告,熙熙攘攘的人群挤得体育馆内外几乎水泄不通。许多没有买到入场券的人,仍然逗留在体育馆的外面,久久不肯离去,我曾问一位没有买到入场券的中年男子,为何这么虔诚地想看这场文艺晚会呢?他答:"在我们溧阳市从来没有举办过这样大型的文艺晚会,而且还听说是省城来的张波导演的晚会,所以我确实想看。"我问,为什么这么喜欢张导演呢?答:"我们这里很多人都喜欢张导演的艺术风格,在许多年前,他导演的《非常周末》电视节目我们溧阳人都特别喜欢看,我自己家里人几乎一集不落……"他一边跟我侃侃而谈,一边双眸紧盯着体育馆的入场口,似乎巴望着有谁能来退一张入场券。

望着他有些若然所失的目光,我的心里蓦然泛起一阵莫名的怅惘。近两个半小时的晚会在精彩纷呈、高潮迭起的节目中取得了空前圆满的成功!用当地新闻媒体的话说,这是一次以艺术推动和拓展农产业的盛会,这是一次检阅与歌颂茶文化的辉煌典礼。诚然,面对这众人瞩目的荣誉和赞美,张波依然故我地谦逊淡定,他总是以人与人之间精神永远是平等的情怀,面对大众、面对朋友,从不以名人或艺术家身份居功自傲。不管是在舞台艺术方面,还是在文学创作方面,无论取得多少次的成功和奖励,他都是那样的温雅从容,从未见他虎着脸"端"起来过……有时与朋友们在一起品茗,我会情不自禁善意地调侃他是个"五好"男人:朋友的好兄弟、妻子的好丈夫、孩子的好父亲、单位的好同志、父母的好儿子。

镇江是作者的故乡,也理所当然地成了他的一群挚友的第二故乡,每到国家法定节假日,张波一定会邀请三五好友回镇江度假。每次去镇江,好客的张波和故乡的一群乐善好施的亲朋好友,总是不厌其烦,把你敬若上宾,导游古刹,踏足名胜,观展书画金石,瞻仰人文地志。临别时一定要邀请您去西津古渡口,品尝几碗当年乾隆皇帝钦点的,名扬天下的京口——锅盖面。

我是一名电影技术工作者,却在生活中有幸结交了一群艺术家为友,在这群艺术家中张波与我极为投缘,彼此来往频繁。我真切地感受到与其相交,给我的人生与生活,增添了难以计数的快乐与幸福感知。他不仅人品贵重面慈心善,更是一名才华横溢、涉猎多种艺术领域的艺术家,在众多的艺术角色中,他都能转换得轻松自如,功力非凡。他可以编排执导一场国家级水平的综艺盛会;他可以不知疲倦,灵感如泉涌般地创作一部部脍炙人口的散文、小说;他可以用其高亢华丽、极富穿透力的男高音征服舞台。他还用他那字正腔圆的嗓音,在艺术院校的讲台上,为学生们教授创意与策划、电视与演艺、运作与执行。借此,传授艺术如何与市场经济规律相容相得的秘笈。鉴于他对江苏的电视、舞台艺术作出的突出贡献,先后被若干所艺术院校聘为常年客座教授。

  如今,张波又作为一名作者,为了却自己多年的一个夙愿,动笔以其父亲生前的艺术工作与生活为原型,以饱含对父亲深切缅怀之情,以细腻质朴的笔触,清晰、真实感人的情节,创作书名为《老爷子的西皮二黄》文学自选集,并在第一时间将初稿发送给戴晓权先生和我阅读。记得阅读初稿时,多次为之扼腕叹息,为之黯然神伤,为之潸然泪下。是幸或不幸?! 五味杂陈,悲喜交集。心头久久地回味着小说中那些跌宕泣唱的情节,被隐喻千年的名诗绝句叩问着心房,怆然吟出"天若有情天亦老,情若无憾情补天"。作者以其深厚洗练的文学功力,款款真情,娓娓道来。相信会给每一个经历过那段蹉跎岁月的读者,留下无限浩瀚的遐思与不忘。

  2015年5月10日是母亲节,从微信里拜读了张波为纪念母亲节写的一首感心动耳、肝肠回旋的诗篇:

  小时候,母亲是儿女的温床,
  怀里能躺,美梦能长,
  ……
  母亲能容下你儿时的娇嗔,
  母亲能咽下你碗里的残羹剩汤,
  ……
  母亲健在时,家才有家的天伦,
  家才有家族的气场。
  ……
  弥留时,母亲用无声的目光和呼吸传承着母爱的余温,儿女情长。
  ……
  母亲离开时,
  家少了家的顶梁,

家更是一片空荡。

古人云:"不爱其亲而爱他人者,谓之悖德;不敬其亲而敬他人者,谓之悖理。感恩之心源于孝。"如前所述,作者在家里是一个街坊四邻公认的孝子,是一个值得父母骄傲的好儿子,常常从他撰写的许多回忆母亲的文章中,能清晰地解读出母亲对他一生在艺术方面的成长,起到了无可估量的作用。正如英国诗人乔治·赫伯特所说:"一位好母亲抵得上一百个教师。"的确,一个母亲的格局、智慧和品行影响和牵引着整个家族的运势和门风。作者用他为人瞩目的艺术成就和拳拳赤子心,耿耿桑梓情的浩然之气告慰着远行的父母,并仿佛听到他默默地祈祷:大爱无形,母爱无边!

或许我们不是精神贵族的后代,但我们有责任成为精神贵族的祖先。

作者是个不拘泥于形式、心地慈善、率性耿直的男人,他的文学修养与艺术风格之所以硕果丰富,多姿多彩,最终赢得数以千万计观众的掌声(如20世纪90年代,张波在江苏电视台执导的《非常周末》综艺节目,每到周末节目播出,江苏境内的城市,可谓万人空巷,人人争先一睹为快),就在于他随心而发、随感而动。用舞台、用歌声、用作品、用情节来艺术人生,赞美生活。

有一天,作者在电话里告诉我,说他近期准备出版一部文学自选集,以《老爷子的西皮二黄》为主线牵索整部专集,要我为这部专集写序。作为休戚与共的挚友,此事责无旁贷。于是从与张波同舟的岁月中,塞塞窣窣地找寻如上所述的平凡生活的记忆碎片。此刻耳旁蓦然响起诗人李商隐那首无题诗中的千古绝句:"心有灵犀一点通!"以此搁笔为序或随心感言,是敬更是真心喜欢。

熊克明 2016 年春于金陵

# 目 录

序一 （戴晓权）
序二 （熊克明）

## 小 说
### 中篇小说
  老爷子的西皮二黄   3
### 短篇小说
  蓝旗街相信爱情   52
  不美的青春痘   70
  倦鸟   88
  那栋楼的那扇窗……   97
### 微小说
  二线   101
  "狗镇"镇长   106
  一桌人   109
  晚节   112
  人往高处走   115
  艺考官老汤   120

## 散 文
  最怀念，母子播音那时光……   127

| | |
|---|---|
| 往事"非周" | 134 |
| 梦回乌镇 | 141 |
| 三亚,那片海 | 146 |
| 文学:我青春期的一首哼鸣曲 | 150 |
| 陈姨 | 155 |
| 续写《陈姨》 | 159 |
| 书缘 | 162 |
| 为二老祝寿文 | 170 |
| 老家小巷 | 175 |
| 那时雪漫 | 180 |
| 戏痴·郝光 | 184 |
| 回顾雪珍 | 189 |
| "韶叔"是一部长书 | 193 |
| 不老的"同学会" | 198 |
| 老同学 | 207 |
| 下矿 | 213 |
| 蒸发不去的念想 | 218 |
| 长篇广播评书之——观音桥巷55号 | 225 |
| 老杨·积山 | 234 |
| 广播里的那个女孩…… | 239 |
| 哦,文工团 | 243 |
| 校园里的水杉树 | 246 |

## 随 笔

### 影 评

| | |
|---|---|
| 炸响了的"老炮儿" | 253 |
| 人性"动物城",上演"动态疯狂" | 256 |
| 做一个有情怀的"勺子" | 259 |

　　　　英雄也问出处　　　　　　　　　　　　　　*262*

## 剧　评

　　　　大声喊出《生命中的好日子》　　　　　　*265*
　　　　《战马》催泪，话剧喜人　　　　　　　　*268*
　　　　话剧不孤单，信念可安放　　　　　　　　*271*
　　　　追剧《伪装者》　　　　　　　　　　　　*274*
　　　　话剧"龙门"，传奇"客栈"　　　　　　　*276*
　　　　林中小鹿，亮丽《重逢》　　　　　　　　*280*

## 杂　谈

　　　　仁老男人　　　　　　　　　　　　　　　*282*
　　　　小城歌友　　　　　　　　　　　　　　　*286*
　　　　老外　　　　　　　　　　　　　　　　　*304*
　　　　老戴·耀明　　　　　　　　　　　　　　*306*
　　　　大澡堂子　　　　　　　　　　　　　　　*309*
　　　　古城墙里藏书屋　　　　　　　　　　　　*314*
　　　　老宴春早茶　　　　　　　　　　　　　　*318*
　　　　掼蛋　　　　　　　　　　　　　　　　　*320*
　　　　席卡　　　　　　　　　　　　　　　　　*323*
　　　　后台　　　　　　　　　　　　　　　　　*325*

## 微随笔

　　　　城市过往的回声　　　　　　　　　　　　*331*
　　　　一地鸡毛　　　　　　　　　　　　　　　*336*
　　　　唠叨　　　　　　　　　　　　　　　　　*341*
　　　　乐子　　　　　　　　　　　　　　　　　*347*
　　　　街头歌手　　　　　　　　　　　　　　　*350*
　　　　老花眼里的这个，那个……　　　　　　　*354*
　　　　玩票　　　　　　　　　　　　　　　　　*358*

| | |
|---|---|
| 朋友没有圈:速写身边人 | 363 |
| 涂在拉啡里的鸦 | 371 |
| 幕后 | 377 |
| 失失落落 | 387 |
| 漫咖·蓝湾·烟斗 | 390 |
| 不见桥的狮子桥 | 393 |
| 晨语生日 | 400 |
| 年味儿…… | 411 |
| 唠哩唠叨跨新年 | 415 |
| 微群联想 | 418 |
| 晨语:春尽江南 | 429 |

**后　记**　　　　　　　　　　　434

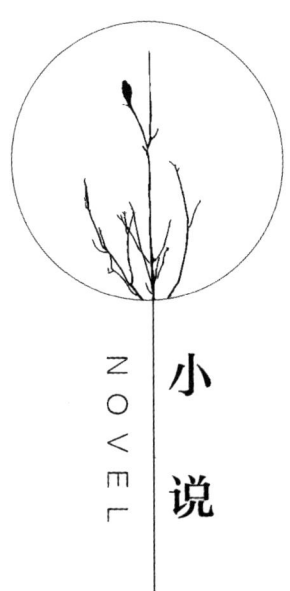

小说
NOVEL

中篇小说

# 老爷子的西皮二黄

(一)

老爷子有七分是被人们给叫老了的,叫得他五十刚出点儿头便干瘦干瘦的,脸色土灰。老爷子姓庄,名人华,剧团人嘴缺,私下里编了句当年的顺口溜:"庄人华,庄人华,满嘴不剩一颗牙",考究地说,应该是满嘴没有一颗真牙。

老爷子不光生得老相,就连用的、穿的、喜好的还尽是些老气横秋的玩意儿,一年四季起码有三个季节穿着老式深藏青中山装,踩着黑色粗布鞋。整天不离手的,是那杆儿黄铜水烟枪,见天儿"咕嘟、咕嘟"的吞吐着说香不香、说辣不辣、说冲不冲的水蒸气。谁要想存心套上与老爷子的近乎,只需往他那杆水烟袋上找话茬儿,他也只需用早被鱼尾纹编织成一张网的老花眼瞥上你一眼,就能咂摸出你那点儿花花肠子:"咋的,不想来上一口?"老爷子假牙缝里只要挤出这么个意思,得——你想套的近乎就算摸着门儿了。

套上近乎,老爷子会教会你品味儿:"烟从水过,烟味醇和,乾隆年间的陆耀的《烟谱》里曾说,先含水在口,故烟性虽烈而不受其毒……"

老爷子凭着一把子资历,牛气得小城从上到下拿他软硬不是、轻重不得。堂堂一个市文化局能搁得下他庄人华。他也算是局里一块儿金光灿灿的金字招牌——老爷子的履历表上和档案袋里赫赫然写着一溜儿的不凡艺术历练：20世纪50年代末某大军区文工团管弦乐团常任指挥、大提琴首席、乐队队长……再后来更是某某番号装甲兵学院的文化处处长……

老爷子很轴，喜欢他的人觉得他轴得可亲，不喜欢他的人要么躲他远远儿的，惹他不起，要么背地里给他使绊儿，想法儿不让他再往上升——当更大的官儿，或者干脆琢磨着如何把他从干了好多年的"副局长"宝座上给扯下来，扔到京剧团的乐队让他打堂鼓去。

老爷子很拧，拧得让整他的人下不去手，拧得让下面的人越发敬重他，亲近他。他也不清楚自己怎么会拖儿带女地转业转到苏北这么个小城镇来的了。总之，一来就挂了个副局长的头衔便一头扎进了70年代的京剧团。还兼了个团长和支部书记。

老爷子的带团法则既简单又实惠，除非遇上个重大事件，平时极少开会什么的。想找演员谈话了，拿把胡琴儿，把那位招呼过来，二郎腿一翘，拉上一段儿"西皮二黄"，唱着，拉着——该谈的算是谈完了。

日子一长，剧团人把个老爷子从头到脚也算摸着了个八九不离十，是凡老爷子的脸绷着，呼哧呼哧在墙根儿边闷头吸着水烟，大家伙儿便圆场一般溜着边儿地躲他，连招呼都不敢打。

这天，又见老爷子耷拉着脸，松垮得只剩下老皮的脸上，纵横交错的褶子极不情愿地纠缠在一起，把个嘴角扯得都有些歪斜。老爷子反剪着手，不哼不哈地围着京剧团的大院子转悠，直转得整个团里人心里犯毛："老爷子这是怎么了啊？"从东院转到西院，把正在练功的演员们转傻了，马蹲在原地，不知所措。最后一圈儿，老爷子转到他平日里有事没事最喜欢呆上一会儿的演员吊嗓的那间屋子，正和外面因为迟到赶来的"小花脸儿"六子撞了个满怀，"小花脸儿"显然是为了掩饰迟到的尴尬，自以为讨喜地来了句:"老爷子来了?来吊段儿《劝千岁》?"老爷子一大早还没机会撒气,这下可好,咬着满口假牙冲他怒吼道:"吊你妈个头!翅膀硬了敢迟到了是不是?练功房给我练玩意儿去!"直吼得六子刚才还有的"被窝味儿"顷刻全无,嘴里还咽着的刚塞下一半儿的烧饼油条差点没噎在嗓子眼里。老爷子话音刚落,就听刚还不见动静的东院那边,一条声"咿啊呀"抖抖索索地跟着吊起嗓来……

后来人们才从那位跟老爷子跟得最紧的厨师阿来嘴里套出缘由,局里要把老爷子从京剧团调到刚开始筹建的文工团去,说是那里更需要他,还说气得老爷子在一把手局长办公室里愤然拍桌子打板凳,把找他谈话的局长大人吼懵了。老爷子就是因为这一肚子憋屈,这才大早儿想来团里最后转悠一圈儿,消消气的。

说它是京剧团,其实是九里街上的一套古时候哪位名人的宅院,几间厢房,几道回廊,剩下就是一块不多大的天井。逢到开个大小会,老爷子喜欢一嗓门把大家伙儿招呼到天井里,不带啰嗦的,喊哩喀喳像公社村长派工那样就把该说的给说得了。

天井里有棵看上去比这天井年纪还大出许多的老树,树身皮皮挂挂的斑驳,远看像老爷子那张木然而苍劲的老脸。天井里还真有一口水井,全团人就靠这口长满青苔的水井滋润着,个个也倒生得精精神神,有滋有味的。

要不是门口那块京剧团的牌牌和整日里咿咿呀呀的吊嗓声儿,过路人还真以为这是哪家土地庙呢。

老爷子对院子里的件件摆设、桩桩家伙事儿太熟悉,太割舍不下了,部队回来扔下大提琴,摆弄过一阵京胡,成天和小城这帮好歹也能算得上角儿的戏子们泡在一起,这一泡就泡了个七八年了啊!这回上面要把他调走,他能甘心咽下这口气吗?

六子拍马一向拍得顺溜,今儿个没码准当口,愣是拍马腿上了,半天没回过神儿来。谁都知道,老爷子只要得空,总会隔三岔五地来这间屋子坐坐,眯着眼儿,数着拍子,挨个儿把团里的"生旦净末丑"给听上一轮儿。等人走得差不多了,"胡琴儿"老李头会投其所好乘机撩一把老爷子,眼儿一对,脖子一仰,拉起过门,给老爷子示意一个点儿,老爷子立马会默契地干咳上几声,下意识吐上几口老痰清清喉咙,跟着胡琴儿来上几段儿。倘若哪天果真没了这趣儿,他老爷子该如何是好啊!

这天,老爷子还真没心思和兴致再过这把干瘾,蹲在天井边,呼哧哈差地往嘴里猛劲吸着水烟,像是要把水烟袋给生吞了。中午,阿来师傅弄了一桌子菜,全都是对老爷子胃口的,知道老爷子从不沾酒,沏了壶浓得发黑的茶,当然没忘填满老爷子的水烟袋。阿来锅里的阵阵菜香还是逸来了一帮平日里围着老爷子身边溜嘴皮子的主儿,当然,也是老爷子最称心的几位。谁也没敢劝,老爷子竟然自顾地让阿来斟满了一小杯子"老陈酒",仰起脖子灌了下去。

老爷子满嘴拉拉渣渣的胡茬儿明眼人一看便知,足有三五天没拾掇它们了,想必这些天真够老爷子受的,要说这京剧团还真是倾注着他老爷子一片心血呢!从当年的文艺学校样板戏班,把个玩票的京剧团拉扯到像模像样,拉扯到江浙沪上数得上的名牌剧团,还栽培出一批头牌老生、大牌大青衣和老花旦,这容易吗?这下好,时世变了,上面换胃口了,冷落京剧要去搞歌舞了,搞就搞呗,干吗偏偏要他老爷子去搞?老爷子横竖想不通,一杯猛酒下肚直烧得胃里火急火燎的,只见他眉头拧巴得跟打了结的鞋带似的,那张老脸绷得越发瘆人了,手里的水烟袋挥舞得跟马刀似的晃眼。

"我操,他们懂个球,说京剧过时了,居然想把个团解散了球的,这是国粹,是老祖宗!"酒劲儿一上来,老爷子把粗话加实话全都鼓捣出来了。看把老爷子给激怒了,更联想到自己的命运危在旦夕,桌上的人顷刻间炸开锅了。在《智取威虎山》的乐队中经常吹冒泡的圆号老洪忿忿地说:"该解散的是他们那帮混球,成天不干正经事儿,好是他们说,坏也是他们说,谁知道哪句是人话。"

"一准儿是那个倒霉的朱科长使的坏,那家伙我早就看不顺眼了,蔫儿吧唧坏着呢,我看他是想踩扁咱老爷子,想往上爬。"铜锤花脸冬豪没好气地说。

"老爷子,你发句话,我们穿上长靠,拿上家伙什,敲上四大件,到局里咱跟他来上一段急急风,跟他们掰扯掰扯……"刚还被老爷子训斥过的"小花脸儿"六子,自以为终于找到讨好的机会张口就来。

"废话!都吃饱了撑着了?翅膀都硬了不是!我说是我说,哪有你们说话的份儿,还嫌乱得不够是不是?都给我一边儿呆着去!"桌上的人那一堆话非但没让老爷子顺过气儿来,反倒更加惹急了他,气得老爷子浑身直打哆嗦,差点没把他嘴里那两排假牙给哆嗦下来。

还是那位紧挨着老爷子身边坐着,一直没吭声的大青衣雪萍的一句清脆的叫板,才让老爷子缓过神来:"哎——呀——都省省心吧,别再添乱了,老爷子自有主见,咱团散不了伙。"其实在座的所有人不会知道,之所以没有立即解散掉京剧团,是他老爷子挺身而出,以既答应去上任文工团团长又兼任京剧团书记为条件,才算勉强保住了京剧团。

当然,只有极少数的知情人才会知道这回动老爷子其中还另有隐情。不知哪位缺德鬼,居然告了老爷子哪门子黑状,据说这黑状里还带着一桩"花状",那时还不时兴"绯闻"二字,老爷子这辈子哪里想到自己竟还能沾上"花边儿"?……

(二)

完全蒙在鼓里的老爷子去文工团上任了。

九里街京剧团宅院里就很少能闻到老爷子水烟味儿了。前面提到过的那位局里总务科的朱科长被派到团里当上了团长。

此人生的倒是满脸福相,肥头大耳一身膘,五短三粗的。脸上整天挂着三文不值二文的假笑,跟谁都假模假式的热乎。剧团人起先还不甚习惯,一来二去被朱团长这么一糊弄,台面儿上也给足了新团长的底气。再一说,剧团人,尤其京剧团出来的人,平日里举手投足,话里话外真的跟假的一样,假的跟真的一样圆滑世故,好处,有时明知被忽悠也不在意。

到饭点儿的路上,只要遇见捧着大茶缸子从京剧团出来的人,你看好了,那话说的跟你久别重逢的老友一般亲亲热热的:"吃了没?……吃了啊?啊呀,别呀,干嘛不到咱家里吃,咱爷俩怎么也得喝上两盅啊。"你要是回答还没吃,瞧他一准会说:"还没吃?……啊呀,赶紧的,不耽搁您,回见了您啦……"这就是京剧团人特有的"二皮嘴"。

新官上任,朱团长抓的第一项工作就是把大青衣雪萍叫到自己的办公室,关上门约谈了整整一上午。

说来也怪,老爷子在团里没有单独的办公室,只是在服装间的里间儿腾出一间和行政、总务、财务一道办公。老爷子呆的最多的地方要么是排练场,要么是天井里。

局里派来的朱团长初来乍到就是不一样,既有官相又有官位,独占下一个小排练场,让总务老韩不知从哪儿搬来一整套办公家当,谱摆的就是个大字。

有好事者侧耳偷听到朱团长办公室里有惜惜的抽泣声,那一定是雪萍从嗓子眼发出的。

雪萍属于那种台下生的极朴实,并不美貌如仙,寻常女人一个。一旦扮上往台上一站,瞬即光鲜无比,楚楚动人,从里到外透出抵挡不住、令人心醉的女人韵味。

这一上午,朱团长审犯人似的把雪萍从头到脚,从里到外问了个遍,他说自己是奉命从局里下到剧团,专门整顿剧团作风问题,其中最突出的就是有人反映庄团长和雪萍的关系问题。直问得雪萍泣不成声,哭笑不得:"谁说你把谁叫来,诬陷我就算了,还诬陷人家庄团长,你出门打听打听,庄团长是这样的人吗?庄团长喜欢京戏没错,平时喜欢听上几句,哼上几句,可他喜欢的是京戏这个剧种,你们偏说他喜欢我,我自个儿怎么就不知道呢?"朱团长显然不满意雪萍的回答,有些不耐烦地继续问道:"你没感觉,可同志们就是这么反映的嘛,哪出戏都有你的份,每次只要有你排练,庄团长总会在排练场陪着,还专门让食堂给你开小灶,有没有这回事儿?"说完,朱团长双眼直勾勾盯着雪萍那双哭红了的眼睛和起起伏伏的胸脯看,像是从那里面立刻能看破一切答案。

"天哪,在团里,谁不知道庄团长对任何演员都是这样照顾,哪是对我一个人啊,不错,每次排练他都会在排练场盯着,每次装台拆台他也都在和大家伙一起干呢,这是他的工作方法,你们偏偏把他往歪里想,往邪里造啊!"雪萍越说越激动,像是故意提高嗓门,让外面人听到。朱团长仍然不依不饶:"那么,照你这么说,你和庄团长什么事儿都没有啦?不会没有单独在一起的时候吧?"说这句时,朱团长将"单独"两个字拖得很长,很重,仿佛把柄在手,铁证如山。"天地良心,还真没像今天你我这样单独关起门来谈过话,不信你去问遍所有团里人。"

雪萍身上那件鹅黄色薄薄的衬衫,被朱团长桌上那台新电扇吹开了花样,宽宽松松地飘逸着,时而紧贴着她那匀称有条的身子,隐隐现现的小背心,妥妥帖帖勾勒出雪萍凹凸有致的身形,直望得朱团长心神荡漾,欲火上身。能这样近距离地欣赏小城上下名望显赫的头牌名伶甚至能闻出她浑身散发出的沁心体香,这在从前,朱团长想都没敢想。天赐良机,官运当头,这位上任没几天的男人,很难压抑住内心深处本能的淫念,问着问着,口吻也变得柔腻起来:"有就是有嘛,再说,像你这样温柔如水的女人,男人不动心是不可能的事嘛",边说,朱团长呼呼冒热气的身子慢慢往雪萍身边移动,颤巍巍地探出一只手悄悄搂住雪萍的后腰,顷刻间,过电一般酥酥麻麻的一阵痉挛,呼吸一下子急促起来。雪萍像被弹簧狠狠弹了一下,极其厌恶地后跳一大步,背靠在书柜上:"朱团长,请你自重,谈话就像谈话的样子,庄团长可不像你这样。"

朱团长尴尬得不行,咧着嘴,假笑着:"闹着玩的嘛,就是试试你是不是像人家说的那么轻浮。"

雪萍的冤屈其实是有道理的,谁都知道庄老爷子根本就不是那号人。谁也没见过老爷子对哪位女演员热乎过,团里哪位演员倒嗓了,不舒服了,排练时,碰上有女演员嗲声嗲气在他面前哼哼唧唧地说自己来那个了,老爷子或自个儿,或会让身边人找来几粒"胖大海",冲一杯红糖水,要不就让食堂师傅下一碗西红柿鸡蛋面什么的。谁心里都明镜着呢,往老爷子头上扣屎盆子的不是局里那几个想着上位的,就是团里那几个成天背地里吃雪萍醋的女演员干的。雪萍的头牌也不是庄老爷子捧上去的,是靠她自个儿独一无二的唱念做打在团里硬拼出来的。再者说:老爷子和老伴儿这么多年的恩爱不是秀出来,是过出来的。老伴儿张静和老爷子当年同在一个部队文工团,老伴是女中音,都说她声音像极那位唱《月光下的凤尾竹》的女中音歌唱家。张静的贤淑温存团里人都见识过,逢到团里有新戏上演,老爷子也会带上老伴儿悄悄坐在剧场的空座上听上一出。张静随老爷子还带着儿子从部队转业下了江南,来到小城,做起了中学的音乐老师,而且很快就成为小城里大名鼎鼎的声乐老师,带出了一大批年轻歌手,那会儿,跟张静老师学唱歌成了小城年轻人的一大向往。

找别人的茬儿也就得了,找茬找到庄老爷子身上而且又是这么一个花茬儿,搁谁也不信。明眼人都明白,其实上面也就是为想给老爷子挪个窝,老爷子硬邦邦的业务能力在那摆着,不找个由头不太好挪。

从朱团长办公室出来,雪萍哭得跟泪人似的。团里人赶紧把她拉扯进了服装间,又是一通没完没了的盘问,当然,这番盘问是出自关切的,兄妹般的。大家伙儿都在为雪萍愤愤不平,这倒不是因为雪萍在团里是头牌的缘故,而是雪萍用自己上好的人缘挣来的,再加上人们对老爷子发自内心的敬重。不过,人群中也夹杂着几根搅屎棍儿,这些破事儿,也正是这几位闹腾出来的。

朱团长偷腥未遂,知道雪萍不吃他那套,泄气之余,腥也送上门来,投怀送抱,正好你情我愿,不亦乐乎。

后来,有人隔三岔五看见过,那位二青衣李倩就没少出没于朱团长的办公室,而且一呆就是大半天。

面上光溜的朱团长其实才真正好这口,自打来京剧团上任后,那双跟肉脸一样浑圆的眼睛着实不够用,就这样还是嫌团里女演员太少,上任没几天,就吵吵着要对社会公开招聘具有京剧表演潜质的男女演员。忙乎了好几个月,总算招来几位光有几分姿色,没多少能耐的女演员。朱团长不像庄老爷子那么不讲究,开会不再在天井里开了,说开会就得要有开会的样,从此,规矩也就从他那改起,大会小会就开到剧场去了。

也从那时起,李倩迅速取代了雪萍成了团里的头牌青衣,走道也变得跟皇母娘娘一般跋扈。雪萍被雪藏了,藏到服装组跟着管理服装去了。人们后来才缓过神:他朱团长是有来头的,他是市里一位领导的小舅子。摸清关系后,剧团里数得过来的聪明人都往朱团长身边靠近乎了,大多数人毕竟还有自己的尊严和对老爷子的敬仰,当然,更有对朱大人的不屑。人们背地里给他起了个不雅的雅号,叫他"猪大肠"。

"猪大肠"审来审去没审出半点儿名堂,相反却被那个二青衣李倩惹了一身骚,甩不掉,擦不净。李倩台上功夫没到家尽用在男人身上了,团里谁都门儿清她的骚样儿。见哪位男人顺眼有用立马黏糊上去,老公在乐队敲小镲锣都没敲醒她。"猪大肠"来了,多好的上位机会怎么可能放过他。也正好两人臭味相投,种瓜得瓜,种豆得豆对上眼儿了。

这天,老爷子以书记和老团长的名义陪同市领导来审查即将上演的革命样板戏《海港》,见台上的江水英换成了李倩,有些诧异。坐在老爷子旁边的"猪大肠"很快看出老爷子诧异的微表情,淡淡地一句:"雪萍最近身体不好,不在状态,正好也锻炼锻炼李倩,推推新人嘛"。老爷子"哦"了一声说:"多关心关心团里的台柱子,培养一位名角儿不容易"。"猪大肠"连声应和:"那是,那是,不过,有段时间团里对雪萍有些不太好的传闻,群众反映也比较大,所以……"老爷子听到这句,眼睛从台上那位B角江水英身上挪开:"传闻?怎么回事?"老爷子还真的诧异了。"其实也没什么,我找她谈过了,以后注意点影响就是……我处理好了,没事了。"

演出结束后,惯例会把领导请上台去,接见一下全体演员,然后指示几句。等市领导说完,"猪大肠"非得让老爷子说两句。老爷子清了清嗓门:"同志们辛苦了,现代戏不好演,演好革命现代京剧更不容易,今天的第一次彩排同志们基本做到了也演到了。这段时间我忙于筹建文工团,这里跑得少了点儿,好在有朱团长带队,相信他比我更有能力能带好这支队伍。"老爷子的余光突然瞥见了人群后排的雪萍和她那双透着些许哀怨的眼睛。"听说团里最近在搞思想和作风整顿,这样很好,艺术院团不能光埋头业务,还得抬头看道,道走岔了,全都白搭。我们每一位演职员都得经得起整顿,多做批评和自我批评,我们应该相信,整顿是为了更好地工作,不是为了整人,同志们一定得端正好这方面的态度,市领导对我们这个团,对我们大家寄予了很大的希望,作为和大家并肩走过来的老团长,我只想说你身上的本事也好,玩意儿也好,身体也好,不光是你自己个儿的,还是党的,国家的,人民的……"老爷子一席话说完,大家不管听懂听不懂齐刷刷一片响亮而加长的掌声。平日不多话的老爷子,这番话算他说得最多的了。

站在一旁的"猪大肠",其实还想老爷子能继续说下去,起码能说点和他的整顿搭点儿边的事,可老爷子偏偏就此打住。好,你不说,我来说。只见他恭敬地向老爷子微微鞠了一小躬,这一小躬,在外人眼里,包含两层意思:这一,他知道全团人对老爷子都很敬重,身为外来人更是一外行,他也得表示一下。这二,拿下了团里的大青衣又是老爷子"喜欢"的雪萍,他自觉多有得罪,继而说道:"同志们,刚才老团长说得很好,非常好!老团长是行家,他充分肯定了我们今晚这场彩排,而且充分肯定了我们近来开展的整风工作,是啊,正如老团长所说的,我们是整风,不是整人,我们开展的是批评与自我批评,不是上纲上线。我们有些同志,尤其有个别主要演员,以为自己是团里的名角儿,放松了学习,放松了灵魂深处的革命意识,尾巴翘上了天,甚至还在生活作风方面不检点,不严谨,在群众中产生了非常不好的影响,这就很不好嘛,这就需要整顿嘛,所以,我们……"

"猪大肠"越说越来劲,越亢奋,顾不上下面早就已经叽叽喳喳不耐烦了,当然,这时还有好多双目光正在偷偷注视着老爷子脸上的细微反应,不过,大家都没看出老爷子有任何异样,他还是像平时那么的淡然、冷静。此时大家的心里几乎也都同样在等老爷子能开口再说上几句,至少该还击一下"猪大肠"的猖狂论调啊。

大家还发现老爷子这回来,那副形影不离的水烟袋不见了,而是从兜里掏出一盒"大前门",接连吸了好几根。水烟袋里的烟味儿被"大前门"的味道冲淡了,莫非老爷子在有意无意地改变自己?……

那晚散场后,有人瞧见:李倩趁人不注意又悄悄溜进"猪大肠"的办公室。第二天,还有好事者向门房老韩打听到李倩离开团里的时间已经是凌晨一两点,"猪大肠"当然是以值夜班的名义留宿在办公室那张小折叠床上了。

演着演着,舞台上 B 组江水英李倩自然挪成了 A 组,雪萍直接被推到了 C 组,"猪大肠"又从外团看上一位比她俩都妩媚的一位,生怕李倩跟着不依不饶地搅合,只好暂时搁在了 B 组位置上。这下好,三个女人一台戏,台下比台上戏更多,也更邪乎了。

人们每天上班或是在演出后台就闻到两种雪花膏争相斗艳的怪味儿,那味道,一个比一个香地直朝鼻子眼儿里钻。时间一长,人们都能通过各自的嗅觉判别出来,一阵香气飘过,那是谁来了。

人们开始私下羡慕嫉妒恨了:这"猪大肠"团长当得滋滋润润的,艳福不浅呢。早些时候是他扑女人,没多久,女人们使劲儿在扑他了。

这日,眼睛快长到脑门儿上的 A、B 组两位"江水英",在剧场后台化妆间里撞衫了。一种花型和款式的"的确良"布料,做成两件衣裳,同时穿在她俩身上。要说 B 组那位女子张莉,要比李倩妖娆上一个台阶,一米七冒头的个儿,要哪儿有哪儿的身板儿,唱念做打绝不在李倩之下。据说此人就因那点儿生活作风问题,被部队文工团刷了下来,趁其万念俱灰之际,所幸入了"猪大肠"的法眼,半道截了回来,当然,他"猪大肠"才不会是白截。

四目相视之下,几乎快要瞪出嫉恨的火花来,彼此又心照不宣,苦不堪言,相互找茬那是一定的了。众人见状私下好生幸灾乐祸,各取所需。好在那晚"猪大肠"没在场,没至于在人前那般尴尬。不过谁都能想到,这些天,背地里,她俩谁也不会让着谁,所有的娇都会一股脑儿撒在他"猪大肠"身上。要不怎么几天后,"猪大肠"下巴和脖子紧连着的那块赘肉怎么会青一块紫一块的挡都挡不住呢。

(三)

样板戏年代,一切照葫芦画瓢,一切程序错位,剧团上下更是一片乱码。

那年头，也弄不清是谁先发的神经，弄出个"516反党集团"来，一时间，一派大好河山乌烟瘴气，看谁谁都像"516反党集团"成员，人人自危，白色恐怖。文艺界当然不例外，局里成立了专案组，责成老爷子挂帅，里里外外，狂轰滥炸，地毯式，搜肠刮肚地排查埋藏在剧团内部的"516分子"。

老爷子心知肚明这是一场阶级与阶级的斗争，要斗争就得有牺牲，不是你死就是我活，一派乱象中，分不清谁是无产阶级谁是资产阶级，说你是哪边儿的你就是哪边儿的，反正嘴大的一方肯定是无产阶级。是无产阶级就要有绝对的权力和威信，就要有绝对的话语权。

上面给专案组下了指标，有路线图，还有时间表，真真切切，让你不信都不行。老爷子哪搞过政治？政治运动突如其来，让他跟着一块往"左"拐了，而且还左得可以。按照上面的部署，老爷子煞有介事地把剧团里的所有人集合起来，一一过堂。局里其实也信不过老爷子的阶级觉悟和阶级立场，还专门派驻了两位工宣队成员，说是协助老爷子工作。老爷子心里在犯着嘀咕，这哪是协助我，分明是在监督我，怀疑我嘛。

排查了一大圈子，过滤掉一些革命干部家庭、贫下中农家庭和军人家庭出身的演职人员后，剩下一批怎么看怎么都像"516分子"的人被统一软禁在市博物馆的陈列室里，与那堆老掉牙的文物关在一起，一面办他们的学习班，一面接受审查和交代问题。

工宣队那两位每天分别在两间屋子里轮番审讯那批人员，老爷子会不时去两个房间转转，或是心不在焉地问上几句话。隔三岔五，他们会将几个他们认为问题比较大、有重大嫌疑的人员提交给老爷子亲自过堂，老爷子让他们带人到自己办公室来，突击"审讯"。

老爷子心底暗自好笑，这些所谓重大嫌疑者尽是剧团里要么演丑角，要么演反派，要么长相寒碜的主儿。

这天,京剧团"小花脸儿"六子被推了进来,六子进门见到老爷子无比亲切,刚还僵硬的身板随即松弛下来,亲切地唤了声:"老爷子。"很快,被身后一位工宣队干部厉声呵斥道:"严肃点!别忘了你现在是什么身份。"

六子显然被折磨了很长一段时间,在工宣队跟前驯服多了,一声呵斥很快让他回到现实中来。

老爷子眼睛盯着六子看了良久,他怎么也想象不出这位在自己眼面前儿摔打出来,一身功夫的"小花脸儿",什么时候会沦落成"516"?成天嘴上不把门儿,心里藏不住事儿的这么一个小屁孩儿,"516"发展他干吗用?不问也不成啊,老爷子故作严厉,没给好脸给"六子"。

"说吧,怎么加入的'516',什么时间,在什么地方,介绍人是谁?"老爷子板着脸问道。

"我……怎么加入的?……好像有回在弄堂头上几个哥儿们喝酒,喝大发了,有位哥们按着我的手指,蘸着桌上的菜汤,在一张表格上戳了手印,这不就……"

老爷子心里微微一颤,心想,这么有鼻子有眼,还有表格?莫非当真……

"表格?你确认?看清表格上写了什么了?"老爷子继续发问。

"时间长了,真的记不清是什么表格了,当时又迷糊着,只记得好像,似乎,大概,可能上面反正好像有5月16日这么个日期在表格上……"六子嘴皮一向麻溜,这会儿也语塞了。

"那个让你按手印的人是什么人?"老爷子有些存疑地问道。

"我喝多了,摊在长条凳上,头昏昏沉沉的,实在不能确定到底是哪位了,或许,大概,我猜,没准儿是……胡子,那小子动不动说我欠他钱,见面就诈我,对,一准是他……"

老爷子被他后一句话给弄懵了,莫不是逼着六子在"欠条"上按的手印?

"那你就没在表格上填写过什么了?"老爷子疑惑地问。

"没有,真的再也没有……后来见面那位时常提醒我说有我欠条在他那里,至今我还半信半疑呢,我哪里欠过他什么钱啊,这小子诈我啊。"

六子越说越没谱,这跟"516"能扯上啥关系啊?老爷子瞥了一眼立在一旁笑比哭还磕碜的工宣队干部:"他跟你们也是这么说的?"

"是,这小子很狡猾,避重就轻,一点也不严肃,一肚子花花肠子。"工宣队干部愤愤地说。

"那他们后来让你做了什么没有?比如参加过什么活动?开过什么会议?"老爷子问。

"还开会?跟那帮人除了喝酒,就是打扑克打麻将,从没个正经事儿。"六子苦笑着说。

"这样吧,你回去再仔细想想,六子我跟你说,这件事可不是儿戏,不是闹着玩的,坦白从宽,抗拒从严的道理你会懂的,大道理不跟你说了,我们还会深入调查的,带他回去吧。"老爷子这是想赶紧结束这段毫无意义的审讯。

六子刚被带走,曲艺团说扬州评话的老韩耷拉着脑袋,一脸沮丧无望地被另一个工宣队员推了进来。

老韩平时活份得可以,哪儿热闹就有他老韩在场,评话灌口赞极了,全本《武松》张口就有彩头,因着大师王筱堂得意门生的光环,老韩进进出出整个一个上海滩大佬的做派,这没几天,咋就成了这副模样。腮帮子和眼珠子同时深深凹陷下去,面如菜色。老爷子抬眼看时,顿时心头涌起好一阵酸楚。

"老实点儿,既然已经承认了,就如实跟庄组长交代。"那位拽着他来的工宣队员俨然一副胜利者的姿态,势在必得地对他吼道。上面这次给了老爷子另一个身份:"516专案组组长",所以,这段时间所有人都这么称呼他。

老韩颓然地站立在老爷子跟前，耷拉着双眼，一副快要崩溃的样子。老爷子一眼发现他脖颈上有一道浅浅的绳印……

"非说我是我就是吧，反正早晚都得说。"老韩眼皮都不带抬一下，低低地说。

"你说什么？你要搞清楚，不是逼你说的，是你自己主动交代的！"工宣队员愠怒了。

"他们说你填过表，写过申请书，还是组织的小头目？"老爷子干脆把话都抛给老韩。

"是啊，确实填过表。"

"什么样的表呢？"

"白纸黑字。"

"表格有多大？"

老韩照旧没抬头，用双手在空中竖向比划着："大差不差，大概……有……这么大吧？"

老爷子一看老韩比划的大小，差点没笑出声来："你说的那是大字报，有这么大的表格？"

"那就……也许是有这么大……"老韩又横向夸张比划着。

"那是中国地图！……"老爷子看他越说越离谱，干脆严肃起来。

"那你说，什么人介绍你加入这个组织的？"工宣队员在一旁显然不耐烦了。

"'猪大肠'，朱团长啊，他说这个组织好啊，说只有思想觉悟高的同志才能加入这个组织，一旦加入就能很快进步，很快成长。"老韩越说还越来了精神，而且跟真的似的。

"这么说，朱团长是你的介绍人？"老爷子狐疑了。

"是的啊，局长大人，龟孙子骗你，我还以为他在重点培养我呢，结果……嗨，被这兔崽子骗了啊。"听上去老韩说的还真挺冤屈。

"怎么？你也是组织的小头头？"老爷子发问道。

"见他娘的鬼，还小头头，我也只是个召集人，召集召集人开开会什么的。"能说会道的老韩用不着别人再追问下去，一股脑往下胡乱说着："起先我还真当一回事呢，积极得要命，敢情开了几次会我才知道，这哪儿是什么革命组织啊，这整个一个报话嘴子们的会，你猜他把我们这群人召集起来整天在做什么吗？……话说这位朱团长好比是景阳冈上的武松，满身酒气，挥舞着铁拳'当当当'地拍打着桌子大声嚷道：我就不信，他庄人华就让我抓不着他的小辫子，我就是让他看看是我狠还是他狠……"

"你都胡说些什么？你当你在场上说评话呢？说正事，问你的是'516'组织的事儿，你都瞎扯些什么？"老爷子打断了老韩的话。

"老爷子，哦，不，庄局长，我可是一点都没胡咧咧，确有其事啊，记得他跟我们说过，已经整出您的五大罪状，十六条线索……还说等5月16号那天，团里要召开你的批斗大会呢，骗你是龟孙子！"老韩急了，一般情况下，老韩是不会跟老爷子急眼儿的。

"你说的就是这么个'516'啊？"老爷子脑袋有些发懵，朝呆在一旁发愣的工宣队员往门外努努嘴，那人很快明白了他的意思，拽上老韩回隔离室去了。

如此接二连三审讯下来，老爷子心里很不是滋味，他把工宣队和相关人员召集起来，会上说："我们不能再这么搞下去了，毫无意义不算，把人都整神经了，上面又没有谁能真正说明白'516'组织究竟是怎么个反动法儿，追查和鉴别的标准又是什么？这么折腾下去，把文艺事业岂不给耽误了？"

工宣队回去照实把老爷子会上说的汇报给了上级领导，没过多久，老爷子也成"516"分子了，而且跟他的下属们都软禁在博物馆里，只不过，老爷子的特殊身份，关他的黑屋子要比其他人大上一些,这一关就是三个来月。

这回整老爷子的正是那位顶替老爷子当上专案组组长的"猪大肠",朱组长。

老爷子再一次被"猪大肠"抓着了把柄,别提他多精神了。白天黑夜轮流提审,老爷子的身子骨被他折磨得干柴一般脆弱。幸亏老爷子意志坚强,挺过了百般凌辱,更让他受不了的是"猪大肠"身上每天散发出来的两种雪花膏怪异刺鼻的味道。

那场深挖"516"的革命运动没多久便不了了之了,太多人被稀里糊涂地扔进烂泥池子里,抹也不是,洗也不是,擦也不是。瘦骨嶙峋的老爷子被放出来那会儿,又碰上闹文攻武卫,闹得老爷子这样的当权派无处安身。

那天一早,没权没势赋闲在家的老爷子从菜场买菜回来,被隔壁一位邻居大嫂堵在巷子口,说是千万别回家,有好几十号人在家门口闹着要把老爷子揪回去批斗。老爷子听罢,转身又折回了菜市场。

那邻居说的一点不错,确实足有五十来号人围堵在老爷子家门前,还不停高呼着口号:"打倒文艺界的当权派庄人华!"其中有一半人穿戴着工人的服装,头戴绿色钢盔,手上还握着铁棍、木棍、长矛之类的武器,气势汹汹还真够恐怖的,后来才得知,这群人原来是本系统造反派联合组织,造反派的头头,自然是那位心怀叵测的"猪大肠"。

躲得了和尚躲不了庙,没抓着老爷子,这伙人就拿老爷子家里的东西撒气,好一顿噼里啪啦地砸呀,砸得原本就空空荡荡的那个家,倒是被砸得满满当当的一地杂物,惨不忍睹……

最终,老爷子躲得了初一还是没躲得了初五,被本系统的造反派们在单位给逮着了,好一阵子拳脚相加解过恨之后,老爷子被一撸到底,关进了谁也不清楚的地方。

老爷子平反那年,身体状况一直走下坡路,脸上没了红色,身子骨纸片一般像能飘起来。最可怜的是出来后都没见着老伴儿。还是年仅十六岁的儿子告诉他,他被揪那会儿,妈妈就连气带病倒下了,身边除了他就剩几位邻居轮流照顾着,没过俩月就去了。

老爷子内火攻心大病一场,这么大的事,竟然没人告诉他,更没让他最后看上老伴儿一眼,老爷子每天在心里大骂:这帮人还他娘的是人吗?

### (四)

不明不白的平反后,忍气吞声的老爷子独自拉扯着一个儿子,过起了剧团有一搭没一搭跑码头的生计。儿子十八岁那年,老爷子托老战友的关系送他去了部队文工团。

再说小城这个文工团,地盘比起京剧团那要大出好几倍,只要上面领导重视,又能成为小城的一张脸。新挂牌的文工团赚足了小城老百姓叫好又叫座的人气,这点,几年下来,老爷子功不可没。

其实"西皮二黄"只算是老爷子玩票的兴致,执掌吹拉弹唱的文工团对老爷子来说才算是入了正行。老爷子的资历和身份明摆在台面上,毋庸置疑。百八十号人的文工团大院,集合了小城和外调来的舞蹈、声乐、器乐、曲艺多门类的艺术人才,老爷子这尊菩萨只要往排练场一墩,即刻鸦雀无声。

文工团诞生在那年冬天,在老爷子的带领下,所有文工团演职员出出进进齐刷刷一水儿黄色军大衣。老爷子是军人出身,腰板挺得倍儿直,一顶校官军帽扣在头上,更有几分军官的威严。

老爷子心里比谁都门儿清,带好这支队伍不比带京剧团那帮人省事儿,虽说不像戏曲行当那么论资排辈,论角儿说事儿,可眼面前的这帮乳臭未干的毛孩子,让你轻不得重不得,背着怕摔了,捧着着又怕惯了。文工团是在八个样板戏之一的舞剧《白毛女》剧组基础上组建起来的,老爷子上任后先后招募了歌队和乐队。

文工团有了自己的团部,上面还派驻了工宣队、军宣队干部,用小城俗话说:70年代的文工团在小城上下那可算是红透了半边天。

老爷子带团能拿住所有人的亲和力和霸气便是"身先士卒"。你们练早功,我陪着;你们排戏,我在排练场一声不吭耗着;你们装台卸车,我抡着膀子跟着一块儿干;你们外地巡演睡地板,我卷起铺盖卷跟你们滚在台板上;食堂打饭排队,跟你们一样排在队伍里……反正你们在哪儿,老爷子就出现在哪儿。老爷子没有官相儿,扎在人堆里以为他就是后勤组的一位老场工,老爷子很少发号施令,从不耀武扬威地耍官腔儿,就是这么一位看似亲近又令人敬畏的老人骨子里却透着一股强大的震慑力,和老爷子日子呆长了谁都知道,要么他不张口,不发火,一旦张口发火,屋顶非被他掀翻了不可。就是这么一个不老的老爷子,想开口说他一个"不"字,都让你没处下口。

军事化管理,是老爷子的拿手好戏。舞队和乐队一些孩子们统一住在文工团大院的宿舍里,由他们各自的队长管着。除了外出巡演和练早功,每天一大早全团要集合在大排练场点名,读报,安排工作。人们发现,其实每天早点名的程序纯属多此一举,因为谁都没老爷子来得早,不管春夏秋冬,刮风下雨,每天老爷子蹬着他那辆破旧的永久牌自行车都会赶在你的头里,不奔办公室,直接往传达室一蹲,传达室老杨头会把早早烧开了的水,为他泡上一壶浓浓的龙井,递上一杆水烟袋,老爷子一口一口慢吞吞吐着烟圈儿,跟老杨头唠着嗑,无事佬一般。其实谁都知道,每一位来上班的人,必须从他跟前过,都会跟他打招呼,别看的他眼皮都没带抬一下,还漫不经心地在附和你,你什么时候进的大门,跟谁一块来的,又迟到了几分钟,都逃不过老爷子的眼睛。也就是说,这个时候他已经提前点过名了。

碰见哪位因为迟到跌跌撞撞,被吓得丢了魂似的主儿,老爷子绝不会立马训斥你,相反还会问候上一句:"没来得及吃早饭吧？我这儿有个包子,先垫吧点儿。"那会儿你会更加不知所措,拿也不是,不拿也不是,比他训上你几句还要难堪。这样一来,你即便一而再,你还敢再而三的迟到吗?

是凡全团早点名,晚大小会什么的,很少见老爷子开尊口。话都让工宣队、军宣队和各队队长们说了,老爷子会坐在一边儿,静静听着,专注吸吮着他手中那根水烟袋,口吸干了,用老杨头泡的那壶龙井润润再接着吸。谁也不知道他心里在琢磨着什么。哪天要是老爷子去了局里开会,排练场突然少了老爷子的水烟味,大家伙儿没见他在一边蹲着,你看好了,集合会上立马鸭子吵堂一般炸开了锅。

早点名集合过后,老爷子会退居到他的第二道"防线"——院里那棵茁壮而茂盛的老槐树底下,饶有兴致地双眼眯缝着吧嗒吧嗒捣鼓他的水烟袋,听着从四面八方琴室、排练场、舞蹈房传来练功的动静。那副神情里你能看出老爷子的满足感。老槐树下有一块不规则的大石块,可以并排挤上好几个人坐着。每到这个时候,总会有一帮子人习惯性地尾随着他,像舞美队、后勤组、业务办里这样一些不需要练早功的人们。他们愿意和老爷子套近乎,别看老爷子面儿上冷峻,铁板一块不太好接近,可了解老爷子后你会觉得他其实很幽默,很人性化,用剧团话说,老爷子话里话外透着"哏",冷不防一句甩过来,会让你乐上好半天。

老爷子有自己的办公室却很少呆在里面,除了不得不开的大小会。要找到他汇报或是商量什么事,团部干部们会识趣地追到大槐树下,这也就是他老爷子才有的另类的工作风格,大槐树下,聊着大天,拉着家常,三下五除二喊哩喀喳把那堆送来的文件给审完,签完,从不耽误事。老爷子不坐办公室,行政人员也不敢在房间里长呆,按照各自分工也都去了工作一线盯着。

大家心里都明白,别看老爷子整天跟没事人似的往大槐树下那么一杵,团里发生的大事小情,排练场上的一举一动,财务账上的一分一毫甚至张家长李家短什么的比谁还门儿清。就说唠嗑，那是通过有意无意的唠嗑，老爷子从张三李四嘴里能获取太多的第一手资料，老爷子眼睛不大甚至看上去还有些混沌，大院里的每个角落人来人往，出出进进，都不会轻易放过。更邪乎的还有他能聊着聊着戛然而止，竖起耳朵对身边人来上一句："那个王吉璐是咋回事？小差开哪儿去了？你听他那把提琴？"……

老爷子说的那个王吉璐是管弦乐队里的一把中提琴，那位仁兄平时就呆呼呼的木讷，可练起琴来比谁都用功，几乎是一天三功都在练。每回小提琴练起单音延长音来，拉不好的听上去锯木一般折磨人。王吉璐的执着团里是出了名儿的，有夸他好学勤奋，有笑他呆若木鸡的。老爷子的耳朵长得惊人也灵得可怕，七八十号人的乐队里只要有哪样乐器不在状态，没调准音或是吹冒了泡，老爷子的耳朵都会把他给一下逮着。私底下大家都在琢磨老爷子，也都没人能琢磨透他，只一个感觉大家伙儿异口同声：老爷子猴精着呢。

"你听那大个子的圆号吹的，跟给雷劈过似的，丝丝拉拉的，昨晚老白干儿一准没少喝"，说得旁边人一阵乐呵。老爷子有时嘴上也带点儿"损话"，损得你有时哭笑不得。

办公室其他人到大槐树下找老爷子汇报什么的都不藏着掖着，唯有那位戴着深度近视镜，嘴上还留着一撮黑毛长得活像小鬼子的冯会计，只要来找老爷子，都会先在跟前站上一小会儿，用镜片里的小眼珠子滴溜溜把周边转上一圈，才蹑手蹑脚蹭到老爷子跟前，凑着耳朵，嘀嘀咕咕一番。识趣的人这个时候会慢慢躲开，好笑的是，小鬼子冯会计自己耳背，跟他说话都得高八度，他跟老爷子汇报工作怎么也这么鬼鬼祟祟的？老爷子每回见冯会计来找他，都会故意提高嗓门儿："老冯，咋啦？账上又缺钱啦？"

冯会计不光耳背，声带还小结过，嗓子眼使大劲儿都发不出带响的声音来，猫叫一般。据说冯会计教师出身，"文革"时被当臭老九斗过,平反那天也不晓得是家里人为他庆贺呢,还是他自个儿高兴过了头,买来一大串天地响之类的爆竹在家门口闹腾,没曾想就那么巧,一个激灵炸坏了耳膜落下今天的耳背。

鬼鬼祟祟也成了"文革"留在冯会计身上的一个挥之不去的病根。在他认为自己掌控着的所有与财务相关大小事都算团里的机密,他只对一把手团长负责。或许因为平时在人们跟前的酸腐相,大家都觉着他太势利,太把家,太抠门。你去他办公室报个销甚至压根儿是办别的事儿,老远会见他冲你一个劲摆手,嗓子眼里还拼命挤出大声嚷嚷:"没空没空,没钱没钱……"

他往老爷子跟前但凡跑得勤了点儿,聪明人就不难看出点破绽来,那一准是团里账上不富裕了。

老爷子心里有底,不会让大家跟着喝西北风,前几日,就在这棵大槐树下,他召集业务办开过会,会后几个人都撒出去打前站了,长江中下游地区的演出线路很快会收网,他信得过业务办主任老黄的能耐。让老爷子壮胆的原因是他手上有一部叫《沂蒙颂》的舞剧,还有一部歌舞剧《孙悟空三打白骨精》。拆开来还能上演一台歌舞节目。再有就是扬州评话,苏州评弹曲艺专场。他不信唱弹词开篇的老黄拿不下这条早有根基的演出线路来。

"不急不急,钱的事儿不用你担心,就怕大把大把赚回钱来你老冯数不过来呢。"老爷子反过来冲着冯会计的耳朵根子嚷嚷着。

冯会计笑了,笑得尽管很做作,在旁人眼里,已经很罕见了。

没过几天,老黄回来了,服服帖帖用摩丝往后梳趴着的"评弹发型"提溜顺滑。大槐树下,得意忘形的老黄显然是凯旋了,也顾不得那么多了,被老爷子夸了几句,一步跃上大石板,五四运动的青年领袖一般做起长篇演讲来:"同志们,老爷子让我在这儿跟大家伙儿说几句,我就开讲啦啊……"一听是这么一桩跟大家伙儿都有切身利益的事,大槐树下顿时一片欢腾,闻声而来的人们越聚越多，群情高涨之下，老黄越说越嗨，越说越邪乎："要说这不跑不知道，这一跑吓你一跳啊，这一圈跑下来，你们猜别的地方怎么看我们团？"说到这儿他还故意停顿下来，卖个关子。"我们团的名声在整个沪宁线，不，是整个长江中下游地区，那可是呱呱叫，叫呱呱啊！"说着，他从那只随身带着的棕色公文包里摸出厚厚一摞纸片："瞧见了吗？他们抢着把我们几台节目都签下来了，这下好了，我们的日子又好过啦！"老黄就是老黄，是把说书的好刷子，直说得在场同事们心痒痒的恨不能立马出征。人们发现淹没在人群和声浪里的老爷子含着烟嘴的嘴角边在窃窃咧乎着，虽然嘴上一向不服软，可他老爷子心底里的那份压力是任何人都不能分担得了的。

老爷子心里其实比谁都有谱着呢。要说那会当真缺钱，说实话一点不缺，局里政策在，专款专用，养一两个剧团不算什么。局里的大账躺着一大笔呢。是老爷子不想让大家伙儿有半点儿养尊处优的懈怠，时时要有压迫感，要有危机意识。不然，谁还会那么发奋地练玩意儿？再者说，剧团就怕没活儿干，无事就会生非，一旦闲下来，"三卦"很快就会被传成"八卦"。

"老团长说了，这次他会亲自率队，挺进长江……"老黄还在用评弹中的长调大声煽呼。众人"嗷嗷"一条声地应和着。就连大槐树的树叶都被震得哆哆嗦嗦，稀稀落落。

兴奋之余，乐队圆号和小号手同时即兴重奏起当年正热播着的电影《地道战》的旋律，声乐队跟着旋律唱起合唱，舞队男女生们干脆把人群当成地道，穿来穿去，舞来蹈去的忘乎所以了。

（五）

寒冬的一个清晨，老爷子起得和扫街的清洁工一样早，蹬着自行车准时准点推车进了传达室。

见老杨头正坐在平时自己坐的那张小凳上，脸冲着门口，大口大口吸着老爷子的水烟袋,满脸愠怒,活脱寺庙大堂的一尊怒发冲冠的金刚。

"咋啦?这副模样?这是跟谁置气呢?"老爷子边撑自行车边问。

"还问我咋的?我还想问您呢?你瞧瞧,我老杨头招谁惹谁啦?就这么一亩三分地,不就养了几只鸡嘛,那是准备给咱那位营养不良的老伴儿改善改善伙食的呀,得,不知哪几位乌龟王八崽子,昨晚给偷吃了,我说庄团长啊,要不是看着您的面儿,我非逮住他们几个揍扁不可,让他们把吃的我的鸡给吐出来!"老杨头气炸了,挥舞着手中的水烟袋,指着窗外那幢宿舍楼,气势汹汹地说了一大堆狠话。老爷子听出话音,感觉他知道是哪几个干的,"告诉我,哪几位干的?您老先消消气儿"。

越让他息怒,老杨头越是火冒三丈:"我要是知道谁干的,还用着等你来?我早把他揪出来打得他满地找牙!"

老杨头这还是头一回当着老爷子面,不管不顾地发这么大的邪火,甚至还抽起老爷子的水烟袋来了。

老杨头的底细全团人知道的人不少,过去也说过几年扬州评话,声如洪钟却口语含混,吐词不清,听他一场书说下来,唔哩唔嘟,尽瞧见吐沫星子漫天飞舞,听不清楚他在说些什么。这也就罢了,据说老杨头整天嘴里不干不净不算,手脚还跟着不干不净的。喜欢贪小便宜惯了,公家的东西,私人的物件"顺带不为偷"那是常事儿。偷东西也就罢了,偷着偷着竟然连人都偷了。

曲艺队也就那么几对成双成对的"档儿",唯有老杨头不是夫妻档,老伴是家庭妇女。他是羡慕别人呢还是动了邪念,再说那会也年轻,反正他没熬得住自己那颗骚动的心,一天夜里,把食堂大厨老蒋师傅叫来帮厨的外甥女给糟蹋了。愤怒之下,老蒋当然不会放过他,公了加私了,看着老杨头还有过跟他外甥女那么一来二去说不清道不明的暧昧关系,这事儿也就这么趟过去没再深究。正好借口把老杨头从说不下去的扬州评话讲台上扯了下来，老蒋师傅的外甥女也悄然从厨房消失了。所有人都知道，这一切多亏老爷子宽容，人前背后用嘴损过几句老杨头之后，不了了之。

　　大排练场就在传达室后头，快到点儿了，里里外外上班的人都得从传达室经过。老杨头索性站在传达室门外，见人便扯着说过几年书的铜锣嗓门骂娘："妈了个巴子，有种站出来跟老子斗，别跟老子玩儿阴的，老子当年也算个角儿，小杂种们，玩到老子头上来了，妈了个巴子的"。究竟发生了什么，他老杨头的骂声里就是没出半个字儿，从他身边走过的人们，大清早被他给骂蒙了，丈二和尚摸不着头脑。

　　看着老杨头不依不饶的架势，老爷子心想："不就几只小公鸡嘛，值当这么要死要活的找人拼命？"如此骂街是老爷子最不愿意看见的场景，老爷子反倒被他骂火了："干什么你，发什么神经，你知道是谁吗？就这么大声嚷嚷，难不难听？这是文工团，不是在你姓杨的家里！"在刺儿头老杨头眼里，平日最让他服气的也只有老爷子了，搁在往常哪敢这么嚣张。老爷子的训斥让他的骂声随即减弱，嘟囔着缩回传达室里屋去了，正好也给自个儿找了个台阶下去。

　　说归说，老爷子还是把它当成一码子大事了，他让工宣队老李把全团集合到排练场，暂停了每天早上按部就班的"读早报"程序，老李事先也不知道发生了什么大事，只觉得老爷子那张脸拉得跟马脸一样长，板扎扎的生冷，不太对劲，又不敢多问，看大家差不多齐了，只说了句开场白："大家静一静啊，庄团长有话说。"然后悄没声藏在老爷子身后去了。

　　接下来便是一阵长时间沉默，偌大一个排练场静得跟恐怖片儿一般，只能听见老爷子水烟袋水槽里咕噜咕噜水的蠕动声。大家只能私下偷偷用眼神交换着莫名的信息，换来的只是对方或耸肩，或摇头，或迷茫的回应，末了，还是把目光不约而同地定格在老爷子脸上。了解他的人都发现,老爷子真生气的时候,不光脸色铁青难看,手和嘴角还会微微哆嗦。

"说吧,谁干的?给我站出来!"半天沉默后,老爷子突然吼出一嗓门。把所有人惊呆了。所有目光都在四下寻找,有的甚至冲着面对面的那块舞队用来基训的整面墙的大镜子在互相偷窥。

"反了你们,翅膀硬了,手痒痒啦?谁手痒,谁把手给我搁在院子里那块大石板上去蹭蹭痒!"老爷子怒火万丈的眼神在人群中画了个圈儿,直画得在场人个个不知所措又有人觉得毛骨悚然。老爷子动了这么大的肝火,大多数人还是弄不明白究竟怎么回事,只有那么极少数人好像突然醒悟了什么,默默垂下头来不敢正视老爷子。

"怎么?敢做还不敢当?"气得老爷子的水烟袋熄了火,他猛劲一边嘬,一边颤抖。靠他最近的舞美队队长"歪子"眼疾手快,立马凑上前去划着火柴,点燃老爷子身边备着的那根纸捻子递了过去。

别说大家了,连在场的工宣队老李和团部中层干部们都弄不清这大清早究竟发生了什么事,显然,老爷子是气糊涂了,没来得及告诉他们。

如此僵局持续了有三五分钟,老爷子不再发话,他是想把这空档和台阶留给那几个"犯事儿"的人,一时间,场面极为尴尬。

连着几个来回大家用各自热辣的眼神"人肉搜索"过后,乐队双簧管"贡蛋"实在抵抗不住内心的煎熬和所有人探照灯一般的目光扫射,在人堆里喃喃地发出一声:"是我干的",随即,还拧麻花似的缓缓站立起身,冲着老爷子低垂着羞愧的头颅。

"就你一个?"老爷子显然不信,头都没抬一下。

"还有我。"

"我也干了。"

"我。"

接二连三的,跟在"贡蛋"后面,心理防线一个个被击垮,小号"大头",定音鼓"徐毛",长号"秃驴",巴松"四眼儿"狼牙山五壮士般纷纷起身投案自首。

"个个长本事了是吧?说,干嘛要逮老杨头那几只鸡?饿得慌了?"老爷子少许平静过后,冷冷地问道。他故意回避掉那个"偷"字儿,他是不愿意事态扩大,一字之差,性质也大不相同了。

"跟老杨头闹着玩的,就想看他着急上火的怂样。""贡蛋"先说。

"我们哥几个是想治治老杨头,老人家太鬼了,经常在领导面前打我们的小报告,害得我们拿不到练功费。"还是"大头"直率,把话说白了。

"还有呢?往下说,还有什么原因?"老爷子步步紧逼地追问。

"还有,还有就是看他家那几只鸡不顺眼,养在公家的大院里,吃白食,个个肥头大耳的,都快走不动道了……""秃驴"话音未落,立刻引起一片哄笑。差点没把老爷子给逗乐了。

"秃驴"这话不是没有道理,老杨头向来爱贪个小便宜,老两口住传达室不算,屋背后还用公家的木板景片什么的搭了个鸡窝,平时那几只被皇粮喂饱了的肥鸡四下乱窜,团里的食堂跟他们家那几只鸡的饭庄一样,无时无刻都会见着它们的身影。这话一出,即刻引起大家的共鸣,叽叽喳喳的应和声、抱怨声多少被老爷子听进去了。其实,老爷子心里何尝不明白,他恼火是因为"偷鸡"这件事的性质恶劣,影响败坏。

"再怎么地,你们也不能逮人家的鸡,还连鸡带蛋把它给炖了吃了,这是什么性质的问题,你们懂吗?"老爷子还是没从嘴里秃噜出那个"偷"字来。"承认就好,李队长,这事儿就不多占用早报时间了,完了,你把他们带到你们办公室,好好跟他们谈谈,明天让他们在会上公开检讨!向老杨头赔礼道歉。"老爷子最后那句"向老杨头赔礼道歉"故意说得很轻,说完,拎包走人去局里开会去了。

　　这后来,犯事儿的几个在会上作了检讨,还凑钱还了老杨头的鸡钱,老杨头当然也就理直气壮地收了下来,不过,他也识趣地悄没声拆了屋后自家的鸡窝。

　　几台千里出征前的剧目拉开阵势,有的在排练场,有的在练功房,有的在琴房开排了。

　　70年代末那会儿舞台上的歌舞节目说红不红,说绿不绿,说紫不紫的,演到哪儿还爆满到哪。文工团乐队演奏员个个还一专多能,土的洋的样样拿得起来。歌舞节目里,一堂民乐小合奏,七八个人上手就来。说换戏谱明儿演歌剧了,这拨子人顺手操起管弦乐的家伙事儿,钻进乐池说话间凑成一支有模有样的交响乐队。这在沪宁线上还真叫人刮目相看。

　　老爷子部队里的乐团呆过,也常去乐队排练场泡着。只要老爷子一来,指挥老毛再开心不过了。原因是没有老爷子在场,乐队这帮龟孙子一个赛一个的耍滑头,从没个正形儿。发现老爷子进来了,连屁都夹着不敢放出声来。这倒也罢,认真倒是认真了,可那是一种极度紧张后的认真,一首曲子下来,乐队里不时有人吹冒泡、拉跑调、敲错道。

　　坐在角落里的老爷子也不吭不哈,佯装压根儿什么也没听出来,可他那脸五线谱一样横竖曲折的纹路发生的细微变化,着实让人心有余悸。

　　连着几天,老爷子在几个排练场来回转圈子,去的最少的地方,要数舞蹈队的练功房。起先舞蹈队还觉着老爷子对他们不够重视,甚至不喜欢他们。后来大家渐渐明白过来,别看老爷子成天不苟言笑,其实,骨子里观念封建得可以,甚至有些不近人情。他不愿像工宣队老李那样有事没事扎在舞蹈练功房里,看那群男孩女孩穿着露肉的练功服又转又跳的。别人觉着没什么,他老爷子不行,最多看上几眼,转身就走。

舞队那位一向大大咧咧，疯疯傻傻，演过《白毛女》山洞那幕"灰毛女"的小皮球，一天从宿舍出来，穿了件在当时街上绝对鲜见的亮黄色连衣裙，呼哧哈差地一路走来，正和迎面而来的老爷子撞了个满怀，老爷子气不打一处出，劈头盖脸一阵痛斥："谁让你穿成这样？像什么样？家里缺布票了不是？去给我换了它！"小皮球顿时被骂晕乎了，慌不择路，掉头又撞在工宣队老李怀中。周围人笑也不是，不笑也不是，几个小伙伴用身子掩护着小皮球回了宿舍，换了件严严实实的运动服才敢出门。

其实，那个年代街面上已经在悄悄开放了，港台歌星哼哼唧唧的情歌满世界铺天盖地飘着，邓丽君的靡靡之音更腻腻歪歪地唱进了少男少女们还来不及设防的脆弱的心田。人们甚至满口怪罪这位一张嘴就像给人灌下迷魂汤一般的邓歌星，怪罪她的歌声无情摧残着正风华正茂长身体、长智力的家里的孩子们。后来，社会上的人们自然将这股港台刮来的资产阶级歪风归咎于了剧团，好像一切歪风邪气都来源于文艺单位里的艺人，戏子们。吓得团里演员们只敢躲在被窝里偷听，偷学邓丽君和刘文正他们的歌。

别看老爷子平日封建古板得厉害，对此现状却开明达观得很。在他看来，这就是一个时代和大众的需求，禁锢那么多年的人们骨子里也许正需要这样的审美过渡和转换，干涸、木讷的人际社会和情感世界需要这么一丝清风的滋润。所以，老爷子并未干涉、打压团里演员偷学邓丽君，相反，还悄悄鼓励乐队组建起一只轻音乐队，暗示声乐队几个女生不妨也尝试在歌舞演出中模仿几下邓丽君的演唱。

邓丽君、刘文正打头，跟着市面上喇叭裤、爆炸头、霹雳舞、摇滚乐开始盛行起来，老爷子并没觉着洪水猛兽来了，大事不妙，反倒乘机鼓捣团里推出一台轻歌舞节目，别说，还真拔了个头筹，轻音乐小分队城里城外一通巡演下来，文工团顿时名声大噪，票房、上座率火爆异常。

## （六）

这年那个燥热的夏天,树上被烈日烤熟了的知了玩命地鼓噪,叫得酷暑下的人们越发汗如雨注。老爷子率领着文工团大队人马浩浩荡荡开进了苏北地区的一座小城镇,在一家门洞四开的乡镇大礼堂安营扎寨下来。老爷子不依不饶地与舞美队几个单身汉,挤进舞台地板下用来堆放杂物的一间小屋,用灯光箱一字铺开,搭成大通铺,音响师大苗左瞅右瞅,把老爷子的铺盖卷铺在了大通铺的当间儿。几根铁丝横竖一拉,为老爷子挂好蚊帐,他知道,老爷子这会儿,正在场子里跟着全体演员和舞美队一道忙乎着舞台装置。

遇上跑码头装台卸车,舞蹈队小伙子们看上去最为卖力,干的都是力气活儿,两米半长的灯光箱,一人上肩就走,且快步如飞。乐队队员们跟着会帮忙把箱子里的一盏盏回光灯、聚光灯取出来,拎到灯光师指定的位置上。扛罢灯箱的舞队小伙子们还没算完,他们得和舞美队、灯光队的师傅们一道,蹿上舞台穹顶马道,帮他们往吊杆上装灯。剩下诸如梳理电缆、系系天幕扣、搬搬道具之类的零活儿会留给舞队、声乐队女孩们去干。声乐队男生的活儿一般不固定,憨厚点儿的会见缝插针,帮把手出出力气,机灵点儿的会去帮食堂蒋师傅打打下手,摆弄几下锅碗瓢盆。这几乎早已成了文工团每回跑码头不成文的岗位责任制了。

再看此时的老爷子,哪儿都有他,又哪儿又都不会让他插上手。大家伙儿怎么能忍心眼见身子骨如此单薄的老爷子跟着掺和玩命呢?被推来推去的老爷子不甘罢休,既然插不上手,他也不会闲着,等到大家伙干到后半夜,眼瞅快撑不住的那会儿,老爷子来劲儿了,他会招来演员队那位神经兮兮的活宝"顺子"给大家耍上几下。顺子纯属人来疯,众人越乐他就越来劲儿,一个接一个地给你耍。老爷子太会把握火候了，顺子逗哏，老爷子捧哏。一来二去跟顺子配合得严丝合缝，活脱一对拍档。

这回一路出征抵达小城主打戏带来了神话歌舞剧《孙悟空三打白骨精》。之所以拍板排这部剧，这一，是想扬文工团自家舞蹈队基本功功底在沪宁线之长，再掺和点儿戏曲身法步。这二，自家歌队几条好嗓子还带点儿唱过几年京剧的京味儿。这三，还有一大家当民乐带交响的乐队，这出戏，别的团演不来，也没有不叫座的道理。

当初选中这部戏的是那位从前京剧团的小花脸儿，后来被老爷子调到文工团当毯子功执导的"歪子"，当然他也就顺理成章担纲起剧中的主角儿"孙大圣"，还当上了这部戏的导演。

要说在京剧团那些年，"歪子"还真没捞着什么像样儿的角色，凑合一米五的身高，蹬着高靴也才齐人家的腰眼儿，打小练武功那会儿还把嗓子给唱倒了，倒霉还倒霉在脸上那张本来就不大点儿的小嘴还往右歪咧着，京剧团龙套好些年下来一直就没缓过劲来。这下好了，调到文工团，赶上这部戏，团里舞蹈队基本功再好的男生也好不过他"歪子"那一身戏曲童子功。戏里的"孙猴子"挑来挑去，非他"歪子"莫属。这一来看把他嘚瑟的，手里成天抡着台上孙猴子使唤的那根金箍棒，"嗖嗖嗖"地在人跟前飞速地转着圈儿，他心里明白，就那几下子，没人抵得过他。再加上彩排过后，里里外外好评如潮，"歪子"的"孙猴子"歪打正着，一夜成名。乐得他那张歪咧着小嘴越发向右看齐了。

小学没捞着毕业的"歪子"就那么点文化底子，但在京剧团这拨童子功里，属他鬼机灵，要不怎么还在文工团混上个导演。再大的戏折，他只稍去观摩上一眼，回来喊哩喀喳一摆弄，出来的戏码跟人家不相上下。老爷子唯独把他从京剧团带来那可算是开了大恩。要说这，知情的人不会太多，纳闷儿的人倒有不少。带谁来不行，干嘛非得带上这么个没有人性的东西？但凡知道"文革"那会儿京剧团一帮造反派里头,"歪子"曾经是位出了名的打手,批斗会上,又蹬又踹,抡起皮带猛抽老爷子的也正是这位小爷。"文革"后,老爷子平反那年,感到大事不妙的"歪子"头一个"扑通"跪在老爷子跟前,哭死乌拉地祈求老爷子非原谅他不可。

光凭这点,老爷子就够爷们儿的,不仅不记他的仇,反倒把他从混不下去的龙套堆里扒拉出来,还让他混出了个人模狗样来。

再者说,剧中大段大段的"猴戏"也只有他"歪子"能拿下来,唱功没有不碍事,"猴王"嘛,嗓子眼里只需干挤出几声"喉音儿"就得,还别说,"歪子"一身的武功小时候算没白练,老天开眼,全国算不上,长江中下游地区,不是数一他也数二了。

"歪子"有大名儿,叫邱生克,自打又导又演了几出戏后,谱摆得别提有多大了,练功落下的"罗圈腿"走道撂得老高,头昂得跟"希特勒"似的。没人再敢叫他"歪子"了,即使冷不防脱口出半个"歪"来,后半拉字也会自动给咽回去。全团上下,他也只对老爷子唯唯诺诺,惟命是从,其他任何人都不会放在眼里。不知情的还以为他是老爷子的人,得罪不起,即使知情的也指望哪天能在他导的戏里混上一个角儿呢。

生怕他哪天当真撂挑子,老爷子还让团部专门备了个 B 角猴王,正是舞队那位演过《白毛女》大春的张亮。"歪子"知道了也当不知道,成天装糊涂,权当没这回事儿,从不给 B 角猴王排练走台,只冲张亮扔下一句:"自个儿琢磨去吧,我这几下从娘胎里带出来的玩意儿,就够你学好些年的。"张亮憨厚,傻傻乐着,你不排他,他也只好在侧幕条边上偷学几招。

敢情这天又换了下一个场子,傍晚演出开场还早,演员正在后台忙着扮装,老爷子溜达到乐池里,躲在几个正大呼小叫下着四国军棋的乐队小伙子身后,有一句没一句地跟他们逗着哏,就见观众席过道上,老黄远远地噼里啪啦一路小跑冲老爷子而来,气喘吁吁嚷道:"见了鬼了,见了鬼了,这票房是咋回事啊?到这会儿,今晚居然只卖出去五张票,真是见了鬼了。"

老爷子起先还不相信自己的耳朵,一愣:"你说什么?只卖了五张?这不开玩笑吗?怎么回事?"抬眼一看,老黄身后还跟着那位满脸苦笑着的剧场钱经理。

"谁知道啊,从没有过的事啊,咱这小县城的观众可喜欢看你们的演出啦,怎么今天就……"连那位经理都快给急哭了。

"钱经理说,或许是东头那家剧场今晚放映阿尔巴尼亚电影《宁死不屈》的原因,都说电影里那位女演员长得可漂亮了,穿的又少……"老黄显然极力在为自己的失职找托词。

不说还好,老黄这么一说,没把老爷子鼻子给气歪了。

老黄还在一旁嘀嘀咕咕地唠叨,眼看就束手无策了。还是正在下军棋的乐队的哥几个当中的一位说了句:"看我的,多叫上几个,跟我走!"

老爷子还在犯蒙的当口儿,闻声而来的乐队一行人马,一溜烟小跑,去了门外。

原来这拨人是去票房门口假装观众排起了长队,大声吆喝着,争先恐后地做抢票状,票买到手后,悄悄绕回票房再把票给退掉,然后再转回来排在队伍后头。街上来往行人被票房门前这番架势惊呆了,仿佛突然醒悟过来什么,一个跟着一个,一家跟着一家地掺和到队伍里来,就这么半个多钟头的光景,票房出票百十来张。此情此景,跟出来的老爷子直看得老泪在眼眶里打转转,半天说不出一句话来。

可不是吗?那个年头,人们样板戏来来回回人均二十来遍早就看腻了,看来看去几部戏中就那么几个跟着"高大全"英雄样板男人们一样画得浓眉大眼的女主角,还被厚墩墩的棉袄裹着身形。外国电影开放进来的几部,总算能让中国男观众饱上眼福了,他们也像看样板戏那样如饥似渴,一遍接着一遍地看,看《叶塞尼亚》里狂野的吉普赛女人叶塞尼亚,看《巴黎圣母院》里性感的女人埃斯米拉达，看《宁死不屈》里的温柔如水的女人加米娜……剧院门口的黄牛票最初真正诞生应该是那个年代的那个时期。用团里人话说，那会儿，观众的眼毒都会给看出来了。因为所以，老爷子想着想着也不觉着奇怪了。

今晚算是给对付过去了，可还有明晚，后晚，以后呢？再想下去，老爷子不免有些茫然了，再抬头看见老黄，咋咋呼呼的，还拼命挤在人堆里在演戏呢。大热的天，老爷子感觉着后脊梁一阵寒凉。

正如老爷子所担忧的，第二天的这场演出如法炮制再不管用了，开场前十分钟，卖出七张票，老黄哭丧着脸，回到后台杵在老爷子跟前："老爷子，您看这，这还能演吗？"

"这哪还能演？我说老黄，你这不是跟我们开国际玩笑嘛？"

"是啊，这家剧场咋回事？邪了门了啊！"

"退票呗，这还有什么好说的。"

"我们满台可是有一百来号人呢，莫不成让我们就演给这七个观众看？"

扮好装的演员们把老黄围了个满满当当，大家伙儿七嘴八舌，牢骚怪话连篇直冲老黄而来。沸沸扬扬的吐沫星子快把老黄给淹了。

人群中，老黄忙不迭地用手里握成一团的说明书遮挡着四面八方雨点一样的埋怨声，不知说什么是好。

"要演，就让他老黄上去演，大家说是不是？"一边正坐在孙大圣太师椅上翘着二郎腿的"歪子"终于开口说了这么一句。他的话，立刻引来一阵连笑带起哄的应和声。

"我看你们谁敢再给我起哄！"一声从头腔后盖穿透出来带嘶哑的声音把大家都给镇住了，这是经过老爷子的丹田挤压从喉咙里发出的吼声："我们凭什么就不能演？七个观众怎么啦？观众是我们的上帝，就是剩下……"老爷子刚说到这儿，剧场钱经理从人堆里挤出身子说:"坏了,又有两个人到票房退票,还剩五个人了。"

钱经理的话让所有人都语塞,后台死一般寂静。

剧场里响起第一遍场铃声,一听就知道是音响师大苗播放的,大苗向来不食人间烟火,两耳不闻窗外事,外面再怎么闹腾也跟他无关,他工作的时间表精确到秒,到点儿只管按常规来。他根本不知道观众来了多少,也管不了那么多,刻板和准点是他的风范。

"还等什么?各就各位,只要还有一位观众也要开演,而且要演好喽!"老爷子又吼上了。

所有人哗啦散开,小跑着候场去了。大苗二遍场铃又响起来了。紧接着,场灯关闭,观众区一片漆黑,音乐响起,大幕极不情愿地缓缓开启……

有人透过侧幕条缝隙往下窥视了一眼,只见仅有的五位观众并排坐着,好生奇怪。隔了几排的空位上好像还有一位熟悉的身影,定神一看,那是老黄。

老爷子依然像每场演出一样,准时准点到达观众区二楼追光灯的位置,就那么站立着,一追就是一整场。

那晚演出不知哪位悄悄在台上发出了指令:让大家"马前",接着指令的每一位,也就一个传一个的当真了,一边笑场,一边"马前"着。行内所谓"马前"就是加快节奏,台词能删就删的意思。于是乎,一场戏演下来,原本两个钟头的戏,一个半小时不到就齐活了。谢幕时,所有人脸上都大大写着"得意"两个字,因为他们根本想象不到后面会发生什么。

卸妆的工夫,老黄跑来后台,一间一间化妆间不断传话说:"大家都麻溜点啊,卸完妆全体到舞台上集合!"

大家也没多想,还都沉浸在方才台上"马前"之后引发的一个又一个的笑场中。

等大家卸完妆磨磨蹭蹭聚齐在舞台上,这才看见老爷子脸色铁青地落座在观众席第五排当间儿的座位上。大家心里同时都咯噔了一下,意识到这下完了,又该挨骂了。

"都到齐了?说说吧,谁出的馊主意让你们'马前'的?别以为我不知道,忘了我在追光台上了?蒙谁呢你们一个个!"老爷子开门见山,没兜圈子直接把话挑明了,嗓门故意压得低低沉沉的。

"天哪,怎么就忘了老爷子在打追光这茬呢?几场下来,老爷子台词、唱段张口就来,比谁都来得溜,他怎会看不出是'马前'?"所有人绝望地面面相觑,老爷子啊老爷子,还有什么能瞒得过你啊。

"你们还像不像话,你们是什么?是人民文艺工作者。人民是什么?我们的人民就是我们的观众,怎么?看观众没几个人就胡乱来,还'马前'?跟观众耍滑头,你们对得起人民,对得起观众吗?"老爷子嗓门开始半度半度往上蹿,脸色也由青转绿由绿涨红成绛紫色,因为过于激动和大声止不住干咳了几声。

"看看你们今晚演的什么玩意?台上乱成什么样?还沪宁线上……我看连草台班子都不如!"也许因为突然发现剧场钱经理出现在自己的视线里,老爷子稍稍停顿了一下,改口继续说道:"没错,今晚就五位观众,可就是这五位观众我们也应该对他们负责,为他们演出我们最好的戏,最好的精神状态、艺术水准啊,这是我们每一位文艺工作者最起码的素质吧?"老爷子顾及有外人在场不想多说什么了,回头对老黄说道:"明后天票房还会像今天这样吗?"

老黄求救般瞥了一眼钱经理,钱经理赶紧接上话茬:"啊哦,不会不会,绝对不会了,庄团长,今天不全怪大家,我们剧场也有责任,票没组织好,没做好宣传。"边说,还边下意识地与演员们的眼神交流着,意思是看看大家对他帮忙解围的反应:"再说,明天那部倒头的阿尔巴尼亚电影结束了,我们会有观众的,唉,没办法,我们小县城地方太小,人也不多,都忙着去看外国电影了,没办法,小地方人,见识短,别见笑啊!"……

"都听见了吧,人家钱经理对咱们是客气,怎么就不怪我们了?你们还自以为聪明,看你们还好意思?如果明天再演成今天这样,我看回去就把这个团散了得了!……散了!"老爷子说完自顾自转身走了,剩下全体还呆呆地在原地站着,还在琢磨老爷子"散了"的含义到底是什么,还是老黄大声补了一句:"散了,散了吧,马前,洗洗睡吧!"连他自个儿也弄不清楚怎么嘴里也秃噜出"马前"两个字来的,赶紧用手捂住,极不自然吐了个舌头,做了个鬼脸之后消失在人群中。

灯光师懒洋洋把场灯一盏盏地灭掉,只有音响师大苗跟外星人一样,照常在每场演出结束后,哪怕天塌下来,他也会照常要把下一场演出的所有音效素材倒回头重新播放一遍,生怕它们逃跑似的,这会儿正好播放的是孙悟空被妖怪挟持到山洞里妖魔鬼怪们发出阵阵嗷嗷的叫声,叫得瘆人极了……

(七)

按与当地剧场签订的五场演出协议,《三打白骨精》硬着头皮原地演了三场后又调换了两场歌舞大队人马这才得以开溜。一路上,全团没少埋汰当地人,当然,那位剧场钱经理被埋汰得最凶。

出来时包了两辆大客车一路载着一大帮子七倒八歪,睡得昏天黑地的演员们,这辆车上,司机好听西北风歌曲,《黄土高坡》《信天游》《妹妹你大胆地往前走》循环在车子里播放,迷迷糊糊昏睡状态下,听上去简直在嚎叫,吵得一车人头皮发胀,都说有想跳车逃脱的念头。那一辆,也就是老爷子挤在里面的那辆车,司机痴迷地方戏,一会儿扬剧,一会儿淮剧地播着,还黄腔走板跟着磁带唱着,光《小尼姑下山》一路足足放了有七八遍,我的那个天哪,唱得一车人胃里翻江倒海,鸡毛落足,差点没昏死过去……谁都忍无可忍,最终谁又都很识相,不敢出声,一是老爷子在车上,二是再怎么难听,也总比司机开车犯困打瞌睡要安全些啊。

下一站去了一个离家更远、鬼不生蛋的小县城。

日头落时,车队经过一大截子坑坑洼洼、颠颠簸簸的石子路面,停在一家剧场门前。

夕阳把懒洋洋的余晖稀稀拉拉散落在这座看上去已经是县城闹市区的房顶、地面。

还没下车,大家转而劈头盖脸骂起打前站早到一步的老黄来了。透过车窗里正瞅见远远杵在剧场门前的老黄,脸上正挂着不尴不尬的坏笑,不管从哪块犄角旮旯钻出来,他老黄就是老黄,依然油头粉面,照旧挺挺刮刮,一点不带含糊。

抬眼看去,剧场比前一站还要破落,门厅被游戏机房和录像厅占去大半,仅剩一扇小门出入。票房窗口处在密密麻麻的录像海报堆里,只露了小半张脸的歌舞演出海报被弄得脏兮兮的,像街上一位从不洗脸还在捡着破烂的孩子。录像厅外故意挂着一只破破刺刺的音箱,乒乒乓乓吵吵着港台武打片中的打打杀杀的音效,让经过的人忍不住要进去看上一场才过瘾。

老黄身边还站着一位,显然是这家剧场的经理,比起钱经理来,这位看上去又多出了几分帅气。老黄的视线根本不在其他人身上,他在往车厢里寻找老爷子的身影,他知道,老爷子通常会挤在大客车的最后一排的角上,从不特殊。等车上人都下光了,他这才慢吞吞地往外移动身子。

老黄左闪右躲,让过忙着下车的所有人,摆出一副不屑一顾的姿态,其实是在逃避所有人鄙视的目光。看人都下空了,干脆一个箭步飞身上车,把老爷子搀扶下来,介绍给了那位姓白的剧场经理。老黄特意煞有介事介绍白经理曾经是当地京剧团一位老生演员,想引起老爷子的兴趣,老爷子也的确刹那间眼睛有过那么一亮。

这回老黄很慎重,直接把老爷子引到白经理的办公室。办公室墙上,四处悬挂着白经理过往的舞台剧照,老爷子果然兴致盎然起来,一一数落每幅剧照剧目的名称和人物的出处。眼前这位鼎鼎大名的小城文化局局长大人居然如此精通京剧,十足行家,喜得白经理不知如何是好。

还是老黄一句话才算把老爷子和白经理从迷幻的京剧世界拽回到眼面前的这间办公室。

"庄团长,这家剧场,啊不,是白经理可没为我们团来演出少操心啊,你瞧,三场演出票出去一大半,别看票房不闹忙,可白经理人脉极好,上下通吃,推票能力可不是一般二般的强啊。"直说得老爷子心里再也不"蚂蝗鸡躁"的抓狂,脸上的褶子悄然绽放出几朵喇叭花来。

说话间,还不时会有电话或上门来找白经理取票来的,白经理应付自若,游刃有余。

"哦,对了,白经理今晚还在隔壁大酒店特意摆了几桌,一为欢迎我们的老局长,老团长,另一方面,也为我们全团接风洗尘呢。"老黄像跟白经理很快成了亲戚,一把搂过白经理的脖领,一副完全能为他做主的得意。

按说老爷子亲自带队出来,还挂着地市文化局领导的头衔下来,每到一地,是会有当地文化官员出面礼节性迎接的。可老爷子再三交代老黄等人,万不可惊动对方,低调行事。这一站,为何老爷子也就答应下来了呢?老黄心里比谁都会揣摩老爷子的心思,也更会察言观色。一路下来各地上座率不甚看好,人累点儿不怕,队伍的士气多少有些萎靡。偶尔在一地休整休整也是必要的,大家伙儿也能借此放松放松。再说,也无需官方同等接待规格,剧场经理出面,减去很多不必要的客套,也在老爷子能接受的范围之内,所以,这顿欢迎聚餐也就这么成型了。

说是一家大酒店,小县城档次而已。全团坐下来也有七八桌了。老爷子不肯开场白,让老黄代替了。老黄也当仁不让,乘机在这个点儿显示一下自个儿打前站的能耐和功劳。他也明白,演员其实也好打发,牢骚归牢骚,埋汰归埋汰,有吃有喝,吃上香的喝上辣的,难不成你还再没完没了地发牢骚?

几句开场白下来,老黄的人气指数顿时直线飙升。

每桌两瓶当地的老白干儿外加一瓶老陈酒摆着,明晃晃,花花绿绿,色香味俱佳的一桌大菜在眼前吊足着胃口,这对于一路奔波下来苦不堪言的演员们来说,简直可以算得上一顿豪华盛宴了,说他们垂涎三尺一点都不为过。

要不是老黄插科打诨地介绍在先,还真不知道这家大酒店居然是白经理和他的剧场负责承包经营的,绝就绝在这里大多的服务员几乎都是过去剧团演职员出身,个个身怀绝技,卖相姣好。随手拉过一个都能吹拉弹唱。小县城剧团不甚景气之后,白经理挺身而出,跟县文化局承包下剧场又经营起这家大酒店,相继解散了的歌舞团、地方剧团的演职人员,分流了一部分给了剧场,白经理又要了一部分到酒店,两边都是自家人,常常剧场酒店两边来回上岗,几班人倒着用,演员有事干,也人尽其用了,挣钱也比剧团那会儿多出许多,关键还在于白经理的经营思路活络,营销手段也多元化,谁都愿意跟着他干,各人身上那点儿才艺还不让你废掉,该让你露脸的时候,你得拿得出手,用他的话这叫"是骡子是马让你出来溜,你就得出来,而且还得溜出真格来"。

酒过六巡,就见老黄使了个眼色给白经理,胳膊肘还轻轻暗示了一下,先前还不多话的白经理,几壶老白干下肚,顿时趾高气扬起来,左手一挥,端盘子的小妹即刻来上一曲黄梅戏《女驸马》,右手一舞,领班的少爷一溜圆场,演了一折锡剧《珍珠塔》"踏雪"片段。再见他起身向厨房大声一吆喝,厨师长推着一车烤鸭上来,站定后,立马掏出一杆竹笛,来上一段《扬鞭催马运粮忙》……

水平暂且不论，原本就被酒精给点着了的整个大厅，全团人马一时间被忽悠得沸沸扬扬，人仰马翻。看上去没动声色，实际心底早就较上劲儿来的老爷子，朝舞队刘队长那桌人眨了眨眼睛，那桌男女舞者麻溜儿地放下酒杯碗筷，齐刷刷出列，找了块能撒得开的空地儿，上演了一场舞剧《红色娘子军》"万泉河边"那段芭蕾。

这下可好，不光酒店所有人马乘机歇业了，包括楼上下来住店的，外面闻讯而来的熟客们把个大厅围拢得水泄不通，人满为患。老黄见状更加得意忘形，既然老爷子发话并授权，他老黄哪有不借机挥斥方遒的道理。在他的调度下，乐队、歌队就连他自己都轮番上阵参与到才艺火拼中来。正当团里那位，刚以工农兵学员身份从艺校毕业的男高音老夏唱起《毛主席的光辉把炉台照亮》那歌时，就见身着白色厨师服的几个小男生，手拿锅铲、汤勺、菜刀等家伙什儿，熟练地伴起舞来，跟事先排练过一般。

末了，不知是谁，像是酒店员工里的哪位领头喊了一嗓子："白经理——来一个！"跟着便是全场一片巨浪般的起哄声。到了这把火候，这个根节儿，又是在他的地盘，白经理显然谙熟于这样的场面和出场方式，就见他角儿一样泰然自若，信步走到大家为他撑开的场面上，还是几位着白大褂儿的厨师，早就搬好凳子围坐起一支京剧四大件乐队，一段过门后，白经理开口唱了一段老生《坐宫》一折，一句高腔"叫——小——番"之后，全场爆棚，人人站起，桌椅板凳，锅碗瓢盆，酒瓶酒杯声大作，用现在的时髦词形容便是："嗨翻了"。一曲唱罢不返场是不可能的，白经理随即又来了一段他的拿手好戏《智取威虎山》中"迎来春色换人间"。

白经理那一声带着浓重酒气的"气冲霄汉"，把一直端坐着的老爷子唱站起来了，混在鼎沸的喝彩声浪里，他也在一个劲儿跟着叫起好来。他心里知道，吃这顿饭为的不是酒足饭饱，而是振作精神，鼓舞士气。

事实证明,这家剧场和剧场的这位白经理绝不是等闲之辈,老黄的大话也没白说,连演五场下来,场场爆满,一票难求。开场前,老爷子总会去门厅和剧场里转悠,他亲眼所见当地观众对演出的热烈反响,当然也亲眼见识了这位白经理在当地观众群中被万众追捧的景象。老爷子心里也踏实多了,这趟没白来,这戏没白演,这酒更没白喝。

这一站,大家伙儿都觉得太顺了,成天到晚乐乐呵呵,美不滋滋的,剧场自家有大酒店,每顿饭连着宵夜都由大酒店给包圆儿了,要不是老爷子客气的阻拦,白经理差点没让全团人住进大酒店的客房。老爷子是怕这一站太过舒坦把大家伙儿给惯坏了,接下来去哪儿也再碰不上这么优越的条件啊。不仅如此,老爷子还退掉了白经理给他预备好的豪华单间,这回他是和乐队一拨子人睡在一间大化妆间里。

再说,那位随团一路带出来的自家食堂厨师老蒋师傅除了面子上多少有那么点挂不住,倒也落得一身轻松,整天用不着开伙烧饭烧菜了,到了饭点儿,只管跟着人群屁股后面去酒店餐厅吃自助餐了。

白经理剧团出身,很懂得迎来送往的人情世故,不光对老爷子这号领导,对所有演员也是关怀备至,时不时到演员住处或是演出后台问这问那的,家长里短的,让人觉得他是一位极富亲和力的经理,更让所有人觉得在这里的时间过得贼快,有种不愿离去的感伤。据说已有几位舞队的女孩私下对白经理好感了得,一来二去,多少动了几丝念想。

话传到老爷子耳朵里,老爷子立马倒吸了口凉气,再也无心恋战,剧团人花花肠子多,时间长了,还不定会闹出什么离奇古怪的事儿来,最后一场演出一结束,老爷子不再答应白经理的"庆功宵夜",拱手作揖道别了白经理和酒店剧场一行人,转身带团连夜奔往下一个站点去了。

(八)

巡演连跑了五个码头，一圈辗转下来苦乐相伴，虽说还算大功告成，但也令人筋疲力尽了。

全团放假休整的档口，老爷子被局里通知去了市委党校干部集训班。这本是件足以令人兴高采烈而且分明预示着有望升迁的机遇，老爷子却一点也不以为然，甚至有种坐如针毡的不耐烦。

市领导跟老爷子见面谈过，想试探一下，看他愿不愿意去文史局当一把手。这也是这么多年来唯一的一次能让老爷子从副处升到正处的官运。

文史局坐落在市政府绿树成荫的大院左侧，像模像样，颇具历史传承价值的一栋青砖灰瓦民国小楼。虽说老爷子年龄不算大，也没到养老的年纪，可如此转机成为一把手又能独享清福的位置有谁不羡慕？却偏偏被老爷子给婉拒了，据说最终老爷子与那位市领导没谈得拢，弄得对方下不来台，很是尴尬。至于老爷子为何婉拒，与那位市领导到底争辩了些什么没人知道，反正只知道老爷子学习班还没结束，自顾自跑了回来，赖在他的原位，不依不饶继续干起文化局副局长兼文工团团长、京剧团支部书记的活儿。

老爷子的倔也不是没他的道理，要论专业，局里没人像他那样胜任分管全市艺术团体的局长了，就地提拔也就算了，干嘛偏偏非得把他给挪开，让位给其他并不在行的人去干呢？这也许正是他老爷子转不过弯的地方。老爷子真还是一根筋，不再理会错过这次升迁将会意味着什么。再者说，老爷子上面没有后台罩着，天大的能耐能管何用？

他或许心里早已明白，学习班即使再学下去也是白搭，把上面给得罪了，也可以说没服从组织安排，干脆，老爷子中途开溜回来，宁愿守在自己钟爱的事业和岗位上干一辈子副职，他也认了。

更令他郁郁寡欢的是，原来局里一把手升任市委宣传部副部长，排在三把手位置上的那位副局长竟然提拔为局长，再有就是那位在京剧团没干几天的"猪大肠"朱团长也一跃从正科被提到副处，成了局里最年轻的一位副局长，而他老爷子排行老二的位置虽说没动，却等于被降职了。明眼人都为老爷子鸣不平，可又有何用呢？老爷子面上好像无动于衷，可都知道他心里积蓄着太多的憋屈。老爷子好生闷气，最多脸上挂着些阴云却绝少向身边人发牢骚，不过，实在忍不下去也会莫名其妙随便找个"掐头"突如其来地发泄一通无名火，谁该着了算谁倒霉。

身边人打心眼里为老爷子担忧，眼瞅着老爷子本不丰满的腮帮子看着看着瘪陷下去，整个人憔悴得厉害，脸色也渐渐由土黄转成土灰色。懂点医学的朋友曾经提醒过他郁闷伤肝，劝他抽空去医院往肝上查查看，劝他别总这么让闷气堵在心里不发出来，闷坏了身体是跟自己过不去啊。细心人还悄悄发现，夏天，光着膀子的老爷子白皙的皮肤上多了几处明显而鲜红的蜘蛛痣，两只被香烟熏得焦黄的手掌心也有两大块紫红色的斑块，而且还发现，他老人家的食欲也在陡然下降，甜不得腻不得，这些可都是肝病患者最具特征的病兆啊。

老爷子的冬天恰恰正赶上是"猪大肠"的春天。

当上副局长的他一纸改革方案，很快在上面得宠得不像个样子。市里原本好端端的京剧团、扬剧团、越剧团、曲艺团统统兼到一个院，由此更名为听上去名头很大的"润江市人民艺术剧院"，他也就顺理成章地兼任起艺术剧院的党支部书记和院长、艺术总监等职。往正里说，优化整合艺术资源，往歪里说，不单文工团给拆散了，其他院团一股邋遢一锅烩，也给弄得不伦不类，不清不楚了。再回头一瞧：老爷子没戏了。

大动干戈的艺术院团改革浪潮汹涌澎湃，来头不小，实际上，市财政计划调拨给艺术剧院的总预算经费在原有机制下大幅缩小,倒逼着新组建的艺术剧院简政放权的同时大量裁减人员。

这么一大群人留谁裁谁?这一大堆得罪人的难题,不偏不倚地又丢给了还挂着艺术总监闲职的老爷子。

多留些人下来吧,国家财政又养不起,靠市场去打拼谈何容易?老爷子只能用业务考核和工龄界限等一系列成文和不成文的规定设置了道道门槛儿,凡满30年工龄的演职人员可以自主选择进退,选择退能保全现有国家事业单位工资待遇直到退休。选择不退,在岗位上只能拿到百分之六十的基本工资,其余根据演出和排练补贴等增减。

这些政策精神和条例当然不是他老爷子自说自话,信口雌黄胡诌出来的,局里给老爷子身边安排了一个所谓智囊团。

好嘛,老爷子简直就像突然跌进了蛐蛐罐里,被一群好斗争宠的蛐蛐们闹腾得简直不是人过的日子。

闹归闹,也只有老爷子的资历和气场能替上面震慑住这危机四伏的隐患。

润江艺术剧院因引领全省艺术院团改革大潮火大发了,市领导、局领导脸上一时间立马油光水滑的灿烂,早年还被戏称为"鬼不生蛋"的润江城也因此一跃成为全国的一座历史文化名城和文化示范城市。各类国家级和省级艺术奖项纷至沓来,演出场次名列全省艺术团体排行之首。全国各地慕名而来的各类学习考察团、参观团、取经团络绎不绝,走马灯似的闹忙,这些应酬和风头老爷子全都缩到后头,让位给头顶上面的大领导们掰活去了,偶尔有闯入者直接取经上门的,老爷子都推出其他副院长们招架去了。

老爷子客气客气也就罢了,这么一来,上面下面倒也不在乎老爷子出不出场,在不在场了,但凡到了风风光光、鲜鲜亮亮的露脸场合,干脆没老爷子什么事儿了。也就是说,老爷子最后那么一点元气都伤在得罪人的院团改革上了。

好在老爷子向来荣辱不惊,更不好人前人后出风头。那天,有人在烈士陵园附近看见过老爷子,他是躲过身边一片闹哄哄、欣欣向荣的繁荣景象,独自一人悄悄去了老伴儿长眠的地方——烈士陵园壁葬馆,在那儿,老爷子盘着腿坐在地板上,陪他故去的老伴儿呆了很长很长的时间,他早就想老伴了,而且不是一般的想。没人知道他喃喃自语地对着壁架上老伴的骨灰盒念叨了些什么。

…………

人们都说:老爷子这一生,有太多不识时务的时候,换上别人,早把马屁拍上去了,可老爷子偏偏死心眼儿,不愿意,就是不愿意。

一天,局领导陪市领导来团视察顺便看了几眼正在排练的大型歌舞剧《白娘子传奇》,临走时,就见朱局长与一位副院长诡秘耳语了几句。老爷子纳闷儿,以为市领导对舞剧排练不是很满意,那位副院长把他拉到一边说:"领导是想让院里安排几位主要演员晚上作陪参加一个晚宴,算是接待任务。"

老爷子问:"有没有说安排哪几位去?"

"他们点了几个必须去的主要演员的名字,其他最好是女……"副院长吞吐了一半还没来得及张口就被老爷子一句话给呛了回去。

"告诉他们,晚上还要排练,一个都走不开,让他们安排其他单位人去。"老爷子心里太明白了,领导们点的那几位都是团里有名气、有姿色的女演员。什么接待任务?分明是让她们去充当陪酒女郎。见副院长面有难色,又叮嘱一句说:"就说是我说的。"

类似这样的事情时有发生,老爷子当仁不让,回回让领导们下不来台,很是别扭。

老爷子后来也听说了,有女演员还是排练后悄悄去了,这么好的机会,人性嘛,哪有不扑上去的道理。再者说老爷子上面的领导压根儿也不会把老爷子的话当回事儿,想拦也拦不住。

再后来,老爷子的位置给彻彻底底架空了,市里组织部门专人来院里宣布了一道任免,云里雾里地把老爷子赞扬了一番之后,推说他因为年龄和身体的原因,从此退居二线,宣布他为副局级巡视员,连先前那个艺术总监的虚职都给撸了。接着,朱副局长代表局里宣布给了老爷子一个艺术剧院下属院团京剧团终身艺术指导的名分,那意思好像是说:你不是好京剧这口嘛?那就让"西皮二黄"陪你作伴儿吧。

老爷子还真是跌入了他有生以来的最低谷,在这往低谷滑落的过程中,还违心做了一些本不该他去做的,影响到很多人切身利益,甚至遭人恨的事情。

这么一来,老爷子突然被打入冷宫,人就跟胡琴儿的弓弦一样,绷紧的时候有声有色,一旦松垮下来,那就全折了。

一懈下来,老爷子的健康还真出了问题。医院诊断结果:晚期肝癌。

了解老爷子的人都明白,老爷子身上最后那点儿精神气儿都是让长年的劳累和阴郁给耗尽了。老爷子治疗时间很短,医院用上了最后的医疗手段最终还是无济于事。

最后每天陪伴在老爷子身边的是他从部队赶回来的儿子,儿子混得还不错,年纪轻轻的扛上了校官的牌牌。除了市领导和局领导时不时来医院看望一眼老爷子,剧院里几位打心眼里崇敬老爷子的同事们也守护老爷子到最后。

人们眼瞅着病床上的老爷子一天天枯萎下去,像一根燃尽烛油的蜡烛,原来还有一米七三身高的老爷子,那会儿干瘪得蜷缩在被窝里,仅剩下一米五六的长度。尽管这样,老爷子还想让儿子扶着他去院里转上一圈,可下床没走几步,轻如鹅毛的身子很快便瘫软下来。

老爷子这回知道自己真的是不行了。

市领导和局领导闻讯后来到他的床前,关切地问他还有什么需要组织上解决的后事,老爷子只是稍稍斜视了一眼身边的儿子,又缓缓移开,摇了摇头,再也没说什么。

他身后就剩这么一个儿子了,他也许最后想将儿子托付给组织关照,可他的个性和脾气直到弥留之际依然那么倔强,他不想给组织添麻烦、留包袱,也从没给组织出过任何难题,他更相信自己的儿子跟自己一样不仅倔强而且会比自己更有出息。

老爷子在人世间的最后一晚,病房昏暗的灯光下,床头半导体收音机里低徊播放着他最喜欢的"西皮二黄流板"唱腔。老爷子的眼睛一直半闭着,嘴角好像在微微蠕动,快到凌晨时,老爷子突然叫醒趴在他身上打盹的儿子,让他拿过一片西洋参放进他的嘴里,儿子不解,还是照着做了,只见老爷子用舌头裹了裹,将洋参片含在瘪塌塌的口里,深深倒吸了一口气,一动不动地定格在那里……

老爷子追悼会那天出现的盛况超过他生前任何一次的风光,上千人的悼念队伍里,有他远道而来的战友和亲朋。追悼会没有播放哀乐,人们为老爷子选择的依然是老爷子的挚爱——那段常常挂在老爷子嘴边哼哼的"西皮二黄流板"。

在那个特殊的环境里,"西皮二黄"乐曲像是从老爷子喑哑的嗓子眼儿挤出来的,带着那么几许苍凉,几多凄婉,几番无奈又几声悲怆……

2015 年 8 月 13 日五稿于南京

短篇小说

# 蓝旗街相信爱情

他和她都是在有过爱情之后又爱上的,他和她都是在彼此不相信爱情之后又深深爱上的,他和她是在发誓信守承诺即使没有了爱情也不伤害彼此的约定下,毅然决然拥抱爱情的。

她的境遇与他不同。为了不被女儿知道,她已经与结婚五年的丈夫悄悄办理了协议离婚手续。虽然同在一个屋檐下,女儿已判给了男方,实际上,已经成了貌合神离的假夫妻。

他是位画家,省城数得过来的几位印象派油画家之一。画风和生活中却少有梵高他们的癫狂、固执和迷离。甚至让人不敢相信,画作上那些奔放、荒诞、奇异的笔触和绚烂得近乎扎眼的色调与他会有本质上的关联。画家的骨子里有种不经意由里而外放肆张扬的男性荷尔蒙气质,外表越是"蔫"儿,内在越是深藏"闷骚"的底蕴。一如他画板上时常运用的橘红的亮色。

他的经历中,有过一段真正意义上的恋爱史,至于后来怎么会又失去了恋爱三年的女友,他很少再提及。就算快到大叔的年纪,他的身边仍然不乏穷追不舍的妙龄女孩儿。

她是位智商和情商极高的女白领,事业和生活完全两极。清晨,一出家门全然会将自己切换到"女老总"的模式和对话框,冷若冰霜,傲视群雄。她完全不属于社交圈里娇艳的那类女人,相反,端庄、淑惠、典雅、柔弱与她的职业形成着强烈反差。踏进家门,或是与他在一起时,她的声音调控得那样精纯、适度、平衡、柔美。

他在她的眼里，几乎全无可能成为被猎获的男性伴侣。而她在他画家的审美视线里，也不太容易被惊艳，被燃烧，被吞噬。他甚至在一次去紫峰大厦 21 层，她公司那间可以透过落地玻璃窗放眼鸟瞰整个城市的办公室，与她第一次见面后，他从心底恐惧这位气宇轩昂、盛气凌人的女人。他是被一位绕七绕八的朋友一不小心，推荐给她和她们公司的。说是她想寻找一幅有感觉、有意境、有温度的油画，挂在自己那间敞亮的办公室。那天，他夹着一幅自己比较满意的画，闯过森严壁垒、道道关卡的几道门卫和秘书，站立到她的跟前。

他清楚地记得，那天，她所有的视线在那幅画上，好像从未移开过。她被画面上激情四射又荒诞不羁的阳光、海浪、沙滩、海鸥迷惑，继而惊呼，退后几大步，又迅疾上前一串小碎步。然后，从他怀中夺过画，将它高高举起，又冲向大班台对面那圈沙发，甩掉双脚上的高跟鞋，"噌"地站上沙发，把画倚靠在那面墙上。

后来，好像过了好些日子的一个"后来"的一天下午，他突然接到了她亲自打来的电话，这回不是她的秘书。

她问他晚上有空吗？他说还好，可以有空。

她又问他可以约他一起吃饭吗？他迟疑片刻还是回答说，可以吧。

是他开着他那辆老款别克商务车去紫峰大厦接的她，而不是她让司机开着她那辆宝马 740 去接他。电话里怎么达成的协议，他俩后来都给忘了。

他和她开着车在城市里兜了好大一个圈，天色渐黑的时候，下起了淅淅沥沥的小雨。那是这个城市的五月天，这座城市的春季短得惊人，像一位惊鸿一现的美女从眼前一闪而过，令人来不及回味。

街灯一串一串，星星点点地跟着亮了起来，街边建筑物也披上了五彩亮色。这座城市的夜景比白天的颜值要高出许多。白天漫天的雾霾,这会儿与夜色、街灯、马路上雨水反射出来的光影掺和在一道,迷迷幻幻,神神秘秘,恍恍惚惚的。

他和她正是在这种恍恍惚惚的状态下,毫无目的和方向地在城市里打转。车上,他俩也没多说什么,彼此更不知道要去哪里。也许心里都在做着各种各样的假设,唯恐走在路上会遇见什么熟人,不如坐在车里兜圈子稳当。

"你饿吗?"她不止一次在副驾位置上,侧脸注视过他了。他的面庞在侧向三分之二的位置看上去,尤其耐看,具有一般男人所不具备的那种刚毅的棱角、雕塑般的俊俏和骨子里的性感。她恨自己小时候怎么没学美术,没学油画,不然她会跟他志同道合,她会每天画他的速写、画他的油画,因为她突然觉着,身边的这位男人,是时常出现在她梦幻中的男神,也像是一位男模,正是她心仪已久的那类所谓有型有款的男人。

"还好,中午吃得晚。你饿了吧?"他的嘴远比手上的画笔来得笨拙,挤出来的话,像在画板上没来得及蘸画油调和的颜料,干涩干涩的。其实没被察觉的他握方向盘的手一直在轻微地颤抖。婚后,他还真没像今天这样,与一个陌不相识,准确地说,只见过一面的女人,在车上,又是傍晚,单独,又是这么贴身地呆这么长时间。他清晰地闻到她身上飘来的一阵阵高级香水的味道,当然,里面隐隐也掺和着这些年来,除了前女友,自己从未闻到过的女人的味道。

"找个地方吃点儿吧,好像有点饿,我想你一定饿了。"她说,而且在"你"的字音上,稍稍强调了下重音。她连自己也没注意到,这样的温存除了在和自己的前夫,那位她年轻时代崇敬过的老师热恋时有过,这么些年过去,已经久违了。

他们把车停靠在一个叫"蓝旗街"的文化街区里,两人默默在车里坐着,没有立刻下车。也许是想让各自在刚才还恍惚、不安,甚至有些许焦虑、茫然的心境平复下来。车停稳了,心也稳了,也静了。

那一刻,真的很静。一切好像都在凝固,定格,休止。彼此能感觉到彼此并不匀称的呼吸节律。小雨滴,很有节奏感地轻轻敲打在别克车的棚顶,让他今天觉得尤其有些窘迫。美系车不是号称车身硬朗、坚实吗?怎么这么点小雨,雨滴落在车棚上,怎么像敲打在洋铁皮上的动静?

雨滴的动静渐渐变得柔弱了下来,与他和她的脉搏正好跳动在同一个节奏点上。都比平时要加速了一些,也强劲了一些。

"你怕吗?如果遇见熟人,见着你我在一起吃饭、走路。"她还是侧身注视着他那张不变姿态的三分之二的侧脸说。

"怕?没什么啊,不就吃个饭嘛,常有的事啊。"他显然故作镇静和潇洒地答道。眼神终于故意回避了她的目光,转向车窗外。

"你经常和女朋友一起吃饭,成双成对吗?"她看似不经意,其实是在进一步试探地问。

"哪有啊,除了公务和项目有关的事。"他猝不及防地回应。

"那,我是你的项目吗?或者说,你只是和我做项目吗?"她知道,这句脱口而出的话,多多少少有那么点失态,因为她和他只有过一面之交,完全没有理由表现出这么咄咄逼人。

他没有再作回答,以长时间的沉默两人相持着。

她忽然"咯咯"笑出声来,打开车门,一把将他拽下车,撑起一把女士折叠花伞,关上车门,将身子紧紧贴在他身上,朝灯火阑珊的那一溜美食餐厅走去。

他和她的第一顿晚餐吃的是什么,谁也不记得了。他和她只记得点了一瓶拉菲红酒。她喝下的比他要多一点,喝完之后,又去了旁边一家小咖啡馆,闲聊了一会儿。但多半时间是,一个用画家的眼睛,一个用女强人的审视,两人就这么默默无语地对视着。

那时,开车还没严禁酒驾这一说,回去时,是他开的车,她已经貌似晕酒地将头靠在了他的那副宽宽、妥妥的肩膀上。他也有意无意地将身子尽可能往右边倾斜着。

从蓝旗街出来,他一边开着车,一边问她住在哪儿?要送她回去。

她故意半天不作答,说红酒是不是不能与咖啡掺着喝,不然自己怎么会如此不胜酒力?她把头埋得更深了。

"你相信有一见钟情,而且还一见燃情吗?"她喃喃自语,有些混混沌沌地说。

他没有作答,也不知道如何作答。他的肩膀能渐渐感觉到她头部的重量和身体的重量,他也很难相信,身边这位驰骋商场,那么强势和优秀的女强人会这么不堪一击地被半瓶红酒、一杯咖啡打倒。这个时候,她的娇嗔和妩媚,是仅仅冲自己而来的吗?他想到了,却不敢再往下想。

她说她的胃有点难受,让他把车开到一个稍稍偏僻的地方。

他照她说的,开到靠近月牙湖边上的一棵梧桐树下。茂密的梧桐树叶笼罩下,让夜色更黑,让人性更放纵。车没停稳,他俩几乎在同一时间,心照不宣,极其默契紧紧相拥在一起,脸贴着脸,相互摩擦着,相互都能测出此时此刻彼此因为身体燃烧而涨红到脸部的温度。接着便是极其自然而又恰到好处的一阵情不自禁的热吻,再接着,双方的手,开始一发不可收地在对方身体每个部位探寻,然后,翻倒前排座椅,滚向后排。这是人类亘古以来,旷世已久,发生在男女之间说不清道不明,很难用言语和情感表述的翻云覆雨天崩地裂式的男欢女爱。更何况,又是发生在这对中年男女身上,发生在表象看上去什么也不缺失的这对在社会上有一定阶层地位和身份优势的男女身上。说干柴烈火,不尽然。说情感,他们也只是第二次谋面。说性欲,他们各自也都不属于放纵无度的那类。说偷情,虽然他们谁也没有做好任何准备,抑或说,都是单身,纯属正常生理和情欲范畴。

在车上一阵"云雨之欢"后,他俩面面相觑,彼此只听见对方重重的喘息声。男女也许只有这个时候,只有在圆满完成身体和心灵同步交媾之后,双方的气味、体味,干脆可以说人味儿,才真正被彼此鉴定和认可,储存和融汇。这也是最深奥的关于男女嗅觉的体验和敏锐记忆。

男女身体内都有一根无形的温度计,随时随地测量着升温和降温。待到双方体内温度归于平复,他和她的双手仍然紧紧握在一起,这恐怕是测量温度的一种本能,也是爱过之后的一番延续。

他俩停了,雨也停了。她把车窗开启一个缝隙,一丝清新,带着春雨甜味的气息钻了进来,不停撩拨他和她已经暂时休止了的性欲回合。让他们刚才还觉着快要被窒息的情感又迅速燃烧起来。他和她不约而同地又深深吸进一口气,保持着,像是要再次潜入爱情海底,去探险海底深处除人类以外,海洋生物有没有更壮观激烈的爱情画面,有没有更无所顾忌的情爱故事。

她的手机铃声响了,是蔡琴那首《被遗忘的时光》。她犹豫着,凝神看着三星屏幕上闪烁着的"前夫"在颤抖的字样。还是接通了电话,不等对方先说,她先声夺人。

"怎么了？不是说好别再打电话给我了吗？咱俩已经没关系了。我在外面谈着事呢,一会儿就回。"言语里明显有种不容分说的强势。听得出来,对方仅有的半句话被挂机声给咽了回去。

"那,咱们回吧。"他说。

"我没事儿,是我前夫……我想问你,你和我就只是画上的合作关系吗？"她明知自己的问话有明显突兀和不妥之处,但经过刚才那番热爱之后,她还是忍不住要这么问,因为女人尤其在这个时候会觉着她已经属于那个男人,那个男人也属于自己了。

他打开车灯,发动起车子,调转方向的同时,也注视着她有些湿润的眼睛。路灯照过来的那一刹那,他看见她依然绯红着的脸颊和深情的双眸。他不知道该如何回答她的问话,他知道约会前和约会后,尤其是有了刚才之前和有了刚才之后,他和她从本质和关系上已经发生了巨大的变化。一如他没有太深底色的画布上,似乎突然又多出一笔重彩,一份躁动,擦出一个火花,掀起一个波澜。他真不知道自己接下去的生活会是怎样一番情形,甚至觉得,眼前这个女人会不会让他的中年,有颠覆性的演变。

男人和女人是一对很奇怪的动物,步入中年的男人和女人更是奇怪的"N次方"。

像他这样在风平浪静的港湾里,突然被一阵巨浪掀翻到大海深处,没有任何铺垫和营造,没有任何迹象和前戏,就爱上了,而且爱得那么疯狂。

很多情形下,爱是失去理智的,理智在前的爱,很难升华到热爱。爱就爱了,猝不及防,毫无戒备又不管不顾,再往下走,才是爱情。一旦进入爱情阶段,逐渐趋向理智,当情感战胜理智,将道德伦理暂时晾在一边,这便是最初的爱情。当爱情平静、淡泊、沉寂下来,已婚男人或女人通常会称之为"亲情"。

他和她之间突然爆发出来白日焰火一般炽热的爱,只有他和她的内心和体内知道,他们从一开始就不想惊扰其他人,更不想伤及身边人。

当然,公司上上下下还是发现,他们女上司身上悄然发生的明显变化。举止言谈中少了几分骄横,多出几许贤淑和温存,就连之前唇上扎眼的嫣红色口红也换成肉红色。更显著的变化是,公司里外只要有合适的墙面,特别是具视觉效应的方位,几乎都挂上了出自他手的各类风格的油画作品。如:《蓝之魅》《爱琴海的幻觉》《狂澜》《色调的禅意》……

人们还发现,女上司经常独自在办公室长时间地煲电话粥,进出批阅文件的秘书都听得出来,那是怎样一种甜蜜和惬意。

夏天了,万木竞相吐绿,知了竞相争鸣的季节,那又是一个令人容易情窦重开的季节,即便是中年男女,彼此也更容易从身体里的汗腺分泌和散发出那种都能使对方产生迷离的气味。他,年轻时一定练过健美,留在中年体魄上依然是条块成型,画面感极强又足以让异性冲动的肌肉群。他和她每周会约会三到四次,他们依然喜欢开着车兜风,还是没有明确的方向,兜到哪算哪儿。

在车里他和她可以无拘无束、海阔天空地聊天,他和她有过那一天的亲密接触后,放下了各自的矜持和作状。聊天时,她可以在副驾位置上看见他脸部的整个轮廓,而不再是三分之一或是三分之二。聊到动情处,他和她的手会紧紧扣在一起,她还会捧起来放在唇边久久地亲吻,忍不住时,甚至会狠狠咬上一口。

他们有时也会去稍稍远一点的地方,比如去向另一个城市。越陌生的地方,他和她越觉着殷实和放松。他会去那座城市找一家他觉着她会喜欢的宾馆,开好一间房,先在餐厅找一个靠窗的座位,把酒临风,浅酌低吟片刻,然后相拥着回到房间去做一回淋漓尽致的爱。

他和她做爱时会反复会问对方同样的问题:"你觉着舒服吗?是不是最舒服的?"

这句话的潜台词实际上是想探问,比跟你曾经的那位做爱的感受相比,舒服还是……

其实,他和她每天都在心里一次一次地拷问自己:你爱他(她)吗?你究竟爱他(她)什么地方?

他和她相拥在一起,心跳在一起,却在想着各自的心思。

他除了画画,还喜欢作诗。这又是一个让她为他痴迷的才情。有时,他会在电话里念给她听,听得她在电话这头心神荡漾,失魂落魄。有时,还会在枕头边朗诵给她听,听得她会使劲抱紧他健美的身躯,像是生怕他从自己身边逃脱。

那天,在枕边,他用他并不标准却很磁性的男中音朗诵了这样一首诗:

有的情高温蒸腾也不温不火,
有的情十指相插会燃起烈焰。
有的情不用水泼也会奄奄一息,
有的情大雨磅礴竟也蒸蒸日上。

有一种爱没有年龄羁绊,
有一种爱没有邪念贪图,
有一种爱比年轻还年轻。
有一种爱比圣洁还圣洁。

生活伴侣之外彼此寻觅到了精神伴侣。
调和成一杯伴侣加糖的成人咖啡。
从此,生活更有彩,更有色,更有情,更有盼了。

只要不再是"上岛"的"蓝山咖啡"……
我们的相识会无悔,
我们的相知会无怨,
我们的相爱会无限,
我们的相伴会久远……

——《也许》

念完诗,他和她会重振旗鼓,再爱上一回。这一回,是被诗句撩拨后,忘乎所以,惊涛骇浪似的爱。

做完爱,在还没平复的喘息中,她会想:他才是在自己无穷无尽岁月中所寻找的真正爱人。

他也在想:其实我和她都有前不见古人,后不见来者的孤独和守望。我们的血液中都流淌过古老过时的诗句,而又常常容易被诗句迷惑、催情、振作。

他和她开始越来越放肆地双双出现在各种场合,好在他们有各自合理的合作身份和领域,这也成为他们约会的自然机缘。他跟她进入到奢华玄妙的商界,见惯了巧舌如簧、尔虞我诈的谈判。他由衷佩服她出入商场时那种端庄大气,桀骜不驯外表下又精明干练,不依不饶的善辩和对攻。

出入这种场合,她显得格外从容,毕竟她已经单身,女儿跟了她前夫。只是她的离异知道的人不多。

知道她底细的,不乏有对她百般献媚,直白色诱的人。在一旁,他当然会妒火中生,却又佯装不明所以。

他也会把她带进自己的画家圈,她喜欢换上不同款式和色系的中式旗袍,挽着他的臂膀出现在他同行的画廊,或是朋友的展会上。她与生俱来,毫无半点做作略显丰腴的线条,撑起那身量身定制,凸显柔美和性感的霓裳。丰腴中没有半点赘肉,旗袍在她身上有着巧夺天工的精致和妩媚。这会让很多画家眼睛里喷火,直勾勾地想把她按到画板面前,做自己油画的一位绝色"画模"。

每到这个时候,也是他最感骄傲的时刻,他能从众多同行贪婪的目光群中辨别出最邪恶的那类,他会装作漫不经心地轻轻托起她有型的腰肢,缓缓走出人群,淡出人们的视线。

在一次酒会上,他端着酒杯穿梭于人群中,他瞥见那位跟自己非常要好却很好色的同行,也做出和他同样的动作,托着她的腰肢,那张画框一般正方形的麻脸,几乎与她脸贴脸地在作亲昵的耳语。

回来车里,他止不住问她:"那位跟你说了些什么悄悄话?"

她咯咯咯地笑个不停,然后才边笑边说:"没有谁比他更了解你,说你跟我,最多好三年,三年后准分。他还说……"说到这儿,她卖起了关子,假装玩起手机来。

"你,快说啊,说什么了?"他有些急了,生怕接下来那位狗嘴里吐不出象牙的朋友,还会有更邪乎的话在后面。

"咯咯咯"她笑得更欢了,显然是故意在拖延时间,看他着急到什么程度。

他索性将车子停在闹市的马路边,而且还熄了火。这像他时常在画室画到极度烦躁时,扔掉手中画笔那样。

"真生气了?逗你玩的,看把你急的,没说什么啊,咯咯咯,告诉你,你可别跟人拼命啊!"她故意停顿片刻,用她那双柔软的手,托起他那张气鼓鼓的,稍稍有些变形的脸庞,像在观察他生气的度数。

"他还说,要是三年后你抛弃我,他一定会追我,追得比你还凶,让我等他。"

"这个怂人,我就知道他没安好心,没有好话,明天我就去揍扁这家伙。"他真的爆发了,狠狠拍打着方向盘,像是拍打在那位朋友那张麻脸上。

"他说的会是真的吗?他真这么了解你吗?"

"真个屁!他就是一个十足的酒鬼和色鬼,除了裸女,他就没正经画过别的,何况,裸女也没画出什么名堂!"

看那样,她知道,再说下去他会熬不过今晚就会去找那位朋友跟他拼命。

"怎么会呢?我还不相信你,不相信你,就是不相信我自己。对你我太有信心了,他说什么就什么啦?我又不是涉世未深的少女,我知道,即便我的男人有那份心,是花心大萝卜,我也有制服他的办法,他休想逃出我的手心,更休想随随便便就抛弃我!"

她说这段话时,几乎是像在公司办公会上布置工作那样斩钉截铁,没有半点拖泥带水。

往往在外界不经意的一通反作用力过后,内在的潜能和精神小宇宙会迅猛间爆发,甚至会升温,会加速情欲的浓度,会递增情感的厚度。在乎意味着嫉妒,嫉恨意味着真爱。

当然，从那以后的理智约束他，再也没去找那位嫉妒他，也成了他嫉妒对象的朋友算账。相反，他换了一种方式追求她。

他正式邀她做自己的"裸模"，她迟疑片刻，居然爽快答应了他。

他把她关在自己那间私密的画室里，约定好时间，大概花了将近一周的时间，完成了一张既写实又传神、既超然又细腻的一幅女人体肖像画。从起稿勾勒线条，到结构人体，到铺色，到渲染，再到细微部位的点缀。他几乎调动起习画以来所有的专注度和基本功、技法，暂时将拿手的印象派技法抛在一边，重新修炼写实油画的功力。他其实这是暗下在跟那位"挑事"的专画人体画朋友在画上较劲。他想，只有他才有资格和专利去画眼前这位女人，因为这个女人才真正属于自己。

他和她在画室里共处了快一周的时间，她都是每天下午的两点准点来到他的画室。彼此相拥亲吻过后，她会主动当他面褪去身上所有的衣服，赤身裸体地半卧在他面前的那张美人榻上，一条透明的纱巾样的浴巾随意地遮掩着下体。她只往上一躺，不用他调整任何姿势，就已经是一幅绝美的人体画面，不单白皙华贵的体态楚楚动人，上帝天造的润滑肌肤也具有勾魂摄魄、不可阻挡的魅力。无论她如何变换姿态，胸前那对比她实际年龄年轻多了的饱满的乳房，仪态万方地自然挺立，会带给所有男人无限的遐想和欲望的冲动。

她在他面前毫无羞涩，也毫不隐秘。她知道自己的整个早已属于他了。长时间的半卧在那里，一般职业裸模都很难做到，她却做得很好，而且始终会用她含情脉脉的目光注视着他，她甚至不甘心放过这个难得的机会，用她独特的方式与对面正在画她的，自己的男人作尽情的交流。

他一边极其专注地画她，一边在如释重负地后怕，如果眼前这位自己的女人，不，极品的"画模"，哪天当真做了别人的"裸模"，那该是多么悲哀的事啊！他一定会全身心地崩溃，他会发疯，他不敢再往下想……

他记不清一周时间里，在这间画室跟她做过多少次爱了，每天一次？也许还不止。

画着画着，他会被眼前的她从上到下诱人的胴体，难以抑制地冲动起来。他会飞快地将自己的衣服扒个精光，扑向她……

狂风暴雨般爱过之后，他有时索性赤裸着身子，站立在她面前作画。他其实也是一位绝佳的"男裸模"。

当真一个肌肉成群隆起而且敦实硕壮的雄性男人裸体立在眼前，她反而觉着老大的不自在了。当然，她也会在自己身体的某个部位有反应，具体在哪儿，她无法说清楚。

每天画完后，他会将画板用一块事先特意准备好的红丝绒布遮盖起来，她想看一眼，他说，画完会给她一个惊喜。她完全信任他，即使画得不像自己，或者不如她想象的那么完美，她也不会在乎，她更在乎的是他这个人，其他无论怎样，在她眼里，他都是最完美、最优秀的男人。

一周后的一个傍晚，油画终于完成了，她能看见，他对着画板久久地凝望，沉思过后，才从美人榻上将赤裸着的她轻轻抱起，抱到那张油画跟前。

她完全惊呆了，这是自己吗？她在浴室经常注视过镜子里自己的裸体，她从没见过画面上如此美艳的胴体跟自己有什么关联，她甚至不相信自己的眼睛。她让他把自己放下，退后几步，又上前几步看着画上的自己，特别仔细看了看那张真真切切属于自己的脸庞。她确定，画面上的那位的确是自己。

她第一次发现，自己深爱着的这位画家男人，具有多方面超群的技艺，在她眼里，他简直可以说是一位旷世奇才。能将自己画得如此写实、写真而且美艳如仙女。连她自己都有想用手去抚摸画面上那位女人的欲望和亢奋。

那画上的自己,肌肤是那样富有性感的光泽和弹性,那肌体的质感逼真到能看见密密匝匝的汗毛孔,那洁白而匀称的的身子极富美感韵律的延伸到纤细柔软的大腿、小腿、脚板、脚趾……

她自己从没这么仔细欣赏过自己身体上那对丰满而挺拔的乳房,一般半卧状态下的中年女人,乳房会自然下垂,变形。而画面上,她自己的乳房却保持着应有的位置和气韵,仍然保持着含苞待放的矜持。

她再也抑制不住这番意外的惊喜,回过身,勾住他的脖颈,在他面颊上、脖子上、胸膛上一阵猛烈的狂吻……

激情过后,他和她猛然又陷入了一种莫名的窘境和纠结。

这幅画搁哪是好啊,放在画室?经常会有人来画室看画,选画,买画。

他肯定不会让人将这幅画买走,无论花多大的价钱,肯定的。

他甚至绝不会让除了他和她之外的第三个人看一眼这幅画,或者说,画上的这位属于自己的裸体女人。

她想过将画拿回自己的家,可那怎么可能呢?如何跟还在一个家里住着的前夫说清楚。她觉着没法儿,也不想去说清楚的。

他和她望着这幅画久久地发呆,想不出最好的办法,

他干脆先将画用红丝绒布严严实实地捂起来,放在一间堆放杂物的小屋里。

后来,他经常在她出差无法见面的时候,将画从小屋搬出来,坐在画的对面,痴痴地凝望着她。

他一直放不下心来,从此像落下了毛病,总是担心哪天一不留神会被人看见这幅画。他以前也画过女人体,但那完全不一样,被他画在画上也只是"女画模",作画时,他从未动过一丝邪念,原因是,他把对面的"女画模"完全看成是没有生命的一尊石膏像,或是一个静物摆设。

有一天,他终于战胜不了缠绕在自己心头的那种苦苦的纠

结,搬出那幅画,在她身上画上了一件薄薄、略微透明的白色纱裙,让她那双惹眼的乳房若隐若现地半藏在雾蒙蒙的纱裙中,只留下依然醉人的修长身姿。

  出差回来的一天,他和她又约在画室见面,画室从此成了他们约会最安全,最适合,也是最容易燃情的地方。他趁她出差的机会,将画室里间的那个小屋收拾得干干净净,专门从宜家买来一张简易的双人床以及所有床上用品。墙上挂上了几幅她夸赞过的油画小品,小屋顿时有了很浓的艺术气息,关键是始终飘逸着他和她独有的气息,这算是他俩共有的爱巢。

  她喜欢极了,她完全有能力可以去租一间属于他们俩的房子,她也有过这样的念头。但自从她在这间画室做过他的"画模",尤其与他在画室里做过无数次的爱,她便爱上了这间画室,更爱上了被他捯饬出来的这间小屋。

  她跟他想说过不止一次,每每又总是欲言又止。她几次想张口痛痛快快说出自己的真实想法和他们的未来计划。她又觉着没到时候,生怕因为一旦推翻当初的承诺,会吓跑他。

  她只有在心里等他,等他自己开口,自己决定。这个时候,她相信每个男人或女人都是自私的,都会深信自己的爱情才是最真的,也都想赢得爱与被爱的主动地位,乃至争夺家庭地位。

  相反,作为男人,作为浑身上下虽然充满健硕肌肉群的男人。他在这方面显得尤其懦弱和被动。他抵御不住人到中年,男女激情突如其来的同时,也对接下去的所作所为束手无策。

  这些日子,他在获得重新活过一回的满满的幸福感的同时,又陷入深深的纠结和疑惑中。尽管他们爱过无数回,说过无数次的情话,有过无数回难舍难分短暂的别离,他和她毕竟没有正式做过表白。她会是认真的吗?自己真的就这么爱上她了吗?想着想着,最终占上风的还是更怕她哪天会先离自己而去。

  五年后的那天,是她四十五岁的生日,他还是开车带她去了蓝旗街。在这座文化街区的一排民国建筑小二层联排洋房的尽头,他带她进了靠里的一间僻静的房间。

　　一楼和二楼是敞亮的画廊和咖啡座。他挽着她的腰,打开了负一层那扇挂着"敬请止步,私人画室"的门。顺着台阶走下去,见是一间极其别致的画室,摆满了各式画具以及完成和未完成的画作和画框。

　　他又推开画室里面的一扇门,里面是一间与他之前那间画室一样大小的小屋,小屋内所有的装饰和床上、桌上、衣柜等等物件都一模一样。唯有挂在床头上的那幅她的"裸体"油画,原先添加在她身上的那层薄纱不见了,褪去了。

　　她惊恐地瞪大眼睛望着他,表现出十分的诧异。

　　他说,他刚刚租下了这间复式结构的房间做画室,除了比之前的画室大出一些,更是因为蓝旗街是他俩最值得留恋和珍爱的地方,在这儿作画、约会会更有感觉,更有创作灵感,更能出好作品……

　　听完他这番话,她不由自主地扑向那张床,抱过那只枕头在怀里。他跟着也扑了上去,把她搂在怀里。就这样,他俩合衣静静地躺在床上,他从另一只枕头下轻轻掏出一页纸,在她的耳畔润物细无声地念了起来:

　　　　微情书·百字令

　　　　忆

　　　　蓝旗

　　　　雨神奇

　　　　春漾心机

　　　　相爱成定局

　　　　咖啡蓝山迷离

　　　　迷离成永久记忆

　　　　爱如潮水恩怨流去

恩恩爱爱心是藏爱地

爱成动力写就天人合一

去浮尘性相吸情相依

假日湖滨画室心宜

话长信长述心意

古镇小街好记

相约白头稀

不痴不迷

永携力

终老

立

念完,他把诗稿递给了她,他是想让她一句一字地自己再看,再读一遍。他想让她看出自己那一番煞费苦心的表白,也想让她赞叹自己字字句句的斟酌。

接着他才从包里掏出一只最新款的苹果iPadPro打开屏保首页,是那幅他为她画的人体油画(改动前)的照片版。

他用手滑动着屏幕,闪动出一幅幅他画她的姿态各异的人体速写和肖像写生。张张栩栩如生,美艳骄人。她真不知道他是什么时候画在这个新玩意上的,她对他又生出一份钦佩和爱意。

"这是我收到的最珍贵,最有爱意的生日礼物。"她边看边说。

"我已经给iPadPro加了锁,只有你我能打开机子。密码是你的生日。也给你的微信发了一个红包,数字是5·10,你会记得吧,那是你我第一次在蓝旗街约会的日子。"

他看到她眼睛湿润了,若有所思地将它抱在怀里,凝望着墙上那幅画……

他和她已经爱过了第五个年头,默默回应了那位仁兄的断语。

他在她面前一直笔笔直地立着,像是还有什么话要说出口……

不知怎么，那个生日他和她没有往日暴风骤雨般火热的激情，在画室里，他们只是相对而坐，彼此沉默了相当长的一段时间。

他和她也没马上规划他们的未来，还是像往常那样，保持着当初热恋的温度。

"既然今天是你，也是我们俩的一个特别的日子，能让我再为你画一幅画吗？"他问。

"好啊！画吧，不会又是画我的……"她笑着说。

"不用脱，你今天气色好极了，这身衣服也很漂亮，就它了。"他边说，边把事先准备好的调色板和画笔握在了手上。

五年了，她在他眼里，甚至在记忆里已经完全可以完成默画了，他还是极其认真地盯住她的每一个部位，一笔笔地勾勒，一点点地着色。当然要比之前画她更从容，更有底，更出彩了。

"我们的爱不会老去吧？"她在与他的目光对视时嗫嚅地问道。

"你说呢，我想，蓝旗街那场初次约会加上我们五年的一切经历，答案应该是：蓝旗街相信爱情。"他重重地在画板上——她的背景处抹上了一层厚厚的暖色。

…………

2016 年 3 月 4 日二稿于南京"创营书会"

# 不美的青春痘

（一）

用当下常常被年轻的时尚一族挂在嘴边、又多少带着点揶揄味道的词儿"郁闷"来刻画李亮当年的窘境，应该说再贴切不过了。"我靠"，凭什么青春美丽疙瘩痘偏偏光顾，不，应该说是侵略他李亮"处男"娇嫩的面庞。20世纪70年代末满大街的人们穿着本来就够灰头土脸的，也好像唯李亮一人，不该停留在脸上的色彩和痘痘全被他赶上了，实在太不公平了。

看李亮那张脸，你可以毫不夸张地揶揄他像是"癞葡萄"，你没得过算你走运，惨不忍睹啊，满脸成熟和未成熟，开花和含苞待放的小红痘痘，光不忍睹也罢，它还不忍碰，不忍寒，不忍暑，总之，冷热都碰不得它。得就得呗，到它的晚期还落下满脸坑坑洼洼，永生难忘，羞愧难当的记号来。当然，天无绝人之路，就当李亮痛不欲生的紧要关头，总算有高人指点迷津，道是：婚后痊愈。后来他才觉悟过来，哪是什么婚后的事儿，有"性史"就能痊愈。

如今回味起来，曾让李亮郁闷过的"青春痘"，其实也是他那段文工团经历中最"青春"的章节。再想追回是不可能了。

十年文工团的生活，青春痘哩哩啦啦占据了他有近四年。

考进文工团，李亮的艺术资本和价值是"男次高音"，信不信由你，70年代末，在当年的声乐界"男次高音"还算是个堂堂正正的级别，在李亮他们团的声乐队里，他还算是个不可多得的声部。

记得听完他演唱那首《台湾岛》,当时的声乐队队长男高音马明羽和女中音韩倩倩好像表现出抑制不住的激动,李亮能感觉出他们是为眼前突然出现这样一位满脸"青春痘"而且名不见经传的男高音太感意外了,他们俩的情绪感染了所有在场看李亮热闹的人,一迭声儿地谈论着李亮什么,他们在争执什么声乐学术上的问题。李亮的脸部又开始一阵阵地隐痛,那当然是"青春痘"在众目睽睽之下的本能羞涩的反应。特别是那些还没"开花"的"青春痘"像是被什么东西给蜇了那样,又痒又疼。而且那会儿,李亮能感觉到自己满脸涨得"酱红"。因为直到那会儿,他的经历中还没当众被这么多人长时间注视过,而且认认真真地谈论过,从他们兴奋异常的面部神情和带有头腔和胸腔共鸣交头接耳的说话声,李亮好像第一次感受到自己在人群中存在的分量和焦点。因为在来考试之前,他还正在电容器厂值他的大夜班。别看他瘦得像根豆芽菜,他的工种却是厂子里男工们干的那份儿最苦也是最"夯"的活儿,名曰"蒸发工"。没听说过吧?说出来吓死你,往电容器纸上"蒸锡"的主儿,只享受没人敢碰的那几块钱的营养费。

在场的那么多人都很热烈,仅有为李亮弹伴奏的那位老者缄默不语。众人像是忽然记起了他的存在,马队长一拍脑门恭恭敬敬地走到还坐在琴凳上的老者面前:"蒋老师,该您老表态才是,你是权威啊。"蒋老师这才不紧不慢地绕到李亮面前,看了看李亮的喉结,压了压舌根,按了按下巴:"来,跟我发声,啊——哎——伊——欧——呜——"

那日起,李亮便开始尽情享受艺术苗子的特殊礼遇,享受被外调、被政审、被"转业"的一系列显眼张扬的组织调动程序。就在他一切手续齐备,回到厂子里去办理"蒸发工"交接手续时,全车间,甚至整个不大点儿的厂子像是爆出了什么特大新闻,李亮所在的那间平时谁都不愿意多呆一会儿的蒸发车间简直可以说是蒸蒸日上,就连平日里根本不爱搭理他这个"刀螂"样的身板,还长满青春痘的小学徒工的那些老妇女们，对李亮也开始倍加惋惜："哎，我就说嘛，我早就看出这伢子将来有出息，别看他平日三拳打不出个闷屁，心里比哪个都有数。"

"他会唱歌？哪个团要他？啊，市文工团啊，邪门儿了，他跟我在一个班，我是他当班的维修工，连气都没听他喘过，他会唱歌？"那位整日里挎了个工具包走哪儿唱哪儿的维修工孙福海简直快急疯了。

"你吃醋了吧？这叫真人不露相，你歇得了吧？整天到晚《在那桃花盛开的地方》，唱到今天，不但桃花没开，是花都没开过。"电工小钱乘机嘲讽着孙福海。

要说李亮傲就傲在是厂长田力仁亲自陪着自己去的车间，而且他也显得很得意，本来嘛，在当时，市里大动干戈地把李亮从电子系统下属的电容器厂的蒸发车间的大夜班上调动出来，容易吗？李亮车间里那位操着一口京腔的张主任也被眼前车间这般"繁荣景象"给惊呆了，啰哩啰嗦，语无伦次地和李亮说了一通"希望"之类的话。一点不掺假，当时的情形，他鼻子有点发酸，虽说在厂子里也仅仅干了三五个月，可这些个日子他算是苦熬出来的，眼面前的这些个同事们，虽说没说上几句话，可他们给李亮的记忆是深刻的，是再淳朴不过的了，他们几乎没什么太多的奢望，整天也就像厂子里的机器，到点儿运转，到点儿停机，到点儿维修，再到点儿报废……

他们总算在李亮拾掇工具箱时发现了他的秘密，那就是李亮一直藏在里面偷空才看上几眼的那两本书：《声乐教材》和《卡罗索的歌唱发声方法》。就这样，李亮用他那件每天和他一道被"蒸"着的工作服，包起那堆"卡罗索"，在他们的眼皮子底下"蒸发"了。

在团里，论吃苦、论勤奋，李亮是出了名儿的，除了与人简短的招呼，再没有别的多余的寒暄了，不是扎在琴房里练声，就是闷在宿舍里听录音。不管是什么天儿,门窗紧闭是肯定的,不然大院儿住着的人虽然也是圈儿里人,要让他们整日耳朵里都灌着李亮那半截子不上不下的"男次高音"他们会郁闷而死的。

李亮的团仅有的一间琴房,坐落在大院最里层并与茅厕相邻的那排平房堆里,有道具间、浴室、服装间,等等。后来他才知道,紧挨他隔壁一堵景片那头,竟然还是团里的电工兼音响师大管的宿舍,那间宿舍大管他也不总住着。一天,李亮正练兴头儿上,好像忽然间摸着了高音"G"的感觉,要知道,对于一个"男次高音"来说那是一种什么样的兴奋,什么样的突破啊,他真想把琴房的门打开,让所有长着耳朵的人都能听见他李亮新摸着的那声高音"G"。好让马队长们从此不再把每首歌的二声部扔给自己,而且,不让他在合唱时唱得过强、过亮。"岂有此理!告诉你吧,我李亮是能摸着高音的,我的高音并不比他'梅蹁子'比他'宋大号'次多少!我……"

"哎,我说,闷子啊,行行好吧,你能不能歇上一小会儿,只要一小会儿,我有点事儿要做,求你了,啊?"是从景片那边发出的哀求声,声音诚恳极了,是大管的声音。

"闷子"是团里人私下给李亮起的雅号,一般没人这么当面称呼他,知道他虽然"闷"也还自尊得厉害,生怕开句玩笑把他给弄拧了,掰不过来。

李亮足足让大管的吆喝震惊了有一分多钟,好半天才缓过神来,刚刚还得意过的高音"G"被吓没了,嗫嚅着,冲着景片那头说了句"对不起了",便关上琴房的门,折回宿舍去了。

后来李亮才从"梅蹁子"嘴里知道,景片那头,也就是大管的宿舍,是他约会女友的地方,大管已经三十好几了,极难得才会跟女性擦出些许火花来,大管的话比李亮还少,他不像李亮还会喊上几嗓子,也许是他管着的音响在台上替他把该说的都说了,而且还贼响、贼亮,用不着他再多说什么了。他在团里所有歌唱演员心目中特别伟大,说特别敬重他吧,不如说是有那么几分怕他。可是,偏偏是李亮让他开了那次不得已的"金口"。

自打那次高音"G"被大管的吆喝憋回去之后,李亮的高音又没影儿了,一唱到"E"就破,越破越怕破,李亮开始觉得自己的日子无精打采起来。好像他生活中除了攻破高音的目标,不再有别的什么让自己感到刺激的了。那时,他竟幼稚地对唱歌以外的事儿懵懵懂懂,甚至一窍不通。

隔着李亮二楼宿舍的窗户,他时常看到大管带着只能让李亮看个背影或侧面的女友钻进属于琴房二分之一处的他的音响室,一呆就是半天。他记得,那间音响室好像没有床,只有一堆音箱什么的,最多只能容下两个人吧,怎么……再说,我练我的歌,与你大管约会何干?李亮闷闷不解,可还是生怕再次干扰大管,不敢轻易去琴房练声,只待瞭望观察仔细,确定大管他们已经离开,李亮才敢前往。假日里,嗓子痒痒的憋得李亮快不行了,想练也只能抱着那架呼哧、呼哧、漏了气的手风琴,费劲儿地拽出一串串颤抖的音阶。

## (二)

李亮的宿舍,准确地说,那该叫"楼梯肚",二楼是团里的女生宿舍。除了住着舞蹈队的女孩们,还单独住着一个数得上是乐队最靓的女人,叫李苏苏。李苏苏长得尤其耐看,在当时的年龄她已经不算小了,应该有二十大几了,但看上去很生动、恬静、温和,待人总是笑吟吟地。身材也不错,据说以前跳过舞,不小心把大筋给折断了。后来改行学起了乐器,钢琴、手风琴、长笛、竹笛。李亮特别喜欢偷偷注视她演奏长笛时的神态,简直就像画家陈逸飞的那幅名画上的人物:《吹长笛的女人》。

不能轻易地再去琴房,李亮试探着去了几次李苏苏的宿舍,全团上下除了舞蹈队每天的正常练功外,可能就算她和他在坚持不懈了。他已经掌握了她的练琴时间和规律,上午练长笛,下午练手风琴。那时,电视还没普及,只有她晚上在做些什么,对李亮还是个未知数。

　　李亮每次自己开完嗓子,当然是听她练完几首每日必练的练习曲之后,他总会去请她为他伴奏几首练声曲。看李亮来了,她都显得非常热情,甜甜地、淡淡地微笑着,他们之间有时甚至不需要对话、交流,他只要一推开她虚掩着的门,她便很自然地由方才还练习着的手风琴的琶音音阶转调成他要练的那几首练声曲,啊,简直默契极了。

　　想起来,当初李亮还真没学会向女孩儿献殷勤,只是在赴外地演出时才意识到应该主动为李苏苏扛个行李,拎个水瓶脸盆什么的。看得出来,她对他的行为极其满意,而且还不声不响,悄悄塞上个苹果或是橘子。也不知出于什么心理,她给他的水果,李亮都会留上好几天舍不得立刻消化掉,他会把它们搁在床头一搁就是好多天。

　　在团里李亮还没那感觉,一外出演出,每回见她,李亮便开始觉得心慌意乱,像是心里藏着什么怕见人的事儿,而且还特别想着不管在什么场合都要见到她,哪怕能远远地看见她。她身上始终蕴涵着的那种淡淡的甚至显得完全是一种礼节性的磁力和那种拒人于千里之外的冷峻反而越来越强烈地吸引着他,让李亮心慌不已。

　　她和乐队同事,和声乐队、舞队的人们始终和善相处着,她和团领导也总是敬而远之的。也没谁和她开没分寸的玩笑,只要哪个场合玩笑开大了,趁着人们笑得前俯后仰当口,她会悄悄地躲开。总之,李亮竟开始留心捕捉她生活和工作中的点点滴滴了。他好像还隐隐觉察到她脸上偶尔掠过的一丝幽怨。

　　79年那会儿,团里的歌舞演出越发不景气,本地剧场和观众已经不再需要李亮他们团的歌舞节目了,逼得团里负责演出打前站的老魏,在电话里几乎是捶胸顿足哀求般地乞求着对方接他们几场。老魏不愧是当年的评弹王子,先在地上说,说到精彩处,一跃上了一块高高的青石板,激动得那双大眼即刻泛了光芒,一如当年《列宁在一九一八》影片中的演讲。

"邱团长领着我们新排的这台节目太精彩了,我敢说,江、浙、沪没哪家团能比得上,小团照样能有大作为、大动静,正所谓:酒香不怕巷子深。这不,我们还没出发,我们巡回演出的定单已经排满了,应接不暇呀。当然,咱们不是随随便便哪要就往哪去,咱得挑好地方去,挑大地方去,这才显得咱团的大谱儿。经过慎重选择,我们决定先去湖州,然后嘉兴、嘉善一路下来,最后,我们杀进杭州,准备一天,后天出发。"老魏话音未落,舞队的少男少女们一阵狂热的尖叫,跟着,一帮老团员们也被老魏给咕嘟晕了,好不快活。当然,老魏最后甩出的那张"杭州"的王牌才是最让人们心怡神往的。老魏啊老魏,你真神了。眼前的老魏跟昨晚的老魏是一回事吗?李亮惊呆了。

李亮总算在人堆里找到了李苏苏的目光。任凭人群在不断地升温,她依然如故抿着嘴,淡淡地、浅浅地笑着。她也像是感应到了李亮的视线,或许是无意间的交错,她的笑仿佛稍稍放大了。

李亮一面庆幸又一面无望自己的这份所谓的暗恋。庆幸的是没有被团里一个人察觉,无望的是李苏苏竟对他的暗恋没流露过一丝一毫的感觉,更别说是回应了。

(三)

湖州,浙江的一座很有味道的小城。李亮从中音提琴手老典嘴里得知,这里盛产名扬海内外的"狼毫笔"。老典因他老父亲在这座城市某名校任高级中文教授且享有古汉语研究成就而得名。加上老典拉琴之余,大部分时间花在苦读史书、咬文嚼字上,周围人没人不羡慕老典满腹经纶的学识。

李亮随着老典,去街上买了一堆"狼毫",还是从老典那里得到李苏苏酷爱书法,写得一手好字的信息,心中顿时窃喜万分。匆匆返回后,等晚上演出开场前,佯装悠闲地早早下到乐池,坐在李苏苏每晚必坐的乐队座席上,等着她的到来。李亮知道,她会头一个下乐池吹上一通长笛。果然,她提前下来了,李亮一阵狂喜,心跳在没出息地加速,紧随着她的居然是那位老典,老典显然不是提前下来练琴的,只见他学究般腋窝下夹着一本厚厚的书籍,坐在他的位置上旁若无人地读了起来。

李亮、老典、李苏苏三个之间彼此挨得很近,李苏苏换上了一件鹅黄色的连衣裙,冲李亮微微点了点头,显然根本没感觉到他是为了等候她才坐在这里。显然刚刚冲过凉,身上飘过一阵当时既普及,又奢侈的化妆品"雅霜"的清香,不,应该说,雅霜中和着她体内的汗液,散发着只有她才独有的,并能让男人们痴迷和难以抗拒的气味……她慢慢从琴盒里取出长笛,用丝巾轻轻擦拭着,然后举到嘴边,习惯地对着它哈气了几下,再然后,便响起一段悠远、飘逸的琴声。也就是说,此刻,李亮已经不可能再有一分钟和她搭讪的机会了。演出前的第一遍场铃响了,小城的观众还蜂拥在乐池跟前隔着台口的围栏,动物园看动物般好奇地张望着让他们新鲜着的一切,当然,他们全然可以比李亮坦然地直勾勾地盯着李苏苏看个痛快。李亮却要站立在乐池口台阶处——合唱队应该站的位置上去。

"狼毫"在李亮兜里捂了一个多礼拜,热得快要脱毛了,队伍又转战到了嘉兴,终于有那么一天,机会来了。

这天的傍晚,长发飘洒在她裸露的肩头,脸上粉扑扑的。她属于那种越热,越淌汗越显白皙的肌肤。光脚穿了双绿色的透明塑料凉鞋,径直往剧场门外去了。李亮随即紧跟其后,大步快走,追上了她。

"逛街去啊,李老师。"他一直这么称呼她,这次好像是他有生以来最主动的一次,当然,也是最紧张的一次,像是一次刺激的探险。

"哎,你去哪儿?"李苏苏有些意外。

"我去前面书店转转。"显然李亮在撒谎,书店早就打烊了。

李亮和她终于有了肩并着肩走在街上的机会,眼看再转一个弯,他到书店的谎言要被戳穿了:"李老师,听说你书法写得很漂亮,我在湖州买了几只'狼毫',我的字写不好,还是你用最合适。"

"是么,我也买了好几只,够用了,太谢谢你了,你自己练练字嘛。"李老师多少带着点感激,尽管如此,还是心凉了,再也找不出合适的话茬来。

不争气的"青春痘"又在脸上作起怪来,羞臊得有些发烫。

李苏苏殷殷笑着,往后甩了甩长发,朝书店方向努了努嘴:"你去的书店快到了。"

她是让他迅速摆脱尴尬的窘境,给了他一个台阶,他百般无奈地转身往早已打烊了的书店方向去了。

天黑了,她回到剧场门口时身边多出一个人来,而且这个人还搂着她的腰,李亮定神看去,差点没让他的"青春痘"集体爆炸。你猜是谁,竟然是"魏大眼儿"。

(四)

要说李亮的暗恋来得快也去得快,自打他发现了她亲热的人居然是魏大眼儿之后,他就再没去她那儿练过歌,她在他心目中的一切很快随着他对魏大眼儿的反感迅即消失。

谁料到,团里比李亮还要闷的人大有人在。一直被李亮崇拜成只会咬文的老典,竟然跟李苏苏也暗恋着,当然,他们之间的暗恋绝对是实惠的,今天可以绝对大胆地说他们性爱过,不然,他老典是决计不会要死要活地不顾斯文大骂魏大眼儿的。至于魏大眼儿什么时候接上茬的,李亮还是听老典不止一次祥林嫂般絮叨出来的故事。

先说老典的冤吧。其实他老典的冤是自找的,跟李亮也差不了多少。老典对李苏苏的暗恋比李亮来得还要深沉,还要古板,还要八股。说李苏苏一点不在意他老典是假,李苏苏好静,老典平日更是静如死水,光顾着埋头死啃他老爸书架上那些变了味儿的线装书了,当然,他也没少在大家伙儿和她李苏苏跟前炫耀过自己的博览群书,炫耀自己引经据典甚至炫耀自家书香门第的精神富足。别说,那年头,这些还真能管用。也许书一旦读得过多了免不了会变得迂腐,再说,老典坏就坏在偏偏读的是四书五经什么的,当然三纲五常,传统得更厉害。老典最初打动李苏苏的一件事,是那段老掉牙的"英雄救美"的故事。

多年前的一日,那个和眼下一样闷热不堪的夏日,在一个乡镇演出,大家总算找着了一个散发热量,也散发郁闷的而且最能体现原始浪漫的娱乐项目:划船。这是这个乡镇当时最奢侈的娱乐形式了。乐队一拨子人动手能力显然比声乐队要强得多,村里人对唱大戏的这拨子人出奇地豪爽,当即献出两只靠它吃饭的木船,然后,一家老小耍猴秀地隔岸观火地看着这伙儿城里来的傻男傻女们在水里扑腾。当时,李苏苏被乐队一伙儿生拉硬拽地上了船,声乐队在马队长统领下,上了另一条船,嬉戏没多久,战斗打响了,声乐队叽哇乱叫,好生威风。老典怕水,没敢上船,也在岸上摇旗呐喊,吟诗作赋。激战正酣,就闻"扑通"一声,乐队军中一将士不幸落水,船上的将士顿时慌了阵脚,赶忙清点人数,大惊道:"李苏苏沉底了",可惊归惊,却无一人敢于奋不顾身营救之。但见李苏苏沉鱼落雁般淹没在船舷下。说时迟,那时快,第二声"扑通"声过后,水里多了一位狗刨着的英雄,此人,便是"不知天高水深"的硬汉子老典仁兄也。

据说,那晚,被感动了的李苏苏去男生宿舍深情慰问了老典。

究竟是以何方式慰问的,老典卖尽了关子终究没忍叙述。只能从老典古板的脸上品出些许老实人不太容易藏得住的"得意"。

自打老典被李苏苏暗自慰问过后,谁见着都觉他像水发皮肚般胖出了许多,而且满脸油酥酥的,甚至外向了许多。老典练琴向来是喜欢往犄角旮旯钻的,这回你再看,哪人多,往哪凑。你在与人聊天吧,他往你跟前一杵,像是为你伴奏背景音乐,还一个劲儿地不忘与你交流。人们还惊奇地发现,他老典的琴仿佛也拉得比先前像回事儿了,而且始终反复那段经典的《流浪之歌》。

可见,爱情的恩赐对人能产生何等强大的变异作用啊,把个过去植物人般木讷的老实人拿捏成这样。

李亮打量别人总设法打量出与自己相似的东西,比如脸上是否也生着"青春痘"什么的。他终于发现老典就有,不同的是,老典的痘痘,发深褐色,不,是发黑。老上李亮好几岁的老典,长在他脸上的青春痘,故事也许比李亮还要多。

果不其然,经不起爱情刺激的老典,自打有一日,跟踪魏大眼和李苏苏至剧场,然后埋伏在剧场天花板上,透着缝隙窥视到他俩在侧光台上"鬼混"之后,老典他再也扛不住了,行为举止从此也顾不上再"检点"了,最显著的标志是老典他开始交锋地酗酒了。而且,他竟丢下心爱的小提琴,重操旧业地拉起他样板戏年代拿手的京二胡来。因为小提琴拉久了原本就有些歪头的老典,歪着头拉着京剧曲牌《夜深沉》时,别提多让人寒心了,特别当傍晚时分,寂静的楼道上,也就是李苏苏天天都要经过的地方,那琴声要多凄凉有多凄凉。

就这样,没几天,一件不该发生的事发生了,老典酗酒过度死了。

真实的死因还不仅仅是酗酒,刺激他过量酗酒的,对于老典来说,对于当时老典所处的年代,是一桩极其不光彩的丑事。那天,喝了二三两"洋酒"的老典,歪着个脖子,半醉半醒地路过团里的冲凉房,禁不住里面传出的阵阵嬉闹声的诱惑,趴在本不严实的门板上,隔着门缝正往里看时,悲剧发生了,门板和老典一块儿倒在姑娘们赤裸着的身子旁边,姑娘们被眼前突如其来的情形惊呆了,然后才爆发出一阵撕心裂肺的呼叫。

姑娘们的大呼小叫,招来了所有住在团里的人们,无处藏身的老典就这么没羞没臊地走了,多心的人们发现,李苏苏好像在他的告别仪式上,红了一阵眼圈儿。乐队也没因为少了他老典的那把提琴而少了多大的动静,只是闲下来大家多少会对着老典坐过的"第三提琴"的位置,发上一通感叹:"唉,老典他,不值啊。"

不识愁滋味的李苏苏身边,很快就抖落掉了老典纠缠不清的影子,索性和魏大眼洋洋洒洒地双双出没于众目睽睽之下。更有甚者,李苏苏竟然斗胆穿起了在当时来说绝对令人浮想联翩、心旷神怡的连衣裙来,放肆啊放肆,凹凸有致的女性线条,第一次在生活场景中暴露在全团上下男男女女目瞪口呆的视线中。

当一个原本让众男人动心,而后发现她其实早已固定归属于一个男人之后,而且这个男人竟又是那个提不上嘴的魏大眼时,男人们立刻会在同一时间,表示出同样一种惋惜或是妒忌。然后,佯装出汉子般的大度,唏嘘而去。这多少使得风情万般的李苏苏暗自败兴。任何一个女人,绝不可能只为她心目中的一个男人选择和展示她漂亮的衣装和风姿。当然,此时,最为得意的要算是骗到了李苏苏的魏大眼了,镜片后两只鲍鱼眼忽闪忽闪地发光不算,他那两片说了半辈子评书的厚嘴唇乐得直咧到耳朵根。

(五)

李苏苏之后,李亮已经铁定心不再幻想女人了,因为他觉得自己过于猥琐,过于怯懦。不具备别的男人对女人那样强盛的进攻意识和不顾一切的占有欲,小男生而已。也许正是因为自己的怯懦,一束桃花却怜香惜玉般地错开在李亮的头顶上。当真看见桃花,李亮竟然手足无措不敢正视。

这束桃花便是李亮一直维持到现今的老婆,当时团里的当家花腔女高音高圆圆。

高圆圆什么时候进团的李亮已经记不清了，反正一开始李亮对她好像没什么太深的印象或者说是好印象。女高音平时有事没事总喜欢发情般"狼嚎"那么几声，一惊一乍怪吓人的。花腔女高音更胜一筹。人前人后，冷不防，她会忽然来劲儿高八度哈欠般嚎叫出一长串让人提心吊胆、失魂落魄的花腔。还别说，搞声乐的还极容易落下些歪瓜裂枣似的职业病根儿，各人有各人极其怪异的练声方法。男低音大万整天捧着个镜子，毛病分分、龇牙咧嘴地照着，重复着懒牛一样带喘息低沉而厚实的音色，在你完全猝不及防时还会突然爆发出短促恐怖的喉音伴之以癫狂，横膈膜明显弹跳着的浪笑，尔后便是撕心裂肺样的长音。当然，碰巧，你还会经常在暗地里看到，男高音老洪会狠劲儿抽着自个儿的嘴巴，别拦着他，这可是他独创的放松面部咬肌的绝招。一幅幅瘆人的场景，外人以为误入疯人院一般。

人啊人，甭管什么遭遇、什么德行，不愁桃花运不赖上你，这不，像李亮这样的"闷子"居然"闷"出了好处。谁会想到，她有姿有色的高圆圆竟会将李亮这个涉世未深、没来得及浅尝性滋味的"闷子"一把揽在她怀里。大大咧咧、嘻嘻哈哈的高圆圆，只要一见李亮，不管人前背后，三下五除二，不由李亮分说地立刻会没事人似的把玩、拿捏着他脸上此伏彼起的青春痘，说是不掐不干净。

大李亮三岁多的高圆圆对李亮好像有着极强的"占有欲"。说笑间吃五喝六地就将他占为己有。要照今天时髦的情场词汇，这应该叫作标准的"姐弟恋"吧。这恋的开始不只周围的人，就连当事人自己谁也没有觉察到。演出散场回家，她会很自然、很合情理地唤李亮去护送她回家。起初，李亮很木讷地蹬着他那辆"凤凰"牌自行车，只意识到或多或少被她欺负、使唤。直到那年夏天的某个晚上，惯常送她回家的路上，那么热的晚上，她竟毫不顾忌地搂起李亮的腰，将头和身子紧紧贴在他的后背上，李亮的体温开始由凉转热,又由热转凉地忽上忽下窜悠。

那个晚上,李亮历史性地体验到了与女性初吻的滋味,那是一种懵懵懂懂、欲罢还休的人间仙境,来得荒诞、迅猛、突兀、神奇。

好像没有任何铺垫,任何前奏,说来就来了。

在她家幽深的小巷里,李亮手里还死捏着车把,双脚支撑着地面,她悠悠地从后座上绕到他前面,搂起他的脖颈,开始了在他满是痘痘的脸庞上柔柔地吻着,最终,停在他的唇边。

"吻过么?"她含情脉脉地问他。

"没有。"李亮囫囵着回答,想羞涩地避开她的热吻。

"真的?"显然,她不信。"你就真这么闷吗?"

李亮没再答她,也不再躲避她,他自顾一头闷进初吻的蜜罐里陶醉去了。

那个年代,好像所有的男人,当然,生活在文艺圈里的男人也不例外,真没多少人敢正眼盯着女人的身体看,更别说女人的胸脯了,那样会有一种被人嗤之以鼻的犯罪感。可坏就坏在高圆圆的胸脯太抢眼、太邪恶、太迷人了,尽管那时的女人穿得已经够封建、够严实的了,可高圆圆的胸脯还是亵渎了像李亮这样一大批本该无邪的青壮年们。

那个晚上,李亮就这样开始了没头没脑、傻傻乎乎的恋情。也就是打那天晚上算起,李亮便像她的使唤丫鬟似的,束手就擒地成了她的小男人。让李亮至今仍然耿耿于怀的是,那一幕是他李亮的初恋,却不是她的"原始记录"。难怪看上去胸有成竹的她,全然不像个生手,后来李亮才从别人嘴里听到了她和她所在的H市歌舞团的军代表那段轰轰烈烈、凄婉动人的"艳史"。末了,不知她和他是藤缠树还是树缠藤,反正缠得后来是军代表被脱了军装打回了原籍,务农去了。好在她带着她优越的"花腔",被当作艺术人才引进了李亮他们团。

## （六）

从那时起，有关军代表模糊、怪异的影子问题忽悠在李亮的睡梦里，挥之不去。趁高圆圆不在家的时候，李亮曾多次翻箱倒柜地找过他家所有能藏东西的角落，他想就算高圆圆聪明过人，可她总会残存或是败露丁点儿她和军代表的蛛丝马迹吧。每次的行动，都会让他很失望也很狐疑。

有一天，她和那位军代表的风言风语，终于从遥远的H市歌舞团，疯传到团里，全团上下炸锅了，她却始终一脸"大无畏"的英雄气概。

团里几乎所有的女人，借着军代表的话题，快要把高圆圆数落上天了，男人们呢？对他们来说，反倒可能是个乘虚而入吃豆腐的机会。此话怎讲？有马团长为证。

无论再怎么表现出革命大无畏精神的高圆圆，其实此时她的内心深处是空虚、无助甚至落魄的，她极需要大无畏精神之外的实实在在的抚慰和支撑，极需要一个除了李亮这个闷心萝卜之外的强有力臂膀和怀抱的热拥。

就在这个时候，马团长大义凛然地出现了。他知道，这个时候不早不晚正是火候，没比他更合适的人选了。结果约高圆圆单独谈话那天，还没谈上几分钟，就见高圆圆摔门冲了出来，嘴里恨恨地用花腔嚷道："什么玩意儿，想占我便宜，谁都想欺负我，我怕谁啊。"没见马团长追出来。后来，有人看见李亮铁青着脸、狠咬着牙关冲进团长室了。

李亮出现在人们期待的视线范围内，人们明明看见李亮是空着手进去的，奇怪的是，出来时他手里竟多捏了一把京二胡？显然是刚刚发过他有史以来头一回的威，呼哧哧喘着粗气，使劲儿蹬上他那辆见证他和高圆圆初恋的"凤凰"牌，就听"咔哒"一声，链条断了……

"那京二胡,不是马团长的吗?李亮拿它干吗?"

"急疯了不是?老实人要么不发威,发起威来,能把天戳通。"

"那可是马团长心爱的家伙啊,李亮还真会挑,好小子。"

"李亮把马团长怎么了,莫非?"

"咱去看看马团长?还不定伤成什么样了?"

"不会,李亮那点儿力气动静不会太大。"

最后一句议论,是从导演嘴里溜出来的,他也刚刚弄清楚眼前发生的事情。

快下班的时候,有人看见马团长从办公室里出来,头上顶着一顶皱巴巴的旧军帽。

第二天,人们依然发现那顶军帽还扣在马团长的头上。怎么看,总像是一个人,终于有人语出惊人:"像,军——代——表——"

这件事,对于"闷子"李亮来说,简直就是个创举。人们还惊奇地察觉,李亮从此不再闷了,话多多了,而且口气还挺大、挺硬,走道时,腰板也硬朗了许多,还真不是错觉。人们反倒觉得,高圆圆倒像变了个人似的,像是染上了李亮得过的"闷"病。

没过多久,马团长给文化局调回京剧团当团长了,明眼人议论是平级调动。马团长最早是小京班里拉京胡的,拉着拉着,被人发现还有一副好嗓子,高音来得极便当,内行说,他的高音是与生俱来,没有换声区,张口就来,拿手的保留曲目是那首被何纪光唱红半个中国的《洞庭渔米乡》。经李亮这么一折腾,多多少少影响了马团长正旺的仕途。可他李亮就不一样了,自打那回用马团长心爱的京二胡砸伤了马团长之后,李亮在人们眼里高大了一截子,而且从那次发威起,李亮竟然神奇般找到了让他几乎绝望了的高音"G"。

高圆圆后来也调走了,调到市图书馆当起了管理员。嗨,蛮好的一位花腔女高音就这么不明不白地改了行。

说来让人觉得有点儿难以置信,李亮用京二胡那么一砸吧,竟然重新砸出了一条新的人生轨迹来。业务也长进了，仕途也敞亮了，谁能想到，一年后的李亮，竟会当上了马团长曾经当过的歌舞团团长？

都说"闷子"一旦打开话匣子，堵也没法儿堵。真所谓："不鸣则已，一鸣惊人"。李亮上任就职演说口才来得利索，直说得下面的人连连点头称道，赞不绝口。可谁又会知道李亮在家里的地位如何改观呢？

去李亮家送过年货的团里人回来传言说，李亮在家里可威风了，高圆圆仿佛罪人一般，对李亮言听计从，俯首帖耳。邻居们的议论也传到了团里，说是李亮动不动就教训妻子，常常能听见他妻子被打骂后抽泣的声音。

李亮出出进进，上上下下风头正健，团里的业务管理还起色不小。

认识高圆圆的人偶尔见过她时，发现本来就长李亮几岁的她苍老得很明显，声音也不像以前那么有光彩了。

李亮的日子好像重新来过。

有人敏感地觉察到了李亮的私密行为，团里舞蹈队的郑婷婷经常会闪现在他的左右。郑婷婷可谓团里的舞队学员中出类拔萃的一位如玉美女，亭亭玉立，线条极好。他们之间的破绽总是从李亮频繁出现在舞蹈练功房，而且是时常以检查舞蹈基训为由，天不见亮，李亮便会和这群年轻的舞蹈演员们同时出现在练功房，甚至有时还亲自为他们弹奏"基功、身韵练习曲"。当然，此举李亮有李亮聪明的理由："要从年轻一拨演员的业务素质抓起"。殊不知，他真正想抓牢的是眼前这位郑婷婷。

这事儿当然瞒不过高圆圆，奇怪的是，高圆圆并没有因此而愠怒，反倒显得知书达理。尽管李亮家里家外地位变了，要风得风，要雨得雨，她高圆圆表现得依然大度。甚至让李亮感觉到她是在忏悔她在他之前与军代表所经历的一切，甚至可以当作是她内心对自己的一种偿还。

　　李亮每天从郑婷婷身边回到家时能明显地觉察到:高圆圆变了,变得谨小慎微,变得畏畏缩缩。话也像是全被李亮讲完了,整日里,寡言少语起来。李亮心忖:莫非图书馆这样一个学究样的圣地把她给净化、洗礼了?

　　再就是,她对团里发生的一切全然不感兴趣,家务琐事好像成了她的偏好。更听不见她随嘴溜出的花腔了。她的行为举止甚至有点隐秘,有点玄妙。有时,李亮反倒希望让她发现自己和郑婷婷之间的隐情,哪怕发泄出她作为正常女人惯有的歇斯底里也好,可她始终没有。终于有那么一天,她把自己藏在家里,不吃不喝、畅畅快快地大哭了一回。原因是回到乡里,一直郁郁寡欢的军代表患上了肝癌,暗自饮下冤屈,撒手人寰去了。

　　一次酒后的李亮是这样为自己开脱的:有那么一天,当自己猛然发现和高圆圆共同的儿子脸上也开始萌现出他老爸当年那斑斑点点的青春痘时,李亮便有一种难以言状和异样的释然,"青春痘"好像在医学那儿有个学名儿,叫"粉刺"还是"痤疮"? 与内分泌失调有关……唉,不美也罢。

# 倦　　鸟

他已经习惯每天的这个时辰来到这里，其实，他早知道一切的一切再也不复存在了。他依然痴迷地坐在那张墙角的座位上，如果哪一天，那张座位给谁占了，他会想方设法夺回它，这已算他唯一的精神支柱了。

他太爱这家茶楼了，"天水雅集"，他甚至崇拜那个给这家茶楼起名字的人，那家伙太有文化品位了。这儿的茶道小姐每回见他来都小心翼翼地为他端上一壶"雨花"茶，不管有没有别人，再为他添上一个小杯子，然后，蹑手蹑脚地躲开，不再烦他的神。

他凝神地注视着那个空着的小杯子，悠闲地抽着三五烟，一口一口地冲着小杯子吐着烟圈，脸上的神情复杂而无奈，嘴里还不停地嗫嚅着什么……

一个月前，她还和他如胶似漆地坐在这里，柔情蜜意地规划着何时成家立业的大事儿。那天，"雨花"茶蒸蒸地散发着出奇的清香，他为这个幸福得要爆炸的日子狂喜不已，桌上堆了一大堆爆米花、开心果、薯条、波力海苔什么的。他记得，那天，他的声音奇大，他想喊叫，不，他想狂吼一通，他想让所有在茶楼的人都来分享他的快乐，可当他沮丧地发现所有的人各有各的情事、各有各的缠绵时，他只有偷着乐的份儿了。他和她再也抵挡不住情欲的躁动紧紧地搂抱在一起，忘情地狂吻着对方。他柔柔地将她娇润的小手拉在自己的胸口，帮助她上下随着自己还没衰退的腱子肌不住地滑动，他要让她不时地感受他的坚强，感受他无私无畏的亢奋和律动。她竟然小声地呻吟起来,她太容易让他发酥了,他想,不仅仅他会这样,所有正常的男人都会崩溃的,他真想一把抱起她狂奔回自己的住处,酣畅淋漓、山崩地裂地爱上一回……

她娇嗔地偎在他的怀里,小手软软地抚慰着他的周身可以起伏的脉搏,她隐隐觉得有什么东西凉凉地滑落在自己的小指处,懒懒地睁开眼,见小指上多了一枚熠熠闪亮的宝石钻戒。

"满意吗?记住今天,我们订婚的日子,好吗?"他喃喃地说。

"我说我和你订婚了么?看你猴急成什么了……"她神气十足,带点儿喘息地撒娇着。

"真话假话?你别再急我了好不好?我的小东西,你太……"

"那么便宜就让你搞到手了?一点戏剧性都没有,没劲。"

"怎么?还不够戏剧性?我两手空空地从家里逃出来,跟妻子闹成那样,里里外外沸沸扬扬的……"

"男人嘛,要爱就要大投入,等你什么时候学会用利息去爱的时候,你才是可爱的男人。"

"那,你的意思是……"

"看把你急的,我是那样的女孩吗?看不出来我对你是真的吗?要不真,我会把我的全部给了你吗?"

他又一次被她的挑逗融化了全身,自从他抛开生活了十多年的发妻,他就把命一头扎在她怀里了,她成了他的全部,他为她疯狂,为她为颤栗,为她梦呓。

他对她的以前再清楚不过了,他知道她的风流韵事,他甚至亲眼看到过她腻味在别的男人怀里的媚态,他还咬牙切齿地骂过她。然而,当这所有的一切发生在自己身上时,他反倒觉得自己走桃花运了,能在不惑的年纪遇上这样一位如花似玉、玲珑剔透的美少女,绝对是他的福分。他一点不介意她一次又一次地当众数落他,以致他的朋友都觉得替他没面子时,他却觉得异常的兴奋。背后,朋友们没少劝过他别把这事当真,玩玩她算赚了一回,他觉得,他们实际上是在嫉妒自己,因为像他这样的艳遇,不是每个男人一生都能碰到的。

他的手机唱起来,还是他俩当初在床上一同设定的旋律,比才的《卡门》序曲。她说,她喜欢他像卡门那样浑身是胆,很帅气,很酷地,抖一块大红布挑战一切世俗偏见。她还说,她更喜欢看到男人浑身血淋淋的样子,说血腥味儿刺激,容易让女人亢奋,达到性高潮。她说,做作的女人才会害怕血腥味儿,装作修女般慈爱、善良,其实,喜欢冒险、刺激的男人才是女人的天性。

手机是电视台文艺部曹主任打来的,一听是他的声音,他就恶心。就是这个曹大头趁他沉浸在甜蜜中时,用暗箭把他射下马来,让他从文艺部主任的位置上跌落下来。他想:这算哪门子错误呀,我秋江不嫖不赌为台里做了那么多风风光光的事儿,捞回了那么多的大奖,就为这事儿……他奶奶的,我操……省城的电视同行有谁不知秋江大导演的?再说啦,别说我了,就说整天人模鬼样儿的局长、台长们谁没两三个小蜜什么的,经我手招来的女主持人,不都被他们揽在怀里了吗?我操……

他这样悻悻地想着,没好气地接通了电话。那边曹大头倒挺亲热的,绝不像射过暗箭的人:"秋导吗?在哪呢?"

"在外边呢,和人谈本子,有事么?"

"也算是事吧,台里打算上一台综艺游戏类节目,约了一批策划,想请你也来谈谈。"

"哦,不行啊,曹主任,我这儿还没完事儿呢。就算了吧,那类节目还是适合年轻人搞,多听听他们的吧。"

"那好吧,就不打搅你了,那就再说吧。"

刚挂断电话,他只觉得这声音很近,就在耳畔似的,抬眼望去,就见老曹被一艳丽女子搂得死死的,捏着手机满足地从阁楼上走下来,径直地朝门口走去。那女子的背影好眼熟,定睛看时才发现是新来的签约主持人米娜小姐,那位让所有老记们都眼馋的风月女。"看来,这'天水雅集'的故事还不止我一个呢!"他心里一阵酸辣汤似的涌动,不知是暗自庆幸呢,还是……

百无聊赖的他开始留意起这家茶楼来,跟她来时每回都很专注,都觉得日子过得飞快,不容他有半点闪神儿。今天,他可以漫不经心地打量周围的一切,一色青竹绿柳、枝繁叶茂的格调,竹桌、竹椅、竹墙、竹碗、竹梯……就连灯光亮出的也是轻柔、玄秘、阴阴的色调,难怪人们容易把这儿当成调情、偷欢的地方。他时常能听到周围竹器被重压、被摇晃发出的扭扭噶噶的响声,这会儿,听得更加真切,更加无奈。中国人的观念开始转变,婚姻家庭结构开始错位,人们的情感世界开始多元化、戏剧化、复杂化,恐怕归功于茶楼的兴起,比起那些满山遍野、铺天盖地的洗浴、踩背、捏脚、按摩的行当,茶楼要体面、含蓄、隐讳得多。这里很少见到色情服务小姐,多半儿,都是自个儿带来的,满打满算,折腾上法庭也大不了构成个婚外恋。现如今,文明社会的茶楼不再像当年老舍笔下闹哄哄、神经兮兮、满天吆喝的茶馆儿了。这里,孕育着怪胎,潜伏着杀机,滋生着瘟疫,虚无着梦幻……

他突然觉得今天的"雨花"茶索然无味,而且眼前的一切毫无生气,他感到非常窒息,非常懈怠,这可是从前没有过的感觉。他不得不承认没有她的日子竟是那样无趣,那样难挨,那样空洞。

出了茶楼,他不知去向何方。他厌恶办公室和办公室里的人们。他讨厌他们看他的那种眼神,窥视,鄙视,幸灾乐祸。就像自己的脸是一部黄色手抄本,有着读不完的淫荡,卖不完的色相……就连看电梯的那位黄脸婆的眼里他也只有被斜视的份儿,就是这个黄脸婆编造、传播了他一箩筐的绯闻。而且一个比一个神似,一个比一个邪门儿。她哪来的那些个素材,并且还那么有章有节的?他一直纳闷的一个谜底有一天总算揭开了。他发现了她的一大嗜好,成天捧着一本言情杂志,如饥似渴地沉醉于电梯的上下之间,于是他的艳史经她的传扬立刻光大开去。

他扬手拦下一辆的士,说去南山。

南山郁郁葱葱的小竹林,格调别致、古朴典雅的亭阁,拾级而上的盘山青石板路,空灵、深远、韵味浓郁的百鸟鸣唱。这该是情侣们最容易融情的地方了。他和他的前妻就是在这里渐入佳境,找到了爱的感觉。妻子是学文科的,职业中就有凄婉、悱恻、多愁善感的因子,置身于南山有如同置身于人间仙境似的陶醉,很快就融化在两个人的爱情之中。在此之前,他和妻子并没有实质性的接触,只是在去"黑马企划广告公司"与他们合作拍片时发现了这位文静、贤淑的企划部秘书琴芳小姐。那时的琴芳并没有对他有什么多余的亲昵,一招一式完全就是公式化、礼节性的接待规格。晚餐敬酒时她也显得端庄、规范,全然不像从"黑马"中杀将出来的人。

要不是后来他穷追不舍、死乞白赖地盯着她不放,琴芳怎么也不会落入他的圈套。为套近乎,他搜肠刮肚地和她拉扯文学、哲学、历史,反正他认为一切能充分证明自己肚子里的学识的东西统统掏了出来。他就是靠他那双坚定不移的眼睛一直盯着她不放地看,直看得她羞涩地低下头来,然后躲什么似的将头埋在了他的胸怀里。就是在南山,他和她走向了后来成为夫妻的实质性的一步,具体的细节如今被他淡忘了,或者是被后来与她的艳情史给冲淡了。对于一个已婚男人来说,对于一个有着不少的性经验、性积累的男人来说,她的闯入太具刺激性而且完全有一种不可抗拒的迷混效应。奇怪的是,其实他对她的过去,对她花里胡哨、风情万种的经历不是不知道,甚至还一度斥责、讥讽、玩笑过,男人竟是这样无用,这样不堪一击,到头来,不料玩笑还是开到了自己的头上。

想着想着,他习惯性地走到了小松林跟前。这是他背着妻子和她幽会的圣地,一切好像都发生在昨天,一切又好像在嘲弄着自己。一想起和她如火如荼的日子,他血管里就涌动着难以言状的热流。密扎扎的小松林,遮挡着在他俩眼里圣洁无瑕的隐情,他当时几乎"一根筋"地觉得这世界的万物都在顺应着自己,祝福着自己,而且在保全着自己。赫然张开的松针,像卫士般呵护着他俩,他完全忘却了自己不惑的年龄,浑身牛一般壮实,仿佛有爆发不完的精力,那满地带刺的松针反而刺激着他们的肾上腺激素蓬勃亢奋。

他后悔自己真正的快感来得太迟,太缺少情调,这都怪妻子的冷漠,过于程序、简单、公式。那时的他才算真正品尝到了性爱的真谛,性爱的高浓度品质。原来,它不仅仅只有原始、野蛮的快感,它有品位,有深度,有张力……

他极其自然地仰倒在那片松软的草坪上,舒展着自己的四肢。当然,这回他体验着的是失恋后的孤寂和凄凉。他开始怨恨和她那段不明不白、不清不楚的偷情时光,短暂的快乐过后,竟然会是如此惨烈的寂寞难耐、酸楚和懊悔。想起来了,就是在这块草坪上,在他俩就地火爆相拥翻滚着让爱做主的那一刻,她陡然止住了放纵的激情,说自己不能自制地勃发起诗兴来,也不管当时的他是否败兴,是否索然无味,她从他几天前刚送她的坤包里掏出一沓稿纸来,极其缠绵而且性感地紧贴着他的耳朵,轻轻地朗诵起她那首叫《倦鸟》的诗来:

啼嘘着,她温情地蜷缩在都市的屋檐下
感动着,她凝视自己目所能及的喧嚣和躁动
带着自我的渺小和卑微
带着羽翼上厚重的尘埃
带着呼吸里残喘的杂音
她仍在幸福而焦虑地守望
守望应该属于自己和同族的那份怜爱
守望等待已久的飞禽式的新欢或是旧爱
…………

他惊诧地发现,念诗时的她清醇得像一朵嫩嫩的百合花,脸上带着刚刚泛起的红晕,在她能够裸露的白皙的肌肤表层好像能触摸到少女春心荡漾的质感……"她还会作诗?"他像品尝了一口烈酒一般一把将她揽在怀里,又像是在动情地怜惜一只落魄的"倦鸟"。她松软下来任凭他近于粗野地爱抚,温顺得如猫一般缠绵多情。

他恨不得抢过她胸前反复响着《女人善变》铃声的手机,他痛恨此时此刻除了他和她的喘息、心跳以外的一切声响,他祈望的是时间和空间在这里凝固,在这里"死机"。

"雯雯,在哪呢?想死你了。"电话那端,一个十足男性的声音近得不能再近了。她来不及避让,还是下意识躲闪了一下,偏过身子。

"郭导啊,什么?上晚会啊,太好了,唱什么歌?联唱?哦……好是好,当然要是安排我独唱就更好了。"

"……"

"郭导,还用说,我知道该怎么谢你,拜拜……"

接着,有一段时间,反正在他觉得有相当难挨、相当尴尬的一段时间,她只是在这头骚情脉脉,哼哼叽叽,手机那头仅能隐约听见窃窃的男声……

所有这些,她像是完全忘了身边他的存在,当然,这已经不是头一回了。合上手机,她又投入到他的怀抱,很快调节好了自己的唇温和体温,作秀般地爱过一回。

后来,她顺顺当当地上了省台郭导的那台名曰《情满水乡》大型文艺晚会,而且成为晚会中除了那位国家级的女歌唱家之外的唯一的女独唱演员。郭导还为她的独唱精心设计和调度了升降台、花车等抢眼的艺术表现手法。过后,郭导还亲自为她写歌,为她拍 MTV,为她制作 CD 唱片。这以后,她突然从他生活中消失了;再以后,听说郭导也离家出走,追她去了。若即若离的恍惚中,他曾无数次地拨打过她的手机,他也疯狂般四下打探过她新换的手机,甚至查询过她的手机户主,结果都是一个个不同姓名的男性或女性的名称。他纳闷儿过:就是这么个不算大的城市,怎么就再也见不到她的影子?

此刻的南山已经被夕阳无力的光照染上一层淡淡的暗黄色,为这小城仅有的一片旅游胜地而喧闹了一整天的候鸟们,喑哑着不再婉转的嗓音,有气无力地飞回了各自的巢穴。只有南山的道士们,习以为常地悟空着自己坚定不移的道义,迈着教条而蹒跚的步履,信誓旦旦地,在属于自己的地盘上煞有介事地走着。

他也弄不明白自己怎么想起转到这儿来?是消遣?回味?怀旧?还是郁闷至极?他尾随着各式各样的游人出了南山的大门,有个声音在招呼他:"哎,老板,巧了,又能为你服务了,上车吧,老板。"

还是刚才拉他过来的那位满嘴跑舌头的的士司机。

"哎,刚送来两位腻腻歪歪的狗男女,嫌死人了,连我都看不下去了,上车吧,老板。"

顺着司机努嘴的方向,只见一对死死黏糊在一块儿,走道都晃悠得快要不行了的男女,钻进小竹林去了。

"是她。"他两眼突然放出光来,再熟悉不过的身影了,化成灰都躲不过他的眼力。很快,他的视线又变得模糊起来,眼睛好像故意在提示他别去发现不该发现的东西。

的士喇叭一个劲儿在火烧火燎地催叫着他。

"那男的好像是什么导演,对,熊导,咳,还真够熊的,还说要带那女的去寻找野趣儿,真他妈有钱烧的。"

的士司机依然一路满嘴跑舌头,嘀嘀咕咕穷嘴个不休,见谁骂谁。

自己不就因为她才"走背字"的吗?他真觉得打心底里对不住琴芳了,好在被他丢弃的琴芳现在混得不错,甚至比他还强些,不然……

他在心底痛骂自己不是东西，迷谁不好，偏偏迷上她。迷上个把男人当"跷跷板"的女人。至今，他的手机短信里还储存着她的那首所谓的诗《倦鸟》；他明明知道那位郭导已经将《倦鸟》谱成了曲，特意为她录制了一部专辑，一部MTV音乐电视片，他还……

他很多时候竟然还设身处地为她着想：想象她这样一个在这座城市没有一点儿根基的女孩，一个家里仅仅靠着为菜市场的民工们开一家"电话超市"门面的女孩儿，是何等的"不容易"啊！

没过多久，她终于走红了，不是在歌坛，而是在影视圈儿。这下，他每晚都能见着她了，在电视屏幕上，40集的连续剧，一天播一集有得他看呢，虽说赶上个女三号，几乎集集不落，戏里演的简直就是个青春淑女万人迷，吟诗唱歌，把她的那点儿功底儿全用上了，据说收视率极高，圈内外尤其对女三号评价好得有些那个……

打开××网站的嘉宾聊天室，她正应接不暇地口若悬河，大谈特谈她的从艺之路，甚至用半诗半歌的语言和口吻谈她的艺术感觉、艺术观点，唯独闭口不谈的是她的感情经历。网友们偏偏就不信这个邪，越是闪烁其词的问题，他们越是问个不休。回复这个问题，她尤其显得羞涩清纯，未成年少女般的腼腆不已，好像极不情愿玷污自己尚未开启的心扉那样固执。她终于推说自己很忙，忙得已经被别人把自己的拍戏日程安排到了三年以后，末了，她依然如故地启用了她惯用的套路，以她得意诗作《倦鸟》压轴。一阵诗的烟雾过后，她显得依依不舍地消失了，剩下的网友显然没有尽兴，没有满足获取明星隐私的快感，有的在不住地惋惜，有的在狠狠地怒斥，有的却潇洒地扬长而去……

如此看来，真正的倦鸟不是她，而是他，一个连分享快乐的资格都没能轮着的男人，他悻悻地想着，并且趁人不在意的当口，使劲儿掐捏了一把自己。

# 那栋楼的那扇窗……

唐太太随老公搬进"鼎盛公馆"那阵,老公还是机关里的一个处长。不过这个位置上的处长等于坐上了直升机,党校学习后,很快会直升到副厅的交椅上。所有踌躇和窃喜都抑制不住地往唐太太脸上攀缘,合不拢嘴又假装若无其事,唐太太进进出出逢人便笑容可掬,连保安都觉着这家的太太和蔼可亲得有点儿异怪。

家还没搬停当,唐太太门前早已门庭若市,熙熙攘攘。老唐干了多年局办公室的科长和厅计财处处长,上上下下财政大权都拿捏在他手里,肥硕的身躯顶着一个操神过度略显萎缩的小脑瓜,规规矩矩摆布的五官,搁在比例稍小的脸上,一看,就是那种精明过人的类型。别看他肥硕,老唐的身子看上去明显透支,走道轻飘飘的,脚下没根。单位人都说他肺有问题,老唐从来不这么认为。只要一到单位,老唐立刻来了精神,两眼忽闪忽闪冒着金光,鞍前马后跟着领导,走道都生风。

调资涨薪,工龄养老,进账出账,资金运作,除了看上面领导的喜好,接下来都得看老唐脸色。老唐脸色向来惨白,他只承认自己操劳过度导致贫血。至于那个肺部胸透出的黑点儿,他嘴紧得跟地下党一般,宁死不屈。他常跟同事开涮地说,太阳还有黑子呢,我这小黑点儿算个球?他知道,此时此刻,扶摇直上的关键时刻,身体绝不能有半点含糊,要想往仕途上行走,身体各个部件必须完好,不好也得好。

单位人背后议论老唐,说他是"二皮脸",对上对下各一副,川剧变脸似的麻溜、精准。由此,几任领导都还信得过老唐,多少年干下来,老唐的"道行"很深,揣摩头头们的心思,老唐来得擅长,反应极快且很少失误。天衣无缝的财务营生成就了老唐的仕途,眼瞅着老唐被放在"后备干部"的名册里,而且据说很快就会扶正。唐太太和老公在一个单位,是后勤的一名"股级"干部,都知道她是从市里那个不上不下的越剧团里分流出来的,举手投足嗲兮兮、黏糊糊的,见谁那张嘴跟抹了一层蜜糖,甜得发腻。眼前老公这势头,也正是唐太太合不拢嘴的谜底所在。

鼎盛公馆可不是一般小区,标准市中心黄金地段,要绿有绿,要景有景,要亭有亭,要水有水。能住进这里的也不是一般二般的人,他老唐算一个,再有就是对面楼上还早他一年多住进来的同单位办公室审计科韩科长。韩科长老公不稀罕仕途,虽说官相十足,人高马大,却为人谦和,处处温良俭让。只有唐太太私下打探到,韩科长老公实乃一家大企业的总裁。

起初,那么多走马灯似的人来往于唐府,唐太太并没藏着掖着,相反,还有意无意提高嗓门在楼下门前张罗:

"哎呀,别介,来就来吧,干嘛还带这些……我们家老唐说了,一律不准我收人家的东西。"

嚷归嚷,一边嚷着,唐太太会一边把来人往自家门里拽。还不时抬头往对面三楼上韩科长她们家那扇窗户瞄上几眼,那意思像是说,咱家人缘好,没办法啊。

自打唐处家搬来鼎盛公馆,韩科长一家说不出哪儿,反正觉着浑身上下哪儿都不自在。平日抬头不见、低头在单位总能见上的同事,这下好,那句电视里经常滚动播出的化妆品广告词怎么说来着:"大宝,天天见"了。

既然成了一个小区,而且是楼对楼、窗对窗的邻居,还算是单位的高一级领导,韩科长虽说不善言辞,不喜高攀,这点礼数还懂,也拎了大包小包,去唐处家门上道过乔迁之喜了。

乔迁没几日,唐处长家好事连连,唐处的副厅任命下来了,小女儿也挤进了那所打破头都难进的市区重点小学,再就是,唐太太悄没声地从股级一跃蹿上了副科,真是狗屎运上来,挡都挡不住。韩科长只好顺着乌泱泱的人流,涌向唐厅府上,又道了一回喜,又随了一份礼。其实最累的要数唐太太家养的那只娇小却大声狂吠的泰迪犬,一天下来,来一拨子生人就得叫上老半天。

从此,唐太太的嗲声嗲气中带出了官气,唧唧瑟瑟的进进出出,张口闭口:"我家老唐……我家唐厅那个人啊,太讲原则……他这个人啊,生来一身正气,就讲个规矩……"怎么,怎么的。

在单位每回碰上韩科长,唐太太倒是还做出像老邻居一样,只是口吻变成了上下级的嘘寒问暖,无微不至。当然,韩科长也听得出,唐太太话语往往在不经意的缝隙里,透着某种暗示,意思好像是说,只要懂礼数,舍得投入,没有她家唐厅长办不到的事。

再后来,韩科长透过自家客厅那扇窗,多次无意中发现,上门来唐太太家的人渐渐少了许多,或者说更加隐蔽了。唐太太也不再像先前那样高调行事,原来敞开的窗帘也不知什么时候整日悄然合上了。唯一瞒不过的是那只"泰迪"叫唤的时差,倒回到了夜间。

唐太太貌似低调着,先是将自行车换成电瓶车,尔后很快换成了凌志轿车。只要出门碰上骑电驴子上班的韩科长,都会摇下车窗热情招呼她上车同行。她不知道,韩科长不是买不起好车,而是生来不喜张扬,是她不喜欢溜须拍马的个性使然。

大半年后,韩科长每回出门再次遇见唐太太时,能发现她神情的异样,从她眼神中常常能哑摸出疑问和审视的意味。还得时常回答她这样怪异的问题:

"昨晚你们都睡得很晚吧?……小狗吵着你们了吧?……我们家老唐实在太忙了,起早贪黑啊,忙到深更半夜那是常事啊,总是这样，为单位，为工作，身体怎么吃得消啊！"……

这话里话外分明是想试探什么或是解释什么，更多的又像是在怀疑什么，韩科长这么想。

韩科长这么想了，也干脆麻溜地卖掉房子搬家走人，免得被唐太太成天惦记着。

韩科长不好管闲事，不代表没有好管闲事的人在。单位里上下传开了，韩科长搬出鼎盛公馆之后没多久，唐太太和唐厅长成天打得不可开交。据说，厅长大人外面早有好几个女人，相好多年还是纸没包住火，后院着了火。只要厅长大人半夜回家，唐太太要么门反锁，要么不让上床。吓得老唐不敢回家，谎称出差去了。

唐太太急疯了，越剧急成了河北梆子，见谁便是一阵"急急风"般的数落、痛斥。就连胆小怕事的韩科长也躺着中枪了。唐太太怀疑是她传播出唐厅长的艳情才闹得她们家人仰马翻的。

唐太太从此落下病根儿，在家不时会偷偷撩开客厅窗帘一个缝，对那栋楼的那扇窗注视上好半天。每回出门，也都会朝着对面那栋楼的那扇窗狠狠瞪上几眼。

韩科长哭笑不得，惹不起她却躲得起，上回搬家，这回索性调离单位一走了之。

又过数月，消息传开：唐厅长因买官卖官、行贿受贿被组织调查，当然，通报上还后缀着"与多名女性长期保持不正当关系"这样不尴不尬的一行字。

这户人家的"鼎盛"时期说过去就过去了，"公馆"也不见了唐太太母女和那只小泰迪的身影。

后来有人说，他们在通往市郊的公交车上见到过蓬头垢面、自言自语、喋喋不休的唐太太……

2015年8月27日于南京

微小说

# 二　　线

　　刚退到二线的宋局长,大清早,还是那个时辰起床,洗漱,吃早餐,喝茶,之后整个身子陷在客厅沙发上,一边剔牙,一边读着当天的《晨报》,等着司机小许到了家门口按下的那两下喇叭声。

　　高档小区窗外早就透亮,城市喧闹声隐隐传来,盖过晨鸟撒欢的鸣叫。楼上那家刺耳的家装冲击钻声准时响起,直往老宋耳膜里鼓噪。老宋从报纸顶端往对面墙上望去,早已过了平时出门上班的钟点,自己那辆"天籁"专车的喇叭声迟迟没有响起。

　　恍惚不安中,老宋猛然记起昨天班子会上刚刚宣布过,自己退至二线协助局里后勤工作。上面来人找他谈过话,会上也肯定了他在任期间的工作成绩。从副局长位置上一蹴而就的那位新上任的孙局长也跟他聊过,谦恭加慰藉地对他说:

　　"宋局,我会接好您的班,按您的思路和理念带好一班人,也感谢您这么多年对我的关心……"饮下一口茶,往下咽了咽又接着说:

　　"局里工作您尽可以放手,放心,以前太辛苦了,趁这个机会多休息休息,办公室给您留着呢,愿意来就来,大家也都舍不得宋局您这么快离开岗位啊。"

　　想到这儿,老宋多少有些颓然,只觉着身子沉沉地往下陷,沙发在他身子下面明显凹陷成一个坑。

　　外面那声熟悉的汽车喇叭声还是响了,小许摇下车窗,带着一脸与往常没什么不一样的微笑,在向老宋招呼。

老宋迟疑片刻,还是提上公文包,出门钻进了车里。

小许告诉他,办公室主任一早先让他去接了另一位还没配车的第一副局长林鹏,送到局里后,这才迟到赶过来接他。

老宋那间办公室确实还留着,不过,已经不是单独一人了,上面早有规定,办公室面积不得超标,超了标的要自行调整。这个理由正好落实到老宋头上。进门时,他才发现,是那位林副局长与他面对面坐着。

这一整天,机关上下都在热热闹闹地忙乎,对面那位也出出进进好几次,赶了几个会议的场子。唯有他老宋,百无聊赖地干坐着,看完了当天所有报纸、材料。那位成天往他办公室跑上好几趟送审文件的王秘书,来是来了,可没冲他来,风情翩翩地直接将文件呈上了对面的林副局长。

老宋借着几次上卫生间的当口,经过会议室,瞥了几眼里面满满坐着的局领导班子成员和那些个中层干部们,心里别样滋味混杂,搅和着,脸上微血管顿时觉着一阵火辣辣的"杠火",涨得通红。

快到下班,王秘书敲开了老宋办公室的门,媚声媚气地转达了孙局长的邀请:

"宋局,孙局让我来请您,晚上一道参加一个饭局,是和市发改委的领导谈工作的……"

老宋其实打心眼里不想去,腿脚却不听使唤,还是跟着去了。

这个晚上,让他清醒地意识到,接下来,对自己来说,像这样的饭局会越来越少,再就是,从今往后的饭局,自己也不再可能坐上主座位置上了。

那晚,老宋喝下不少用一只普通白酒瓶掩饰灌装的"茅台"。桌上,其实也没什么工作好谈,所谓发改委的那位领导,也是孙局长的发小。一桌人其实都是冲着老宋退二线的话题来的,好话连篇,点赞不已,大有歌功颂德、捧人捧上天的味道。

老宋左推右挡,孤军奋战,就连之前差点跟老宋传过办公室绯闻的王秘书,"心花"早已"怒放"到了孙局长的脸上。无奈势单力薄,心灰意冷的老宋很快喝趴下了,王秘书招来司机小许,驮着老宋上车,让他送回家去。

车上,昏昏沉沉,迷迷瞪瞪的老宋,耳朵边好像听见小许在说:

"宋局,明天起,办公室安排我每天早上去接林局长了,您自己……"

老宋记得自己好像跟着小许那句话,从鼻腔里发出一声沉闷而重重的回应"嗯,我知道了"。

不再享受专车接送的老宋倒也乐得,办了一张公交卡,隔三岔五,来回乘车上下班。

只是在班上浑身不再得劲,坐也不是,站也不是,说也不是,不说也不是。电梯上下遇见同事和下属,要么人家故意避开坐下一趟,要么没话找话问你几句:"宋局,忙吧?"

宋局心说,不是存心吗?我还能忙啥?

碰上以前被老宋在工作中指责过的人,干脆直接就埋汰说:"啊呦,宋局,干嘛还这么敬业,在家享享清福多好啊!"

老宋实在觉着自己是这座大楼多余的人,之前的所有威严、风光、气度、跋扈几天之内荡然无存。所有人看他的眼神里,他都能敏感觉察出淡漠和怜悯。他自己丝毫没觉得自己老到不能胜任领导工作的地步,相反,他更加埋怨干部退休年龄过早,过于一视同仁,一刀切。

孙局长也经常串门子,到老宋办公室嘘寒问暖地看望他,有一搭没一搭地聊上几句。像是也想听听老局长的建言什么的,一到这个时候,老宋心底,自然会涌动一丝暖流,血管里也好像有种热乎乎的膨胀。

老宋会信以为真,毫无保留地说出他的想法、理念和建言。孙局长听过,谢过,也扬长而去。

老宋经常坐在办公室,望着墙上那幅书法家朋友赠予的章草大字愣神上好半天:"人道酬诚"。

老宋想着这些年闲暇时还算积攒了一些喜好和技艺,比如:空下来练上几笔自己喜欢的章草书法,练得自己看得还算顺眼,别人看了使劲儿吹嘘的地步,被办公室拿去会议室、接待室里挂挂,也好满足一下被周围人半真半假夸耀后心里的那点儿虚荣。即使将来老了,有这门技艺在手,与在家被一致推崇的烹饪厨艺相得益彰,不也算老有所乐?

没过多久,老宋还是发现了局里里里外外起了明显变化。先是所有出自自己之手的书法题词不见了,再有就是,电梯口正对面的理念口号标语,橱窗里的光辉历程图片,连同电梯内外分众传媒电视屏幕里天天滚动播放着的专题宣传片都被悄悄撤下了。

取而代之的是新的口号,新的理念,新的目标,新的展望。

老宋只觉着心头堵得慌。

一天,上面纪委同志约老宋去谈了话,一个大弯子绕来绕去,绕得老宋有点犯懵,不知自己摊上什么事儿了。再仔细听话音,说是有群众反映,在任期间,老宋接受了别人的"雅贿"字画什么的。

老宋直呼冤枉,一再向组织申辩,唯一的那幅所谓书法字画就是办公室墙上那幅,而且那位书法家确实是自己的朋友,绝没有半点利益交织。

查来查去,老宋还是背了个降级处分,同时正式办理了退休手续。

老宋可以不再去局里上班了,有的是时间在家自省,自闭,自我了。

从此,老宋便与本指望颐养天年、老有所乐的那一手书法技艺说了拜拜,上交了那幅"人道酬诚"的章草,再没去碰过笔墨。除了每天在菜市场上能见他的身影,平时,索性一头扎进区老年大学合唱团,混进男中音声部,唱合唱去了……

2015 年 11 月 6 日凌晨于南京御景园

# "狗镇"镇长

年纪轻轻的村官葛正,好不容易从副书记、副镇长的位置熬到镇长位置上,周围人嫉妒得要命,他葛正从里到外就是乐不起来。心里总是别别扭扭的,不爽。

一来,他所在的这个镇子,因盛产狗肉闻名乡里,蜚声省内外,得名"狗镇"。二去,他"葛正"的大名,除了这些年他这位年轻气盛的副镇长招商引资业绩卓著,"葛正"的发音在他们县城,尤其这个乡镇人张口闭口,便自然秃噜成"狗镇"镇长,或简而言之干脆直接叫成"狗"镇长。

"狗镇"不大,也就几百户人家,镇上又没打出什么拳头产品,数得过来的几家外加工厂之外,也就靠镇上家家户户,老少娘们儿手工编制的活计,再就是那片和隔壁镇上共享的"芗杨湖"了。

说"狗镇"产狗,那还是多年前的野史。

这些年来,"狗镇"上的狗早就供不应求,闹上了"狗荒",不得不靠大批外援狗肉成车皮调来充"狗镇"的面子。

一天下来,"狗镇"甚至很少能听见狗的叫唤声。

镇上除了超市、供销社、菜市场,最多见的是各等名目繁杂的狗肉餐馆。镇上最显赫,也是镇上最拿得出手的土特产品便是花样繁多的"狗肉套装"大礼盒。

葛镇长从小在"狗镇"长大,在外读书回来,立志回镇当了几年的村官,说起来,也算是吃着狗肉长大和成长起来的。

村官这些年做下来,只要是政府接待、上级来员、商务考察、公务往来,例行招待,不同等级的"狗肉席"那是必须的。说邪乎点儿,人家有一半儿也是冲着"狗肉"来的。

当然"狗肉席"也会明显分出"三六九等"和"二四六品"来。中餐或是晚餐桌上少不了这几道:白切狗肉,五香肠肉,酱香肠卷(狗肠),虎眼金星(狗眼),盐水狗肾(狗肝),西芹脆耳(狗耳),小熊掌(狗蹄),红油狗肚,狗鞭龙凤汤……

一顿"狗肉全席"吃下来,每位浑身上下没有不燥热,不亢奋的。做镇长的光陪吃陪喝,还远远不够,席间,你还得倒背如流,不厌其烦地向客人们宣讲"狗镇"的历史沿革,发展蓝图。搬出李时珍《本草纲目·狗》来演讲:狗肉味咸、酸,性温,有温肾壮阳、助力气、补血补肾之效,能强筋壮骨。最适宜于秋冬季进补。还有补脾暖胃、填精等功效。葛镇长的口才极佳,酒席桌上的口才更数一等二等的精彩。

几年镇长做下来,不光葛正,所有参与接待、陪客的镇上大小官员,见到狗肉上桌,索然无味不算,一个劲儿倒胃口,想吐。又不得不硬撑着,强颜欢笑,还得佯装食欲大振,狼吞虎咽状。

临了,酒劲未散,跟跟跄跄地把客人们送到小车跟前,还不忘让属下往后备箱里塞满"狗肉土特产"套系礼盒。

回头看,"狗镇"这些年屈指可数招商引资来的几个大项目,谈判桌上能达成意向的也只在30%左右,剩下来的,也就靠"狗肉席"上,镇领导们高风亮节的主人翁意识和大无畏的革命英雄主义,赤膊上阵,趁酒劲,拼狗劲,耍狗性死乞白赖争到手里的。

镇里的父老乡亲们心里比谁都清楚,也比谁都心疼他们。

他们眼里看得真真切切的,哪一位镇干部,不是靠数以百顿的"狗肉席"拼上去的。

他葛正,更不例外。

镇长位置上再拼几年,拼得好,会上县里谋个更高的职位。

近些年,"狗镇"发展见快,一派欣欣向荣景象。

镇政府却频频收到内部告急:"狗肉"荒得厉害,几乎到了吃了上顿愁下顿的地步。

葛镇长连夜召开紧急会议,部署更大区域来调集狗肉已经成为当前工作的重中之重。会上,葛镇长不忘强调:全镇乡里乡亲动员起来,发动周边亲属,搜集狗肉(补充强调:必须是放心狗肉),并严厉打击趁机哄抬狗肉价格的不法商贩。

夜深人静,浑身疲惫从镇机关回到家里,一头瘫倒在床上的葛镇长,还念念不忘,喃喃自语似的对枕边娇妻说了句:"看好咱家的旺旺,别让它跑出院子……"

没几日,正在酒桌上侃侃而谈,接待温商考察团一行的葛镇长接到娇妻哭哭咧咧的电话:"还吃,吃,吃,都吃到咱家头上了,一早,我没留神,咱家旺旺跑了出去,被人绑了,全镇都寻遍了,没见它身影……呜呜呜……"

葛镇长愣住了,夹着一块干切狗肉的筷子悬在半空中。眼前闪回到方才进机关大门时,正撞见厨房大刘师傅,从外面蹬着满载一车新鲜活杀狗肉的情形。那一堆里,眼前这一桌上,莫非就躺着自家"旺旺"……

想到这儿,葛镇长找了个话茬儿,悄然离席,把自己反锁在办公室里,颓然坐在沙发上,再也提不起精神来。

从父母家带着它到自己小家快十年的"旺旺",就这么没了,"狗镇"啊"狗镇",我这个镇长情何以堪啊!

这以后,葛镇长不再出现在政府接待的任何一场"狗肉席"上,口中也绝少再提"狗镇"的话题。

再以后,据说,葛镇长毅然决然辞去了镇长公职,远走他乡,别了"狗镇"下海经商去了。

2015 年 10 月 29 日于南京

# 一 桌 人

小城那条原本就显局促、狭窄的古街上,突然有一天与文化擦出火花捎带手打包了旅游,兴起了文旅产业的"三把火",扑扑腾腾地燃烧起来。撞上个节假日什么的,小街被黑压压的游人挤得水泄不通,火爆得快不行了。

在小街上做着一家食杂店营生的霍老板,整天儿眼瞅着见尾不见首的旅游大军南下汹涌而来,穿街而过,手上忙归忙,心里却不是个滋味。

霍老板这家食杂店也就做做小本生意,摊上几张煎饼,煎上几块臭豆腐,卖上几包香干什么的。晚上一盘点,进账的就那么几张数得过来的小票,有说法也不大。再看门对面和左邻右舍们,都比他霍家闹忙,游人们手里捏着的那可都是一沓一沓的百元大票啊。

听说东街和西街那边新开了两家光店名儿听上去就有响声的茶吧,一家叫"一壶山",另一家叫"一方水"。两家据说还都是文化人,舞文弄墨,琴棋书画都有高人指点,肚子里有点墨水的人,路过他们家的店,都想进去喝上一壶茶,舞上一通墨。

霍老板心想:同样是人,不缺胳膊少腿的,人家能做得漂亮,咱老霍在小城,当年也是数得过来的几位"豁神"之一,为啥就不能弄出点新名堂来,也好捞回点脸面。

憋了几夜,老霍总算憋出一个自以为盖了帽儿的店名和一股邋遢的想法。你叫你的"一壶山",他叫他的"一方水",老霍我就来个你们玩不了的,叫"一桌人"。多一桌都不摆,你爱来不来。

改辙开张那天,老霍一大家子七大姑八大姨,能来的都来了,挨个给从门前过的游人散发"一桌人"私房菜小馆的小广告。丁点大的店堂那间里屋,确确实实也只能搁下一张圆桌。

瘦不唧当的老霍和肥头大耳的厨子并肩立在门前,整个一对相声演员。老霍逗哏,胖厨子捧哏,一敲一搭地在那儿白霍着,不协调也协调了。老霍店堂赫然标明的广告词即是:"油多不坏菜,礼多人不怪,一桌人小店,每天,每顿说一桌就一桌,下手订晚了,你得跟那一桌人商量着办"。

俗话说得好,"物以稀为贵",一桌人私房菜小馆这叫"桌以少而精"。开张这天,霍老板忙前忙后,笑歪了嘴,到了饭点儿,门口一大家子人,全都充当了当天"一桌人"小馆的"媒子"吃客,惹得过路客们垂涎三尺,翘首以盼。

老霍这手绝活用他自己的话说,这叫作"饥饿营销"。越是吃不着,等不到座位,排不上号,人们就越上杆子跟霍老板预约。看把霍老板嘚瑟的,傲得一天到晚人五人六的来劲。

人们纷纷好奇心更足,好生蹊跷:这一桌人究竟能吃些啥?他霍老板又能有啥赚头?来小店吃饭的人,前门进去,酒足饭饱后,后门悄悄就没了人影,这就更让人觉着诡秘莫测。有时干脆前门都不见有人进去,霍老板见天儿满嘴抹油,小头锃亮,叼着烟卷,倒背着双手,故意进进出出在左邻右舍小老板们跟前悠闲地晃悠,显摆。

不按常理出牌的"一桌人"小馆,很快勾着了东西两头"一壶山"和"一方水"的魂儿,差手下悄没声儿地前来打探虚实,张罗究竟。

一日三餐,从小城的特色早茶开始,"一桌人"小馆的蹿红,暴利从霍老板由小电驴子,换成的宝马323座驾露出些许端倪来。

自从打击腐败的各项禁令下来,大小酒店都谨小慎微,心有余悸了,好吃的、不得不请吃的单位都往食堂、小巷里钻,偷着闷吃。

"一桌人"正好抓住契机,与时俱进,反其道而行之。闹中取静,又巧中取胜,绝不输给东西头的那两家"一"。

客人预订什么,就能吃到什么,妙就妙在藏身在这里,掩人耳目,还不事张扬。霍老板不光聪明,还透着精明。餐费超标,单位财务卡得严,霍老板会帮他们想辙,这叫上有政策,下有对策,你魔高一尺,我道高一丈。

有人路过"一桌人"小馆跟前,故意大声向霍老板道喜:"恭喜霍老板发财啊,听说订你家这桌餐太难了,都排到明年正月十五了?"

霍老板心里得意十足,嘴上却不酸不甜应和着:"哪的话啊,这年头,有一顿没一顿的,咱就这一桌,生意难做,也就混几个小钱啊。"

也就一年不到的光景,人们发现"一桌人"那家店的店名又改成了"一锅盖"。还是那位霍老板,自己腰间围起了围裙,一天到晚,火炉支在了店门口,做起了这条街"锅盖面"的营生,回归了当初的小本经营。

有知情人爆料,不知哪天,小馆被市巡视组给盯上了,连锅端了那常来常往的"一桌人"。霍老板被罚了不小的一笔款,摘下了"一桌人"的牌牌,换上了"一锅盖"。

霍老板常常借自己多喝了点小酒,在自家门前发上几句牢骚:"哎,从今往后,咱就做一辈子守法公民喽!我就不信,靠这口锅,这只锅盖,日子就没法儿过了?吃一堑长一智嘛,你聪明?还有比你更聪明的,这叫一物降一物,耍太多鬼头心思有啥用?这叫'好事都是二姑娘,坏事都是赖丫头'……"

2015 年 11 月 13 日于南京

# 晚　　节

老沈越来越觉得在家过得憋屈，让他抬不起头的是，在家的地位，他连"老五"都快排不上了。每天下班回家，连那只瘦不嘟当的吉娃娃也冲着他不依不饶地吼叫，显然，这家户口本儿上名副其实的户主，已经快成了多余的人。老沈扪心自问，自己不就快到点儿吗，怎么就这么里外不受待见。

"老头子，你傻呀，你看人家当官儿的，谁不为自家着想，为自家办事？就你身子骨正，原则性强，落得两袖清风，一箩筐好话，能养老？"每回都是老伴儿数落在先，跟着就是儿子、媳妇、女儿、女婿轮番上阵。

"就是嘛，老爸，像您这级别的干部，谁家没住上几套房，挣上个千儿八百万的，咱家倒好，妻儿老小就这么一套，一大家子挤着住，还……"儿子小沈不止一次这么埋怨过。

"我说爸，人家说的一点不错，混得差，头发向前趴，混得好，头发向后倒，你呢？你那几根发都盖不住脑袋瓜了。"这是宝贝女儿叽里哇啦的唠叨。

还是女婿通情达理会说话：

"我看，也不全怪咱爸，咱爸不也帮别人办成不少事了吗？说明咱爸办事能力强着呢，只是没来得及办咱家自己的事儿呢，对吧？爸？"

"儿子提干的事儿，女婿拿项目的事儿，女儿挂靠公司的事儿……再不抓紧办，等你退下来还不全抓瞎啦？"老伴儿比谁都猴急,其实这些话,每天像床头上的闹钟一般,定时定点会在老沈耳膜边上鼓噪不停。

一股脑的事儿,够让老沈烦心的。上面没有明说,实际上老沈已经被二线了,班子重新分了工,老沈成了协助工作。

隔着办公室门窗,老沈能看到来回忙碌穿梭的人们,上自己的办公室谈工作的人越来越少了,老沈有时干脆将自己反锁在房间里,眼不见为净,免得心里的滋味苦辣酸楚反胃得厉害。

眼见着饭局更是少了许多,办公楼上下电梯,之前还黏黏糊糊,局长长局长短打招呼的人嘴也变得懒多了,能冲他点个头,咧个嘴老沈已经觉着够有面儿的了。

这晚,还是有位孙姓下属请他在离单位几站路远,运河路上的一家小饭馆搓了一顿小酒。起先,他还心存感激着这位,起码比那些人还没走茶已经凉了的势利小人们要厚道得多,还知道留点温存和念想给他的上司。

紧挨着运河边的这家饭馆儿不大,月光把河水搅和成波光粼粼的一景,从包间敞开的窗户往外望去,黑幕下的运河若隐若现,扑朔迷离。加上几杯小酒下肚,恍恍惚惚中,兜了一圈对局长大人的赞美之词后,老孙言归正传了:

"沈局长,真不知道如何开口是好,又要给您添麻烦了。"平时还真没麻烦过领导的老孙,此刻,脸上也不知是喝红的还是涨红了的,话出口有些扭捏。

"就是……就是……我家侄子调保卫科那事儿。"

半截水晶猪蹄还卡在老沈嘴里,他想起了自己经手过的这桩半吊子"人事"还没办完。

"哦,瞧我这记性,差点给忘了,我跟人事部都打过招呼了,怎么还没?……"显然,他是明知故问。

"不急,这事,我明天就办,小事一桩。"老沈不无自信地承诺下来,也索然无味地悄悄吐出了嘴里的那半截猪蹄。

夜已呈深墨色。

小饭店出来，沿着运河边，老沈深一脚浅一脚地往家的方向走着，一路上没少想那些让他添堵的事儿。

他那部专车还在，司机小王也还跟着他，只是早就"身在曹营心在汉"了。其实这些现实和落寞，谁迟早都会碰到，老沈还是早有心理准备的，只是随着退休"倒计时"日期和分秒的节奏无形的加快，甚至越来越显得冷漠无情，给老沈心头平添了不少的抑郁。

老沈后悔过，纠结过。后悔自己没能像其他官员那样，在位上滥用职权为己谋福利，吃老本，捞资本。弄得临了，里外不讨喜。

老沈庆幸过，庆幸自己行得正，坐得直，站得稳，没伸过不该伸的手，没贪过不该贪的钱财。

朦胧月色中，迎面慢悠悠，散步走来一对老夫妻的对话，很快也非常轻松地让老沈心头堆积着的抑郁被融化，淡化，消化……

"我这叫：无官一身轻，无事不烦心，人退心不累，无私心地宽"，那位说话的老头看来跟老沈有一样的境遇。

"老头子，咱就这么傲气，过得踏实，咱啥也不图，吃亏是福，图的就是退下来清静，踏实。"老太婆的声音。

老沈缓过神来，回转身子，深情地望着这对陌生老两口的背影，这背影渐渐模糊，远去，月色和树影交错中，仿佛将他俩的背影叠画成两个楷书大字："晚节"……

老沈顿时清醒了，习惯性挺了挺身板，脚下的步子也轻快起来……他想好一肚子话要对家人说，他会向他们堂堂正正地声明，自己不是家里多余的人，这个家的户主，虽说没给这个家带来什么财富，也没太大能耐，可他带给这个家，带给儿女们最大的财富，也是最大能耐的就是这个家的老沈，守住了自己的"晚节"。

2015年9月16日于南京

# 人往高处走

寒冬的夜晚，冷风刺骨，管你喜不喜欢一劲儿往人的脖颈里钻，生疼生疼的。不是每一个驾驶员都能像小丁这样享受着与头头一样的待遇。从玛雅会所出来，身子被会所里那家××温泉热水浸泡得麻酥酥、软乎乎的惬意，两条腿走路都觉着在打飘。

头头还在包间与头头的头头谈着"正事儿"，像这样三天两头工作以外的时间泡在外面，小丁早已习以为常了。他看到过其他给领导开车的专职司机很少会有自己同样的福分，他们要么先把车开回家待命，要么就在离酒店或是会所远远的地方"板等"着。打开奥迪A6车内暖风，将座椅调到向后倾倒呈120度角，小丁舒舒服服地靠在带有加热功能的真皮座椅上，心头掠过一阵暖意。小丁眼前浮现着这样一幅画面：在自己那间不算大，但很温馨，贴满喜字的新房里，蜜月里的妻子在床上给丈夫暖着被窝……

头头脑脑之间的攀比，较量甚至尔虞我诈，小丁没少见。这些夹在头头脑脑之间的驾驶员与驾驶员之间彼此的较劲儿和斗横，小丁更是见多识广了。最初，谁都指望自己这手技术能摊上一个好单位，好单位一般能摊上一部好车，当然，好车一般因为这个单位的领导级别，好车跟着会有一副好牌照。在他们的圈子里，驾驶员的级别相当于领导的级别，水涨船高。

说来道去，最最关键的，是你能不能摊上一个好主子、好领导，小丁见天儿满脸洋溢着傲视群雄的那股劲儿，明摆着告诉他身边所有的人，起码这些年，他小丁的命相和运气都不错，绕来绕去几个圈子绕下来,他跟对了他的主子,主子对他绝对不赖,也不薄,大事小情,家里家外,生活冷暖,手头外快……

人们对小丁的头儿,看上去也很敬仰,见面毕恭毕敬尊称他"于厅长"。"于厅"生得富富态态,白白净净,一副金丝边眼镜将五官打理得体体面面,不卑不亢的。于厅眼睛尺寸不大,经镜片放大后,眯缝着的双眼,自然拼成人们常说的慈眉善目。于厅长平时和蔼可亲,没有一点厅级官员的架子。总是笑吟吟地待人,遇上稍稍熟悉点儿的人,他会微笑加握手,身子前倾单手伸过去,直握得对方有时会觉着一种受宠若惊的惶恐。

小丁常常手握方向盘,余光中瞥上几眼在后座上打盹儿的于厅,不禁为他平生几分怜惜。忙前忙后,忙里忙外,很少有时间给自家的妻儿老小,唯独没少关怀自己的下属。

"有空去4S店把车弄弄,还有,别忘了把这段时间的加班记录报给办公室啊……哦,大盛集团的陆总让你去趟他们公司……"小丁和他的驾驶员弟兄们都门儿清:机关里给头头们当司机,混好了,也只能就在车保养、公里数、汽油费什么的上面做点发票手脚,捞捞油水。

遇上这样的好头头,是他小丁三生有幸,祖上有福。小丁心里一直这么满足着。

同一个单位的驾驶员们没有不明里暗里羡慕小丁的,话一出口,也有酸不溜秋的:

"我说,吃肉的时候,别忘给咱弟兄们留口汤喝啊。"

"哪天也带咱哥儿们去玛雅泡泡温泉,享享艳福吧。"

"哎,兄弟,你高升了,别忘了提携下咱兄弟去接替你的活儿啊。"

听这些话,小丁早就听麻木了,呵呵乐着,不置可否。不过,听着听着,也觉着自己越来越有盼头。他看见过身边也有领导的驾驶员,给领导开了几年车,开成了什么什么"长",当上了什么什么"官儿"的。

懵懂间,有敲窗的声音,小丁睁眼见是于厅在车子的左侧冲他微笑。

"眯着了?累了吧?……明早还得去 H 市参加一个调研活动,走,抓紧回家休息下……"

小丁麻利地调好座椅,抖擞起精神,待于厅坐定,打开车内音响,音响里很快飘出于厅最爱听的那首轻快的《卡布里的月光》。排箫缓缓领奏着乐队,演绎着一段可以镇定,也可以催眠,还可以融进一些倾听者各自情绪和心境的东西。

"小丁啊,跟我有快三年了吧?自己有什么想法没有?"音乐伴奏下,于厅看似随意地问。

"于厅,跟您不管干多久,我都很荣幸,很知足,很……"小丁说的是实在话,当然,再有的心里话也不好意思说出来。

"哦,你也别不好意思,心里有什么要求可以跟我说嘛,"于厅打断了小丁的表白,干脆说出了自己,也是组织上的安排:"之前没跟你说,其实组织上早对你进行考察了,我也快到退休年龄了,也是我应该安排的,下周,人事部会找你谈个话。"

"这——哦——好的,多谢于厅——"小丁一阵语塞,不知说什么是好。

一周之后,小丁上任厅老干部处副处长,两个月后,于厅长退居二线任厅级调研员。连科长都没干过的小丁直接上了副处(宣布任命时还特别强调:处里暂时不设处长职位),于厅行使的最后一点权力都用在了小丁身上。明眼人看上去也算合乎常理,于厅退下来,将来当然需要下属的照应,把小丁放在这个位置,不合适也合适了。

当上副处的小丁,自己没觉得,身边的人却看得真真切切,都说他变得邪乎,变得张扬,变得盛气凌人。老干部们见他都像见到厅长一般,退避三舍。

于厅身上有的他没学着，于厅没有的，也不知从哪位身上学来了，拿腔拿调，欺上瞒下，狐假虎威。

单从身形上看，丁处长的腰还真粗了一圈儿，先前的国字脸也被见天的油水和温泉泡成了西瓜脸，浑圆浑圆的还油光锃亮。

丁处长很快给自己配了部别克君越新车，从车队调来一位比自己年轻不少的驾驶员，自己却坐在了当初于厅坐的后排座椅上。

说丁处长有做官的命，却没一点儿做官的能耐算你说错了，丁处的努力人们是能目睹到的。跟现任和前任们来回打交道，打着打着，他们各自身上能为他丁处所用的，照单全收。一年不到的时间，人们发现，丁处出口成章，口若悬河，满嘴跑火车。

在老干部处副处长的位置上，丁处游刃有余，左右开弓。这边，向上申请能得到的老干部所有的福利待遇，那边，为老干部送行时，丁处一出手，就是一篇好悼词、一席声泪俱下的"临终关怀"。丁处常在中层干部会述职中坚定不移地表态：此生不遗余力，不求名，不求利，不求官，踏踏实实做好老干部服务工作。直说的所有与会干部群众对眼前这位刮目相看，自叹不如。

后来，上面从外地调来一位女厅长顶替了正式退休的于厅长，女厅长的履历很快被机关上下"人肉"出一行匪夷所思的另类简历：此人乃工作女狂人，芳年四十七，有家等于无家，有老公等于无老公，是女人等于像男人。

丁处转身极快，视线瞬间从于厅长身上移开，一头扎进女厅长的怀抱。

女厅长起先还谨慎多多，矜持不已，四海为家惯了，工作之外的情感空虚，错位纯属正常。再说，有像丁处这样驾驭过无数车型和人等的正值中年的男人投怀送抱，岂不乐哉？

要论这位女厅长，毫无姿色可言，一副透支过度的瘦弱身板，反映到脖子以上，看上去干瘪，没有弹性。五官中，说不上哪一官生得不对劲,组合在一道生冷生冷的别扭。多亏一副黑框眼镜遮住了猥琐的窗户部位。

人们不止一次看到,那些个晚上,饭局后,丁处亲自为女厅长驾车,又很快消失在人们的视线中,去向不明。

女厅长上任没多久,丁处去掉了"副"字,直接调到厅办公室当主任。再后来,为了回避四面楚歌般的绯闻传言,丁处被调任到厅下属机构任一把手。距离产生的不光是美,更多的是实惠。

人们又在信息小道中开始传播:厅党组、厅人事处最新的一份内部文件中,看到丁处的名字已经排上了后备干部的名单。

有人悄悄写举报信,信还在半道儿,居然被截了回来。那人干脆实名上访,也再无下文。

那人身边的好心人劝他别再多此一举,说:这类人多了去了,上面哪儿顾得过来,管那份闲事干甚?那人暂时算是忍气吞声,安稳下来。

管你三七二十一,半年后,丁处长还是从"后备箱"里鲤鱼打挺荣升副厅。而女厅长同时也升上去了,升到了一个令一般群众望尘莫及的位置上。

生活和命运同样就是如此充满戏剧性和传奇性,类似从奴隶到将军的世间冷暖,起承转合,人间百态每天都在不以人们的意志而转移,而变幻,而存在……

还是后来退下来的老于厅长说的那句:"人食五谷杂粮,也有七情六欲,何不及时行乐?"听上去像是让人感到些许释然。

2015 年 9 月 6 日于南京

# 艺考官老汤

天刚擦亮,老汤还在身陷囹圄的梦里,手舞足蹈地大呼小叫,被枕边的老伴儿一阵狠狠推搡,幡然猛醒,半天才缓过神来。多亏被老伴弄醒,不然还真不知如何摆脱梦里年轻时的自己,在戏剧学院考场上,被考官们连连发问,蒙得不知去向,生不如死的窘境。

老伴儿还在耳边嚷嚷:闹钟早响过了,怎么睡那么沉,忘了今天还要去当考官儿了?

老汤慌忙起身,胡乱地对着镜子把自己收拾了一番,看上去大差不差。夹起公文包踉踉跄跄出门了。

这些天,所有全媒体信息都在故弄玄虚地鼓噪着蓝色、黄色甚至红色严寒冰冻讯息,说南方最低气温将达到零下12度左右。一出门,锥子一般的寒风直往老汤脖颈里钻,冻得一米八五的老汤瞬间缩成一米七五上下。路灯还在撑着残留的夜幕,老汤索性站在马路当间儿,拦下一辆的士,朝着学校方向一路狂奔。

省城就这么一所独一无二的艺术院校,每年这个时候,学校都快被挤爆了。数量高达四万的艺考生们,要不是个个都在比拼着高颜值,争奇斗艳着色彩缤纷的装束,远远望去,还真像一片黑压压的难民聚集地。

穿过校园,小腿本身就有些疲软的老汤被海潮般的考生人群,挤兑得东倒西歪,好不容易才蹭进自己所在的声乐考场。

老汤在省城也算得上是位声乐江湖元老级人物了,身兼学院客座声乐教授,也带出过一批又一批金榜题名的学生。艺校招生的考官挑选,这些年,越来越苛刻。每一回都有学校纪检组的成员监控着,须得考试前一天,随机抽签产生。老汤命中率蛮高,年年都会被抽中,直到后来老汤才恍悟过来,其实所谓抽签也有不小的玄机藏于其中。

连着几天,从早到晚坐在考官席上,除去吃盒饭、上茅房的时间,几乎没有多余喘息的机会。要完整听完每场几十位考生的半吊子嗓音唱出来的半吊子歌声,所有考官都有反胃的感觉,又必须正襟危坐,强打精神,不失半点教授风范。

上万名考生,几天下来会被无情刷掉大半儿,这剩下的大半儿,几天后又会被淘汰掉大半。看着乌泱泱的"奶奶不疼,舅舅不爱"的考生们煞有介事的进进出出,有的还"泥鳅"一般,游刃于其他专业的考场,做考官的心里都不是滋味。

缘何今天老汤会如此慎重,如此激灵。是因为昨天晚上考场出来,那位校领导把他拽到墙角根跟他耳语拜托过的那桩事:今天这场,必须重点关照一下颇有来头的两位女考生。在所有考生身份信息都不详的考官面前,唯一能精准辨认出这两位女考生的办法,校领导尤其做了点醒:都穿一身黑色裙装,胸前别有"马头"形状的银色胸针。

这一上、下午两场下来,芸芸众生,美女如云从老汤眼前闪过,直看得老汤两眼昏花,直冒金星。尽管如此,老汤连眼睛眨都不敢轻易眨一下,生怕错过。老汤终于在下午场上,眼睛一亮,被两位黑裙款款并胸前配有银色胸针的女孩牢牢吸住眼球,神圣而庄严地在表格上打出他的最高分。之后,老汤长长地舒了一口大气,终于可以坦坦荡荡靠在椅背上自由呼吸一阵了。

一旦放松下来,老汤心里也在纳闷儿:那位校领导不会只与他老汤一位考官打招呼,应该所有考官的招呼都打到了。他开始仔细察看身边左右其他考官的细微神情和红白脸色。他发现,考官们个个面色从容，泰然镇定，像什么事儿都不知情，什么也没发生过。

到了晚场，又几十位考生鱼贯进出，唱得屋顶上的 LED 灯都在忽闪忽闪打起了瞌睡。

老汤正在跟着日光灯犯困，眼前突然一个黑影闪现。下午场上明明看见两位黑裙女生出现过，怎么此刻，又冒出两位同样身着黑裙的女考生？而且胸前也别有银色胸针？老汤再一次带上老花外加散光的眼镜，几乎快要探出身子去打量眼前的女孩儿。没错，银色胸针，分明也是"马头"形状啊。莫非下午场上那两位黑色衣裙上的胸针不是"马头"？那该是？……

眼前这两位唱的实在不敢恭维啊，音还不准，颜值也高不到哪儿去，还真不如下午的那两位。

老汤抬眼偷偷左右各瞥了一眼一男一女考官手上的考评表，他们给两位黑裙女孩竟然都是 9.85 分以上！绝对的高分啊！

老汤只觉着眼前一阵迷蒙，白花花的一片。随之又是一阵耳鸣，脑子里轰然作响，像有谁在重重敲击钢琴上的那排低音琴键发出的声响。他赶紧在两张表格上用黑粗体写上自己的最高分。

他心里一劲儿在后悔，后悔自己老眼昏花，干嘛下午给那两位偏偏也打了最高分？

当晚考试结束时，那位校领导嘴角挂着庄重而又神秘的微笑，出现在考场门口，向考官们逐一热情慰问着。老汤想上前表白或是解释点什么，可又觉着多余，还是忍住了。

下电梯时，老汤悄声问起另几位考官，几位都乐得不行，说："老汤啊，老汤，下午是有两位黑裙女孩，我们也差点给蒙住了，可她俩别的胸针是'狗狗'和'羊羊'，不是'马头'啊，再说，考官们都知道需要特别关照的那两位，会出现在晚上这场……"

回家的路，老汤没再打车，也没搭其他考官的顺风车。老汤想独自走着回家。他的后悔转化成懊恼，又转化成深深的自责。

一路上，他觉着更加寒冷，浑身连连打起寒颤，像是快要病倒的感觉。他使劲捶打自己的脑袋，掐自己的大腿。他口中不停地在羞臊自己，他恨自己眼拙、木讷。他好像觉察出刚才那位校领导对所有考官都很亲密、很感激，唯独目光与他老汤交错的那一刹那，却明显不屑地迅速移开。

那个晚上，老汤又做了一个梦，像是凌晨被惊醒的那个梦的一个续集，更像是一个噩梦。

后来几年，学院招生随机抽选的考官再也没有老汤的份儿了，就连他客座声乐教授的头衔也被悄没声地拿下了……

2016 年 1 月 25 日于南京

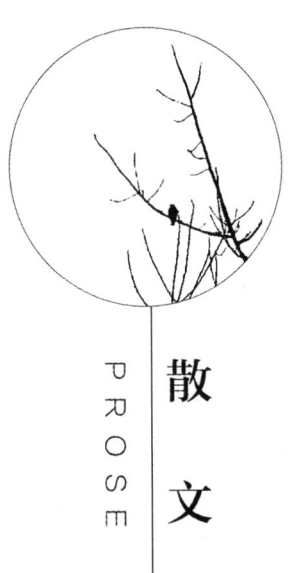

散文 PROSE

# 最怀念,母子播音那时光……

有段日子了,醒早了,再也无法入睡,时钟不偏不倚指在早晨整5点上。用过去描写景物常用的句子:"东方刚刚露出淡淡的鱼肚白……"

这个点儿上,半靠在床上,脑海里总能浮现出三十多年前,还做着电台播音员的画面,历历在目,清晰如昨。

最初那会儿,也是在这个点儿,我还在文工团。大清早,家里最先起身的是母亲。母亲动作很轻,也许怕吵醒我们,蹑手蹑脚地起身,洗漱,从没见过母亲过多的梳妆打扮,只听见水龙头和热水瓶里倒出的水声和洗脸盆的动静,母亲很快便出门了,轻巧得甚至听不见关门声。紧跟着母亲后面起身的会是父亲,他连洗漱动静都没有,直接拎起菜篮子奔菜市场去了。

半迷糊状态下,知道母亲是去电台上早班,家里离电台很近,只隔一道围墙。也就二十分钟之后,家里墙上挂着的广播喇叭就会随着音乐响起母亲的呼号声:"镇江人民广播电台……镇江人民广播电台,听众朋友们,早上好,今天是某月某日,星期……现在为您播报今天全天的节目内容……"

母亲是宁波人,张口说话的声音本来就很柔软、细腻,在立体声调频广播还没普及的岁月,母亲的声音也只能从广播喇叭或是半导体收音机里传出,即使音质很单薄,高频突出,母亲的声音依然比在家时还要甜美、妩媚。

播完每天早上的天气预报和早新闻,母亲会插空回一趟家,忙忙家务。这个时候她会故意造出点动静来好催我们起床，上班。时间点儿掐得很好，正好父亲买菜回来。吃着母亲熬的稀粥，就着父亲买回来的油条烧饼，每个早晨，全家人围着小桌，听着母亲的唠叨，像是听她播报一天的广播节目预告。

母亲在家话不多，在外更少，又不善交际，性格也属于那种孤傲、凄冷的类型。都说母亲生得洋气，气质绝好。中年后的母亲稍有些发福，丰腴。高挑的身板，白皙的肤色衬托着一头浅黄带卷儿的发型，很有欧洲女性的风韵。母亲和父亲同在一个部队的文工团，父亲做乐队指挥，兼任大提琴手。母亲在声乐队唱女中音。母亲平时在家非常喜欢听歌，半导体里常常播放着母亲喜欢听的女中音关牧村和罗天婵的歌，但我几乎没听过母亲在家或是在外唱过一首歌。

那时，我已经开始了演员的生涯，文工团里，除了跳舞，其他行当我都经历过了。母亲唯独喜欢我唱歌这行，时常悄悄带回电台的歌曲盒带，让我跟着学唱。

母亲播音时的名字叫"雨田"，多好听的名字，是她自己起的，还是别人帮她起的，从来没考证过。没有电视的年代，小城播音员"雨田"的名字，家喻户晓，人所皆知。至今，我们这个年纪起再往上跑一点儿的小城人，都能回忆起"雨田"的声音和她为数不多低调的往事。

女儿诞生时，我给她起的名字虽然字面上看上去不足为奇，甚至会淹没在大千世界众多同名同姓的女孩名册里。但是，所有熟悉和喜爱过小城播音员"雨田"的人们，或许能读懂这个寻常名字里的那份不寻常的含义："张蕾"的"蕾"字，原来是由我的母亲，女儿她奶奶"雨田"的名字延续下去的张家的念想。

后来，我怎么就从文工团改行进了电台，当上了播音员，记忆影像有些虚无，断片。音乐歌舞市场不景气？还是母亲潜意识里想让我接她的班？还是……怎么说，在文工团七八年干下来，当时的我,也在小城的舞台上下小有点名气了啊。演过音乐歌舞,主演过歌舞剧、歌剧、话剧,主持过大型晚会,脸已经混得够熟了吧?可有一天逛大市口的一家百货商店,几个女营业员在我身后议论的一席话,或许也是让我彻底放弃做演员念头的致命一击。

"哎,你们快来看,那家伙,不是演那个什么戏里的那个家伙的嘛?"一个女声在惊呼。

"哎,哎——对对对,就是那家伙。"另几个女声跟着呼应。

这一席话,打破了我当时所有的自大和自尊,演员的荣誉感一落千丈,自信和自满一败涂地。

舞台上演过曹禺话剧《雷雨》里的二少爷,话剧《泪血樱花》里的村山师光,《与魔鬼打交道的人》中的张望,《诱惑深渊》里的孪生兄弟。歌舞剧《三打白骨精》里的唐僧,歌剧《江姐》中的华为,《小二黑结婚》里的小二黑……说起来,曾经"塑造"舞台戏剧角色人物无数的一位有一定知名度的年轻演员,在别人嘴里竟然只记得那个演什么戏里的家伙。

失望、沮丧、痛楚过后,顺势按照母亲的指点和引导调入刚刚筹建、急需招人的"广播电台"。

带着演员残存的自信和自负,不以为然地走上了播音岗位。

播音员上岗的必经之路和程序,重现了母亲每天提前上早班,播全天节目预告、天气预报、早新闻的路数。懒散惯了的演员生活和作息规律,要切换到播音员的岗位职责,说起来容易,做起来太难了。对我来说,贪黑没事儿,起早麻烦极了。

刚开始一段时间,由几位"老"播音员轮流带着上早班,有点像今天驾校的师傅带着新手上路。向阳、李丹、成谦、卫民等都带过我,当然,雨田也带过我一段,只是雨田同志也许故意"避亲""避嫌",拉开母子间的距离。

尽管懒散成性,还好从没误过时,误过事儿。新鲜几天过后,很快觉得节目预告实在播腻了,乏味了,这么简单、照本宣科的活儿,对于像我这样当过那么多年演员的人来说,岂不太小儿科了?不过,这只是心理活动,不会流露在外人面前,也只能回到家里,饭桌上跟母亲发发嗲。

母亲当时已经是文播组的组长了,里里外外备受尊敬。在家里,母亲多少也带回了点儿惯性的"余威",不容分说,斩钉截铁地冲我说:"别总想着一步登天,别说你,北广学生来台里毕业实习也必须从头开始,当年央视的李瑞英她们,不也是像你一样,上早班,播预告,播天气,然后才上新闻的吗?"

我顿时哑然无语,从此不再提不该提的事儿。

终于可以从节目预告升级到可以播"天气预报"了,要知道,对全城的广播听众来说,这是最能引起他们关注的动态信息。关系到他们日常起居、生活常态和外出行程。也是收听率最高的节目时段。

当时的广播条件无法和现在比拟,只能采用接听气象台用电话发来的口头预报最原始的方式。播音员边听边用笔头记录下来,再向对方气象台播报员重复一遍。转身回播音室,一遍记录速度播报后再重复一遍。短短的几分钟,承载着整座小城听众对广播的依赖和信任。

从播音室播完天气预报出来,好像开始慢慢感觉自己成了一名真正意义上的播音员了。

进进出出,电台附近喜欢遛早的人们都混上脸熟了,起早买菜的,早起练摊儿的,赶早上班的,送孩子上学的……听到广播和错过听"天气"的人们,一见面,都会习惯性地向你打听最新的天气状况。如此情形下,那份独家信息拥有者和发布者的优越感和自感,油然而生。

不过,窘迫不堪的情形也屡屡出现。那就是气象台信息确实有误,再经我们播报出去,刚才还说是"晴到多云",走出电台大门,就见到被雨淋得透湿,堵在台门口避雨的人们向你不住地抱怨。

经过"天气预报"这一段路程,播音岗位的下一站是"专题播报"。回头想想,如今各类电台走上主持人岗位的俊男靓女们简直幸运得让人吃醋,哪有这么多门槛,这么多讲究,说上岗,上节目就会一步到位,一夜成名,一炮走红。

那个时候绝对不理解,播音员上岗为什么要有这么多讲究和程序。一路走过来,经历了那么多行当和专业,再回望这段经历,再不觉得多余和繁琐,相反,更能领悟这个行业所必须付出的代价和磨砺。专题播报,对播音员的语言、语感、语速、语音基本功是一个最恰当,也是最有针对性的训练过程。要求播音员在传播新闻真实性和时效性的语境下,调节好语言,语句,节奏的处理,调节好情感与新闻真实的分寸感,既不是播新闻稿件,又不同于播文学类题材。这一步基本过硬后,你才有资格上新闻,播新闻。

我这几步其实走得已经算够快的了,台里领导和同事们除了看在我母亲的面子,也多少看了我从事过多年舞台演艺的经历。很快,我就熬到上新闻节目的播音位置上。是母亲最先带我作为她的搭档,走进播音室,播起了每天的早晚新闻。

说起来好笑,母子俩同在播音室播音的感觉有点奇怪。在家还不时冒上几句镇江方言的我,要和母亲一道播报全市人民每天都在竖着耳朵听的新闻,刚开始,别说我,连母亲都不习惯。一进播音室我俩就乐上好半天,一个字或是一句念错了,停机后更觉着可乐。

新闻播音的关注度果然很高,上到政府,下到机关事业单位,包括电台上下,很快产生影响。

"新来的那位男播声音很漂亮,很有激情,像大台出来的风格……"诸如此类的好评不绝于耳。

"我不喜欢那个男声播新闻,拿腔拿调,话剧念台词似的,做作。""是啊,我看像'文革'时期大街上宣传车高音喇叭里发出的声音"。另一拨人对我居然有这样截然相反的评价。

自己没发觉，别人肯定看在眼里，渐渐地，我开始有点自我膨胀、骄傲自满，对反面意见全然不理会，依然我行我素。

一天晚上，母亲终于忍不住找我谈话了。

"别光听好话，反面意见对你进步有好处，何况人家说的一点不错，你播新闻的语调是不对，自己好好琢磨琢磨。"我相信母亲说的是真话，她也是听见这些议论后，最着急的人。

母亲不止一次用播新闻的语感示范给我听，讲述句子中的重音、停连、气口和语势。私下里，我一遍又一遍地录音，反复查找和纠正自己有违新闻播音"客观""真实""鲜明"和"平和"的语境、语感，直到被听众们广泛认可和接受。

小城直到今天，没有太多听众知道广播背后的这段"播音母子"的佳话，这段往事，只知道"雨田"和一位叫"张波"的播音员的男女声，经常出现在广播喇叭和半导体收音机里。省城广播界的播音前辈戈弋、胡德兰，对这对播音界"母子"早有耳闻，我的老师——中央台播音鼻祖——夏青、葛兰、黎江、方成、虹云、雅坤在北京全国播音员培训班上，多次提出要见见这对广播界不多见的"播音母子"。

当年，我写的一篇散文《妈妈，再教我一次》作为获奖征文，刊登在《中国广播报》上，最可惜的是，母亲没来得及读到我的那篇散文……

那些年，与母亲搭档播过的新闻、专题、文学类节目不计其数，后来，母亲也许觉得自己年龄大了，又在文播组长的位置上多有不便，或许也觉着我可以放手了，渐渐也就淡出了播音岗位，悄然退到播音组的幕后工作。

父亲先走一步，母亲跟着走得匆忙，两袖清风的二老没给家里留下什么贵重的物件，最值得我珍重的，是那台一直陪伴母亲到临终的"红灯牌"半导体收音机。

再后来,当时的文播组组长,后来的文艺部主任、电台台长、广播局副局长向阳(播音名),一直是我广播电视行业内的引路人、指导老师和直接上司。

"向阳"的广播影响力一直经久不衰地回旋在小城城市上空。清脆明亮如小号抒情男高音一般的播音语调,每天早晨比阳光还早,比鸟鸣还亮,比音乐还亲近。向阳和我母亲这拨资深的播音元老,带出了小城内外一批年轻有为的男女播音员们,而他们身为前辈,自身却行事低调,做人谦恭,助人为乐。

在我之前,向阳、成谦、卫民几位实力派男播都与母亲搭档过新闻,向阳次数更多一些。向阳身上延续了很多,也很明显的我母亲的优良品质和非凡气质。

电台那些年,在母亲和向阳的言传身教下,在领导和朋友春鸣、永辉的倾情辅佐下,在同行成谦、李丹、卫民、赵敏、米兰、刘姗、彭素冰、吉建华、汪燕、于燕等的亲密合作中,成为我人生和事业成长、成熟期的一段充满阳光、品味甘甜、搏击风浪、乘势而上的大好时光。

当然,更忘不了无数心系广播、钟情广播、深爱广播一代又一代的小城听众,是他们自始至终支撑着广播人的信念,坚定着广播人的意志,力挺着广播人的脊梁。因为他们,我们的"每周一歌""青年之友""今日镇江"等栏目才会有那么广泛的收听率和广播效应。因为他们,我们的《星期八十分》节目才会那样火爆地走进万家,点亮生活,燃起热望。

那个时代,属于广播;那个时代的广播,属于人民。

广播永远不会停息,永远会散发出"关不住的精彩",广播人的一代会比一代更强,更壮,更响,更红,更有力量!

趁这个深秋的早晨,广播的画面记忆如此清晰可见,作为一名曾经的老广播人,不如写下点什么,抒发点什么……

2015 年 11 月 4 日于南京

# 往事"非周"

十七年后的今天,没有谁能想到,会是一位与《非常周末》死磕过十二年的七旬老人,突然在某一天,悄悄建起一个"《非常周末》好友微群",把所有参与过《非常周末》节目制作的人,都拖进了这个群。人们仿佛隐约看见,当年正在直播现场,那位一袭黑衣的蒙面大汉,戴着深色墨镜,用苍劲而雄浑的男中音为嘉宾主持"数字陷阱"的游戏环节。那个环节充满迷离和惊悚,悬疑和志趣。

今天,还是那位当年的"蒙面人"把所有《非常周末》的自己人"忽悠"进了"微群陷阱",人们仿佛听见他仍然在用更加苍凉而沉闷的洪钟般音色播报倒计时。"拖"进微群的人数在递增,从1到10,又到20,到46……

"微群"很快沸腾了,所有聚集到"微群"中的人起初还在幻象中懵懵懂懂,不知所措,当他们见着了当年的老熟人,当那些穿着马甲、戴着面罩的人褪去所有掩饰、露出真人的那一刻,"数字陷阱"顷刻间变得温柔、真情、浓情、煽情、豪迈、澎湃起来。

人们开始回过头来寻找把他们东拉西扯、绑在一块儿的"群主",这才发现,此人竟是韶叔。大家伙儿随即齐刷刷地向韶叔问候,向韶叔致敬。微群中所有的笑脸、表情、鲜花、动态很快将韶叔庞大的身影淹没。

七旬韶叔憨憨地一一回复,没有半点傲慢和自大。

久别重逢后的《非常周末》人,像是集体参加了一个没有宴席的盛会,彼此问候着,寒暄着,倾诉着,回忆着,感叹着……

乃光,王强,陈怡,今波,肖艳,蔡伟,邱江,向亮,秋玲,王舒,晶晶,小枫,小宁,红芹,朵朵,巢萍,彪哥,米娜……

所有人的思绪在"倒带""回放""定格""剪辑""切换""叠画"。

镜头一:珠江大厦,有线台办公室,李台长召集第一批策划和编导人员策划会。议题一大约是:给即将推出的一个大型综艺节目取一个名字;议题二:策划一台开播前的热身晚会。

在无数个精彩、花哨的名称中,最终经四位台长拍板,定夺了"非常"二字,既引领了1998年代的时尚和先锋,又涵盖所有可以附加的诠释,每周一档,周末推出。

前期策划是冗长、周密、审慎的。一锤定音后为的是能在江苏广电传媒阵营中一炮打响,一鸣惊人,气贯长虹。

开播前以如何方式脱颖而出,夺人眼球,又震撼登场?做一台晚会,做一档宣传片,还是发一串新闻?

创意策划结果是:做一场盛大而空前的晚间"栏目宣传车巡游"活动。途径南京主城区十个路段,所到之处,广而告之《非常周末》综艺节目即将震撼开播。

十余辆各式车型,在警车护卫下,款款前行。紧随发电车身后的是一辆13米长的大型平板卡车。车身四周竖立着四块大型屏幕,李台带着主持人陈怡、今波以及开场舞蹈队在车上,载歌载舞,一路沿途播报开播广告,传递《非常周末》资讯。

章台隐身在一辆"督导车"后,遥控指挥全程,把控全局。

那个酷夏的晚上,浩浩荡荡的车队,从模范马路出发,途径鼓楼广场,新街口广场,×××广场等,整个南京城被这突如其来的一条耀眼夺目的巨龙"惊艳"了,南京市民,跟着车队在狂奔,呐喊,追星。也正是在那个晚上,许多南京人都学会了还没开播的《非常周末》主题歌:"非常的你,非常的我,我们相遇在这非常的周末……非常的周末我们非常的快乐,人人都在……"

那是一个举城上下提前狂欢的夜晚,那是一次开播前最见成效的预热,那是一篇动人心魄、引人入胜的电视宣言!

　　从1998年8月8日那个晚上起,江苏电视荧屏横空又杀出一匹黑马,闪出一道亮色,喊出一个名字:《非常周末》。

　　从那个时候起,南京人的每个周末在电视机前获得了快感,找到了快乐,尝到了快慰。

　　重创意策划,重量级嘉宾,重磅式宣传,重奖式互动,呼啸而来,在电视界内外刮起了一阵电视综艺节目的强劲旋风。

　　江苏的《非常周末》诞生初期,放眼望去,全国可以比肩的同类电视综艺节目也仅有:湖南的《快乐大本营》和北京的《欢乐总动员》。三驾马车一路狂奔,独占鳌头,势不可挡。

　　太平门200平方米的演播室,最先见证和承载《非常周末》早期的辉煌和盛况。《非常周末》人在有线台章剑华台长率领下的那支非同一般的领导团队引领下,就是在那样一个狭小的空间里,创造出江苏电视史上一例前所未有、不可抹杀的奇迹。让"太平门"从此不再太平,同时也让百姓的周末不再寻常,不再寂寞,不再平庸。

　　《非常周末》火了,陈怡、今波、张涛红了,马大嫂、马大师、马小妹、一棵树、一枝花响了,周末电视荧屏爆了……

　　"撞福星""烦不了剧社""亲亲爱爱""A计划"栏目圆了多少个家庭,多少位少男少女,多少个平头百姓的美梦、夙愿和理想。

　　从"太平门"演播室到"长江路"再到"电影机械厂",一个省级电视综艺节目,在风云突起、巨浪滔天、刀光剑影的后电视竞争年代跨度里能顽强坚挺十二年,收视率能牢牢保持在43%的历史高度上,这不能不说是一个壮举,是一个典范,是一个时代。

　　当年,如果没有章剑华台长的一言九鼎、一身威严、一腔热血、一触即发,就没有《非常周末》的后来,就没有创新和突围,就没有动力和爆发。

如果缺了总策划、诗人曹剑的激情和谦和,豁达和体贴,婉转和凝聚,《非常周末》团队会缺少温存,缺乏信念,缺失志向。

如果没有总策划、才子李乃光的博学多能,艺术功底,一线指导,把控舵盘,《非常周末》会迷失方向,会摇摆不定,会戛然而止,会平平庸庸。

貌似玩世不恭、心不在焉的总编导王强,电脑上"斗"着地主,看着碟片,其实早就胸有成竹,妙计在心。气定神闲中指挥若定。

娇小玲珑的体内蕴含着巨大能量的编导肖艳,高八度的嗓音中不时会穿透出乎众人意料之外的智慧之光。

看似虚无混沌甚至懵懂的编导曹宁生,极好的口味和食欲验证着他待人的超脱和宽厚,遇事的镇定和自若。

有着音乐家、画家和摄影家潜质的小邵彬彬,跳跃的思维和晃动的镜头运用使他在《非常周末》团队中独具一格,我行我素,又有横溢才情的欲念。

乖得让人生怜,美得让人疼爱,灵得让人动情的陈怡,博采众长又独树一帜,美艳,伶俐,搞怪,娇嗔并蓄,收放自如,大放异彩。

机智过人,口若悬河,语感超好的今波,先声夺人,气场不凡,首开男主先河。

憨态可掬,善于自嘲,甘于自毁,百变神人的后任主持人张涛,带给电视观众的笑声和眼泪一样多,一样久,一样真……

要说《非常周末》人最怕韶叔,也最爱韶叔。韶叔对《非常周末》比谁都上心,用心和伤心。韶叔是《非常周末》节目的定海神针,又是节目开场和谢幕的报时器。这位"艺术总监"比谁都称职,尽职。他的视角和触角都监控到每个岗位上的每个人,每个机器上的每个部件,每件道具上的每个铆钉。《非常周末》是韶叔话剧信念以外唯一的一座灯塔,一盏明灯,一面旗帜,一个信仰……

"淡定哥"蔡伟导演,故意将"话剧艺术家"的帽檐压得低低的跻身进了《非常周末》，甘当绿叶，甘为人后。时而老黄牛，时而老顽童，玩似的干活儿，真格儿的帮人。

"万人迷"邱江，个头不高却霸气十足。冷峻肃杀的外表着实迷人不浅，是组里进进出出，除了嘉宾唯一能引起粉丝们尖叫的一位。这位当年在全国刮起过"霹雳舞"飓风的舞蹈王子，放着舞台不去大跳，却一头扎进电视娱乐圈做起综艺栏目，邱江浑身外溢着放任不羁的傲气。当然，不光傲气，邱江领先的创意和思路，多少为他的傲气扳回了很多正能量。有思想，有手法，还有魅力的导演组里不多，邱江以一当十了。

柏昱和杨俊像一对江湖大侠，呼啸而来，匆匆而去。两位才子江湖早有传说，能写会话，能导能演，能屈能伸。

柏昱静若仙人，动若武者，出口成章，出言即化，出手不凡。

杨俊声如苍松，音如沙场，手到擒来，洋洋万言，妙笔生花。

大嗓门导演向亮，属于典型那种出人、出戏、出活儿的导演，他来了，戏也来了，戏也活了。几任主持人经他手把手地调教，离话剧表演好像只差一步之遥了。

传说中的北广高才生，才女秋灵进组的时候让所有老人们刮目相看，古灵精怪的秋灵才思敏捷，路数怪诞，初来乍到时谈吐中略带羞涩，不停旋转手中那支圆珠笔是她刻意松弛紧绷神经的习惯性动作。没多久，秋灵走出羞涩，迅速鹤立鸡群，风生水起。

腼腆含羞的美女编导王舒，一张口满是青春痘的小脸涨得通红，遇事喜欢往后缩，谨小慎微低调惯了。其实，后来才发现，她是故意在前辈们跟前表现出年轻人的谦恭，卧薪尝胆，蓄势待发。

从那双晶莹剔透的眼睛开始就奕奕放光的另一位美女编导毛晶晶，忽闪着同样会说话的大眼睛跟着《非常周末》元老级的前辈们没日没夜耗着策划会难熬的时光。起先做台本撰稿，很快做起了导演助理。她心里有足够的自信：是"晶晶"，总会有发光的那一天。

"马大嫂"刚上过几档节目,一不留神火爆了半个荧屏,学了小半辈子话剧,不如张口说几句南京地道老城南方言,没上几期节目,南京话比普通话说得要溜多了去了。狂追完陈怡,粉丝们跟着会去狂追"马大嫂"。那几年,陈红芹几乎被全南京人叫起了"马大嫂"。

是跟着"马大嫂"沾的光,还是那些年命里注定该马小宁红火了。马小宁走哪儿也开始被人们追着唤作"马大师"。语言和神情里天性透着浓郁喜剧成分的马大师,故作淡定,心里美滋滋的喜庆。丹阳专场那次,眼瞅着马大师遭乌泱泱的粉丝追捧得快要把他吞没,求签名,求拍照的,求电话的……马大师从容面对,和蔼招架。躲在暗处的向亮他们几个,想到了一则妙计,打算捉弄一番这位兴得一头核子的马大师。签名人群中,递过一张折叠起来的纸条,马大师欣欣然拿过,潇洒地在纸条上落下大名递上。

晚饭时,向亮等人拿着字条找上门来,上面明明白白、亮亮晃晃有"马小宁"的三个手写大字落在那张"借条":"今向向亮借款人民币伍拾万元"后,落笔日期×月×日。

《非常周末》的故事几天几夜说不完,道不尽,哪天等《非常周末》人凑齐活了,会上演一部加长版的"烦不了剧社"。

《非常周末》真可以说是一所专门培养造就电视综艺节目人才的黄埔军校。从《非常周末》走出去的人,个顶个的成了人物。

不仅如此,《非常周末》领导们还带出了一批能够站立在全国和江苏电视文艺晚会舞台前后的杰出人才。《非常周末》的星星之火,已经燎原开去,《非常周末》的株株白杨,已经茁壮成长,生根发芽,枝繁叶茂……

《非常周末》是那个年代的一段不长不短的历史画面。

《非常周末》是那个年龄段上下的人们一段愉快、欢欣的回忆。

《非常周末》故事里有你,有我,有他,有众多熟悉的和不熟悉的观众。

《非常周末》的故事非常精彩,非常冗长,非常传奇,也非常吊人胃口……

韶叔建起"微群"率先做了一件大好事,群里留给《非常周末》人更多空间和时间,可以寒暄和问候,可以发挥和思考,可以唤起和回忆。

韶叔在微群里向众人毫无保留地传承着他能言善"韶"的秘诀和法力,那就让我们乘兴而来,跟着韶叔,韶一韶往事"非常周末","非常周末"的往事……

# 梦 回 乌 镇

七月的梅雨把个乌镇淋得透湿透湿的,青青的石板路,土灰的石板桥,褐黑的小木屋,淋浴过后,油亮油亮的,仿佛透着整个小镇人的晶莹聪慧。

深邃悠远的小巷,舒出一口长长的喘息,把世俗间的恶气怨气立马甩到了云霄天外。淅沥的雨滴声应和着窗外水街潺潺的桨声时隐时现,有声有色地讲述着乌镇1300年来的历史,描摹着中国最后一幅"枕水人家"的水阁市井画卷。

带着浑身疲惫和阴郁而来,这里会忽然让你神情矍铄,兴致盎然,怀揣着赘重而纷乱的思绪,挤进西栅园区小巷摩肩接踵的人群,你会惊诧一切所谓纠葛人生会顷刻间得以顿悟,心境也会随之赫然敞达。

我们好像懵懂不知又舒舒服服地被乌镇旅游产业链套在一个个看似寻常的环节上,任凭这里独有的接待规程顺序流淌,从票务中心到住宿中心,再被和蔼的房东领进巷头"民宿3幢"那间临水阁楼小屋,安顿好你之后,房东会问你想吃的早餐,用餐的钟点,然后悄然隐去,不再添扰。之后,屋外会飘溢出阵阵居家的饭香,会隐隐传来锅碗瓢盆的叮当作响,一种久违的亲情裹着小巷里的一阵清凉顿刻扑面而来,你全然没有了出游在外的陌生,没有了异乡人的隔膜,甚至没有了丝毫心理防线,你会觉着自己是在走亲戚,或是在串邻居家的门儿。一切的一切过渡得是那样妥帖、自然、舒心、踏实,令人好生舒坦,继而心潮澎湃。

推开水阁小屋的窗,眼前那条墨绿色蜿蜒逶迤的小河静中有动。静的是沿河对岸民宿小屋的倒影,动的是河面上穿梭如织的游船和船上兴奋不已的游人。河面上栩栩如生的景象像一帧帧视频画面线条洗练,色系古朴。成群结队的幼鱼儿,变换着形形色色的队形游弋在座座临水民宿的窗前,直挠得游人们的眼睛和心思一起"荡漾"和"痒痒"……

雨点开始如注地敲击着方才还在沉思着的水面,混响于木屋顶棚的瓦沿边儿,任凭紊乱的节奏干扰而不顾,这个时候让自己的注意力全身而退,沉浸在人在最原始状态下的"空白"和"发呆"的境界,狠狠地享受着这绝无仅有的纯自然打击乐音,"净空"自我,"脱胎"精神,"神话"意识。为眼前这幅自然天成的景象沉迷,为被唤回的封存记忆恍惚,头枕着只有乌镇西栅临河民宿才拥有的这个"枕水"的福分,惬意之外还是惬意。

雨点弹拨起水流的和弦,时而低吟,时而激扬。间或撩拨起民宿人家窗棂里扬长的胡琴声,那是一段紧拉慢唱的"西皮二黄倒板",咿呀的琴声能想见出操琴人摇头晃脑着的陶醉状。

这时的整个乌镇变得异样的活份,原先还"龙钟"的"老态",此时,转眼间青春得有些雷人,琴声和雨声中还穿透出几声河道上传来的船工们哼哼嘿嘿的号子,连同对面小巷商铺里伙计们的叫卖声。所有这些,躺在那张也只有在乌镇才能还原年代的老式大床上,掩在早已成为岁月道具了的蚊帐里,你才有幸去领略,才有心情去揣摩,才有肚量去宽容。

走在乌镇的雨巷中的女人不漂亮的看上去也觉得漂亮得不行,原色的古镇、原色的背景原来能凸显出女人异样的亮色和姿色,奇怪的是好像优先恩赐于的是那些不施粉黛而且随性的女人们。你想:乌镇河畔一排排婀娜的垂柳谁能与之媲美?只要是来到这里的女人,哪怕你流露出稍有不慎的矫揉造作,在这里都会相形见拙,自惭形秽。

游过江南的同里、周庄甚至一切与水有过瓜葛、有过姻缘的水乡，见过无数水样的女子，唯有眼前的乌镇好像才配得上那句赞美："水做的故乡，水做的江南人"。

乌镇睡得很晚，起得却很早；乌镇七月的夜尤其显出蹒跚而慵懒。星星点点的渔灯和所有民宿的轮廓光影是经过主人匠心独具的设计铺成的，完全契合着黄昏和傍晚时分的无缝交替，当它无声无息地转换成夜色时，沿河灯火的阑珊、光影的迷离、烟雨的扑簌、皮影般的人流幻影又像是新一轮白天场景的延续和伸展，又是一段人与自然、人与江南、人与古镇悠悠绵长的情话。

这夜，我带着些许虚无的惦念，一脚踏进了据说是影人黄磊与乌镇人联手经营的"似水年华"红酒坊。虽不见黄磊的身影，也多少能嗅出这位"诗人影星"不经意散发出的"似水年华"浪漫不羁的味道。不多的几位零星顾客散坐在酒吧的四周，我们挑了一张长条吧台坐下。在领班的推举下，各自要了一杯据称是黄磊亲自配料的浓味儿咖啡深度品味着。

乌镇，矜持、坚守了十年之后，将所有的文化和历史元素捏合成不仅属于中国，更属于世界的文化标志和文化产业的龙头品牌矗立在世人的面前，令世人惊叹，留恋，沉醉……甚至感叹出"来过，便不曾离开"。

照说，各地江南水乡，水景，小桥，楼阁早已不足为奇，也早就见怪不怪了。偏偏在乌镇的西栅和东栅，所有的同类景致会被做得富有生命，承载历史，还原生活原味。它感染你的视觉不算，还从骨子里向你的血脉管道浸透一股股怀念的热流，从神经末梢刺激你几近僵化了的灵感碎片。它像一个巨大的天然生态磁场，强大的磁场，作用和调动于你身体和思维的所有看上去已经沉睡的部分。人在乌镇，被唤起的不单单是岁月的记忆，它还是一种本我，一种原态，一种情操。

细节，唯有细节才可能是一部作品成败的关键。乌镇是乌镇人自己的作品。成功在于细节的策划,细节的表现,细节的亮点。但就西栅园区来看,细节的刻画无处不在,无处不精。

从染坊漂染出来的蓝印花布图案元素,遍及西栅景区内的目所能及的角落里的众多家什和物件。用在别处显得土气,用在西栅却来得自然,来得奇巧,来得精到。就连"似水年华"的红酒坊里,蓝印花布元素也被用在了灯饰、墙饰、杯饰以至洗手间里的装饰画上……

平日,西栅没有东栅那么闹忙,巷子里的商铺也不像东栅那么星罗棋布。这里商铺和文化、民俗和经济在有意和无意之间被归置得十分合理、恰当,排列组合也十分细致。悠着,闲着,这里的文化和历史精粹就全归你的感知所有了。

一条狭长的小巷,悄然蕴含着乌镇各个时期的文化和生活起居碎片,让你不自主地驻足小人书摊儿,沾着吐沫翻看着泛黄的书页;让你身不由己地钻进夜幕下的露天影院,听着16毫米放映机"咔哒,咔哒"那早已属于年代的音效,再一次从黑白片的视觉幻象中感怀自己逝去的年轮……

累了,我喜欢坐在自己下榻的民宿人家的堂屋和房东唠嗑。

这里的房东个个喜形于色,热情好客。浑身上下透着美滋滋的幸福感。唠嗑中知道所有这里民宿的房东都是老房子的原著居民,政府造就"乌镇西栅景区"后不仅将他们安顿在经济适用楼房里,还又将他们回迁到自己的老房子里,将装饰一新的"老房子"交由他们继续"持家"。原来如此,他们才会有一种满足的归宿感,有一种主人公的待客意识,有一种感恩于社会的境界和亲和。

政府不偏不倚地给每家每户的民宿限定了两张饭桌和几个房间,交由他们在统一标价、统一服务标准,甚至统一规格样式的桌椅板凳的条件约束下统一经营,家家能吃到乌镇地产的,地道可口的"小螺丝""白水鱼""煮羊肉"。关键新鲜的是,你所点的鱼和虾就在窗外沉在河里的鱼篓里,你要的家常土菜,也在过往的船只上随点随到。

政府该想的,该做的,该照顾的似乎都做到了位;所以跟他们聊到政府,说到他们的陈总,从言语到神情,房东们没有不喜庆的理由,就连骨子里藏不住的快慰和幸福也直往外蹿腾。

所以,这里看不到一家店堂和民宿的老板在吆喝拉客,看不到店家和导游在强买强卖,看不到地面、河面上有不干不净的东西。而且一切并不刻意,并不生硬,并不做作。

来过乌镇,奇怪的是被这里的一切感动让人竟然想哭,想长时间地让自己沉睡在梦里。徜徉在这里的小巷深处、石板街上、乌篷船上,你甚至会想回到和乌镇同龄的年代,哪怕是常年在这片土地上傻傻地"凝神""发呆",什么也不做,什么也不去想,什么也不去计较,来乌镇一趟,定格在小镇水阁的窗框里,做上一个不愿醒来的美梦,也值了,也赚了。

人有时会突然一下子失聪,失控,失准,失真……来过一趟乌镇,浑身松懈下来,来回漫步在这里还算径直的小巷,不正的也正了,不准的也准了,不真的也真了。

乌镇,一个给人以太多想象空间和张力的小镇,一个让人想对逝去的年华追悔莫及的地方……

乌镇,好像以前在梦里浮现过,

乌镇,或许还会在接下来的梦里不断浮现。

真想再梦一回你,乌镇。

# 三亚,那片海
## ——海南三亚旅途散记两篇

### 大卫,传奇着三亚湾

选择了个不旺不淡、不热不冷的假期飞了趟三亚。

娜说结婚整十年,总该"意义"一回;嘴上佯装热情高涨,心里其实在惦记去三亚考察。娜不笨,知道也装作不知道。

为此行,娜做足功课:知道与我同行我会挑剔,讲究得厉害,通过网络"搭上"了"哥妹网",一来二去,反复前期"调研",汇集了一摞景点参考资料甚至网友评论之类,这才放心上路。

三亚,的确是座令人情牵的海滨城市,遥想它,你便会按捺不住地脉动你的血液流速。淌出来的汗水都带着"海鲜"味道的三亚人,无不为自己"大海骄子"的秉性而乐道。"海量"且"精明"的三亚人,完全凭借"海"的资源生存和富强自己,那气派,让你觉得,海就是他们的,海洋的一切生物由他们主宰。

三亚湾上的"大卫传奇"酒店,是我们第一站入住的家庭式高档旅店。这是一间视线极佳的凭栏眺望海景房,你可以自己开伙做饭,可以享用庭院内的温泉。"哥妹网"如是说……

租了一辆沙滩摩托,想浪漫一把"驾驭"海滩的豪气,穿行于成群的渔民和游客之间,大口呼吸着"海鲜"热量,大把流淌着只有在"三亚湾"才甘心流淌的汗水。提前把南京的夏天在三亚经受了。

"哥妹网"算够厚道,之前向他们的游客提醒了一连串有可能被"陷"的范例,看上去够你恐怖的。起初,我还真不以为然,心说:海南人不也是我们的"阶级弟兄"吗?他们也不就"棱角"和"颧骨"生得比咱们夸张点儿吗?俩人一顿宵夜下来,在路边一家夜间排档点了两样所谓的"海鲜",被宰了三百多块,这才恍悟过来。

后来,为了"报复"海鲜,为了挽回海鲜以外的"海外游客"的面子,我们穿上了只有在舞台上才有可能和有机会穿的"岛服"扑向真正的海鲜聚集点"168海鲜小馆",饱饱地吃下一桌海鲜,顿时爽快多了。三亚吃海鲜,抢着吃的当然是"鲜",恨不能直接坐到海边上,吃现捞上来的海鲜才够"鲜"。当然,当地人或是游客吃的还是海鲜的"便宜",为了便宜,据说很多人是专门去海鲜市场买来海鲜去饭店加工着吃;再就是,农贸市场一样宽阔的"春园"海鲜广场附近的小店,顾客先自由自主地在专门的海鲜摊子称好你要的海鲜,付好账,由饭店拿去烹饪。很快,你的面前会堆上来一堆口味儿鲜美的,你要的海鲜……同样是海鲜,坐在三亚的小店儿吃,就是不一样,海风吹着,岛服穿着,别样滋味儿。还别说,三亚街上、海滩上、宾馆里还真到处都是身穿"岛服"的游客,鲜亮得"扎眼"。满街穿着,见怪也就不怪了,入乡随俗罢了。

吃着海鲜,想到南京,南京城市好归好,苦于终归留不住游客,"一日游"足矣。

为南京如何开发和创新旅游文化产业,无数行业上下的精英们理论数十年没见成效。看看眼前的三亚,满街跑的尽是游客,尽是"汗族",还不依不饶地大把往海里扔钱。

几年前还每平方一千来块,十来万就能"拿下"的海景酒店公寓,眼下价格蹿到每平方一万还多,且紧俏不待。没有尽头的海边,矗立着一排排没有尽头的海景公寓,令人好生眼热。

三亚,有着一片"蓝调"的大海,顶着似明镜的天空,一幅美不胜收的画面,一盆垂涎欲滴的海鲜,旅游者再怎么地也不怎么地了……

## 亚龙湾听海

曾经在澳洲住过海景酒店,亚龙湾金棕榈大酒店的行李员,那位长得很偶像的小伙子将我们连带"行李"一道引到"豪华海景房"的那一刻,还是让我添了一份快意。这是一间地道、纯粹的海景房,开阔的视野下,湛蓝的大海,海上行驶着的各色船只,空中飞旋着的滑翔伞、滑翔机……此刻都一一聚焦在我视线下的同一画面里,甚至能清晰听见海浪在歌唱……

从浴室浴缸的落地玻璃窗里,你也会直接享受着眼前的这场跃动的视觉盛宴。

适中的阳台上,一对简易的木椅和一张小茶几,顿时给了你一份雅致而怡然的情调。

这个时候,我才真正开始从心里肯定"哥妹网"的服务用心所在。

亚龙湾的海,向它独有的天空散发着只有南海才会拥有的鲜为人知的海洋气息,这是中国南海的气味儿,可以说是南海的仙气。

精明的海南人居然如此超前、如此划算地将这片大海连同她的"色""香""味"儿揽在自己的胸怀里,揽在自己的版图上,赐福着本土人不算,还诱惑着一代复一代、一批复一批的外乡人千里迢迢地"听海"而来。这片海成了他们地产的财富,成了他们无限的商机,成了他们取之不尽的产业之链……

这夜,我们的的确确是在海的静谧夜色里,听着海匀称的喘息入睡的。

次日晨,我和娜向酒店租了一辆双人脚踏车,循着亚龙湾的海边巡游、拍照。整个亚龙湾几乎三步一座酒店或是度假村,尽是临海的别墅造型,别墅的式样简洁别致,温馨脱俗。

林立悠闲的别墅建筑群本身就能唤起你对海的依恋和对海的膜拜。我用相机拍下了一组组形态各异的别墅造型。随后想起建筑师肖楠的建筑理念,即所谓"精神寓所"。

人类如果都能做到完全自制地保护自然生态,尊重环境纯度,如此有山、有海、有景的居住寓所该是何等的精神享用啊!

娜是憋足了半辈子信念和痴迷奔"海"而来的,很久以前便备足了各式泳装达数套件之多。此行中的"A计划"便是"以身试海",故意饱餐了丰盛的早餐后,趁海滩上的人多去午餐之际,我们便"泳装披挂"出海了。

骄阳下的海滩,热辣辣的沙滩,踩上去像踩在一块被煮了四成熟的"馅儿饼"上,软塌塌的。尽管是午餐时间,望不到边儿的沙滩上和一字排开的遮阳棚下,还是或卧或仰着各类肤色人种。

远点儿听海是喘息声,近处听海却是严重的"呼噜声",山响不算,还汹汹的带着杀气。哆嗦着刚把一只脚挪进海水里的娜,被海水的一声呼噜打了一个趔趄外加一个寒颤,没来及钻进泳圈就被重重摔在了沙滩上,还尝了一口咸涩的海水。我第一次看见她眼睛里,不,是浑身上下原生态出那个瞬间恐惧的呼叫:先以为是女性天然的"娇嗔",当在阳光下的那个瞬间,她的那张脸由红转绿、再转蓝、再转青时,我才意识到那状态全然是自然的、真实的、痛楚的。随之,几乎央求似的:"啊……我们不玩了,我们晒太阳去吧……"

如此过后,她再也没有被海水打湿过。我陪着她躲进了遮阳伞下,和身边赤身裸体的老外们并排让自己晾晒在亚龙湾的阳光下。我知道,她嘴上没承认,心里肯定在自责、在悔过。我却不停在她跟前揶揄、取笑、挖苦她。虽然看上去像是宽慰她,我是这样说她:"这说明你太爱海了,爱得越深,越怕失去海的拥抱,所以你倍加珍惜,才与海保持着距离。"

如此无牵无挂地仰卧在海滩上,竟然会是如此淡然的天伦之乐。枕着海的脉搏,感应着海的呼吸,倾听着海的语汇,当然还夹杂着来自"俄罗斯""法国""英国"男女声窃窃私语,在你懒洋洋快要昏睡的那刻,"听海"还真能听出滋味儿来……

# 文学：我青春期的一首哼鸣曲

年轻时，为文学梦、作家梦，脑海里曾涌动过奇形怪状的人生体验欲望，比如当兵，比如当工人，比如下放。当兵和下放无缘错过了，最多也就从高中时代"学农"劳动中获得过丁点儿红色体验。

后来，分配去了那家集体所有制的电容器厂，混迹在上百名老弱病残人堆里，理直气壮地做过一年半载的"蒸发工"。

正是在那段最为艰苦、压抑而且痛楚的岁月里，文学是我最大也是最厚道的精神支撑。信仰和理想也在我行将崩溃时闪出剪影一般的身影告诫我坚持，坚持，再坚持。从我阅读过的所有中外名著中，那些作家的人生，不断佐证：最苦难的岁月，往往能造就最优秀的作家。最难捱的日子，将会打磨最有成就的文字和作品，也将是一个作家创作的源泉、动力和矿藏。

一个时期，我把能够看到的作家传记、小说写作技法、经验之谈之类的书籍看了个遍，厚厚一摞读书笔记和摘抄见证着我的盲从和作怪。

五迷三道的信念，着魔般地让我寻找一切足以锻炼意志，磨难生活，摧残身心的体验方式。记得在"待分配"的那段空白假期里，瞒着家人，我偷偷去找了几份临时工的活儿，先是一份炉前工。那段日子，睁眼就与脏兮兮、土渣渣的锅炉工滚在一起，突然冒出我这么一个浑身上下冒着傻气的临时工来，又毫无技术含量可言，"师傅"当我面示范着抡了几下铁铲，往锅炉里扔了几铲子的煤渣。接下来,便是我全天的活计。而"师傅"可以乐呵着往旁边工具箱上四仰八叉一靠,与工友们聊他的大天儿,抽他的大烟去了。没人问我干嘛来了,又为啥来的。多半他们会想,这小子一准家境不咋地,瘦精精,干巴巴的小伙子,出来混门手艺,为家里挣点小钱儿呗。

没干几天,累得不行,嗓子眼儿给炉灰呛得不行,吐出来的痰比煤渣还黑。

后来又去选了一份"冷作工"。一去上班,师傅给我扔过一件显然他穿过的破破剌剌的工作服,那位虎背熊腰,他的工作服套在我那把瘦骨头身上,我整个像一个用电线绳拧巴起来的晾衣架,空空荡荡,哐里哐当的,抡起大锤来,都带呼呼生风的。

什么"冷作工",几天后,我腰酸背疼,差点没起来床才明白过来,就是抡大锤、砸铁板的工人啊。上高中那会儿也就十七八岁,身子还没发育开,大人知道会心疼地说:别太使劲儿,别把"小肠气"给弄下来。那会儿,哪懂"小肠气"是咋回事?

两份打"零工"的体验,累归累,冤归冤,每天回到家,再累,也会趴在床上,把一天受的罪,用日记,用半吊子小说什么的胡乱写在纸上,还乐此不疲。

那个年头,家家都不富裕,一到晚上,用电都很精贵,父母房间灯泡也就一盏 40 瓦,轮到我们房间,也只给用 15 瓦,还不给长时间亮着。母亲现身说法,带我站上小板凳,看过家里那只电表,只要灯一亮起,电表就跟着转,瓦数越大,转得越快。转得快,也就意味着给出去的钱多。看过电表,我才知道家里的开销有多大,父亲、母亲持家是多不容易。

可我就只有上工回来才有时间写作啊,晚上一到 9 点来钟,父母房间就传来母亲拖长音的催促声:"小波……该睡了。"一遍不行,跟着会是:"浪费电啊……"

他们绝对不会想象出当初我对文学、对写作的那份狂热的痴迷，我更说不出口，也拿不出手，我那一堆鬼画符一般的文学"作品"。

"打工"挣来的钱有多少记不清了，只记得不是买书，就是买了写作用的纸笔。

文学和写作，从那时起，就像是在我胸腔共鸣中一直低回、环绕着的我青春期的一首哼鸣曲。

打工遇到的人，工友师傅们的闲谈，我所见识过的工种、设备、产品，反正一切在我那个年龄段感到好奇的所有物件、人色，我每天都记录下来，形成文字。我的自信来源于我在初中、高中时期在班上，我的作文，不断被语文老师当作范文讲评。数一数二高分的作文，来源于我自以为是对事物的敏感和对生活的捕捉、刻画、描述能力。既然"愤怒出诗人"，"苦难"怎么也会出个把作家吧？我经常在眼看快要支撑不住信念的时候，暗自狠狠地掐着自己的大腿自残，给自己鼓劲。

打工还不算，一有时间，我会去四下乱转，四处寻找灵感。

时常去的地方像北固山、焦山、南郊啊，有的时候，还一头扎进窄窄的巷弄。

从工厂调进文工团，时间更充裕了，生活圈子也更大了，不时还跟着剧团跑码头。

排练、练歌之余，剩下的时间完全可以任自己自由支配，心里别提有多欢实了。

免得晚上挑灯夜战时被母亲再三催促、呵斥，干脆卷起铺盖卷，住进团里那间"楼梯肚"里的单间儿。房费、电费自然用不着自付，搬进团里，能说出口的理由是每天一早，要担当舞蹈队舞蹈基训的"钢伴"。想不到，自己那手半吊子即兴钢琴伴奏，关键时候能派上大用。

又多出一段文工团丰姿多彩的生活经历，我的写作欲望愈发活份起来。早上，钢伴，练声；下午，练歌，看书；晚上，看书，练笔。那个阶段,是我最旺盛的写作周期,也不知哪儿来的精神头,哪儿来的素材,一篇接一篇地狂写。厚厚一摞文字稿,堆在床头,看着它们,可以整夜睡意全无。跑得最勤的地方要数邮局,是去向四面八方投寄自己的手稿。然后,每天最大的期盼就是往返于传达室,等候那几家杂志社回复的信件。当然,等来的几乎都是退稿信件。有的信里一句话没留,只剩原封没动自己发出的稿件。有的信里夹着张白条,编辑会草书几行既伤人,又安慰的手迹,后来,干脆连这难得的安慰手迹都变成冷冰冰的铅字了。

如此越受挫,越来劲;越来劲,越受挫。只是往返传达室时的自信心严重失衡,变得越来越小心谨慎,生怕退稿信落到别人手中被众人耻笑。

六年多的剧团生活,那么好的写作环境和丰富的生活阅历,加上那么执着、刻苦的写作经历,居然没有一个字被转换成铅字,尽管在舞台上发光了,成就了,知名了。萦绕在心头久久不能散去的文学梦,却成了隐隐的酸楚和伤痛。

真正的转机是调入电台之后,当播音员,当采编播合一的主持人,当文学编辑……一切工作转换都开始与文字亲密接触,切换向新闻化、专题化、散文化、诗歌化。手里自然流出的文字开始见诸报端、刊物、书籍。文学梦若隐若现,不知不觉。

调入省城最初一段时间,省里大小晚会的文学台本撰稿、活动方案策划、电视栏目解说词,这么多年的笔耕磨练和文字积累全都派上了用场。足以让我轻松自如地穿梭于主持人、歌唱家、策划人、撰稿人、导演、作家之间不亦乐乎。梦想总算透过一丝缝隙,照进了生活的现实。这期间,加入了好几个国家级和省级艺术家协会,其中最介意,也是孜孜以求的是加入了南京市作家协会这个组织,拥有了"作家"这个称谓。

"打工"经历被我写进多篇散文随笔里,文工团那段装进了小说《不美的青春痘》里。电台主持人生涯，写进了散文《最怀念，母子播音那时光……》里了。从前，投出去又退回来的几家全国最为心仪和向往的文学刊物《青春》《萌芽》《青年文学》《雨花》等，自己的作品都能在上面有一席之地了。

接下来最大的愿望，是将那篇在心中孕育已久，始终不能释怀的中篇小说《老爷子的西皮二黄》能有机会推出面世。

到那时，我文学的哼鸣曲会成为一首真正梦圆，有高度、有宽度、有高音的咏叹调。

2015 年 10 月 25 日于金陵御景园

# 陈　　姨

隔壁邻居住了七八年，没人知道陈姨的身份，更别说她的身世了。20世纪70年代红墙砖瓦的临街小楼上，我们两家二楼紧挨着住着，每日上下班或是一大清早打开门，第一眼都能看见陈姨。陈姨家门始终开着，老房子从楼道开始就暗戳戳的，一直暗到屋子里。

只去过陈姨家厨房和外间，屋子好像比我家大些。陈姨家就她和先生两人，身边没孩子，也鲜有人来家串门儿。陈姨脸上最显著的是她那两道浓黑刚毅的眉毛，再有就是两片暗红厚实的嘴唇，跟着反差较大是那身白皙的肤色，银灰的盘发。细长单薄的身板出出进进无声无息，轻飘飘的都扇不起风来。

陈姨人好得让满楼人对她尊敬不已，喜好在门口摘菜的陈姨，也是她每天与楼上下邻居们热乎寒暄的最佳当口。

陈姨每天买回的菜很少，篮子里空空荡荡也就那么几样。难得见先生回来，先生又难得和邻居们打招呼，进门就往里屋钻，再不见动静。偶尔得知先生姓胡，看上去倒是很像位教书先生，宽敞的脑门往上秃露着，含蓄，冷峻，不露声色的神情，更像电视剧里藏得很深的中共地下党员。

陈姨嘴里从不唠自家的家常，也从不提自家先生。倒是非常热心助人。不夸张地讲，我家蕾子打小一半儿光阴是在陈姨家泡大的，与陈姨吃一锅饭菜，睡一张小床，每天一开门，兔子一般窜到陈姨家，怎么也唤不回来。俗话说得好："隔锅饭香"，眼见小丫头被陈姨一勺一勺喂着，美不滋儿吃着陈姨那份少得可怜的口粮，吃得那个香呀，小二郎腿还翘着，颠着，甚至让你恍惚间怀疑这孩子是否跟陈姨家有什么瓜葛似的。

那时的陈姨也就五十来岁吧，从她嘴里好像秃噜过一句，她好像在机关图书馆工作过，和她成邻居后除去买菜，再没见她上过班。陈姨衣着朴朴素素，干瘦干瘦的身子骨，四季裹着的好像没有太多亮色，要么黑，要么灰。

从没与陈姨深唠过，看得出陈姨很孤独，那略显忧郁的双眸不经意地告诉你，她很渴望身边能有个长时间跟她唠嗑的人。

后阳台上时常衣服忘收了，回到家，陈姨会轻轻地后脚跟你进门，把叠好的一摞整整齐齐的衣服放在你家沙发上，朋友送什么东西来过，她会拎着东西悄悄搁在你门口。帮你做得最多，也是你最需要帮的，就是那时家家搁在自家门口的蜂窝煤炉，只要她发现炉子该换煤了，会就手默默给你换掉。别看每日里这么件极不起眼儿的生活琐事，有这么一位好邻居默默帮衬着，大清早打开门的那一刻，没有阳光的日子也是敞敞亮亮的。

也没见陈姨两口子拉着手进进出出，或是外出散个步什么的，倒是偶尔从隔壁墙缝里传来过几声短暂的男人的吼叫，接着会有一阵隐约低徊的抽泣声，次日，你会瞥见陈姨红肿的双眼和掩饰不住又强颜欢笑的招呼。

陈姨说话声音很微弱，吐字却很清晰，从不听广播、看电视的她，跟街边上，我家窗沿下那一溜边修鞋、补锅的师傅们一个样，压根儿不知道她的邻居，他们头顶上住着的就是当年红遍小城，大名鼎鼎的播音员、主持人呢。朋友和同事时常懒得上楼，在街边我家楼下仰着脖子冲着我家那扇窗户使劲叫唤我的名字；就算师傅们每天有半导体陪伴，我甚至也能听到自己的声音和节目从他们身边那部吱吱呀呀的小物件里生挤出来过，可他们怎么也不会相信，小城"声名显赫"的主持人怎么可能住在街边这座小破楼上。"喊谁？大川？哪个大川？……你是说电台主持人大川吗？……怎么可能啊，大川哪会住这上面？别喊了，你认错门啦……"

每当我从窗户里探出头来应答，师傅们齐刷刷仰脸看见我真人的那会儿，我能感觉到除了诧异之外，还有那么丁点儿骄傲或是隐隐的自我庆幸。起码觉出与他们的邻居，这位小城名人居然有如此平等的地位。因为打那以后，他们手上的小锤敲得更欢，半导体的音量扭得更响了……

陈姨也是偶然一次从我家收音机里听到我的声音后弄清我的工作性质的。她还从络绎不绝闹忙着来我小屋串门的人群中进一步认证了我的身份。是凡来过我家，见过邻居陈姨的，没有不记得陈姨的热情，陈姨的微笑的，甚至有的还问过：她是你家亲戚么？

正是那幢临街小楼，正是那间挤不开身的小屋，那个年代却聚集过太多的各路朋友。楼下挨着街边一排小店儿，卖什么的都有，还有南门大街上各色小食摊，夜市一条街，只要朋友来串门儿，聊得没尽兴，下楼拎上几瓶啤酒，几样小菜，一包猪耳朵，半斤盐水鹅，上楼铺开就喝，一喝就到天亮。大喉咙小嗓子，常常吵得楼上下整夜鸡犬不宁。命好，几年住下来，还真没见有哪家邻居急过眼儿，也从没跟哪家红过脸。小楼那些年住着，虽说寒碜了点，却攒足了不小的人气，街坊邻居相处也挺和睦，"邻居好，赛金宝"，这话一点不假，陈姨就是我生活中遇到的最亲近，也是最像金宝的邻居。

后来，我们搬过几次家，那幢小楼也早就从正东路上消失了，常常回小城开车路过那里等红绿灯时都会冲那个方向行个注目礼什么的，以示怀念。

女儿长大了，没少跟她提及过陈姨，她说她太记得了，很想念她，说哪天想去看看她。

也是的，那年搬家后不知忙了些啥，再没见过陈姨，也再也没打听过陈姨的去处，倒是时常会在眼前或梦里闪现过她，没老，还是当年那优优雅雅、文文静静的模样。一位能在你心里搁了这么多年，掏出来又让你一阵阵温馨如昨的好邻居，她陈姨还真算唯一的呢！

想写陈姨很多次了，这天醒来又念到她，有不写不成的冲动，唰唰写来，心里有些许怜惜……

2014年11月11日于南京

# 续写《陈姨》

一早,手机铃声响了,是凡不在我通讯录里的陌生电话一律不接。显示屏上有小城的字样,犹豫片刻,还是接了。对方声称是我曾经的邻居,听出我茫然,连忙又报出几位的名字,判断出我的警觉之后,干脆直说是我老房子后来一拨的房东。直到她说出我在小城晚报上发过的那篇散文《陈姨》,我才慢慢恍悟过来。

电话那端的女士声音有些局促,叙述的语速也许因为动情过度听出些许凌乱。她首先是我那篇散文的读者,而且是一位闻文而动的特殊读者,因为她还是散文主人公"陈姨"后来的隔壁邻居。至于她先前报出的几位说是我同事的名字,甚至就连"陈姨"的全名我至今还一头雾水。

她是读过我那篇散文之后,早就萌生要从晚报编辑那里找寻我电话、跟我通话的那位。散文见报第二天,晚报那位发稿编辑来电曾经转告过我。时隔很长一段时间了,这位名叫"戚秋芬"的邻居,还是拨通了我的电话。

掐指算来,有头二十来年了。搬家后,确实是同单位的一位年轻同事住进了我原先住过的——正东路临街的那间不足四十平方米的小屋。后来到底转了几户人家?又怎么转到"戚秋芬"户头上,不得而知了。

七八年住下来,当年除了与隔壁的陈阿姨有过抬头不见低头见的邻里交情,楼上下所有邻居也只是点头礼节性招呼而已。所以,突然冒出个邻居,还真不知所措。被推销、诈唬、忽悠的陌生电话见天搅扰着，人们都学会了各自防御自卫的方法。我的方法很简单，陌生的不接。唯独见到"小城"来电，手机铃声又是自定义设置的自己演唱的《乡音乡情》，自然抵挡不过"乡音难改，乡情缠绵"了。

为了打消我听筒里都能辨别出的疑虑，"戚秋芬"翻来覆去地讲述着她家与"陈姨"家的关系，讲她才是应该最先写"陈姨"故事的作者，讲她后来从晚报上读过散文后难以平复的心情，讲她曾经与"陈姨"亲如家人的那段温馨如昨的日子……

从她的讲述中，我得知八十五岁的"陈姨"已经因病故去，她还陪"陈姨"去上海看过病并与她在上海的姊妹们见过面。尤其讲到将我那篇散文带给"陈姨"姊妹们传阅过，说她们都被深深触动。讲着讲着，我听出最终的意图是想转达一封"陈姨"妹妹写给我的信。微信图片拍下来的信件手迹发过来了，很久没有读过用信笺手写的信件了：

张波先生：

今天由你的前同事戚秋芬带来一份你所写的《陈姨》一文，使我看了潸然泪下，且绘声绘色地描述了她的为人作风品格，她身前的身影也就跃然纸上。似乎又回到现实生活中。我的姐姐确实是热爱生活，善待他人而对自己是俭朴的。她的一生是坎坷的，命运也总是捉弄人的。从《陈姨》中，你所写的："偶尔从隔壁墙缝里传出过几声短暂的男人的吼叫……"足以看出我姐姐当时所受的折磨。还是你的邻居对她的尊敬，弥补了她内心的痛苦，与孩子相处的爱心，使她感到快慰。如此的婚姻结局只能是分手。总之，我作为她的妹妹，有你们对她的怀念，思念，对她这样一位小人物的追思，我深为感动。她已于2010年9月27日与世长辞了，相信她九泉之下，有灵感的话，还会继续保佑你们好人一生平安，事事如意的。

祝好！

"陈姨"的妹妹

2015年10月8日于上海科卫中心

放下手机图片上的"信笺手迹",这回轮到我被深深触动了。与"陈姨"做过几年不同寻常的邻居,"陈姨"给过我们点点滴滴,又刻骨铭心的记忆。"陈姨"瘦弱但强打精神的身影至今还不时闪现在我和蕾子的眼前。"陈姨"的确像她妹妹说的,是小城的一位小人物,小到很少有人知道她的身世,去打听她的来龙去脉。"陈姨"是属于那种把自己包裹得很深,隐忍得很久,承受得很重,而极力把自己阳光、快慰、淡然、精神、温情的一面施舍给周围人的温良女性典范。

每个早晨,每个夜晚,彼此遇见,邻里之间也许只需要那么一个温情的相视,一声暖暖的问候,一桩家常的互助,一份默默的关注。多了,或许会无事生非,过了,或许会画蛇添足。

得空经常还回家乡小城度假,还会开车经过,或是徒步走过正东路上,那栋曾经的红砖住宅楼。还会禁不住驻足在远远的边角久久注视着那块早已被拆迁了的地方。

"陈姨"远去了,这位寻常得不能再寻常的一位曾经的邻里,居然强烈占据着我的记忆库,温暖着我的情愫,居然让我有着情不自禁想将她记述进散文里的由衷冲动。而且伴随着我这么多年一直升华着对亲朋、对生活、对事业的敬畏。

感谢生活中有些像戏剧性场景中才会出现的人和事,比如:戚秋芬。是她将我的拙作转给了"陈姨"的家人,是她和我一样对"陈姨"这样的好邻居感同身受。"邻居好,赛金宝",遇上一个好邻居已属不易,遇上像"陈姨"这样的"非常好邻居"恐怕实属不易了。

还应该感谢《京江晚报》和那位只闻其声、未见其人的编辑,是你们的报纸版面还原了真情,如愿了亲情,再现了乡情。

秋已深,叶已落,风已静,人已去。

感怀之中,又成一篇,题曰:《续写〈陈姨〉》。

2015 年 10 月 13 日于金陵御景园

# 书　　缘

说来够"小儿寒气"的,最早与书结缘是小人书。

被小人书弄得五迷三道,茶不思饭不香的年龄也就七八岁至十来岁上下吧。有点零花钱就往弄堂口的小书摊里钻,大市口万祥对面那家小书摊我是常客,小书摊小得可怜,狭长的一条,抹不开身子。也不知怎么回事,小书摊竟让我和常来这里的小伙伴们那么着迷,黄牛皮纸裹着封面的小人书,齐刷刷排列在书架上,店主用蹩脚的毛笔字书写的书名东倒西歪,所有挤进小书摊里的"小把戏"们,可以挤坐在一长条矮矮的木凳上。远远看去,像一溜排列在电线杆上歇脚的麻雀。

你可以坐在那儿看,一分钱一本好像。也可以租回家去,一本两分钱。我是看的比租的多,因为便宜。

是牛皮纸的味儿,还是小人书油墨的芳香,反正那家小书摊的味道很奇特,中邪似的让你打小就有种魂不守舍的初体验。

那时,我甚至很羡慕摊主,觉得他和包书的牛皮纸一样牛。他怎么那么富有,会拥有这么多的小人书,他一定很有学问才对。书摊的门,是一扇扇磕磕巴巴、油渍斑驳的狭长门板拼成的,好几次我们这些如饥似渴的小把戏们早早就候在门口,生等那位和门板一样干瘦、瘪塌还佝偻着后背,活脱一位大烟鬼似的摊主从外边过来,懒懒散散又悠悠闲闲的,把那辆比他本人还磕残的破旧自行车往路边一歪,好像是故意慢吞吞地掏出那串钥匙,故意让它发出那串贼贼、尖尖的金属声。可怜我们这群有出息也不大的小把戏们,愣是眼巴巴地望着他开门后,有气无力地移开一扇扇门板,任凭我们急吼吼从门板缝里挤进去,争抢那几条几乎是席地而坐的长条凳。

小人书摊静得出奇,临街的嘈杂在这里好像突然被过滤了,当然,那会马路上也没那么多呼啸的车辆。

几乎不约而同的,来这里看书的小把戏,都是用手指舔着吐沫翻书的,谁也笑不得谁,谁也顾不得谁。薄薄的一本小人书,看起来快极了,故事性很强,画面感也有,那个年代的孩子们早期教育多半儿从小人书开始。四大名著,外国文学故事,战斗英雄,电影连环画……不花掉当天的零花钱,绝不甘心离开小人书摊。再看那位干瘦的摊主,一根接一根吸着好像是飞马牌香烟,也捧着本小人书假模假式地看着,当然那双眼睛不时会瞄上几眼摊子上的小把戏,生怕我们当中,会有人偷几本藏在兜里或是撕下几页带回家去。刺鼻的尼古丁的味道和小人书书香综合在一起发酵成一种不可名状的异味儿,精神鸦片一般,迷幻着我们这代少年儿童们。就连至今这把年纪,一看到书店和古玩市场有小人书,眼睛依然会放光,心胸依然会狭小,占有欲依然会强盛。

读初中起,阅读模式自然切换到书店和图书馆去了。与书的缘分,对读书的狂热一如热烈的初恋,欲罢不能。老爸是文化局干部,"文革"有段日子不知怎么被下放到他管辖的新华书店站柜台。那个年头,老爸喜好穿一身藏青色中山装,跟电影里的焦裕禄一个模子刻出来的。"文革"那会儿,老爸也就三十来岁,精精神神,硬硬朗朗的,打小当过兵,部队文工团大提琴手和乐队指挥出身,张口说话办事都在节奏上。那天去到书店看见站在柜台里的老爸,心里很不是滋味。老爸早就远远看见我了,佯装无所谓的样子,一副老员工的做派:"儿子,最近喜欢上什么书了"?老爸太知道我喜欢读书了,从前看小人书的零花钱有好些是他瞒着妈妈和哥哥,悄悄塞给我的。

老爸站立在书店柜台后面的那幅画面，像一幅烙铁画，永远不可磨灭地深烙在我的记忆库里，头戴一顶藏青呢帽，上衣胸前口袋里还别着一杆钢笔……有些苍白的瓜子脸盘上，已经隐约印记上类似五线谱的淡淡的褶纹："最近书店新到了一批抗战类图书，这本《抗日烽火》据说不错，买一本回家看？"见我迟疑，不容分说地冲着另一位营业员说："这本书我买了啊，给儿子带回家看，钱我搁在这里了啊……"说完，老爸将那本仿佛还冒着战火硝烟的《抗日烽火》塞到我的怀里。深深记得我当时还心头一热，鼻子还有一阵酸胀……我能感觉得到，骨子里，老爸是在故意让我快些离开书店，离开这段让他说不清道不明的"下放"经历。

　　不多久，沉下去的老爸又浮出水面，重新回到文化局副局长的岗位上。做儿子们的小腰又蹦儿直起来。

　　四中读高中那会儿，图书馆就在学校后门，先是办了张借书证，每天放学去那看书，借书。后来干脆混到图书馆干起了义务图书管理员，跟如今志愿者差不多，分文不取，埋头苦干，任劳任怨。图书馆里突然多出这么一位像我这样不吭不哈，三圈打不出个闷屁来的小伙子，叔叔阿姨、爷爷奶奶辈的师傅们别提多省心了。他们哪里知道，这是我心里埋藏很久的情结，从羡慕小人书摊主到仰慕图书馆图书管理员，那份近乎畸形的青春期心理变异，只有我自己知道，也只能到图书馆医治。

　　起先他们并不知道我是局长的公子，我是以学校假期实习生的名义自荐来的，四中是全市重点中学，四中门里走出来的学生个个都自信满满，人五人六的。此前天天放学后背着书包跑来借书，脸早就混熟了，所以我的自荐很快被顺利认可，录用了。要知道，从借书室柜台外面，能跨到里面这一小步该是多难的一步啊！那可不是随随便便，什么人都能进去的圣地啊！

　　图书管理员可不是看上去那么简单的职业，顾客需要哪个门类的书，分类在哪个区域，哪个书架，递过来卡片给你，你的脑海要快速搜索,熟练地去向那个书架,按照书籍的排序,很快在书架上把它找到。忙碌时,你会在那间大房间和林立的书架前后,急速跑上无数个来回。记得我是在社会综合借书室帮忙,这里书籍分类多,序号繁杂,忙得你蹿上蹿下。平时管理员也就一两个人,不紧不慢地忙乎,甚至有时懒得搭理顾客,递上的条子就算明明这本书躺在书架上,他们也会跟你说已经借出了。

对于两位中年阿姨来说,我的到来,她们当然再开心不过了,见我来了,总会有一位借故去趟厕所或是忙点别的什么,剩下一位正好歇歇脚,往柜台边一坐,把顾客递过来的卡片往我手上一塞,有时也会假装身子前倾一下,做出要去找书的架势,知道我会抢过卡片,完成下一个步骤。"年轻真好,腿脚利索,眼疾手快,干活就是带劲儿",我的身背后经常能听到阿姨们这么夸我,越夸我的脚步越轻盈,手脚越麻利,当然她们也就越偷懒。

真还像她们夸的那样,年轻不算,记忆力超强,没干几天,整个社会综合借书室的每一个书架、每一种分类、每一组序号在脑瓜里捋得门儿清,找几本书一点不带耽搁的。其实,找书也就罢了,累人的要算是把一堆还回来的书籍上架。哪像今天的图书馆,有专门的还书专柜和收书人员,借书全过程几乎都在电脑上操作,再瞧图书管理员个个跟"坐月子"一般清闲享福。

要是有几天没来,阿姨们会念叨我。我的所有满足感其实就在于能每天闭馆时带几本自己喜欢的书回家看。再有就是借书室冷清一会儿的空档,我能钻进书架在那儿读上一会书。就这么忙乎了有两个学期吧,数不清读过多少本书了,反正大小作家的作品没少读过。那个年代,在图书馆内外,对我有过深刻影响的中外作家的作品包括他们所有人的传记,像鲁迅,茅盾,巴金,沈从文,郭沫若,赵树理,周立波,魏巍,艾青,何其芳,周而复,郭小川,高尔基,拜伦,歌德,雨果,泰戈尔,列夫·托尔斯泰,司汤达,巴尔扎克,狄更斯,屠格涅夫,果戈里,陀思妥耶夫斯基,马雅科夫斯基……

从那个时候起，疯狂爱好诗歌，尝试过无数诗歌风格题材和样式，模仿过艾青、何其芳、郭小川的诗歌，尤其入迷马雅科夫斯基阶梯排列诗句格式，如炸弹集群引爆般的诗句，太过瘾了。

至今还留存着那个时期厚厚一摞各式笔记本、手抄本，密密麻麻摘抄着曾经让自己膜拜的作家、诗人的经典句式和诗句以及他们叙述写作经历和经验的段落文章。

从图书馆借回去的书跟买回去的不一样，读起来既认真又投入，想着要还回去，就有那么点儿爱不释手，尤其怕失去它，读的时候越是会往心里去。

懵懂的四中高中阶段，几乎尽在这虚无和浑浑噩噩的书堆里度过，乐此而不疲。

一天，阿姨们异样的神情和温情无比的举止传递给我的直觉是：她们知道了我张局长公子的身份，笑吟吟地前后左右、上上下下不住想从我脸上、身上打量和对比出我与张局长任何一丝相似之处。随后跟着就是不再让我跑腿了，干脆把我摁在书架里那张小桌上，让我静静读书。没多些天，一位馆长模样的中年男人来到借书室，跟两位阿姨耳语一阵后，把我领到了图书馆的基藏书库，转手托付给了一位说话咋咋呼呼的眼镜男"老夏"。

老夏戴着一副镜片像射击靶一般的深度近视黑框眼镜，中等身材，不说话时把头深深埋在书堆里的造型，标准一副教书先生模样。起先不知道老夏干嘛一张嘴就咋呼，跟图书馆肃静的读书氛围极其不协调，关键他那不带半点儿信号的大嗓门，一吆喝，让你跟着一惊一乍的。后来我从他同事们嘴里才解疑，这位老夏可了不得，过往经历不说，整个图书馆就数他元老资深，算得上图书馆里的一部活辞海，一部大百科全书。从上到下的人们对他敬重得跟对待圣贤一般。

那会儿老夏算是基藏书库的头儿，爱大声咋呼是因为耳背，除去耳背、近视的缺憾,剩在老夏身上的都是极品的特异功能。比如,对图书馆所有典藏书籍他老夏都如数家珍,对所有入馆的书目都能过目不忘,只要他经手或者只要他瞄过一眼搁在架子上的书,任何时候问他要,他都能在极快的时间内,飞身跑去给你从书林里精准无误地抽出来。再比如,他竟然能随意报出你手上那本书的作者、编者或译者,更能告诉你它出自哪家出版社,发行册数多少,图书定价甚至再版发行的次数和册数……绝了!这就是老夏,这正是:"耳背不要紧,只要功夫深,老夏独一个,公认是圣人"。

一点不夸张,老夏的影子几十年下来都没在我脑海里挥去,戴顶黑呢八角帽,身着灯芯绒咖啡色上装,胳膊上戴着深蓝色护袖,眼神迷离,动作麻利的老夏,真真切切,明明晃晃地不时出现在我的幻觉里。那个时候的老夏对我的影响很大,是往骨子里渗的那种。整个图书馆,或说基藏书库唯有他老夏没弄清我的"来头",耳背,这些鸡毛蒜皮的八卦别人懒得跟他说,他也懒得去打听,亦或是在装糊涂,耳不听为静。因为只剩下他老夏还对我是大呼小叫的了。

老夏另一个特异功能简直让你惊悚。别看他极度耳背,你千万别以为他什么都听不见,弄不明白。说他一个不字,他绝不放过你。不过,我说的"不放过",绝不是老夏会跟你干仗,跟你记仇什么的,是说他会跟你没完没了地盘问:"说我坏话了吧?你说啊,没关系,"说着他会指指自己的耳朵:"大点声儿,我听着……"然后傻呵呵地笑着,又不以为然扭过身做他的事去了。这就是他老夏能从你蠕动的嘴唇和吐字发声的开合度精准地观察判断你在说什么,精准率:八九不离十。

谁都能看出,老夏有老夏的苦恼,人缘极好的老夏,苦于没有交流,没有沟通,一天下来的多半时间,老夏都在嘀嘀咕咕,喃喃自语。宁静的书库经常会被老夏莫名其妙的"呵呵"大笑或是一股脑前言不搭后语的独白惊吓到。再就是老夏也有发怒的时候，重重地摔书，就是他最常见的宣泄方式，相处久了，老夏的异常举止同事们反倒不足为怪了。

老夏起码能猜出我之所以来图书馆，来基藏书库帮忙的心思，他猴精着呢。有意无意他会以他的方式给我指路，点醒我读书的要领。"嗯，你手上的那本书值得一读，喏，还有这本……"他会熟练从书堆里挑出一本刚到的新书："这本再版第三次了，文学性很强，对你会有用途。"有心的老夏眼看面前没什么要忙的，会扔给我一串"典藏书库"的钥匙："去把这堆编过号的书上到书库架子上，仔仔细细地分好类，那里的书可都是我们的镇馆之宝啊！"每每此时，我心头都会一阵狂喜，一通狂热，老夏说的一点没错，典藏书库可不是一般人能进得去的地方啊，唯一的一串钥匙由老夏把持着，这也是老夏手上最大、最至高无上的权力象征。老夏这分明是在有意暗示我趁有点空闲，给我机会去书库读一会那里面的书，对我这么一个毛头小伙来说，那可是"千载难逢"的机会啊。

其实进到"典藏书库"有点瘆得慌，或许因为便于珍藏的缘故吧，书库在三楼最靠里的一大间屋子里，铁栅栏护着，两道门锁守着。打开书库会有阴森森的阵阵凉气袭来，令人不寒而栗。

密集拥挤的书架，狭窄的空档里只能容下一位细长身板的人勉强穿行，想要蹲下来的可能性一点都没有。就这样，已经算是老夏给我制造的天赐良机了。忙完老夏指定的工作，我可以有大把的时间，在狭窄的书架之间长时间直立着，可以尽情地饱览群书，徜徉书海。一直没人解密过缘何老夏会对我情有独钟，如此厚爱，莫不是看我书生气重，闷虫一只，哑巴一个？那会儿，电话还没普及，估摸差不多时，老夏会在楼下故意喊上一嗓门："哎，小张同学，快下班了啊，收工喽……"

"收——工——喽——"，这一声，是老夏每天下班前必须亮出的一嗓子,等于是整个图书馆的下班铃声。耳背的老夏压根不知道他这一嗓子吼出的高度和亮度,极强的穿透力,让所有人如释重负地从书堆里立起身,忙着整理各自的家伙事儿,下班回家。

毕业后,去了工厂,一天三班倒腾下来已是精疲力竭,别说去图书馆了,在家读书的时间也在减半。调到文工团后,除去练功、排练和演出,我把大把的时间花在埋头读书和痴狂写作上了,正处叛逆期的巅峰时段,我索性"离家出走",搬进文工团大楼"楼梯肚"的那间只能搁下一张小床、一张小书桌的房间。"偶闻窗外事,傻读文学书"去了。

母亲跟我说过,她年轻时也酷爱读书,跟父亲转业到小城来时,还有两大箱子书跟着来的,后来"文革"时期害怕抄家,悄悄卖给收破烂的了。之后,那只装过书的大木头箱子,铺上一块塑料布,就成了我小屋里床边上的一张"书桌"。

我与书缘,书与我缘,难舍难分,缠缠绵绵。

从小人书摊的最初书缘,到从父亲手里买回的那本书给我亲情触动,再到图书馆帮工经历以及书圣老夏渗透进我身心深处的书香之气,读书的嗜好不但没有淡漠,相反更加不离不弃,不依不饶。小城出来,职业再忙,书店、图书馆是我在途中停留和闲暇光顾最多,也是最为频繁的地方。阅读环境在变,阅读方式在变,阅读选择在变,唯有那份渴求读书的心态永恒不变。

书与我,像全身脉管里流淌着的鲜血,不流不行,不畅不行,不热不行,不红不行……

2014年11月14日于南京工作室

# 为二老祝寿文

这个晚上,老贾家和老王家一大家子,选了一家酒店,由女儿和女婿做主,简简单单把老两口的七十大寿给操办了。

两家子亲戚不多,凑起来也就两桌人。老贾和老王家姐姐妹妹都到了不能开怀喝酒的岁数,咪上几口小酒,坐在一道叙叙旧情,拉拉家常,吃上几口长寿面,其乐也融融。

女儿米娜为老两口的大寿忙前忙后,找了家微店预先定制了生日蛋糕和小礼品。小外孙贝贝也成人管用了,切蛋糕,跟着大人敬酒,就是说不来酒桌上的客套话。

自从娶了老贾家的米娜,老张从没开口称呼过岳父岳母。这是老张从张家带来的怎么也擦不干净的"锅边锈"。连自己亲身父母都没叫过几声的老张,让他开口称呼仅仅比他大上十来岁的岳父母叫爹妈,老张实在没那份自信。更何况,外人都说,岳父看上去比老张还生得年轻、俊俏。

老张那张嘴在家又笨又懒的习性,米娜和贾家人早就习惯下来,见怪不怪了。跟着蕾子和贝贝一路效仿下来,也少见在家叫声自己的爸爸,这也算是"传宗接代"了吧。

老贾家人一向行事低调,为人正直、朴实,很少有婆婆妈妈的琐事和絮叨,平日串串门子,打打小麻将也就是贾家老人们唯一的乐事。

岳父老贾,在厂子里当过厂长,后来还当过街道办主任,"省劳模"的称谓,是老贾这辈子最引以为豪的头衔。

岳母老王,普普通通一名工人,年轻时玩过文娱,演过话剧,一副好面相,外加一副嗓子,隔老远喊出声来,嘎嘣嘎嘣的脆生。

岳父老贾没少在小外孙面前跟他唠叨自己侦察兵的战斗故事,讲多了遍数,外孙也跟着公公的故事长大,听腻了也装着刚头一回听,为的是讨外公开心。

几年前,已经上了岁数,步履蹒跚的老贾,骨子里愣是不肯服老,在家越是爬上爬下的重活累活,越是逞能去干。自打两根支架放进七十岁的心脏里,老贾不服老不行,也再逞不起能来了。

老贾在小区是出了名的微博评论家,自己给自己起了个"京口老人"的微博名,登陆上了小区居民论坛的帖子之后,成天不依不饶地给物业会提意见,看哪儿哪儿不顺眼,老厂长干了那么多年,老贾自信自己目光敏锐,政治嗅觉强,微博上,话一出口,直冒寒光和寒气,还咄咄逼人,直羞得小区物业会对这位仗义执言的"京口老人"无言以对,自愧不如,像做了什么亏心事见不得人了,悄悄屏蔽了老贾,进进出出见了,也都躲他远远的。为此,侦察兵老贾感觉突然失去猎物一般见天儿"蚂蝗鸡糟"的坐卧不安,眼前一时没有了目标,作为一名老辣的侦察兵该有多么无奈。在家呆不住,有话不知对谁说是好,索性直接上了小区物业会找他们理论去了。

"微博控"老贾很快成了"微信控"。这把年纪能把微博、微信玩到他那个份儿上的不多,老贾乐此不疲地天天大早起来刷屏,转载、点赞、愤愤不平地评点。娜娜管他叫"老愤青"一个。

自己玩儿还不算,好为人师的老贾恨不得把自己这点儿爱好灌输和传授给所有亲朋老友。只是传起来有难度,人家有人家的玩法儿和活法儿,老贾只要在微信上见不着家里人他会跟人家急眼儿,冲对方发一通诸如:现在都什么年代了,跟不上形势,够不上时尚,不与时俱进之类的牢骚。

外公老贾对自己的外孙打小起那简直就是无条件的百般宠

爱,连老张抚摸几下,或是亲上几口自己的儿子,外公都会在一边闷闷不乐地跟女儿告状:让他爸爸别这样,贝贝哪块是他私有财产啊?这样会不利于孩子的发育成长……

外孙小时候大多时间是跟着外公外婆在花山湾那家小店里的"摇摇椅","摇"大了的。摇一次几块钱,那些年下来,小店还真不知赚了老贾、老王多少血汗钱。

外公对外孙"护头"得厉害,决不允许外人或是家人对外孙有半点欺负。外孙打小一夜成名,红了半个小城。外公嘚瑟得不行,天天把外孙挂在嘴边。外孙成了外公生命里比自己亲身女儿还娇惯的亲人,摸不得、碰不得、骂不得、打不得。

小外孙长大了,渐渐到了自己的叛逆期,越来越变得"轴头乐怪"的拧巴。再也听不惯外公成天的唠叨,时不时还顶撞几句。外公为此心寒,闷闷不乐了好些日子,而且还百思不得其解。

当面交流不成,外公开始尝试在 QQ、微博或微信上和外孙做长篇交流沟通,或语重心长或推心置腹。每天转发好几条心灵鸡汤之类的东东给外孙看。没多些日子,QQ 和微博、微信上见不着外孙的影子,以为电脑和手机出了故障,叫了好几个人上门修理。人家一句话让老贾足足憋屈了好几天。人家说,是您被对方屏蔽,拉黑了。

老贾顿时觉着自己面前的天空一片漆黑。

这对外公老贾来说,是件何等伤心的事情啊!那些日子,老贾生活中失去了和外孙交流的快感,整天变得郁郁寡欢,只觉得一阵阵的胸闷,总怀疑那两副装在心上的支架硌得慌,像是出了什么状况。

长成小大人之后的外孙,性格随起了老张家人,笨嘴笨舌,懒得开口说上几句讨老人家欢喜的话。跟家人对话越来越少,尤其和外公。相比之下,外婆就很识趣,不像外公那么跟外孙没完没了的啰嗦。小外孙和外婆也近乎得多,偏偏还愿意听外婆几句絮叨。

外婆常常顺嘴出溜着一串串的"方言油儿话",让小外孙着实见识不少,上小学开始直到今天,在班上,小外孙的作文数一数二的讨语文老师欢喜,多少跟外婆平日满嘴跑火车的"油儿话"有关。

住着儿女们给置办的,离市中心很近,说起来还叫"花园"的大房子,老两口的日子也倒顺顺当当,和和美美。越上年纪,越懒得往外跑。自家小院里种种花木,拾掇拾掇杂草,成了老两口朝夕相处的乐子。如今,老贾不服老的唯一标志就剩下车库里那辆电动车了。出出进进,骑在电动车上的老贾仿佛找回了自己的年轻时代,来来回回在人们身边掀起一阵阵旋风,直看得小区保安和居民对"京口老人"老贾的啧啧赞叹。

过去在厂子里,老贾人缘极好,厂长也当得有口皆碑,认识老贾的人,没有不说出一串"好"字来的。老贾的日子过得跟课程表一般按部就班,早起,先听广播新闻,自言自语念叨几句刚听来的国际国内新闻大小事,"踢踢踏踏"地出门遛上一圈小狗辛巴。躲在小院角落里抽几口烟卷,然后,骑上电动车,有事没事出去兜上一圈……中午饭后,准时准点吆喝上辛巴进房间午睡。可怜年纪轻轻的辛巴,跟着老贾的作息时间,也提前过上老年人的生活,叫出来的声音也都老三老四,老气横秋的沉闷。

之前还身子杠杠硬朗,声音嘎嘣脆生的老王,有天也病得不轻,被医生说得可怕至极。几个疗程住下来,缓过劲儿来,再不敢大动。每天一把一把的药往肚子里倒。老贾自己药罐子不算,照顾老伴儿小心翼翼,体贴入微。每天临睡前,戴上老花镜,颤抖着手,为老伴儿往小药盒子里装药。然后在盒子上注明,每天吃几粒,吃哪一种……

老贾家的日子就是这么平实地过着,老贾和老王整天磕磕绊绊,大嗓门小喉咙的对吼着,倒也一点不伤感情。老贾家的亲朋好友隔三岔五电话里嘘寒问暖上几句。遇上急事,相互都能帮衬一把。靠身边最近的两个妹妹,性格不一,兴趣不一,聚在一起,也让老贾家亲亲热热、快快乐乐的满屋子喜庆。

寿宴上,大姑姑直冲老贾家女婿老张说道:都怪你成天微信公众号上发上一篇散文,看得我颈椎疼得要命,不看还不行,我成了你最忠实的老粉丝,写得真……

岳母今年正好七十,岳父七十有三,老两口生日搁一块儿过了,也算这年头,儿女们能够尽上的一份孝心。

家里该有的都有了,也不再缺什么。要说老两口还缺的,恐怕也就是儿女们再多一点的关爱和回家多呆上几天,多吃几顿他们还能亲手做出的几个小菜。

再说,老张离退休的日子也近了,很快也能办上一张出门可以上公园、乘公交享受半价的老年证。

很快,老张也会有做岳父,米娜也会有做外婆的那一天。所有对长辈的孝心也好,关爱也好,体贴也好,晚辈们都在传承着,不能有一丝一毫的懈怠。

这个晚上,老张很善感,眼前一幕一幕旧事影像闪过,看到的是自己后老年时代。趁老人们健康、硬朗,趁自己还在装嫩扮酷,再多给老人们一点内在的孝顺和关照,而不是作秀给外人看。这是我们老张家的本性和传承,也是让自己日后活得更踏实,更平实,更结实一些……

已是次日凌晨,趁娜还在香甜的呼噜里,老张情不自禁写下这些,算是为二老祝寿。

2015 年 11 月 29 日于京口花园

# 老家小巷

一住就是二十来年,称它老家不为过吧?

是怎么随父母从部队转业南下,偏偏转到了这座小城,一直是心底的谜,也从未问过父母。父母一生淡定,与世无争,生后留给世人们的褒多于贬。父母都姓张,传下来的张家人也从骨子里照葫芦画瓢,相互延续着父母褒贬各异的各色与个性。

老家里的几间房,一座小院,家门口四通八达的几条小巷,像一个个形状不一又长短有别的生态和命运的模具,复制出一茬又一茬有出息,还没有大出息的张家儿女们。

六七十年代能住进这栋楼的一楼,还带自家的院落,回想起来,父母当时的级别待遇还不算低,难怪外人都管这栋楼叫"局级干部楼"。小城的宣传部长、交通局长、公安局长、文化局长、政府秘书长等等好像都住我们的楼上下。

在此之前,父母带着我们兄弟俩打过"游击",住过大市口的一家"五七饭店"和京口饭店后面的一栋二层楼上。

老家这栋楼其实只有三层,怎么小时候的印象总觉着楼却很高。后来才记起来,照片上能看见的实际是这栋楼的后门,以前的前门已经被前面的楼和围墙挡住,正好被楼下四户人家隔成了自家小院。

这栋楼的年代横穿了我们的父辈和我们这代,算下来父母当年落户在这座小城时的年龄也只在三十岁上下。我们也还只有七八岁左右。一家五口,住在一个带院子的四间房里,那个年头已经算得上奢侈了。我们的童年、少年和青年时代长在这栋楼里，泡在自家那个小院里，蹦跶在小楼楼梯上下，穿行于门口这一条条宽窄的巷弄里。

直到今天，曾经留在这栋楼里的过家家、恶作剧、打群架、玩文娱的记忆画面仍然清晰，印象仍然深刻。也许因为各自家庭教育的原因，楼里的孩子们，再淘气，也出格不到哪儿去，最多家门口小闹闹，都不会闹出这条巷子。

记忆最深的恶作剧，是合起伙来拿隔壁孩子妈妈开涮。

究竟因为什么不记得了，是她成天大呼小叫很犯嫌，还是不让我们跟她孩子玩耍？再或是因为她胖得像我们儿时印象中的"大河马"？反正，那位胖妈妈没少遭我们的罪，经常暗地里对她和她家进行各种手段的"偷袭"。

比如，从楼上往她家院子里扔个东西啦，在她家门口悄悄放上几片西瓜皮啦，再就是，在她进出倒马桶必经之路的巷子口地上，摆上一排用两块瓦片夹着的"炮仗纸"，让她踩上我们的土地雷。总之，那会儿把看过的打鬼子电影里的损招都用在"大河马"阿姨身上了。所有这些，都是为了躲在暗地里，等着看"大河马"如何中招、如何被陷害、如何摔倒被惊吓之后"嗷嗷乱叫"……想想，小时候玩的一群小伙伴们怎么会如此"恶毒"？

那位胖阿姨如果健在，也该有八十好几了啊！

小伙伴们经常趁大人们不在家相互串门子，玩游戏，把各自家里折腾得翻天覆地，眼瞅大人们快要下班回家，赶紧手忙脚乱地收拾。那点小计谋，哪儿玩得过家长们呢？很快被戳穿了，也很快被限制了。

最终，好像全往我家串门子了。当然，不怪别人，也是我自己"烧包"烧出来的。为了把小伙伴们召唤到家里，我省吃俭用抠下零花钱，买了好几箱"小人书"，学街边小人书摊样子，自制了一堆"借书证"。在家门口摆上一排小条凳、小方凳。你说，小伙伴们哪有不来的道理?

这还不算,从小羡慕过露天电影的放映员叔叔,在家电影放不成,咱可以自制幻灯机,画幻灯片啊。找来一块块小块儿玻璃片,用毛笔在上面画上"鸡毛信""红孩子""地雷站"之类的故事。再做成一个可以放上一只40瓦电灯泡的小木盒,掏一个小洞洞,要是在白天,会用床单把家里房间窗户蒙严实之后,一场接一场的幻灯就这么连轴转上了。

样板戏年代,家里的小院更成了小伙伴们的剧场,每天坐得满满当当。《红灯记》《沙家浜》《智取威虎山》片段都演过,演得最多的要算是《智取威虎山》。原因也许是杨子荣那一身装扮威风凛凛,气吞山河吧? 父母部队留下来的两件羊皮军大衣,正好穿在了"杨子荣"和"少剑波"的身上。

回想起来,冥冥之中,幼小的心灵和经历已经造就和注定了我今天的演艺生涯。

几次回小城还专程去老家寻踪好几回。每次去,都会在曾经的自家家门口和小巷里站上好一会儿,没去叩开那家的家门,也不知那间房后来换过多少户人家。很想敲门进去再看看曾经住过的房间和院落,却始终鼓不起敲门的勇气。

如今,那栋小楼看上去已经苍老不堪,墙皮成片地脱落、斑驳,满身污垢,说明常年无人打理,所以才如此无精打采。

至今,眼前仍然笔直的这条小巷,原貌依旧,硬朗如初。锃亮油光的青石板,走上去依然脆生生,板板扎扎的作响。

儿时,这条一眼望到头的小巷感觉很长,撒开小腿,跑上好半天才到尽头。在小巷里,我们滚过铁环,滑过雪橇,打过弹子,躲过猫猫。夏天的傍晚,小巷常常被两边住着的人家搬出来纳凉的竹床横七竖八地堵住。小巷两端的头上各有一盏路灯,常有大人们围坐在灯下下棋打扑克。

我们张家俩兄弟淘气淘过头了,常常挨父亲的训斥,每回父亲怒不可遏到极点,也就吼上那么几声,随即会让我们滚出家门。最初,被撵出家门的我们会哭着跑到离家很远的地方,直到被父亲或母亲找到,拽着衣领回来。后来,我们越来越聪明了,摸清了父亲的脾气,当然也是母亲悄悄告诉我们的秘密。其实,很少发怒的父亲训斥过我们之后,将我们或我们中的一个赶出家门后,他会坐卧不安,也会在母亲的埋怨下在屋子里来回焦躁地踱步。不出五分钟,他会跟出门去,顺着我们可能"出走"的方向追寻过去。

有过一次,不知为了什么,是老大被父亲半夜撵出家门,那次他跑出很远,好像一路跑到了电力路往火车站方向。老大回忆说,那次他曾回头看过几次,很久没见父亲跟出来,几近绝望了。一列火车正好经过那里的铁道口,拦住了老大和经过的人们。老大再次回头看时,只见不远处昏暗的路灯下,马路边正站立着穿着大裤衩,光着上身手持一把蒲扇的父亲。瘦骨嶙峋的父亲正在向远处眺望寻找儿子的身影。还是老大转身走向父亲,父亲这才将自己紧张得有些僵硬的身板松弛下来,长长舒了一口大气,一句话没说,猛然一转身,往回走去。

这以后,我们都学乖了,很少再惹父亲发怒,即使不小心又被训斥了,出了家门也不再朝远处去,往巷头上路灯底下那么一杵,等上个三五分钟,父亲会假装出来倒个垃圾什么的,把垃圾桶往垃圾箱上嗑上几下,朝我们站的方向看一眼,一个转身,便一了百了。

狭长的小巷相对安静的时候较多,一点声响也会混响成大声远远传开。这栋楼上家家户户的大人和孩子们习惯用听觉捕捉小巷传来的种种叫卖声,就像:

"修棕绷……藤绷……"

"磨剪子铲刀……"

"修侧阳……伞雨伞啊……"

"香干臭干一格(角)钱五块……"

"卖回卤干喽……"

"豆腐脑……吃喽……"

每每叫卖响起,楼里的大人孩子们会各取所需,狂奔出去。

老家啊,老家,有着说不完的家长里短。

小巷啊,小巷,有着道不尽的百姓情长。

…………

2015 年 9 月 15 日于南京御景园

# 那时雪漫

大小书店最抢眼的位置厚厚一摞总是亮晃晃摆放着饶雪漫的畅销书，看见过很多十五六岁上下的小读者，在书店书架缝隙间席地而坐，如饥似渴捧读她的畅销小说。

遇见出版界的朋友，为我还曾与作家饶雪漫共事过表示出高度惊讶。恰逢前天一早，电视遥控开关又带着我跳到央视三套的《文化访谈录》，雪漫和三个青年畅销书作家坐在"马东"边上。

镜头里的雪漫几乎还是当年模样，稚气中透着自信，眼神里含着梦幻，少的只是些许腼腆。

准确地说，雪漫是我从四川"误招"来的。

那年，小城轰轰烈烈地推出广播电台系列台，我也随着轰轰烈烈的浪潮，走马上任，当上文艺台台长。随之又轰轰烈烈上演了一场接一场主持人"海选"壮举。一时间，小城几乎被掏空了，翻了个底朝天，挖出了当年市面上还算说得过去的俊男靓女们。忘了是谁推荐了四川的一位女孩，说她如何如何，尤其是文学功底如何了得，写一手好文章，有一副好口才，生一副好模样。我说我是在招采编播合一型电台主持人，光"靓"不行，身高怎样，语言、声音、语感、条件怎样等等。

很快，那位经人推荐的四川女孩与我通了一个长话，话筒里的声音很快验证她会是一名非常有声音特质的，当时也很前卫的适合晚间节目的女主持人。随后，我收到四川女孩的一张近照，是在院落里的树丛里拍下的，身子远远冒出树丛一截儿，看上去绝不会矮到哪儿去,我跟负责人事的彭大姐立马一锤定音,要下了。

这个四川女孩儿就是后来在小城电台主持圈儿里圈儿外红得发紫,成了大气,再后来又在全国小读者眼睛里成了童话天使的偶像派女作家——"饶雪漫"。

来电台报到时的饶雪漫着实让我半天没缓过神儿来,与她寄来的相片上的人物相差甚远,如此娇小玲珑的一个中学生模样的女孩儿,我真以为她跑错了门号(后来在电台员工内部聚会时,常常拿雪漫开玩笑,那张照片上陪衬在雪漫前景的所谓树丛其实是一排矮矮的冬青树,所以才会有"鹤立树群"的视觉误导)。

后来各项指标证明,把雪漫招进文艺台算是英明之举,四川女娃天性具有"袖珍才女"的潜质,台里误打误撞,招来个金字"招牌"。

开播以来的所有广播时段和栏目好像基本出自我一人之手,雪漫被定位在"梦溪文友部落"栏目里,"人精"雪漫,很快凭借她娇小身姿内蕴含着的超大功力,一炮打响了这个栏目。一年后的全市广电系统十佳广播电视主持人评比中,雪漫当之无愧名列前三。

那时仅仅知道雪漫文学功底尚可,没料以后在文学界甚至出版界大火并会成为"畅销书女王"。只是记得在台里还算经济比较拮据的那阵,她拿了个出书的方案找我,不容分说地建议台里出本汇集"文友部落"听众作品的专辑,我当时还犹豫不决,心里还在为全台上下、大大小小一大家子的吃喝拉撒犯愁。后来究竟何因又同意出了,而且还被她忽悠写了篇序言,记不清细节了。没多久,这本由她担任责编的书——《我和春天有个约会》小样搁在了我的办公桌上。

雪漫还写了这段编后记:

当这本书的编辑工作真正完成的时候,我突然想起了离开故乡的那个下午,成都火车站下着空空落落的小雨;想着就要为了一份挚爱离家千里万里,心里横溢的是如秋一般的迷惑和沉重。

而如今,我却仿佛永远住在了江南温婉多情的春天里,每当我坐在办公桌前,翻阅着文友们寄来的一份份文稿,阳光纷纷扬扬,我乐此不疲地阅读着那些心情故事,揣摩着故事后面的每一张脸,想着我们钟爱的文学就在触手可及的地方,感觉很好。每当我坐在直播室里,用电波诠释着都市的每一种情感,听"梦溪"在星空下清澈的奔流,心里便开着丛丛的鲜花,无边无际,春意摇荡。

我相信这样一句话,人生就是舞台。虽然这话很土,但我们确实这样活着的,在苍天之下大地之上,我们扮演着自己的角色,重复着无数个擦肩而过和惊鸿相遇,所不同的是,有的人一辈子不被注意,有的人却永远是主角。在文学的舞台上,"梦溪"也许永远是一朵边缘开放的默默小花,感谢部落里每一位成员皆愿用自己的心和双手,让这朵小花吐纳出最美的春的气息。

每晚十九点三十分到二十点三十分,让我们在调频96.3兆赫不见不散,相信这是每一个部落人永恒不变的承诺。

雪漫<br>1995年9月

电波里的雪漫温文尔雅,柔情蜜意,与文友听众娓娓道来,情意缠绵。工作中的雪漫快人快语,麻辣直率。即使犯点儿什么错,也会像童话故事那样不经意地被她虚掩过去。

一般在职场中,偏向"袖珍"的小个子男女,在人群中往往都会精确地瞅准机遇频频出位,以成为众人关注的中心地标或是人物,雪漫算得上一个。文艺台这些年,看似平淡的她,其实早就"预谋"了她自身的价值定位,借幻象中的"青涩时代""青春迷惘""文字女巫""青春疼痛",与现代少男少女通过传媒和电波用心与文字交流对话,畅销了自己,畅销了时尚,也畅销了文学。

至今未完整读过一本雪漫的青春文学系列畅销书,但能分享到她所到之处或在加V微博中与痴迷粉丝们山呼海啸般强烈的互动。分享电台主持人以外,这位童话女神般被痴迷追捧的快乐,更能分享到曾经同事一场的创业经历和艰辛磨砺。

雪漫的触角这些年迅速扩张到影视圈,接连拍摄了好多部不同凡响的影视作品,书店文学类书架上,雪漫以高产青春文学著名作家身份排列在江苏作家苏童、叶兆言、毕飞宇、范小青等的行列里。雪漫作品和信息像"漫天雪花"四下飞舞。

联想到当年在同一起跑线上与她一同起跑的同事们,不少人还在原地愣神,甚至已经颓唐,她却奔跑出很远、很广的领域。禁不住在心底要特别祝贺一番她的今天,也由衷祝福着她梦中美妙的童话桩桩件件成为现实。

2015年10月19日改稿于南京小火瓦巷

# 戏痴·郝光

2015年开年的第一场雪，不事张扬地飘落在这座城市中心一家同样低调的咖啡馆窗棂上，郝光踩着点儿与笔者如约相见，落座后好一阵无声的叹息，桌上那杯溢出淡香的拿铁咖啡让他愣神，一如话剧表演中韵律有致的心理停顿。

笔者试图用最快的速度，从他那顶棒球帽下略显憔悴的50后们特有的从容不迫的面庞上，找回《热线电话》"江远"的青春帅气，然而，下意识除下帽子露出雪花般平头白发的举动，很快让他将自己切换到《中山码头》"孙坊长"的角色模块中。

圈内人嘴边的"戏痴"，学子们眼里的"戏神"，平日有些蔫儿，一旦窜上舞台便光芒四射的这位江苏省演艺集团艺指委话剧指导，还在不停向笔者抱怨自己接受约见的痛楚和纠结。其实，笔者也不忍如此近距离触碰这位江苏话剧"老"人敏感而脆弱的"玻璃心"，然而也更不愿意让话剧无声，让话剧人无语，让话剧的明天缺憾。很快，话题自然无缝对接上了话剧，在江苏话剧大事记上有过那么几行文字和图像记载的这位话剧人郝光，像被剧场话剧演出开场铃声猛然激灵起高度兴奋的神经末梢，抑扬顿挫的念白滔滔不绝……

算起来，中戏80级，他曾与姜文、吕丽萍、刘小宁等同学一起出发，用他的感叹和自嘲，如今与他们何止是《一步之遥》？不过，至今传扬于中戏历届师生口碑中，当年那台毕业大戏曹禺名剧《原野》中"白傻子"一角儿的成功塑造，至今仍"名垂中戏"。中国戏剧最高学府磨练出来的戏剧才子们,各有各的前程,各有各的名利场,谁也不再去絮叨那些各自运程中自寻慰藉的"假设"和"如果"。郝光恋家,无心恋战京城,带着中戏点燃的话剧"炭火"返回家乡,一把火烧红了江苏话剧舞台上《开庭之前》《热线电话》《世纪彩虹》几部大戏,凭借《热线电话》中"江远"一角,摘得国家戏剧"文华"表演大奖、文化部优秀专家称号。从此,还片约不断,电影《外滩佚事》《爱枪如命》《屠城血证》《逢凶化吉》《红盾出击》、电视剧《非常夫妻》《红粉》《缘去来》等影视剧中都有这位中戏才子出神入化的光彩……

笔者故意在他好不容易调整到片刻兴高采烈的状态,抢过话茬,抛给他一个不冷不热的发问,试图测试下他台下的心理素质:"圈内高人近来屡有放言,对专业院校表演学科的学习表示大有多余和不屑之意,元芳,你怎么看?"郝光听言即刻愠怒:"岂有此理,俗话说,书中自有黄金屋。没错,是有没学过戏剧表演一夜成星的人,除了天才,还有机遇,学过表演,不是天才也会成为有用之才,成为表演艺术的精英,中戏就是一个培育演员导演艺术家的摇篮,没有中戏,姜文他们也不可能有今天啊,说那些话其实是对表演艺术的误读和偏见。"郝光越说越较劲儿:"不是不需要,是这样的专业院校和学科太不够了,表演的内外部技巧、表演技能、演员修养,如何从逻辑思维转换到形象思维?表演的第一任务是什么?如此等等,难道不需要深入学习?"

四年中戏让郝光悟出:从事话剧表演不是满足自身爱好,而是为满足角色塑造和观众需求,演员的存在不是为了演员自己,只有舍去对自身的自恋,才能全心全意去爱心中的人物,一上台不能爱自己,要去爱那个人物。

郝光面色开始有了血性,侃侃而谈,忘情阐述自己观点的那份执著,俨然像在研讨会上的一场争辩:"我就认为,中戏的教学理念既融会贯通又扎实可靠,不容置疑。中戏从未离开戏剧的轨道"。显然,郝光入戏了,而且入得那么深,敦厚刚毅的双唇训练有序地开合着,只是忽略了音量的控制,幸好这家咖啡馆的下午,小二楼上只有他和笔者的存在。此刻,口若悬河,满腹经纶的神情,像极了他在《世纪彩虹》中的"黄乐水"。

话锋一转,聊到"黄乐水",聊到他曾经四下建桥工地,那位老工程师掷地有声的那句话:"搭在水上的桥也许会倒,搭在心上的桥永远不会倒。"郝光把老工程师的这句话从此当作坚定自己信仰和意志的至理名言:"我要为心中的桥梁铸架钢梁"。

笔者听着记着,记忆画面不断拼接着他在舞台与生活的叠画中,时而貌合神离,时而不能自拔的戏剧人生和人生戏剧。周围太多人赞叹眼前这位另类郝光了,郝光只要出现在话剧舞台上,一上场就有彩头,那绝不是故作的噱头,那是话剧观众对他的那份由内而外、情不自禁的追捧。当然,在这群数量可观的追捧人流中有他十二年来暂别舞台,从事演艺学院戏剧戏曲教学亲手培养出来的共计九届毕业生,上百名走上戏剧之路的莘莘学子,他们是郝老师离开话剧舞台后最值得骄傲的作品,最值得咀嚼的甘甜,更是他曾经陷入极度迷惘时最实在的信念支撑。每到一届学生毕业,郝光都会以他另类的教学方式和引导体系,要求毕业生们别玩虚的赞美之词,而是用一种动物的形态或是特质来形容他们心目中的郝老师,这其中,有说他像狐狸一般狡猾的,又有说他如秃鹰一样刁钻的,也有说他像小熊那样卖萌的,更有说他像豹子一般狂躁的。郝光一点不矫情,他是真的喜欢学生们对自己如狼似虎的评价,他说只有这样才能从内心深处焕发表演系学生们的形象思维和开放天性。说他什么的都有,他一点也不在乎,仿佛又找回《原野》中"白傻子"的那份憨态可掬的人物基调。

笔者有幸与郝光有过多次短暂而仓促的合作,尤其目睹过演艺学院校庆十周年庆典晚会前,在小剧场,郝光亲手拨弄学院最后一届,班上最后一批学生舞台表演时,那些个略显酸楚的场景,那是笔者认识郝光以来见过的最为伤感的场景,莫非这么一位一直嚷嚷着要"让表演快乐起来"的艺术家从此不再快乐了?难道那段几乎跌入低谷的经历成了他戏剧人生的一次无奈的谢幕?

本该属于他的话剧舞台离他远去了,就连坚守到最后的戏剧教育阵地也悄无声息了。内心的焦灼和挣扎只有他自己去隐忍与抗争,这就是市场,这就是竞争,这就是现实。那时的他,在心底里祈祷着潮起潮落后依然能有重现"世纪彩虹"的那一刻。

面对面与郝光聊天是一种体验式的戏剧神游,甚至会有一种淡入淡出的画面感。天性中感性成分居多的郝光虽然没有机遇闪亮成为同学姜文那样的影坛巨星,郝光身上浸透着的善良和对艺术的真诚也许并不输给他的明星同学们,聊天中他感慨最多的是"感恩"这一关键词,而且不带一丝虚伪。他说他离不开集团的培养,忘不了话剧院的关爱,割不断话剧人的情结。

以话剧的名义他终于在江苏话剧六十年后,站在所有话剧人回家团聚的那个鲜亮的大舞台上执导了那台庆典晚会。他终于有机会重新回到当年那座大桥上,回望到《世纪彩虹》的熠熠光芒,他总算登上了久违的《中山码头》,洋洋洒洒、酣酣畅畅地过了一把"孙坊长"的话剧干瘾,也正是那个晚上,那个舞台,笔者在观众席里再一次领教了这位叫郝光的"戏痴"与蔡伟等几位大牌话剧人疯狂"飙戏"的盛况。那晚,莫非正是他梦里时常念叨着要超越《茶馆》的幻觉?直到今天他仍然直呼过瘾。

现实中,为他后半生带来最大快慰的是女儿姗姗,她是老爸未尽事业的"话剧后",也是中国话剧新生代"后话剧"时代的一位骄子。当初是女儿自己不顾父母阻拦,一根筋执拗地选择了戏剧,只身闯进中戏的大门。老爸今天再没有任何理由反悔,也只有偷着乐的份儿了。因为女儿一口气给老爸捧回了好几个国家和国际大奖,说着说着,郝光眼眶里噙满了喜悦的泪珠。

郝光说,十年前,他开始像当初热恋一般疯狂爱上了书法,以致内心深处惶惶有种从话剧"出轨"的内疚,直到他从书法技法中悟出了戏剧表演的深刻隐喻和功力所在,他才从这门同样深邃的艺术门类中找到"出轨"的必然。他说他在练书法时满脑子是话剧,在演话剧时满脑子是书法,他从书法运笔的"中锋"和"侧锋"中悟出台词节奏的关联和真谛,他从笔墨的浓淡渲染中对比出话剧语境的立体感。书法与气息、与控制、与力度、与刚柔、与爆发,竟然与话剧艺术有着千丝万缕的瓜葛和血脉。他饶有兴致地将存在手机中自己的书法习作一一展示给笔者,像是翻阅他主演过的一页页台本,一幅幅剧照……

末了,谈兴正浓,不知怎么,话题竟被郝光蒙太奇般扯到北京人艺那位话剧大师于是之老先生身上,扯到他患记忆退化症后重返话剧,留给中国话剧舞台和观众最后那句鸦雀无声的台词上。擅长形象思维的郝光说到这儿,居然也像于是之一样,长时间无语且以泪洗面。这是对话剧老前辈的仪式感,或是由衷为话剧所动的一种神圣敬仰。

2015年第一个月末的整个下午,寒冬与雪花,笔者与郝光,话剧与咖啡,无偿泡在与戏剧、与人生、与回忆、与感恩相关的话题里,这是一次有温度的交谈,一次有深度的感怀,一次有刻度的记载……

与郝光聊完,笔者试着用书法中的"侧锋",随笔泼墨题为:一生为戏,戏为郝光。

2015 年 1 月 28 日于南京

# 回顾雪珍

在歌坛,她是一位最先将自己隐身在舞台幕后的歌者。

在业界,她是一位不善夸夸其谈,只求精益求精、尽善尽美的学者。

在学院,她是一位孜孜以求、低回高标的资深教授。

在琴房,她是一位聪慧贤淑、以情动人、言传声教的母亲。

…………

能成为顾雪珍老师的学生,曾经是太多歌者梦寐以求的夙愿。

能听上顾雪珍老师一两堂声乐课,曾经成为太多老少歌迷痴迷的幻想。

哪怕能受到顾雪珍老师片言只语的点拨,也是太多求学者们心底的念想。

我一直这么天真地想过:顾雪珍莫非就是为艺术而生、而美、而红、而爱、而纯的吗?她名字里的一笔一划、一平一仄、一字一意,不就珍藏着对声乐艺术的天生和雪一般的丽质吗?

我时常与顾老师玩笑着揶揄自己:熬到这么一把年纪也没能摊上在她学生的花名册里蹦出两个铅字来,当然更加羡慕她身边那么多功成名就的学子,"嫉妒恨"那些裹着顾老师璀璨艺术光环美得不行的张三李四们。

时过境迁,岁月如歌,我总算恍然觉悟,原来是因为歌者的小道上实在也拥挤不下如我这等一摊肥膘的身躯,好在与她众多的学子们比划来比划去,我还多出了一份额外的庆幸和机缘:成为顾雪珍钦点的一名同样隐身在舞台幕后的"总导演"。

这样的庆幸一直伴随着我做了一台又一台与她艺术生涯息息相关的专题音乐会,这样的信任一直成就着我海阔天空、天马行空穿越于"如歌的岁月",沉醉于"雪人在歌唱"。

一晃,她和她老伴儿,那位不得不提及,又不得不令人敬慕的芮老师,对我的这份高度信任延续了有十好几年。正是得益于这位憨实着从事民族器乐演奏和教学资深的"老芮"在侧幕条边上不紧不慢的伴奏,也才有他家"老顾"舞台上下光鲜靓丽,桃李天下的累累荣耀。

几乎天天尾随着她身边的"老芮",被她呼来唤去,支应得随性而温馨,满足而甜蜜。有时干脆被唤作"司机老芮"。

也许,正是这位不可或缺的"老芮",才得以应验这句顺理成章的至理名言:一个绝对称得上成功的女性声乐教授身后,一准有一位能找准声音位置,调节好喉结起伏,运用好气息支点且能精准打开共鸣腔体充当"男低音声部"的老公。

每逢交代我任务时,顾老师和她这位低调的"老芮"时常跟我说的一句话便是:"就这么个意思,随你怎么想,怎么弄,怎么折腾……"

没有压力的压力往往是最大的压力。其实他们心里完完全全懂得,他们对我的信任度,不容置疑地建筑在我自我较劲和自我颠覆上。

《岁月如歌——顾雪珍和她的学生们》主题音乐会后的那个夜晚,他们睡没睡我不知道,反正我是久久未能入睡,写下了这样一篇冗长的导演手记(摘选):

这个夜晚,顾雪珍教授会将它留在自己声乐教育生涯中最为释然的记忆片段里;会将她对生活、对友情、对亲情、对人情感悟最真的东西,记录进人生总谱中的一个经典乐段;会将自己的人格长短、轻重、深浅作一番最公允的排比;也会将她对声音线条和共鸣腔体内外部的声音原态有一番彻头彻尾的再认识……

因为这晚,她的心真的动了,情真的露了,泪真的流了……

因为这晚,她也才会动用自己多年雪藏着的社交姿态,动用学生库里的所有人才储备,动用自己绝不轻易动用的社会资源。因为所以,才有了今晚这台让她如愿以偿的、随心所愿的主题音乐会。

音乐会进行到尾声,顾雪珍领着她所有出场的学生们唱出了那首《报答》,难能听见顾雪珍亲口唱出的声音,那声穿透所有学生声音的一种成熟而丰满的声音,含蓄而深邃、扎实而真切、坚定而悠远。她久违的歌声尤其在这个夜晚显得极其意味深长。场下所有观众被这撼人的场景凝固了。几乎没有忙于退场,而且几乎都在向台前簇拥着,都想借这个机会,这个特殊的情境,近距离地感应上一回对于今晚有着特殊意义的顾雪珍教授。

末了,主持人请上了我们几位正在幕后"友情奉献"着的主创人员,顾老师将手中的鲜花塞向我,而且当众拥抱了她予以信任的总导演,引得舞台上下一片哗然,紧接着一阵欢呼……

这时,台上的顾老师夫妇被人们争抢着,幸福地被摆拍,被作秀,甘愿为众人充当主角;我想,只有这时,她会完全稀释着为人师的苦水,饱尝着为人爱的甘甜……

散场后,中和率"友情奉献"团队,邀请顾雪珍夫妇及部分学生们在"一泉"宵夜。又像是在没有燃尽的"干柴烈火"上添了一把柴火,"呼哧呼哧"地继续燃烧起来,连从不沾酒杯的顾雪珍也频频举杯。这夜,"友情"的烈火达到沸点,笑声和歌声穿透北京西路的马路,着实招引来一长溜儿的"的士"争抢着这群"夜莺"们的生意"……

…………

那篇手记很长,因为那天的感动很长。

那天音乐厅外很冷,场内却热得汗淌,因为顾雪珍和她学生们的歌声有温度,有暖暖的情,真真的爱,浓浓的意,甜甜的梦……

如今,退休后的顾雪珍好像比她从前还要忙碌,我知道,其实她内心压根儿放不下自己深深眷恋着的民族声乐艺术,放不下她身边簇拥着她酷爱歌唱的学子们。她顾不上其他琐琐碎碎,她只顾埋头带着心底那份对民族声乐教育的珍爱在雪地上不停地长跑,不止地追求。

在参与编辑策划她50年执教生涯经典回顾,中国民族声乐探索金色回放专辑《如歌岁月》,回顾、汇总属于她这大半生的"大家·风范""媒体·热评""微博·感言""论文·论述""光影·光彩"时,依然会近距离感受到她在琴房内外洋溢出来的值得珍爱的那份温度,温情,温馨,温文,温存……

# "韶叔"是一部长书

"韶叔"是所有熟知他的人们对他的一种爱称,从哪天这么叫开的,又是怎么就被叫上口了,无从考证,"韶叔"也就这么笑吟吟的应了。

"韶叔"海边长大的人,说着一口海边城市的"鸟语",毅然决然一头扎进话剧圈,这一扎就是好几十年,一扎就"扎"成了省城话剧界硬邦邦的泰斗级人物。

论面庞,地阔方圆;论身形,膀大腰圆;论气度,力拔山兮;论友情,赴汤蹈火;论才情,江海横流。

话剧江湖上的"韶叔"是属于那种恩恩正正的性情中人。

见着别人留络腮胡子,你也许会说他装模作样,"韶叔"的络腮胡子那毫无疑问是从面部毛细血管生生长出来的,噌噌还冒着热气儿。

"韶叔"那张刚毅里透着沧桑,傲慢里透着血性,肃然里透着正义,麻辣里透着柔情的大脸,完全有资格"以话剧的名义"烙印在江苏话剧舞台的天幕上,成为江苏话剧大写的人。

每一部话剧里,只要有他"韶叔"在,这部剧一定是一壶烈酒,一杯热茶,一碗姜汤,一副猛药。原因是,"韶叔"上戏之前会先把自己酿成酒,沏热茶,炖好汤,熬成药……

同辈人都说,别看"韶叔"生得老相、成熟、肃杀,其实他内心藏着一颗比顽童还顽童、比女人还女人的温柔之心。话剧院大院里,老辈们见面,随口一个称呼:"毅然",热乎得如同家人。小辈们见了,鞠躬哈腰怯生生一句:"韶叔好"之后,板等杵在原地,等着让他训斥几句。晚辈们远远瞅见"韶叔"那座大山迎面倾倒过来,慌不择路,有拔腿溜之大吉的,有不及躲闪,脱口一句:"张导您好",两腿发软了的⋯⋯

"韶叔""吃相"唬人,言行举止像一阵飓风,咆哮而来,呼啸而去。做人较真,做事顶真,做戏认真。

初识"韶叔",是在电视台《非常周末》节目组,一来二去,对其敬而远之,敬畏有加。一年、两年、几年、一期、两期、一百期合作下来,"韶叔"在我心目中,也在大家心目中树立成一个"可爱大叔"的形象,彪悍不失柔情,伟岸不失风骨,粗犷不失细腻,仗义不失气节,豪放不失典雅。

在栏目组,"韶叔"跟谁都急过眼儿,红过脸,唯独跟我没有。我总在心里嘀咕那句"打是亲,骂是爱",莫非,"韶叔"跟我反而生分?不多想了,"韶婶儿"别介意,在这儿让我说句肉麻的话:我"爱""韶叔",恐怕比他"爱"我多那么一点。

《非常周末》节目之所以当年那么火爆,那么让全城的夜晚"万人空巷",除去台领导、节目组同仁们以及林林总总与之相关人等的齐心协力,与"韶叔"在节目组至高无上的位置,在策划会上面红耳赤的争辩,在排练场上大呼小叫的训斥,在台前台后上蹿下跳的忙乎,在监视器边指挥若定的布阵是抹不掉,分不开的。

如今想来,台里对《非常周末》节目组的制作,主创团队组合非常科学,非常智慧,也非常人性化。老、中、青三个年龄层阶梯,火、热、温三种性格差异,电视、演艺、营销三类职业兼容。扬其所长,补其所短。像《非常周末》节目组这样一个融洽、亲和、能战、善战、全能型的大家庭将来很难有机会碰上了。一个节目组能有"韶叔"这样一个吹毛求疵,鸡蛋里挑骨头,没事儿找事儿,明知山有虎,偏向虎山行的"HOU"得住的人,那可真是难上加难了。

节目组的人当年有过"三怕",怕开策划会,怕韶叔发言,怕韶叔发飙。这"三怕"说来说去,其实就是怕"韶叔"韶。

按惯例,策划会每周一到两次,开始每次时间最多两小时。后来只要有"韶叔"在,时长会突破到四小时,五小时,甚至通宵达旦。而这恐怖而漫长的时长里,"韶叔"的发言也是漫长的,无边无际的。除了那位温文尔雅、书生气质的乃光台长能叫停"韶叔",其他同志,只有洗耳恭听的无奈。如今想来,"韶叔"在策划会上的表白,尽管严重超时,其实对每期节目的准确定位,对节目如何不断创新、翻新,对操作层面上的提前预见以及对节目的预期效应等等,"韶叔"没有白说,也没有白费劲。没有"韶叔"孜孜不倦、没完没了的"韶",也不会有《非常周末》后来"冬天里的一把火",更不会有江苏电视综艺节目收视率表上,史无前例,后无来者43%的标高!

为了艺术家的尊严和电视台的这个标高,艺术总监"韶叔"理直气壮地骂哭过当红主持人陈怡、今波、张涛,骂傻过当年还只是小编导,今天已经成为电视台栋梁的几位年轻编导、美女制片,骂蔫儿过一拨说老不老,说少不少的团队同仁们。

栏目组所有同仁都百般惊诧:"韶叔"整天跟打了鸡血似的,哪来那么多旺盛的精力,无穷的气力,不懈的活力。家里不就有一位小他十来岁的歌唱家"韶婶儿"吗?也不至于……

人们是夸过他年轻,夏天,他"韶叔"干脆得寸进尺,上身穿起弹性紧身黑背心,下身套了一条连年轻人都不甚敢穿的"牛仔短裤",勒得小腹浑圆,臀部性感。

人们也夸过他出口成章,妙语连珠,这下好,路上见到,街边碰上,尤其是电话响起,来电显示只要显示出"韶叔(张毅然)"字样,多半人会浑身一阵"痉挛""惶恐"。然后,会就近找个能让屁股墩有个靠儿的地儿,耐着性子,等着电话里的"韶叔"把话韶完。

记得在苏州乐园做专场节目,我、编导王导、撰稿杨俊和"韶叔"同分在园内一间很雅致、很有电影情调的《简爱》主人公——

罗切斯特套房内,我和王导在客厅支起两张床,卧室那张大床留给了"韶叔"和杨俊。这一夜,我们起夜过两回,见他们仍在热聊,整夜耳膜里,远处轰炸机盘旋一般的窃窃私语,一直从卧室门缝里挤出动静来。反正次日凌晨,"韶叔"在睡回笼觉,原本就"哑巴嗓子"的才子杨俊,此时已是面如菜色,恍恍惚惚,手舞足蹈,"于无声处"只得靠打手语说事儿了……

说起来与"韶叔"还算远房邻居,他住长白街话剧院宿舍楼,我住科巷东白菜园,往返太平门演播厅也有四五站路,每回开会或做节目非得约上我,我知道,他这是怕这一路寂寞,找个伴儿,一路聊着过去,心里不寂寞。

别看"韶叔"成天大义凛然,不苟言笑,真跟他开上几句玩笑,"韶叔"乐得跟一朵花似的,可爱至极。

玩笑中有个经典段子说起过"韶叔",说要是在战争年代"韶叔"被抓,无论敌人如何严刑拷打,色诱逼供,"韶叔"绝对会宁死不屈直到英勇就义。但若敌人聪明,只需一招,他"韶叔"一准束手就擒,竹筒倒豆。那就是:"说不说?不说,拔了你家电话线,看你还招不招?""韶叔"天不怕,地不怕,就怕掐了他的喉咙,让他没处"韶"了。

与"韶叔"合作、共事过多少年,多少次节目数不过来了,"韶叔"是我偶像,是我的楷模,是我的镜子。"韶叔"身上和品格上很多优质的成分是无法临摹和复制的,"韶叔"大我十来岁,称得上是前辈、师长、长兄。

很长一段时间,各忙各的,彼此少了音讯。再见"韶叔"是在同事的那场婚宴上,那晚,《非常周末》的栏目组各路人马几乎聚齐了,"韶叔"与我们同桌,"韶叔"依然硬硬朗朗,神采奕奕。只是隐隐觉出他的语速、抑扬、音量多少不及从前。

说"韶叔",不得不韶几句"韶婶儿"。

人们太羡慕"韶叔"和"韶婶儿"这对恩爱夫妇了,两个人身上其实有很多共性的血性和豪迈,"韶婶儿"高亢悠远的歌唱里就有"韶叔"台上的内敛和爆发。生活中,"韶婶儿"对"韶叔"的关爱,绝非一般妻子所能媲美,所能尽职,所能相爱。

"我们家毅然……"是"韶婶儿"常常挂在嘴边,又满怀真情的叙述引子。老夫少妻一路走来,"韶婶儿"的歌声是"韶叔"的催眠曲,"韶婶儿"的叮嘱是"韶叔"的定心丸,"韶婶儿"的爱抚是"韶叔"的暖宝宝……

连我们都能感应到:"韶婶儿"风韵犹存的眼神里,时刻饱含着一位"嫂子"的颂歌,不时飘逸着一串"青藏高原"的呼唤,不住怀念的是"在那遥远的地方……"。

几次相约小酌,都怕酒桌上彼此刹不住车,喝高伤身。好在互相加了"朋友圈",能见"韶叔"用微信每日一拍,指点江山,分享画作,评点时事。

诸多因素,"韶叔"过早淡然离开舞台,黯然暂别话剧,相信"韶叔"那颗对舞台和话剧艺术,纯净得跟顽童一般的善心一直还在内心深处奔涌着,澎湃着,激荡着……

"韶叔"是一部书,一部谁都能读懂、谁都不能读深的长篇评书。

"韶叔"自己就是一位说书人,有故事,有情感,有起伏,有精彩……

"韶叔":这么无拘无束地书写您,您不会介意吧?想写了很久,这个凌晨醒来之后,强烈的冲动让我非写不可。对您如有不恭,多请笑谅。

"韶叔"身边的朋友很多,能懂他,能写他的人相信也有很多,我笔拙,手快,先写一步,引同仁见笑了。

2015 年 10 月 20 日于金陵御景园

# 不老的"同学会"

## ——写给高二(六)班四十年后的同学会

六月天,本来就被成天没完没了的暴雨醍醐灌顶浇蒙了头,摸哪儿,哪都湿漉漉的。那天手机屏幕上蹦出"老同学方敏"来电显示。方敏在手机那头显得些许激动,声音依然像他唱歌那样习惯性使劲儿撑着喉管:"周六那天有空吧?四中高二(六)班同学聚会,四十年了,大家都没见过,他们让我请你参加……"我捏着手机,望着天空茫然着,迟疑着,脑子一片空白。四中……高中……同学?……哪还有几个同学的印象啊?方敏不由分说继续抢白:"周六下午两点半在国际饭店,你认识吧?……"听上去,同学会地点还算小城绝对市中心,又选在五星级国际饭店?阵势不小。"哦,对了……是在国际饭店旁边的一家叫厨娘小灶的饭馆……"得,大喘气过后,同学会档次迅即跌落千丈。

小城四中,早几年还依然是学子们向往而蜂拥的市属重点学堂,能入四中的要么是拔尖的学霸,要么是"革干""革军"的家庭背景,要么是学区优势,再要么便是天上掉落下的馅儿饼砸到你的头上。我们这批怎么就入了四中记不清了,好像这四样"要么"都沾了那么点边儿。有好大一批同班同学,之前在没戴高中帽子的"师专"念完初中后就被统统扫地出门,各奔东西,有一批好像就入了四中,却大多被打散分了班级。

这些年,回小城还时不时在无数次多主题的聚会餐桌上遇到过不同届、不同班、不同代的"四中校友",每每此时,校友们干一杯的号令和找个由头套近乎,餐桌上的僵局和气氛瞬间就会被打破,刚刚攀上的"校友"们的关系呼啦一下会被拉近。校友相见自然会聊到母校,聊到各自母校的经历和传闻。信息交换中得知,母校四中早已风光不再,辉煌已成往事。也曾经几次开车经过母校,透过大门往里探望,门里门外,格局还在,却生机不再。尤其校门口这条小马路,已经变成拥挤不堪、水泄不通的巷陌⋯⋯

老同学方敏还是近些年歌友时常聚会的关系,才算走近了一些,也都是匆匆一见,又多是在酒桌上或是歌厅里简短交谈。即使这样,方敏还是当众传播过我俩曾经同桌过的那段言语交流少、纸条传话多的同学经历,更有甚者,方敏居然说,我还用纸条裹着张电影票羞羞答答请他看过电影。说得我后脊梁直冒虚汗,一头雾水。当真有过?我怎么全然无记忆?这般亲密,这哪像同学所为,莫非像同志嘛。

如约按方敏的指点去了"厨娘小灶",上二楼,进包间,满满堂堂的一屋子人三三两两围坐着,没走错门儿吧?一眼望过去都很陌生啊。一时间,屋里的人也都止住交谈,茫然望着我,像望着一头突如其来的怪兽,看得出,神情中多半儿带着明显的惊悚、诧异和质疑,好像都在用各自大大小小眼眶里转动着的眼球相互盘问,这位是我们班上那位姓张的老同学吗?

足足有那么几分钟的迟疑和尴尬,还是班长陈小平热情迎上前来,解除了所有人的疑虑。

跟着,老同学们借着四十多年的感慨,道出了对我身上发生的史无前例、脱胎换骨变化的真言。定格在老同学们的记忆中,我还是当年班上那位小个子,瘦身板,羞答答,白小生,极内向极不起眼的同学一个。

当一位体态臃肿、体重两百、满目疮痍、肥头大膘的老汉冷不丁突然出现在包厢门口,并且整个肥硕身躯塞满包厢门框的那一瞬间,让人不产生那么一阵惊悚和质疑完全是没道理的。

缓过神来,彼此都在各自被四十年岁月重新雕刻和冲刷过的面庞上、举止中、步态里慢慢搜寻曾经留在四中高二(六)班班级里的影子和印记。也都在悄悄向身边同学询问其他同学的姓名,以免互相交谈时引起尴尬。当然,短时间的尴尬还是回避不了,即便对上话了,又从何聊起?记忆好比过去在照相馆暗房里冲胶卷、洗照片的过程,一串模糊影像的黑白底片被投射,放大在相纸上,一张毫无影像的空白相纸,浸泡在显影药水里,不多时,影像会被显影水由浅入深、由淡而浓地显现出神奇的画面,鲜活的人像,传神的五官,灵性的光影。

　　有的记忆会稍纵即逝,有的记忆会长久封存,有的记忆会被清空,有的记忆会永不删除。那个下午,在那间普通得不能再普通的包间里,四十年前,我的那段类似"植物人"失忆症的古老记忆终将被同学们点醒、点燃,缓缓被唤醒,一点点的清晰、透明、敞亮、鲜活起来。从"似曾相识"到"若隐若现",再到"豁然开朗",类似经过今天人手一部手机中的美图秀秀,美颜相机的修复,去皱,美白,整形,一键美颜功能,老同学们一张张无限沧桑、历经磨难的老脸,顷刻间回到了四十年前十七八岁的青春年华。

　　张廷耀无疑是这次同学会的组织者之一,前前后后,乐乐呵呵地穿梭,手上提着一部微型相机,除了全体合影拍照还不停地抓拍聚会花絮。廷耀重复着同学分别后,曾经二十多年前与我在金山之光艺术节期间在体育场后台的那一面之交,那是因为我们彼此的女儿参加了那场开幕式晚会演出。拍合影照时同学们都在开他玩笑,原因是,他满满的自信来源于正在老年大学攻读摄影专业。

　　拍完合影照,面对齐刷刷正襟危坐的同学们,班长陈小平、潘新星的一席发言,似各自找回了当年在班上做班长时的感觉。

　　陈小平要算同学中变化最小的一位了,这位班上没有可比性的数学学霸,历任数学课代表。直到现在,长得都很喜庆。圆乎乎的脸盘,稳稳墩在一副宽厚的肩膀上,仔细比较,略微偏小了点儿,倒像是数学题中的一个"小数点",点在分数线分子的位置上,又像是他钟爱的一枚围棋棋子。全班人几乎对他有种神话般的敬慕,什么样的数学难题从未难倒过他,他给同学们的印象总是笑吟吟,乐呵呵的,走道时甩甩的两条大长臂,悠然自得,整个一副天下无难事,只要肯登攀的洒脱。

潘新星在省城民政厅当处长,一言一行,一招一式还是蛮有官相和官味的。同学中的女干部在省城混到这个份儿上也算小有成就。定神打量,至今还能从她由上到下透出些那年、那月,女高中生时代的一丝风情。

离晚餐时间还早,桌上堆满了茶食饮料,碗筷俱备,酒杯成行,三五成群的同学们却都在热乎的攀谈,时间都溜去了回忆的跑道。

与班长陈小平和几位道不出姓名的女同学一边攀谈,一边注视着其他同学的身影,从渐渐复苏的记忆软件中检索,下载,恢复,安装,打开……张苏群、李忠东、叶秋、张廷耀、吴颖、刘强、朱苏镇的影像越发清晰地跃然纸上,他们都是当年高二(6)班活蹦乱跳的人物。想想也是,高中也就与眼前这帮同学们共处两年多,70年代中期,校园中"男女界限"分水岭依然明晰,很少有机会与女同学交流,所以我的同桌才会是"方敏"。再者说,十七八岁的我们都还正处于"智能发育期"和"性格叛逆期",有的外向得邪乎,有的内向得恐怖,我便属于恐怖的那类。然而,就是这么一个"闷虫",我怎么记忆中偏偏清晰记住了与张苏群、李忠东两位同学有过的密切交往呢?上学,放学经常往他们家跑,作业也总喜欢去他们家完成,什么原因不记得了,闪闪烁烁的画面断断续续地总在脑海滚动。是不是因为他们俩的家都住在军区大院,潜意识里我有对部队子弟的由衷心仪。张苏群能说会道,满嘴跑火车,在同学中具有超群的号召力,李忠东慢慢吞吞,悠悠定定,每句话出口缠缠绵绵,温温柔柔。多少年后在市中心一家区级医院走廊上见过穿着白大褂的他,抬头看他进出的科室是"中医科",再后来,听说他已经成了一名小有名望的中医专家。性格和言谈举止很多时候往往能引导和预示你的兴趣志向和职业抉择,李忠东的例子足以佐证这一点。

张苏群白净的脸庞明显显老了,稀疏的头发加上看上去有些佝偻的身板。不老的是他语速极快的谈吐和镜片后面那双精明活份,不停熠熠发光的眼睛。

整个包间里穿透力最强的声音当属"叶秋"了,不光声音穿透,讲话不离手舞足蹈的叶秋与他的职业性质多少是匹配,吻合的。据说他在环保监察部门长期供职,职场上需要他一生正气,明察秋毫,义正词严和铿锵有力的判断。班长悄悄在我耳边嘀咕道:叶秋能干着呢,这个场子就是他订下的,下午就可以进包间,晚餐四桌,酒水全免。

体态发福了的叶秋依然声若洪钟地在那桌同学面前演讲,他所在的这个职场和整个社会环境有这样一种声音的震慑和呼吁很有必要,也很有力量。

晚餐开席之前,高国华来了,这位当年班上的数理化学霸,毕业后当上了法官,后来当上了新区法院院长。高国华的名字太多次在我回小城与各界人士聚会时谈论到,也是关注度最高的。

要说高国华、吴颖、刘强几位同学与我还同是家门口的邻居,都属于"古更楼巷(后叫观音桥巷)"居民,他们几位同住在一座"钱家山"上,说它是山,其实也就是一座城里极少见着的小山坡,小时候看它得仰着脖子,更因为山上住的都是当时地区级别的高级干部和当年的老红军,所以,那个时候,人们看钱家山总怀有一种仰视。

当年,郁郁葱葱、百鸟齐鸣、高墙环绕的钱家山总在人们心目中有种说不出来的庄严感和神秘感。

留在我印象中的高中同学高国华,在班上进进出出极为自信,下巴高昂,目不斜视,身板挺直,两臂挥动幅度较大。直到那天进门的一刹那,全然再现了高国华式的"高傲"。这么多年法官和院长做下来,那股子高昂的气质和气场愈发强盛。

同学一场,大家很快切换回各自职业特质以外的交往模式,用高国华的话说,人生中最值得珍惜的是同学情、战友情和同乡情。酒桌上频频举杯相祝的间隙中,酒精作用下,很多懵懂的记忆画面相重又叠影淡入,我怎么那么清晰地记得,每回考场上第一个起身交卷的总是他高国华呢?要知道,第一位交卷的同学对考场上所有人都会是一种无形的压迫感,那种下意识的居高临下和所向披靡的优越感立刻会让考场气氛紧张、慌乱甚至低迷。

或许是四十年前学生时代个性塑造阶段培养起来的气质让国华选择了法官的职业,法官的理智与强势并存,缜密与智慧比肩,法官人性化的一面,那一晚高国华都毫无吝啬地给了他高中的同学们。

吴颖是这场同学会里里外外张罗得最忙乎的一位,她家住在钱家山的山腰上,搜肠刮肚也没搜出与她有过任何交往。除了当年男女界限的理性羁绊,钱家山人特有的优越感和荣誉感或许也让我们同学间隔膜了许多。今天再看这位女同学,能想象出她在岗位上的能量和干练。

朱苏镇来晚了,中等个头,腆起了小肚子,发髻处显露出明显的斑白,班长介绍他是小城住建局副局长。他的形象很快闪回到在班上的那份淡定而稳重,寡语而腼腆。

门外一阵骚乱,接着是大声嚷嚷,跟着嚷嚷一起跟跟跄跄进屋的是一位身着"五粮液"红色广告T恤衫的小个子,大家都叫他陆建民。显然来之前喝了顿酒,显然什么事儿让他极为不爽。一通语无伦次但能听明白的嚷嚷,大家伙儿知道他是因为通知他晚了,没把他当回事儿才如此不爽。还真怕他专程来砸了这个难得同学会的场子,班长和同学们起身连连向他解释、慰藉,好在很快他便平和下来，掏出卷烟，一一分发。

直到他走到我身边向我递烟的当口，我的记忆才得以修复：这小子当年是人武部干部子弟，在班上趾高气扬，盛气凌人惯了，谁知四十年后"本性"仍然"难移"。老电影胶片在我眼前回放着，我在模模糊糊雪花般的光影里极力寻觅这位陆建民同学的影像。对，没错，篮球后卫打得不错，别看他那么丁点儿小个儿，大个儿堆里身手矫健，游刃有余着呢。不知同学们怎么看，用"吊儿郎当"形容高二(6)班上的此爷一点不为过。

此爷端着酒杯横在我跟前，指着方敏大声嚷嚷："记不记得？当年方敏想到歌舞团学唱歌还是求我去找的你老兄。"说完猛然转身向所有人发布："告诉你们，张波的舞蹈还是我教出来的呢。"他可真是哪壶不开提哪壶啊，我的舞蹈？这辈子最见不得人的才艺就是我这身段，这舞蹈了。我赶紧抢白道："老同学，举谁的例子都可以，说哪位学生都可以，千万别说我是你教出来的，那样你会很失败……"

还是陈班长在我耳边低语，说陆建民后来办起了舞蹈培训班，专门教授交谊舞，小城广场舞大妈的舞蹈几乎都是他教出来的。难怪呢，我说嘛，他怎么会这么大言不惭地敢夸舞蹈的海口呢。

说着说着，他拉起一位女同学当众起舞，貌似拉丁，又像伦巴，一甩头，又有那么点儿探戈的味道。

别看他如此张扬外露，能感觉出：骨子里，他很真性情，有着一种遇事两肋插刀的豪放。

那一晚太短，太忙，没来得及和所有同学对上号，聊上天。那一晚有遗憾，遗憾没能见着在我记忆中尤为深刻，我们大家的班主任兼语文老师陆月芳。

掐指算来，四十年前陆老师应该三十来岁。留着短发，面色苍白，身材瘦弱纤细扁平，走道扛着肩膀自然走成斜线，来来回回,身子像一张轻飘飘的纸片,悠然飘忽。陆老师在那个年代算得上一位典型气质型美女教师,只是看上去略显娇弱和病态。

从不大声说话也没见太多唠叨的陆老师是让我在高中阶段语文和作文有明显长进的一位恩师。就连同学高国华至今还能记得陆老师经常在班上把我的作文当范文宣讲……

后来见过陆老师的同学都说她还是老样子,七十多岁了,又再婚了。

我和班长说,如果下次有机会,我想专程去看望她。

…………

同学会安排在"厨娘小灶"虽说低调,俭朴,也蛮吻合这拨子同学当今各自的生存状态。大多都到了退休在家当"厨娘""厨爷"围着灶台转的岁数了。初中同学会倒是聚过多回,四十年后的这次高中同学会不免让人感触良久。

四十年流逝,说起来轻松,细细琢磨起来,彼此能够再有缘聚在一起,不是那么容易的。四十年对于同学中的每一位都有他(或她)不为人知的过往和故事,故事中有酸楚有苦涩,有跌宕有起伏,有缠绵有悱恻,有高潮有低谷,有黯然也有精彩……

四十年前,我们这群人还是长在四中校园里的一棵棵白杨,一株株花蕊,如今,我们已经在不同的土壤和气候中长成老树,长成仙人球,长成只有老同学才能彼此相称的"心中的玫瑰"。

彼此端详彼此都在衰老,都在枯萎,都在凋谢。这是人生轮回的自然法则和规律。我们的缘分是曾经在我们青春勃发、阳气鼎盛的年份里我们有过同学的经历。"同学"不仅仅是一个年代和年龄符号,它是我们曾经"荷尔蒙"最初聚集和生长期的历史标志,更是我们精神和知识健全阶段的未开垦的处女地。

每个桌上那壶红得有些艳丽的"缘"酒,不正有意无意在诠释老同学们这场聚会的真谛和寓意吗?

都活到这把年岁,老,并不可怕,可怕的是如果等到连回忆都懈怠、都干涩、都消沉、都萎靡、都茫然的那个时候,却还麻木不仁、无精打采,那才算是真老。老同学们的经历是人生中最值得品味的过往,老同学们的情感是最没有任何附加杂质的情感,老同学们的祝福是最温馨、最无私、最质朴的祝福,老同学们的问候是最语重、最心长的问候。老同学们晚年越老会越有滋味,越有韵味,越有品位,越有人味!

2015 年 7 月 6 日于南京金陵御景园

# 老 同 学

（一）

还是在那晚好友孩子的婚宴上邂逅的这位老同学，最先是被他认出的，叫我有点犯蒙，印象里好像是有这么一位矮个儿，国字型方脸，说话唔哩唔嘟的老同学，小学还是中学？初中还是高中？师专还是四中？记忆倒带怎么也没有清晰的影像储存。显然"磁头"老化了。

对面的老同学略显尴尬，当然是从我不甚热情的微表情中捕捉到的瞬间。尽管尴尬，老同学还是不断截取同学阶段支离破碎的场景和画面帮我唤回失去的记忆。那晚，我最先弄清的是桌上这一群本不熟悉的老乡亲，他是她的老公，她们是我们好友的姊妹，他们是她们的妹夫，啊呀，我的天，好一道脑筋急转弯。末了，才弄清我那位老同学是好友妹夫的兄弟。

被娜娜取笑最多的要数家里上上下下、左左右右的人物关系，这是我至今没有长进的社交常识盲区。

或许是被老同学唤醒了我"老化"了的记忆神经末梢，似曾相识的情形和泛黄起褶的粗糙影像终于被复原，老同学也感应到我微表情中的些许温度，再加上频频举杯后被酒精度数的燃起，老同学间的"旧情"乍现了。

乍现归乍现，老同学的名字还是悄悄从好友嘴里问出来的，他叫"刘刚"。记起这位老同学"刘刚"还曾是住我家对面小山头上的邻居。

那座小山叫钱家山,我们家住在山下的观音桥巷。不知何因,当年那会儿我们住在"山"下的人们是那么仰望住在钱家山上的人家,仰视从钱家山上下来的大人和小孩儿们。

钱家山今天看来其实也就是那么一个小山坡,稀奇就稀奇在它居然堂而皇之坐落在市中心大市口的弄堂里,亭亭玉立了这么些年。说仰视,是因为那时"山"上住着一家老红军,"山"顶住着一家大户人家,出出进进的"山"里人"红"得可以,也"阔"得离奇。

刘刚同学就曾是被我们山下人仰视过的人家的"阔少"。

经他佐证我们应该是"四中"初中的同班同学。因为"四中"高中班上有好些同学是被镇江师专"动迁"过来塞进"四中"的,所以除了师专时期的老同学,新同学的印象都不是太深,刘刚当然也不例外。相反,在"四中"就读高中阶段对几位班主任和任课老师的印象却尤为深刻。

刘刚嘴里又提到另一位叫方敏的同学,说他早就迷上了声乐,整天吼个不停,这倒让我记起是有这么一个老同学的形象,还十分鲜明。也见过、听过他吼着在我跟前唱歌。这一说也有小十好几年了,"怎么,现在他还在迷着?"我问刘刚。不仅刘刚回答了我,竟然一桌杨家姊妹们都回答我说:"他还是我们的声乐指导呢,他也说你是他的老师……"够热闹的。

刘刚帮我回忆说,当初在班上没听我说过几句话,跟方敏曾是同桌,还悄悄给过方敏一张小纸条夹着一张电影票……

我的妈呀,我还曾有过这么个示好的举动?幸亏他是一位男生啊!

我能瞥见刘刚在一旁不慎流露出的一阵暗暗的窃喜。

掐指算来,在小城从"健康路小学"读到"红旗小学",又在"中山路小学"上过"小京班";随后就是在"镇江师专"读初中,"镇江第四中学"就读高中。玩得比较好、忘不掉的就那么数得过来的几位:潘新星,吴心敏,李林青,刘强,卞建国,何丽莎,张跃,任军,朱才定……再加上那晚邂逅见着面和拽回到记忆中的刘刚和方敏……

前几年,老同学何丽莎她们还经常组织同学聚会,先我调到南京的几位也时常小聚过,这些年许是大家都老了,懒得动也懒得聚了。再说也生怕聚在一起一眼看出彼此的"老态":老同学的影像就被各自珍藏起来,可惜的是,没能在家翻出一张能留作纪念的老同学们合影的照片。

不过,我还是相信在未来很长一段日子,"老同学"们的群像和故事会一直伴随我们慢慢老去。

## (二)

班长何丽莎传来几张翻拍后的老照片,哪年师专同学聚会来着?80年还是90年?记不清了。但那次聚会场景的模糊情形还闪存在脑海记忆库里。

照片上,那棵大树底下,黑压压的一群人,一个紧挨着一个,不讲究队形更不讲究姿态,还别说,挨个放大后,个个还挺精神,挺自在,视线也还一致,没一个拖油瓶的,集体照拍成这样效果实属不易。

通过鼠标在电脑上将一张张既熟悉又陌生的面孔和身影移动放大,跟着又搜寻过去,三分之二的同学已叫不出名字了,隐约留存在记忆相册里的那几张面孔还依稀闪回着零散的画面。

怎么进入的师专,是按所属学区还是别的什么?反正我们家三兄弟都在师专读过初中,像是跟学区有关。

至今印象较深的,要算学校大门口那两棵参天的白果树,可谓师专的一大标志形象代言。从大门到教室要爬上一段说长不长,说短不短的高坡,好在沿坡左右有两行梧桐树熊抱着,夏天不热,冬天不冷,春秋也还葱郁。

照片里的这伙同学应该是初中阶段先后调过班的同学，又好像加塞进了几个别的班上的。从穿着就不难看出，同学们对那场聚会那是相当重视的。女生一水儿当年时髦的各色花式连衣裙，男生衣着则尽可能彰显不被淹没的色系，当然，本人心思更足，竟然没羞没臊"花大姐"般扎眼于人群中，那件花蝴蝶样的衬衫哪来的？好歹那年好像还在小城歌舞团混饭吃，同学们对我这身奇装异服的德行也就见怪不怪了。

能忆起相片里上学时交往最多的几位：潘新星、何丽莎、吴心敏、李林青、朱才定、张跃、刘丹。原因是这当中几位还是班上的班干部、学习委员、课代表什么的。班长也分正副，是在何丽莎、吴心敏、潘新星中间，初中后半程我好像还混上过一个文娱委员。

白皙可人的何丽莎应该算得上班上最称职的班干部，成绩突出就罢了，忙里忙外比谁都带劲儿，嗓门还来得个大，如果后来有机会练歌，没准归类到"原生态"唱法那边。再就是那位大个儿女生吴心敏，走路一双大脚踩在山坡石子路上啪啪作响，迎面过来整个一面大蒲扇，直扇得你忽忽悠悠的晃荡，毫不夸张地说：身板单薄点儿的男生也能被她那阵"飓风"给囫囵趴下。留神看，你会发现大个儿吴心敏的双眼其实很媚，忽闪忽闪的，总像有话想对你说……潘新星，当初班上女生中形象姣好的一位，又是部队子女，走道、言谈举止、气度均不同凡响，不管她自己承不承认，那身从上到下的傲气是藏不住的。这三位女生学习成绩斐然，足以令人仰慕相看，即使对男女同学们言辞猛烈点儿，行使点霸权什么的还真没什么人有底气去反抗，再说，在校成绩好身后还有班主任或任课老师给罩着、撑着，撑着她们的几位老师我还真记住了：政治老师徐有桂，语文老师丁有法……

这两位老师好像都做过我们的班主任，尤其教政治的徐有桂老师那一张嘴就高出正常人两个八度的男高音，把当时的政治形势拔高得可以，至今那句"要把毛泽东思想高举，高举，再——高举,突出,突出,再——突出"睡梦里还时常回荡过。徐老师戏曲圆场一般的走道姿态与他平时耿直的脖颈,圆滚滚的眼球极为配套,一摞教材夹在腋下,一路圆场腾云驾雾般走来,再混沌的教室顿时也会静谧下来。开讲之前,他总会目光深邃地将全教室的每一位扫视一遍,像是跟着要有什么语重心长的教导要谆谆道出,其实,期待为常的同学们都非常习惯徐老师上课前的这番无声胜有声的开场白,那就是他独具一格的仪式感而已。

总爱顶一顶小帽,穿一身对襟中装,足蹬一双圆口北京布鞋的丁有法老师如果说比徐老师多点什么的话,那就是多点"酸腐"之气。文言是他擅长,白净狭长的面庞,喜欢将手操在袖筒里的慵懒,很让人联想到茅盾、沈从文那个年代文人骚客们的作派。

丁老师的语文课几乎是在自顾自布道,脑袋高高仰起,尖尖的下巴挺拔而刚劲,一如文章中的惊叹号。他的教材仿佛都刻在天花板上,随着他上仰的视线,全班人毕业后都渐渐养成了不可一世、目空一切的大义凛然。

潘新星同学骨子里的那股子傲气跟丁老师究竟有没有半毛钱的关系?这是我心底始终耿耿于怀的一桩心事。

在班上跟人家比其他科目门儿都没有,我就算有门语文课马马虎虎能有一比了,再就是语文中的作文,不算数一,也算数二了吧,这份自信,已经成为当年多少能激起我站起来的动力,能鼓起我"活"下去的勇气了。可就是这唯一的那么丁点儿可怜的精彩,还时常因为丁老师对潘新星同学的"偏爱"给打压,给泄气了。潘新星本人也许丝毫没有这种感觉,那年同学聚会桌上当玩笑跟她说过,她表现出的却是漠然的诧异:"有这事?"然后就是成熟女性发出的一阵开怀的畅笑。

令我纠结的是,作文本上,同样一篇命题作文潘新星的分一定比我高出几分或是零点几分,她句子下面用以表现老师赞美的红圈圈一定比我多出一连串,当然,作文后的评语更比我要多出几行溢美之词……能看到这些"秘密"，是因为曾经做过语文课代表的那份权力。

今天回忆起来只剩下搞笑了，其实那段时间最大的纠结也就是这么些上不了台盘的糗事。往往越是幼稚可笑的过往越不容易忘怀，往哲理上说，这些看似不起眼的挫败其实就是你后来奋起直追的爆发力。你爱信不信，往往妒忌、较劲，甚至怨恨有时能很自然会转化成一股积极向上的消化能力，溶解掉那部分消极的因素，分解掉那几多杂质的成分，余下的也许正是你潜能的沉淀，正能量的聚集，活力的迸发，精彩的亮相。

后两张照片是我们聚在南京时在酒桌上拍得的。照片上彼此都成熟、老成了，尤其是我跟刘强两位男同学。当年的班干部后来都在各自的行当也当上了小有实权的芝麻官儿。吴心敏还在中意合资的南京依维柯集团做起了翻译，何丽莎在农林局当了处长，潘新星也是省民政厅的一位处长了，李林青成了小城一家大医院总务科长，张跃却在常州科技局做起了女局长，刘强那次是扛着大校军衔聚会的，问他哪个部队的，他那副十分不屑回答而且藐视一切的坏笑让人猜到，他要么在哪家部队的哪家保密部门工作，要么就是一"卧底"。

老同学的话题其实有很多，哪天聚在一起还会搜集很多，老同学们读到我这篇小文更会把自己存储的所有故事回味、咀嚼起来。今天，当我们都那么容易就情不自禁沉浸在回忆中，一个不容置疑的信号告诉我们说：你们已经老了。

一阵莫名的黯然过后，我们随之又会欣然起来……

老同学们之间过去没有，将来也不会再有世俗的邪念、世态的埋怨、世间的杂念了。这种老同学情，真而切，一生有之，令人回味，令人遐思，令人向往！

2014 年 11 月 1 日于南京金陵御景园家中

# 下　　矿

当年哪来的那股子血性，义无反顾、大义凛然地作为首批与韦岗铁矿共建，深入生活到矿井的干部交流，下到了矿上。

电台记者老景采写了矿上一位平凡女矿工的感人事迹后，走哪儿哪儿吃香，那女工后来感觉还没老景的事迹感人。在我们下矿之前，老景率先下去了，与那位女工"赵大姐"零距离接触好些日子之后，一篇感人肺腑的广播专题报道出手了，好像我还播过。"赵大姐"成了全市人民学习的楷模，老景也成了全市新闻工作者学习的榜样。

看过，也播过那篇专题报道，趁着一腔热血还没冷却，和当时《广播电视报》编辑少俭"兴"的一头，大老远坐着一辆颠簸得快要散架的公交车，到了矿上，如新兵连的新兵一样天真无邪，笔直站到了书记、矿长面前。

矿领导一班人感动得不行，见过执着的，没见过这么傻里傻气、夯哩吧唧执着的两位，还是来自新闻媒体，又是电台的中层干部。清晰地记得，那天早上，办公室里，书记和矿长乐得合不拢嘴，还使劲憋着，貌似庄严地表态欢迎了我俩，并转身嘱咐两位政工科长全程照顾好我们的衣食起居，矿下安全。

那年好像是个夏末初秋的季节，不冷不热的气温下，我俩套上了矿上工人崭新的工作服，都是一米八的个儿，都还是瘦条条的身板，白白净净还正鲜嫩着。报到第一天，矿上来回走了好几圈，那个嘚瑟啊，像是要告诉所有矿上人，电台记者下到矿上了。

矿上没答应我俩想跟矿工兄弟们同吃同住的要求，愣是把我们安排进了矿上招待所一间标间里。矿上对我俩的照顾已经算够细、够周到的了，再加上少俭这么一个外表阳刚得跟浑身上下到处隆起的健美"疙瘩肉"一般，骨子里比一般女人还细腻，体贴入微。这么说吧，少俭是那类比男人还强悍，比女人还温存的哥儿们。电视剧《霍元甲》当年正红，少俭像极了剧中人"龙海生"，招女孩穷追不舍的喜欢。

刚到矿上的第一天，我俩就像"过家家"一样，小日子过得那个顺顺当当的。这哪儿是来深入生活的，分明像是来度假的吗。再者说，看上去，同样的身形，同样的体格，我怎么就那么能吃，饭量就那么大？我俩饭菜票放在一起由少俭掌管，心细就罢了，嗓子眼跟着也细，"肚量"还来的个小。每顿饭也就只吃二三两米饭，而我六七两下肚，跟玩似的。是矿上食堂饭菜味道香，还是食堂盛饭师傅短斤少两了？或许因为大食堂里矿工人多，人一多吃得就会更香。

一天下来，撑得饱饱的，感觉活在天堂里似的，矿上四处充溢着勃勃向上的生机。看哪儿哪舒服，哪都来精神。

第二天大早，政工科长带我俩到了矿井跟前，托付给了当班安全员。安全员惊讶的神色扫过我俩浑身上下之后，端起大茶缸子灌下几大口黑乎乎的茶水，卖关子地用眼神把我俩目光引到墙上的那张下矿安全流程示意图上，背书似的说道："所有安全要点都在这张图表上了，仔细看看，下矿没你们想象的那么浪漫、好玩，你们城里来的人，都觉着矿井底下是无穷无尽的宝藏，充满了好奇心，我们矿工心里却不以为然，它只是我们的生计，一不留神，它很可能就是死亡的深渊。"

那位不甚友好的安全员越说越瘆得慌，顺手从一堆头盔里拿了两顶往我们手上一塞。叫过一位年纪大些的师傅，让我们跟着下了矿。

跟照片、电影上见过的乘着矿车下矿的情形一样,我们下到了井下。坑坑洼洼,满是积水,一米八的个不弯腰不行,越走越黑,越走越窄,越走新鲜感越淡漠。井下作业的矿工们面目全黑,只露出两只冒着寒光的眼睛,充满疑惑地望着我俩。怯生生,小心翼翼地尾随着那位老师傅往矿井深处走着,灯光越发昏暗。只剩下身边正在作业的矿工头盔上的矿灯来回扫射着,扫射频率越快,就越像恐怖片。

走着走着,老师傅突然停下脚步,返身又招呼我俩往回走。边走边向我们讲解着井下概况什么的。

又回到刚才下井的地方,老师傅把我俩交还给了那位爱理不理的安全员。正好一部升降机从井上下来,安全员朝它努努嘴,意思让我们上井。就这么个深入生活法儿未免太……

两位科长早已在井上等着我们了,还一劲儿问我们做何感想?还感想?根本就没来得及想嘛。不管三七二十一,我冲着两位科长一通发作,大概意思是,这样蜻蜓点水似的体验是不起作用的,也失去了我们下矿的意义。直说得两位满脸无辜,面面相觑。

"这只是第一天嘛,先让你们适应适应,井下都是技术活儿,你们一两天插不上手,别着急,明天下井你们就会有不一样的感受。"两位科长你一言我一语地说。

"不一样?能咋不一样?"我心说,莫非是太小瞧我们了吧?记者怎么了?当真手不能提,肩不能扛?

领着我俩去了会议室,见着了老景笔下"红"透半座城的那位女矿工赵大姐。看上去,赵大姐质朴极了,完全一个邻居大妈模样,一身打着补丁的旧工作服臂膀上还套着一副护袖。赵大姐满脸羞涩,腼腆,目光几乎不与我们正视。我们知道,这是专门为我们安排的一次面对面的采访。我们赶紧掏出了随身携带的采访本……

中午那顿，饭没吃那么多，没什么胃口，主要是也没干什么活儿，出什么力。下午照旧安排的是采访其他矿工和家属。

晚饭前，去了矿里的大澡堂，澡堂师傅还事先提醒我俩说："抓紧点洗啊，一会儿当班工人上来了，池子里的水就没法儿洗了。"听他说归说，也没当回事。不一会儿，就见门外冲进一大帮子浑身墨黑墨黑的矿工，直接往大池子里扎猛子来了。刚还白花花的一池水，顷刻之间，暗无天日一般，伸手不见五指。

次日，井口等着我们的是赵大姐，依然冲我们腼腆笑了笑，一边做示范一边背起一个形状怪怪的背包。安全员张口了："今天安排你们跟赵大姐一道往井下送炸药，这是一项非常艰巨而危险的工作，安全要领是胆大心细，责任心要强，不能有任何差错和闪失。"说着，他还故意在"闪失"两个字上强调着我们播音专业常说的特别重音。

赵大姐动作娴熟而麻利，就是讲解略显笨拙。加上我俩心都同时提到嗓子眼儿了，眼前仿佛一阵阵的模糊着。跟着赵大姐，步履蹒跚地下楼梯，下台阶，走黑道，深一脚浅一脚地淌过沟沟坎坎，背的简直就是一包定时炸弹啊，感觉随时有引爆的可能，怕去想那位安全员说的后果，那后果的画面又不停地交错在脑海和眼前。

赵大姐边走边说："别那么紧张，没事的。只要不重创它，不遇明火，不会有事的。"赵大姐也有一米七几的个头，却来得身手敏捷，步履轻盈。小姑娘一样快步往前窜着，我俩倒像两位老大爷，拖着沉重的步伐，怀着一颗眼看就要英勇就义的壮烈之心，踽踽前行着……

就这样，一个上午，连着送了两趟炸药，井下不算长的一段路，像是走了一天一夜那样漫长。

从井底上来，身子不累，心特别累。往镜子跟前一站，天哪，哪儿还有个人样，煤堆里爬出来的黑人一个……

这副鬼样,不得不进澡堂子了,再也不嫌弃那些矿工们了,淋浴先冲掉满身的黑水,跟矿工们一道跳下黑漆麻乌的大池子,使劲搓着身上残留下来的黑灰,还和少俭相互就着池子里的黑水擦着背。擦着,擦着,没信心了,哪儿还能擦干净啊,上来冲淋浴吧。这下可真是"近朱者赤,近墨者黑"了。

后几天,都是同样往井下送炸药的工作,只是赵大姐不再领着了,说我俩完全可以出徒了。背着背着,也不觉着有那么恐怖了,送完炸药,在井下,还可以跟矿工们拉呱拉呱。

如此锻炼和深入生活还是足见成效的,记得写过几篇稿件,回来播稿也更有生活体验和感情基础了。接到台里的任务,边在矿上体验,边为双方共建单位策划组织一台联欢晚会。几天后的一个晚上,在矿上的操场上,一台由矿工兄弟姐妹和广电主持人、记者编辑联袂出演的广场联谊晚会"盛大"开场。那个晚上,让整个矿上的工人和家属们甚至邻近的村民们欢乐无边,沸腾不已,用他们的话说,是前所未有、后无来者的精彩。

在矿上深入生活还剩最后一天的那个晚上,邬台长和老景几个都来领我们回去的意思。这个意思很快促成了一顿不同寻常的饭局。说它不同寻常,是因为这个饭局不在食堂,是在井口的一块空地上,一张小方桌,几张长条凳,每人跟前一只过去常见的"三横碗"。那天天特别热,一桌人索性脱掉上身,露出白花花、汗淌淌的身板,喝得那个畅快淋漓啊,好像都喝大了。

这是我记忆中的这段生活,也没跟少俭拉呱过,一定落下不少细节,还和少俭拍过一张穿着矿工服、戴着矿工帽的小照,一时找不着了。也许少俭会写出另一篇来,但愿是那样。

虽说只有那么短短几天的生活体验,在我们的人生中,其实,这一小段生活后来潜移默化影响着也丰富着我们的人生阅历。

说不上骄傲,却会让我们耿耿于怀,难以忘却那个清晰、淳朴、感人、怀想的场景和画面……

# 蒸发不去的念想

大过年，别人忙着走亲戚串门子，老张家小城里没什么亲戚可走，也没什么门子可串，索性开上车无厘头地满城转悠。先去了南山，听说南山新添了一条步行环道，老百姓们煞是欢喜，没事儿就成群结队地在道上箭步飞走。见到那条道了，许是过年，没见着道上乌泱泱的人群，倒是发现那里多出一片可供市民们拖家带口遛弯儿的小景。

那天午后，恰逢朗朗的晴天，不甘在春头早早退位的寒风从山谷里窜出，使劲儿往人们的脖颈里钻，仿佛故意搅乱人们对早春的好感，滋长春寒料峭的萧瑟。原本足以露脸的暖阳让阵阵犀利的寒风搅局成忽冷忽热的摆设，傻傻地悬在天宇，只发光，不发热。

眼前这片新景，置身高处也能一览无余并无太多新意。

而此时，寻找自己曾经打工过的那个厂子，一直是这些年盘缠在心头的一个蒸发不去的念想。既然已经到了南山，靠近了官塘，何不如去追寻它一下？这些年，曾经的"引资大道"变化太大了，再熟悉不过的方位，在官塘附近转悠两个来回还是没有找到那条通往厂子小巷的路口。不得已打开GPS高德导航，输入地址：镇江电容器厂，语音提示"前方200米处红绿灯掉头"。其实我的车就离厂子不远了。

车子掉头后，高德语音继续提示，你寻找的目的地就在附近。附近，还真有一条窄道通向深处，车开进去，没有任何指示标志。

左边一扇似曾相识的大铁门洞开着,两块门牌却分别显现出赫然大字:官塘派出所,江海酒业集团。

往里看去,所有厂房格局分明像是过去的电容器厂,门卫却空着。

往里走去,幻象里尽现曾经厂子里的一切流动画面——

镜头一:早上一长溜自来水水池边,白班工人们争先恐后在水池边淘饭盒里的米,放好水,送去厨房。

镜头二:厂子里,行走或瘸或跛,说话大声加比划的工友们热情无比寒暄着。

镜头三:厂长们进门总会被一条声像领袖们呼应着,一如朝鲜金日成将军万众欢呼的礼遇。

镜头四:食堂师傅买菜回来,三轮车上驮着成捆生菜,脸上挂着打扫战场,缴获战利品归来的将士才有的那般神采,引来无数垂涎三尺的贪婪目光。

镜头五:月色下,晚班工人时常看见那名值班维修工孙科星满身酒气,一脸傲气,一头匪气地吹着口哨,哼着小调,懒懒散散穿梭于几个车间之间⋯⋯

一边幻觉,一边用手机拍照,忽然,鸦雀无声,空空荡荡的厂子里窜出一只肥嘟嘟的看家狗,冲着我极不友好地狂吠不已,还惊动了一位戴墨镜穿皮衣的瘦子远远冲我嚷嚷:"这位,干什么的?"的确,大过年的,像我这么一位不游山玩水,偏偏来这里东张西望的不速之客没点儿企图是不可能的。

"请问,这里是原来的电容器厂吗?"我怕那位根本不知道这里的前身是什么,不问一句也说不过去。

那位迟疑没多一会儿,急忙摘下墨镜(显然那墨镜是刚在屋子里戴上的,为的是出来能镇得住眼前这位比他魁梧太多的陌生人)。他远远高呼起来:"啊呀,你——这不是老——张,张波吗?——"

三步并两步，这位跨到我跟前，亲人般握手，差点拥抱："还认识我吗？厂里你的老同事啊，"见我狐疑，再三陈述，"也许你调走我进来的，我和张毅敏好朋友啊，厂里人都知道你啊。"我还是极力在记忆中搜寻这张黑瘦狭长而陌生的脸庞，像是见过，有没太多印象。

"你是哪个车间的？"

"我们一个车间啊，蒸发车间啊。"

我更懵了，实在没在记忆库里搜到这张脸："是吗？也许你后来的。"

"是的，你走后来的。"他越发肯定地说道，接着噼里啪啦跟我讲述了一大箩筐厂子里的人和事，压根儿没问我来这干嘛事的。

他说他姓"窦"，是 2007 年厂子倒闭后留给这家做酒的集团唯一的一名老员工，在当门卫。他兴致勃勃报出一大串厂里人的姓名，从厂长到科长，到车间主任，到工友，除了几位老厂长，其他我根本没记住过。他并不泄气，兴致依然不减："还记得吗？这座楼原来是厂部，那边，是电工房，那边是仓库……"

"那我们蒸发车间是不是在……"厂子变化不小，我不敢确定，随便指了指一处，等着他的答案。

"一点不错，就是那块，外墙颜色重新刷过了……"他眼神在放光，像以前厂子是他家开的。

"我记得那里从前还有个水塘？"这是我记忆最深的一处，原因是那位孙姓维修工常常坐在水塘边上大声唱着当年最当红的那首《在那桃花盛开的地方》。说真的，他会唱几句歌的时候，我还没开始学唱歌，多少对他还有那么几分仰视。

"啊呀，你记性真好，是有个水塘，厂里地方小，磨不开，后来给填上了，喏，盖了那个车间。"老窦对厂子至今还如数家珍般熟知，我心说：今天要不是遇上老窦，我一不能确定我找到了我的厂子，这二，也只能胡乱拍上几张小照带回来而已。

老窦还在滔滔不绝地讲述,像是讲解员面对一个参观革命历史博物馆的团队。

我问是不是电容器没市场了,所以厂子也没了。老窦回答我说,才不是呢,电容器市场好得很呢,原先厂子里干过副厂长几位,如今都在各处开电容器厂,技术人员和供销员都带跑了,所以这个厂子也就三文不值二文卖给了这家酒业集团。

老窦说后来时常在电视上看过我,也许因为这个原因,老窦才没问我来厂子的缘由,一定当我还是当年的记者身份来厂子里做采访的了。

看得出来,老窦话语里明显带着对老厂的眷恋和惋惜,甚至还有那么一半庆幸,一半孤单。

站在大门口跟老窦唠了大半天,被冷飕飕的风不停催促着,看老窦那兴致恨不得接着聊下去,我却有些吃不消了,连声给老窦拜了几次年,是想说再见的意思,老窦不依不饶,刹不住话茬,还在絮叨……

又一次找了个可以断句的气口,又说了一回拜年的话,总算结束了和老窦的攀谈,开车离去。只见后视镜里的老窦,还傻傻立在厂门口,向着我远离的方向殷殷笑着。

看着这位唯一留在电容器厂原厂址上的老工人,想着这位至今还能说出厂子里一二三四那人那事的老窦,厂子里四处飘溢的酒香早就取代了电容器锡箔的味道,还远远杵在那儿的老窦,活像一位最后坚守在一片狼藉的阵地上的壮士,坚忍着,苦笑着,荣耀着……

回头想来,其实也没在厂子里呆多长时间,可厂子和在厂子里工作过的日日夜夜,却始终挥之不去,欲忘不能。

75年高中毕业在家待分配傻傻呆了整一年,次年怎么就进了这家厂子具体细节不记得了,隐约印象工作是自己选择的。理由很简单,哪儿艰苦就往哪儿去。那时,小城四中德育做得好,教出我们这样的学生个顶个的正统,一身正气。

我和四中同班同学,又是观音桥巷的邻居张毅敏一同进厂,又分在同一个车间:"蒸发车间"。后来一直没想明白,当时为何偏要去这家厂子而且又同去了一个车间。上下班我俩几乎每天都相约同行,同进同出,同在一个班次。这对"二张"往往是默默来,默默走,在厂子里很少吭声,更很少与工友拉呱,埋头苦干,再苦再累,不带半句怨言,令工友们好生怪异。

蒸发车间是厂子里最苦最累,也是最为让人后怕的一个车间。电容器是厂里生产的主产品,所有生产线和工序中,"蒸发"是最为关键和重要程序,看似简单的操作,即使是位有着多年操作经验的老蒸发工,"蒸"出来的纸卷都难免会有残次品。头天车间主任带着我俩来车间报到,所有工友投来的目光里带有明显的质疑。两个站在车间门口白白净净、瘦瘦条条的小伙子,去哪儿不好,干嘛非来这个厂子,干什么不行,干嘛偏干这份蒸发工?

车间里一字排开圆筒状的封闭蒸发机罩,机罩正中一个碗状玻璃窗口,工人们不时向窗口内探望,乍一看,像是潜水艇下的水手们正在进行水下检测。

最初带我的师傅是一位皮肤黝黑、五官姣好的女工,口罩上面露出的那对黑亮清澈的眼睛煞是好看。满是斑渍的深灰色工作服紧紧裹着一副圆润丰腴的身板。师傅姓什么居然给忘了,只记得师傅话不多,操作要领讲完便把我晾在一边。

随着机罩上下,开合,工人们不断往机杼上挂上大捆透明卷纸(类似我们常见的胶带纸)调好温度后,机罩放下,开始往转动的卷纸正中蒸发一道"锡箔条"。整个过程,蒸发工必须全程关注,查看"卷纸"上的那条线是否垂直,锡箔度是否均匀,机内温度是否适中。

师傅带了两天,我俩很快就上机操作了,先是上白班,出徒后开始跟着师傅一天三班倒。开始新鲜得很,明知是厂子里最苦最累的车间,还有剧毒,却跟没事人似的开心。后来享受老工人的同等待遇,每月增发我俩五块钱营养费,干得更欢实了。

那时家里就一辆飞鸽牌自行车,我们两个儿子和父亲轮着骑,所以多半我们是步行上下班。从大市口家里走到厂子,快步走也得花上四十多分钟。最近的一条路是沿着南门货场那条漫长的铁轨,不知那时怎么想的,我和张毅敏喜欢行走在枕木上,而且一路一言不发。两个厂里出了名儿的"闷子",整天形影不离,不约着同行不习惯,多半是我去他家约他上班,出了家门最多几句非说不可的话,一上路,两人就成了哑巴,一路到厂里。

那道铁轨还在,比从前好像多出几道,我特地停车上桥拍下几张。

干着干着,觉着蒸发工太憋屈了,苦累不算,还招人不待见。蒸发车间出来的人进到饭堂都被人像避瘟疫一般远远躲着,不就有毒吗?去仓库领个料,行政科办个事,医务室看个病都遭冷眼相看。再就是那位整天趾高气昂的维修工孙科星,想让他出工到车间修趟机器,要哄他一卡车好话。碰上他值夜班,机器故障,谁都不敢去叫醒那位熟睡中的小孙师傅。就算他勉强懒洋洋来了,也会没话找话奚落你一通,诸如:怎么这么笨啊,会不会操作啊,爹妈怎么放心你们出来做工的啊……完了,叮呤当啷拿着扳手对着机器一阵乱敲,骂骂咧咧地扬长而去。

孙科星的牛气全厂出了名的,连厂长、科长、主任们见他都避让三分。我心说,不就比人多半点所谓技术吗?不就会唱几首歌吗?将来……

接下来的一年,我就开始忙"将来"的事了,一边上班,一边学声乐,一边忙调动。也就在进厂一年半后,跌跌爬爬地从厂子里调出来进了小城文工团。

去厂部办理调动时,所有人都惊呆了:怎么,厂子里这么个三拳打不出个闷屁来的蒸发工调到文工团当演员去了?他会啥呀?

没见过他会啥啊?

　　从厂人事部拿着调动介绍信出来迎面撞上孙科星,孙科星态度顿时大变:"啊呀,乖乖隆滴咚,没发现啊,真是真人不露相,闷声大发财啊……将来有机会,别忘了带我们一块儿玩玩文娱啊!"

　　那天从厂子回来,我还是选择步行走了那条铁轨,那也是我最后一次步行着回来,临走前我还特意去了趟我的车间,跟当班的工友们道了别。车间主任带着工友们把我送到厂门口,那天记得是我和他们说的最多的一次,也是他们突然发现我能张口说话的一次。

　　工友中,我看见张毅敏的眼神有些暗伤,我撇下了这位没有多少语言交流,却又绝对心灵默契的同学和工友。只可惜,他当时身上没有半点"文艺细胞",不然,我怎么也会设法带他逃离"雅典娜"的……

　　带着从厂子"小集体"的身份出来,过了好些年才转成全民所有制。电容器厂的蒸发工经历,在我整个人生履历中也许写不上几行字,但这是我生命中蒸发不掉的养分,也是我人生道路上蒸发不掉的晨雾,它是我从校门踏入社会算不上精彩却称得上戏剧性的一页,它是磨练我意志,催我奋发向上的工厂原动力。

　　后来的事让我一桩桩感到欣慰,帮我办好调动手续,当年的工会范主席当上了厂长,张毅敏同学当上了车间主任,我的那位美女师傅也赶上了出国潮,孙科星也出来干起了公司,当上了孙总……

　　羊年正月初一,居然追寻到厂子的踪迹,见着厂子里的老人,不仅仅为了怀旧,更多的是为了那份不能忘却的记忆,蒸发不掉的情怀……

2015年正月初二于京口家中

# 长篇广播评书之——观音桥巷55号

## 第一回 第一章 从楼说起

话说20世纪80年代初,离小城市中心最近的地界能有这栋楼已经了不得了。最高也就三层,占地面积不大也不算小,可足以让小城人民有种仰视的崇尚,因为它称得上是这座城市顶顶呱呱的"上层建筑"。

"广播站"对小城居民来说,神圣而莫测,好奇而敬仰。家家户户都被装上了方方正正的"广播喇叭"(木匣子)。一根开关线垂直下来,拉着拉着,日子久了,多半儿线被扯断,正好这只貌不惊人的"木匣子"同时兼得了闹钟的作用,开启着小城居民日出而落、日落而出的起居生活和小城大事。

回头想想,按风水学的说法,这栋楼的大门开得有些不尽如人意。正对着的是三条岔道,处在所谓"剪刀口"上,斜对面,还堵着一座"钱家山"。所以才有后来那么些个剪不断、理还乱的迷离往事,广播故事。

能进进出出这栋楼的人,不是小城的凡人,或多或少有点来头,有点讲究,有点说头,即使凡人进来,也会不凡着走出去。

这栋楼的前身肯定不是为广播站量身定制的,而是广播站入驻之后,改造了它的格局和功能。单从广播机房和播音室的隔音效果就露出明显破绽。前楼为办公区,后楼为机房区。两楼之间,不大的空间里像一个楼道里的天井,用不着电话联络,喊上一嗓子,该听到的,不该听到的都听到了。

逢年过节,台里发年货,几辆卡车驶入,喇叭一按,办公室主任一嗓子,全楼震撼。随后,从各个办公室涌出人群,聚集到楼下一台磅秤跟前,不是鸡鸭鱼肉,就是水果礼包。除了楼下的人头攒动,小楼阳台上,齐刷刷排成一溜边,看着"年货大军"的热闹。

相比起来,后楼比前楼更庄严,更神圣,也更诡秘。

因为那里是机房,播音重地。所有的新闻、专题稿件,由前楼新闻部编辑完成,送交后楼播音室,后经录音室制作,由机房播出。

如此,看似寻常单调的广播技术流程,承载着小城政府和几十万听众的衣食住行、生计民生、时事风云和艺术鉴赏。

小楼从大门起,就以一本正经的姿态广而告之,这里是"喉舌机构,舆论机器,新闻工厂"。当然,处在"剪刀口"上的"喉舌"难免会呛上几口风寒,发出几声咳嗽,吹进几粒风沙。

每天有太多的人,专程摸到小楼跟前,驻足观望,捧出自己虚拟的想象与这栋小楼对比、印证。小楼始终在他们心中是一个很难释怀的谜面,小楼寄托着他们所有的喜怒哀乐,前程理想,爱恨情仇。

小楼有点类似小城新闻界的"黄埔军校",一届一届,从这里进进出出不少出类拔萃的人才,流向各个领域,登上各个阶层,不胜枚举。

后来,小楼从"广播站"升格成"广播电台","木匣子"渐渐演变成半导体收音机,除了那里每天传出的广播呼号气沉丹田,更有底蕴了,小楼还是小楼,没有太多的变化。

第一回　第二章　老乔和小乔

这回说到"观音桥巷 55 号"这栋楼的那位"门神"父子,老乔和小乔。

老乔不胖也不高,背还有些驼,满脸见天儿涨得通红。看上去,气色极好。老乔每天跑得最长的距离也就是从传达室到楼下角落上那个自来水龙头跟前。不知怎的,老乔骨子里还透着一股子傲气,只有来来往往的人跟他老乔打招呼,很少见得老乔正眼跟别人主动招呼的时候,即便见着这栋楼最大的头头,老乔也不例外。

奇怪的是,好像没什么人知道老乔究竟什么来路,更少见老乔有过笑脸。想跟老乔坐在一块儿套套近乎,老乔也不会支应几句。自顾闷头喝他杯子里的小酒,夹他碟子里的小菜。先以为是他喝完酒才红脸,后来发现喝不喝酒,那张脸都亮着红灯。

那个时候还没通煤气,老乔传达室有只煤球炉,冬天,老乔多半的时间,挨在炉子跟前取暖,很少出门走动。老乔一副哑嗓子,喊出来的声音像是划玻璃那样,刺刺拉拉的,是喝酒喝的,还是被煤球炉给熏的,再不就是天生的。一张红脸配上一副哑嗓,比什么都管用,贼见了都会浑身哆嗦,绝不敢贸然下手。

那个年头还不兴保安当门卫,更别说设武警门岗了。像电台这样一个至关重要的舆论机关重地,搁一个邋邋遢遢、蓬头垢面的老乔在大门口,也算观音桥巷55号之一绝。

说老乔,不能不说儿子小乔。小乔整个遗传他爹,论邋遢有过之而无不及。个子还不如老乔高。但小乔腰板挺直,不知哪儿来的自信,小乔倒有点像后来派生出来那个职业:保安。只是恐怕很难找到他那个身高的保安制服。

小乔比老乔豁达、开朗,跟谁都能混熟,跟谁也都能老三老四,勾肩搭背的热乎。小乔究竟是顶替老乔进了广播站,还是自己凭着一把子力气进的门,没人多在意了。小乔上上下下蹿腾得厉害,见谁跟谁拉呱,小乔好在更乐于助人,楼里人谁遇到什么难事,一声小乔,小乔就到,就帮,还就帮成。

小乔平时闲下来,比他爹更像门卫,见着不着四六的人在大门口晃悠,小乔立马上前盘问,直到把人问囧,逼走为止。

也许正因为这样,小乔到哪个部门串门,都不觉着他犯嫌。当然,碰上女孩子们的"有求",小乔一准"必应"。

这一老一小的"门神",倒也给当年的广播站和后来的电台吃了一颗定心丸,也没惹什么大麻烦。

"活雷锋"一般的小乔,在人们的嘴里都能有那么点儿不俗的口碑,老乔看在眼里,喜在心里,几杯小酒下肚,脸更红了。

### 第一回　第三章　播音组那些人,那些事……

这栋楼里,要数播音组的人奇葩怒放,各式各样,"百态千姿"。

"雨田"和"乌白"形同姐弟,肤色白到一块去了,音质,南方口音但已经跟纯正的普通话都很像。为人处世也有很多相似之处,"雨田"传统,干练中带点儿"各色",不是那么好接近和相处,矜持有余,亲热不足。"乌白"就好许多。部队转业下来,根正苗红,一身正气,一副弥勒佛笑脸,待人如春天般温暖。

"乌白"的谦恭,好学,勤勉,认真和严谨是他日后能成大器的铺垫。没见过他跟谁急眼,再纠结的事儿,"乌白"处理起来,稳稳妥妥,顺顺当当。

"乌白"为人为事一如其播音风格:"字正腔圆,清澈明亮"。从他嘴里播出的早新闻,如一缕阳光,健康向上,不含杂质,甚至让人们觉得,这新的一天,太阳也是"簌呱啦新"(镇江方言音,意:崭新)的。

"雨田"和"乌白"像老鹰孵小鸡一般,呵护着播音组"两公一母"三只鸡:"乌骨鸡"卫民,"芦花鸡"张波,"白斩鸡"米兰。

三只鸡中最形象当属"乌骨鸡"——卫民。紫黑色的皮肤,夯实的身板,走道敦敦作响。手掌往外一伸,手背黝黑,手掌白皙。卫民勤勉,低调,话是播音组最少的一位。很少与人争辩是非清白,待人又很谦卑,擅长播专题新闻。偶尔兴奋起来的卫民,话匣子一旦打开,滔滔不绝,口若悬河。

米兰像只骄傲的母鸡,又是母鸡中的战斗机,侧面看去,高挺的鼻梁宁死不屈地向前、向上探去,不可一世的傲慢。跟她柔风细雨的发声形成明显反差。本来就不够突出的下巴,冬天硬是用围巾缠绕两圈儿,感觉就留个高鼻梁在外面显赫。

剩下来要说到成谦老弟了。这位爷是个人物,年龄最小,资历却不浅,要论先进山门,他可以称得上是后几位的前辈。北京城远道而来的成谦,尤其厚道,人见人爱,从没见过成谦与谁斗过嘴,红过脸。人缘好,业务也好,一口清亮的小高音话筒里飘出来,听上去如配音演员一般享受。成谦有成谦的糗事,丢三落四,毛手毛脚,心不在焉。办事走道生风,虚虚躁躁。就是这么个淘气宝,自己的正事儿一点不耽搁,人家两袖清风的时候,他已经几张文凭在手,闷声大发财,毫不含糊。

是哪年哪月记不得了,皇城根儿那边儿忽然飞来三只北方的"鸿雁",两雌一雄。那两只不久又飞了回去,剩下一只叫张丽的,愣是爱上了南方,不离不弃。刚来时还肥嘟嘟的小丫头片子,一口京腔,一头短发,满嘴骂骂咧咧,假小子一般泼辣。大嗓门一张口,不光整个观音桥巷55号院儿,像是能响彻全城街头巷尾。像张丽这样无拘无束、行侠仗义的女娃,观音桥巷55号绝无仅有过,初来乍到,人们还不习惯,难以接受。一年半载下来,大大咧咧,豪放有余,嬉笑怒骂的张丽其实心地善良、多愁善感得很,妒忌过她的人,又会悄悄喜欢上她。南方人死乞白赖都去京城北漂了,张丽却偏偏"雁南飞"来,大家有点犯蒙。

南方呆长了,张丽嘴也变甜了,学会了跟小城里的南方人周旋、应酬,游刃有余起来。甜得让"雨田"老师比喜欢自己儿子还要喜欢她。

播音组在台里的地位时高时低,重要的时候很重要,不重要的时候,忽略不计。比如,酷热的夏天,播音室温度高得人都进不去,又不得开空调影响播音。只能从冷库搬来几大块冰块,放在澡盆里,进门嗖嗖地冒凉气,日光灯一灭,只剩一盏台灯,屋里像什么可想而知了。

播音组的人名声在外,红得还快,人家新闻部编辑们忙半天不如播音员们话筒跟前十来分钟。在楼里,播音员又像"小二子",整天苦兮兮地围着编辑转,巴等着他们手里编出的稿件,碰上那位悠哉悠哉像"孙悦萌"那样慢性子的当班编辑部主任,你得垫饱肚子死磕着。

播音员那会儿播的都是手写稿件,谁都怕碰见那几位记者和通讯员大人的手迹。比如:写得一手"韩文"的于勇,字迹像蚯蚓怀孕,扭扭捏捏的林洋。最怕的是那位本台特约记者"魏兴浩"的"孪生兄弟连体字",敢情娘胎出生时"脐带"没剪断,你缠着我,我绕着你……天书一般难以辨认。播音员的嘴里只好磕磕绊绊地拌蒜。

播音员们口口相传"字迹"口碑比较好的记者榜上有名:他们是徐祯卿、唐明觉、陈春鸣、孙悦萌、景广权、孙晓梅、夏少俭、赵杭杭、王路江、于大川……

## 第一回　第四章　编辑部里的赵钱孙李

上回说到电台播音组的张三李四,这回要说的是二楼编辑部里的七七八八。

广播站时期,新闻编辑部就那么几个人,舞枪弄棒也就折腾下来了。电台成立,打外面轰轰烈烈招聘了一大批误打误撞的新闻记者,然后某一天,又怯生生、抖抖索索踏进了观音桥巷55号大院。一个个圣洁得跟圣母玛利亚似的,双双眼睛散发出纯洁无瑕的光芒,从此,小城上空的广播频率中,又从播音员嘴里冒出一串本台编辑记者的大名儿。于是乎,没过多久,原先还稚气未脱的这拨子新闻界的"愣头青",进进出出,个个便"神气罗国"的了。

　　神气归神气,在几位"元老级"新闻人面前,新人们还是毕恭毕敬的。那几位正是:孙晓梅,赵杭杭,于勇,孙悦萌。

　　新闻单位,新闻人首先是大拿,上上下下的宠儿。八九十年代,新闻记者去哪儿采访,个个跟大爷似的,家家伺候得服服帖帖,一一当当,绝不敢有丁点儿怠慢。"无冕之王"头衔下,记者走道一水儿的"外八字",都快横过身子进出观音桥巷大院了。

　　条口记者每天像放出去的鸽子,各自在外寻觅到野食后,准时准点飞回,脸上洋溢着满满的收获。

　　也有阴沉着小脸儿飞回的,笔记本重重地往桌上一摔,气呼呼地坐在自己的办公桌前,当然,刷刷刷愤然写在稿纸上的是他新闻五要素之外的那份职业性的义愤填膺。

　　当班编辑是轮值而成,他往往比一线记者故作冷静和理智。起码那一刻,他大权在握,一言九鼎。

　　陈春鸣,当年一位朴实无华,老实巴交,刚从一军队复员回来的记者,此人外表木讷,内心强大,正所谓大智若愚型。坐得下,稳得住,耐得苦。忽闪忽闪的那双大眼睛想让它迷茫时就迷茫,想让它灿烂时就灿烂,开启时机选择尤其得当。编辑、记者一圈干下来,自知不干出点惊天动地的事枉度此生。于是,结伴一位叫唐明觉的四眼儿青年记者,私下谋划好青春抱负,双双蹬上自行车,骑着去了四邻八乡,走田埂,踏泥泞,趟小河,翻高山。正儿八经地做了一桩"惊天地,泣鬼神,有动静,见成效"的大事儿,单车行程多少多少公里,采访了多少多少事,多少多少人。春鸣、明觉两位采访归来,破纪录,创奇迹,立壮志,换新天。这正是:"春鸣不停脚,明觉跟着跑,夜来风雨声,花开已报晓。"之后的春鸣前程一路看好,明觉紧随其后,被政府召回,带回府上研究研究……

　　往往越是不外露的人,内心尤其汹涌澎湃,春鸣就属于这类。平日里,春鸣内向得甚至不像一名称职的记者,平静,缄默。老友相聚,几杯灌下去,亲情、孝心、爱意绵绵不绝,势不可挡,桌上,那首《母亲》不唱三遍以上,决不善罢甘休。

人们嘴里亲昵着的"小梅",其实性情很哥儿们,行事利索,从不拖泥带水的磨叽。小梅姓孙,元老级新闻人,新闻敏感度超高,专跑商业条口。思路敏捷,心眼活络。部里人对小梅的尊重尽在不言中,这也算是她后来功成名就的造化。

"杭杭",人们都这么称呼她,省去看似多余的那个"赵"姓。照实说来,杭杭身形不算"波巧",从上到下四四方方的豁达,嘴里自然发出的声音,缠缠绵绵,温文尔雅,鼻子里哼出来一般的妩媚,迷人。杭杭白里透红,一年四季脸庞上都有一块红扑扑的云朵,煞是动人。杭杭生得可人,业务又精,语言能力还强,早早走上采编播合一的道路,不动声色地抢下了那几个本来就吃不饱的播音员的饭碗,令人好生妒忌。

再说那位年纪不大,成天稳稳夺夺、老气横秋的"小孙悦萌",不哼不哈,往办公桌前一坐就是一整天。他手里那杆毛笔,只要往红墨水瓶里一杵,拿出来往稿件上一横一竖、一撇一捺地挥舞,那篇稿子在他手上立马废了一半。这位"爷",只要往桌子跟前一坐,心情再有点"蚂蟥鸡躁"的不爽,你赶紧离她远点儿,免得"杀身之祸"缠身。说笑归说笑,"小孙悦萌"的编辑能力有目共睹,有鬼斧神工之魅力。经他出手的稿面,清清爽爽,干干净净,明明白白。除了大刀阔斧的改稿,"小孙悦萌"多半的状态是腼腆,羞涩,自闭。这一切症状都显现在他那张适合上镜的刀削小脸上,无时无刻不是绯红绯红的……

有一位被人们唤作"老景"的人,是新闻部里的一个人物。工厂出来,工人阶级领导一切的气势居高临下,不甘示弱。眼神里,举止里,话语里,文章里,甚至从他那宽阔敞亮的脑门前倾泻垂直下来的那丿头发里,都像是写着两个"恩恩正正"的大字:"不屑"。

部里人都知道老景心气高,智商高,棋艺更高,怕跟他交流没几局就败下阵来,远远躲着这位大爷。相处下来,老景人气骤然上升,多半是被他浑身上下的豪情壮志,两肋插刀,又温情似水的立体情怀感染有加。再豪放、粗鲁的人,躲不过人们对细节敏锐的洞察力,老景那只握笔写字的"兰花指"成了他的一大软肋,你再血气方刚,"兰花指"一出手,顿时形象坍塌,无以自容。老景就是老景,自成一派,出走广播,日后坐上晚报上座,照样逍遥自在。

还有一位从沪上空降而来的"海派"新闻人于大川,不得不在此一表。

此人膀大腰圆,大腹便便,声音洪亮,出口成章。鼻梁上顶着的那副黑边框近视眼镜,活脱一副盛气凌人"大台"新闻人架势,不可一世。于大川横空驾到,刮起一阵不按常理出牌的新闻旋风。大川快人快语,敢作敢当,突破性、创造力极强,性情脆弱、单薄一点的人简直吃不消他爆发出的那股子强悍的新闻冲击波。大川出手的新闻稿,语风尖锐,犀利,直面人生,正视现实,绝不藏着掖着,圈内人直呼过瘾,听众反应强烈,倒是上面的头头脑脑坐卧不安,心神不宁。

大川来无影去无踪,新闻部属于"大川时代"不长,烙印却不浅。大川燃起的那把火虽然早就奄奄一息,大川不卑不亢,不屈不挠的新闻人的行侠仗义,还留在观音桥巷55号大院内,留在新闻老人们的记忆库里。

大川走道快步如飞的身影,一如舞台上戏曲演员的"圆场""碎步"……

2015年11月18日凌晨于南京

# 老杨·积山

他妻子李老师说：老杨走的时候很平静，他心里早有准备，把女儿叫到床头该交代的都交代过了。像他平时在家一样，闭着眼睛，靠在有蚊帐的床上……只是那天，他嘴里没有哼出一小节的旋律，静静走的。

李老师还说：老杨很倔，很爱面子，病成那样就是不愿意让外人知道，哪怕四合院里的邻居，也是直到老杨走后，才醒悟过来，才知道老杨是因为晚期肝癌走的。

最初，老杨只觉得身子哪儿有点儿不得劲，像是胃出了问题，脸色看上去黄得厉害。台里很重视，意识到像老杨这样的特殊人才，不能耽搁。特别差遣家住上海、对上海人头又熟的文艺部编辑汪燕专程赴沪联系请专家为老杨看病。

与此同时，台里又派出文艺部另一位编辑王村带着老杨夫妇和锅碗瓢盆等家当，入住上海二军大医院。因汪燕的帮忙为老杨安排住进了高级病房，连看病带调养，老杨一家在上海病房小住了一段日子。那段时间，汪燕、王村几乎全程陪护着。老杨眼见身边这么多人为自己在忙乎，心里踏实不少，放下心来。其实他根本不知道医生对他的最后判决。

老杨在不知情的情况下精神没垮，满不在乎的豁达和不信邪的倔强在支撑着他。就在他已经觉着身体不适的那段时期，老杨除了忘我工作，操劳，还强打着精神，执拗地参加了局里在体育场组织的一场长跑活动，跑完全程的，给予奖励：20元。那天，老杨穿着一身黄棉袄,上气不接下气地跑下来了,人们都看见了老杨惨白的脸色和虚脱的样子。

往返上海为老杨看病治病期间,台里很多人都参与了联络和陪护。我经历的是专程陪护老杨去上海的最后一次。我和他妻子陪他在往返的救护车上。去的时候,老杨一路谈笑风生,似乎向周围人证明自己没有半点倦意和病态,完全是医院弄岔气了,才误导他转去沪上大医院进一步确诊。

救护车上,老杨说什么也不肯躺在那张救护床上,他埋怨妻子,又没什么大毛病,干嘛要坐这个车去上海,跟得了什么不治之症似的。妻子苦笑着,拍拍他,没再勉强他。

这一路,老杨跟我没完没了聊着大天儿,聊他的过去,聊他的音乐,聊得最多的要算文艺部的事儿。老杨是继乌白之后电台文艺部第二任主任,老杨这个主任当之无愧,算是当初电台绝无仅有的音乐专业人士,战友文工团唢呐演奏家。

老杨全名:"杨积山",不高的个头,唢呐一般洪亮的嗓音,眉宇间透着坚毅和肃穆,不苟言笑多于畅怀大笑。老杨骨子里那股子桀骜不驯的刚强,也许是他早早离开部队,告别自己心爱的专业转业到地方的隐情之一。没见过老杨在谁面前流露过一丝媚俗和奉承,骨感而坚挺的鼻梁,两道浓密乌黑带有明显棱角的眉毛,足以见得老杨的刚正不阿,自信满满。跟音乐沾边,有音乐天分,尤其数得上行业里佼佼者的,或多或少会随着起伏的音符张扬出一丝个性光芒来。

不争不抢,文艺部主任的重任,天上掉馅饼一般,自然落在老杨的肩膀头上,老杨脸上倒是从未掠过半点儿嘚瑟,每天上下班,照旧哼他的小曲,走他的小碎步,扯着男高音们都好生妒忌的金属般质感的嗓音,楼上楼下的像吆喝那样的寒暄……

老杨在部里还兼着音乐编辑的活儿,"戏曲天地""民乐赏析""每周一歌"是他一手打造、收听率极高的栏目。

小城出去，京城回来，见多识广的老杨，见不得婆婆妈妈的破事儿，只知道干好自己的活儿，唢呐一吹，各就各位，对得起台里，对得起自己的饭碗就得。老杨心里比谁都门儿清，身边这些个各有来头的人他谁都得罪不起，由他们去也。

老杨平时爱穿一身绿色军装，一双平底北京布鞋，这也是他从京城回来留在身上仅有的那么一点"京味儿"。很少见老杨往台长室跑，几乎忘了他召集文艺部开过会。他的踪迹路线，几乎就是从家到台里，楼上下的办公室、资料室、录音室，偶尔也会直接去趟播音室。正是这个看似不紧不慢，甚至有些玩世不恭的老杨，文艺部在他任上也叫响了好几个品牌栏目，摘取了好几个广播文艺奖项，折腾出不少有影响力的社会活动。

老杨在任时间不长，人气却很高，人缘也极好。这么一个不喜寒暄，不善交际，不沾酒色，不好言辞，肝胆相照的音乐人，电台文艺部一度时期的掌门人，却神不知鬼不觉倒在了自己的肝上。

去医院前几天的一次聚餐上，记得桌上有人还一个劲儿劝老杨喝酒，老杨无奈，苦笑着抿了几口红酒，到家就拉肚子。这是他妻子后来提及过的，还说老杨只要一沾酒就这样。

一到上海华山医院，全面检查过老杨之后，那个晚上，那位军医生叫来他妻子和我，认真说明了老杨的真实病情，从他嘴里，证实老杨已到晚期，就剩最后几个月，不能回天了。老杨妻子咬着嘴唇，在极度强忍着接下来需要自己面对的所有一切……

回到病房，躺在病床上的老杨，从微光中捕捉到我们各自脸上虽然佯装，但终究难以抑制的阴郁。他一句也没再问什么，只是一个劲儿催促我们，赶紧返回，到家还不算太晚。

回去的车上，老杨听了妻子的话，乖乖躺在了那张担架床上，盖上了那件常常披在肩上的军大衣，一路闭目养神，再无多言。

那年还没有高速公路，救护车在一路颠簸，窗外墨黑一片。那天的回程还是个雨天，闷罐一般的救护车开得飞快，听得见车轮溅起的水花声。车里好闷，心情好堵，全程极少再有交流。心里比谁都有数的老杨，也许从那个时候起，精神开始真正陷入萎靡，情绪一下子跌落谷底。

老杨家就靠电台边上——南门大街。

车在老杨家门口停下，雨停了，我们抢先下车想伸手扶一把老杨。老杨不由分说自顾"腾"地从担架床上飞身跃起，推开伸向他的所有人的手臂。把军大衣搭在胳膊上，整理好衣服，抹了抹头发，大步向自家院门走去，遇上被惊醒的邻里，老杨洪钟一般的声音重又响起：

"还没睡啊？打搅了啊！"

"杨老师，你这是……没事吧？身体还好吗？"几位好心邻居关切地在问。

"没事，好着呢，这不，出差刚回来，明天还要上班……"老杨显然在强打精神。

跟着老杨进了他的卧房，老杨回身跟我道了几句不得不说的客气话。在妻子帮助下，脱下衣服，上了那张支着蚊帐的老式红木床，合上被子向我挥了挥手，倒头睡下。

之后，老杨好像再也没来上班，再之后，老杨那天悄悄走了……

几十年过去了，老杨的身影还在虚虚幻幻的时空里时隐时现，还从没听过一声老杨嘴里吹出的唢呐声，老电台磁带资料库的架子上，那个年头有好几层放着老杨亲手编辑和书写名号的开盘录音带。老杨写得一手硬硬朗朗、端端正正的钢笔字，一如他的为人，腰板挺直，不卑不亢。

时过境迁，往事如烟，记得老杨之后，在我之前，好像有两位继任过电台文艺部主任，我算是文艺部最后一任主任。

与老杨共事过的人很多，为老杨忙前忙后的人更是会有话要说，老杨的为人，老杨的往事，老杨的品性，直到今天，也还是让

"观音桥巷 55 号"微群里的众多熟悉老杨的老广播人赞不绝口,唏嘘一片。再怎么说,不事张扬的老杨也被记载上了《镇江广播电视志》一则广播人物的"词条",也还有这么多老人们怀念着老杨……

时常坐在省城办公室里,会听到隔壁楼上,省民乐团排练场远远响起的唢呐声,每到这时,就会自然想到老杨,接着幻觉中会隐约闪回到老杨那一嗓子穿透力极强的吆喝声……

2015 年 11 月 23 日于南京

## 广播里的那个女孩……

很多年过去了,那个女孩的影子时常在我脑海里若隐若现,甚至连她柔弱纯真的声音都会萦绕在我的耳畔,久久低回,殷殷飘荡。

那女孩是我当时在小城电台主持广播综艺节目《星期八十分》时,常常在一堆厚厚点播信里相逢的一位忠实听众,也是一位特殊听众。点播信上,一手秀丽端庄的钢笔字,每封信写得都很长,像有很多话要说,语句也很有文采。开始我还并没在意,当她是一位普通得不能再普通的听众对待,隔三岔五,满足一下她的愿望,为她点播上一首歌。后来,信上多次提出想见见我,还约去她家里见。

《星期八十分》节目当时确实在小城很红火,听众来信每天都是传达室老乔用麻袋拎上三楼我办公室交到我手里。没有帮手时,每回做节目前,我也只能像抓阄一样,从里面随便抓起一摞、拆开,编排在"你点我播"栏目里。后来,每年都会来职大的实习生帮我拆信,分类,编排。那位女孩的信,也许因为字迹俊秀,字里行间充满真情实感,屡屡被学生们选中、采用,并推荐给我安排在节目中节选片段播讲。

播着播着,我觉着这个女孩不是一般的女孩,女孩每每在信中流露出的那一丝丝欢喜之后隐约的黯伤,引起了我的关注。我想她的生活里一定有一段不为人知的故事。

接下来的一天,女孩的家人专门把电话打到我们电台文艺部，说女孩真的很想见见《星期八十分》的主持人，还说她不方便来电台见，非邀请我去她家里不可。

广播主持人一般不可能做到有求必应的，但这位女孩既是节目的忠实听众，又有这么一个迫切愿望，再说也能隐约感觉出她是一位有故事的女孩。带上一位助手，我还是按照她家人指引的路线，穿过曲里拐弯的巷弄，在李家大山附近一排低矮的平房里，找到了她的家。

记得她家房门很矮，矮得必须弓着腰进门。进门先是一间极其简陋的厨房，然后一间狭小的堂屋。我们走进堂屋时，迎接我们的那位像是她母亲的女人冲着里屋嚷了起来："朱朱啊，电台主持人张波他们来看你来了。"我能听见里屋有个女孩有些颤抖的声音："让他们进来啊。"

进里屋后所见的情景，让我们发愣了好一会儿，女孩躺在里屋的一张床上，身子蜷缩在被窝里，伸出两只白白、短短的手臂像是要和我握手。那双手很小，握在手里弱弱的、软软的，女孩生了一张非常靓丽的脸蛋，她妈妈在我身边低低地说："打小这孩子落下严重的小儿麻痹，一直没起来过，"说到这儿，妈妈又补充一句说，"除了不能起身，其他跟正常人没两样。"

妈妈这么一说，女孩的身子不经意地在被子里蠕动了一下，我们这才发现，女孩被窝里的身体很短，短得像一个五六岁的孩子。她妈妈又说："朱朱今年过完年已经二十五岁了，她每天在床上最大的乐子就是听你们的广播，每到周末，会等着听你们的《星期八十分》。"

妈妈说话时，女孩脸上一直挂着灿烂的笑容，亮晶晶的眼睛一直在注视着她从广播里"只闻其声，不见其人"的眼前这位主持人。

女孩终于开口说："你跟我想象的差不多，声音也一模一样，就是比我想象的要高大，我以为你是个小个子，文质彬彬的小个子。"接着,从她细溜溜的嗓子眼里发出一串细溜溜的笑声。

那天她还说了什么,年代长了,记不清了。只记得她说她非常喜欢收听我们的节目,尤其喜欢听点歌栏目。她甚至能把我们每期节目播出内容如数家珍地回忆出来。她还对我们节目提了一些她的想法和建议,她说,她真想能去我们的演播室亲眼看一看。她说话的时候,我们能看到,她的枕头边,放着一台小小的半导体收音机和一本写信用的信笺,一支钢笔。

能想象出,每一封点播信,以及那一手秀丽的钢笔字,她是平躺在床上,把信笺举在面前一笔一划写成的。

那一次,我们在她的床边聊了蛮长时间,向她道别时,她又伸出那只细白粉嫩的小手和我们握在一起。扭头再看她的时候,能看到她那双透亮的双眸里噙满了泪花。

又过了好几年,文艺台成立了,《星期八十分》仍在播出,只是我已经让位给了几位新的主持人。

如果没记错的话,后来又以文艺台台长的身份,带着主持人彭素冰和节目组一拨人去看了那位叫朱朱的女孩。记忆中,还给她带去了一台不错的半导体收音机和一些小礼品。那年好像是一个夏天,女孩身上只盖着一条长长、薄薄的浴巾,娇小、畸形的身子更加明显地在浴巾下凸现出来,令人久久惋惜和怜悯。

后来,再也没见过那位姓朱的女孩,再也没人提起过这位忠实的听众,朱朱,你如果还在收听我们的电台,并且能读到这篇短文,那将又会续上我们彼此有过的深深的广播情缘。

虽然我们已经到了这把"老广播人"的年龄,类似这位女孩,这位特殊听众的身影和一些难以忘却的广播往事,仍旧恍若昨天,记忆犹新。小城的广播历史不仅曾经属于过雨田、向阳、李丹、成谦、卫民、张丽、赵敏、米兰、素冰、王村、张波,更属于那些千千万万,动真格儿听进心里去的,与广播结下不解之缘的那些可爱、可敬、可亲的听众朋友们。

与我们这批老广播人有缘的广播听众，如今都在四十岁以上的年龄段上。不论在任何场合，只要说起广播，说起那个年代的广播，这些上了年纪的听众顿时来了精神，忘却了自己的年龄，眉飞色舞不算，还个个生龙活虎。广播啊广播，你的魅力无穷，你的听觉无限，你的力量无比，你的前途无量！

　　看不见的广播，有着关不住的精彩，只闻其声的广播，永远有着不见其人的神秘。

2016年3月28日夜于金陵御景园

# 哦,文工团

一个老去的故人能时常被人记起,一个故去的老人能被人交口称道。对这个人和这个灵魂来说,不能不说是一种莫大的宽慰,莫大的释然,莫大的解脱。

按当年的实际年龄,这位老人其实算不上老人,现如今活份在眼面前的,个个都还精神矍铄,神采奕奕。当年文工团的团员们,眼前可不就是张老爷子那会儿的年龄吗?

岁月将每个人的脸上抓出了条条褶皱,捏出了道道沟渠,却没有淹没这班人血脉里的沸腾和气质里的亢奋。沉寂无数个春秋冬夏之后的这一天的晚上,据说是"白毛"发起,"大春""喜儿""赵大叔""狗腿子"等一班人前呼后应,将文工团史上最"凶狠"又最受"追捧"的许老师从苏州挟持而来,以舞蹈队的名义撮合了一场简朴而盛大的聚会。这情形,一如《白毛女》舞剧中"白毛"冲出暗无天日的山洞,众人呼唤"太阳出来了"那样扬眉吐气,那样轰轰烈烈,那样煽情,那样火爆,那样悲壮。

四十年前,这班仅仅二十啷当岁的年轻人就是从这座今天被唤作"党校"的原址把自己细溜溜的胳膊腿儿架上了"把杆儿",踮起了"足尖儿",玩起了"小翻儿",随后亮出了"倒踢紫金冠"……如果没有记错的话,文工团的履历是这样写成的:《白毛女》剧组—镇江市文工团—镇江市歌舞团—镇江市话剧团—镇江艺术剧院。

"白毛"杨华担纲着这场聚会的策划和主持,显然胸有成竹,有备而来，居然一晚上口若悬河，妙语连珠。直看得正襟危坐的中国上海高等艺术学府电视主持专业的吴教授瞠目结舌，自叹恨晚。一整晚，这伙人在有意无意之间，在半梦半醒之间，在如醉如痴之间轮番上演了《洗衣歌》《沂蒙颂》《太阳出来了》等多部舞蹈队的看家"大戏"。一时间，就听只有舞蹈演员才独有的断了弦儿的嗓音不断的"吆喝声""喝彩声""嘶叫声"和"浪笑声"。

这晚，所有人的称谓几乎都被追溯回过去的"绰号"：什么"歪子"啦，"划子"啦，"梅轴"啦，"瞎子"啊……每一个绰号都能引出一串故事，每一个故事又都能引发一阵绝对放肆的狂笑。

要知道，那个年代，这群人在这座小城是绝对拥有大批铁杆"粉丝"的，只不过，那时的"粉丝"内秀得厉害，也羞涩得不行，拍个巴掌都能把个小脸儿给涨成紫红色。

这里所有的场景、音效甚至舞姿如同岁月的回放、录像的倒带，所有人在台上的表情恍若一张张从120胶卷上"咔嚓"下来的黑白老照片，就连党校食堂这片刻意廉洁的环境和餐桌上类似70年代的饭菜，都被连沪、振兴、南南、希屏等策划进怀旧、怀想、怀念的流程中，竟是那么的妥帖、自然。

大家几近疯狂地唱着，乐着，喝着，叫着，跳着，再看吴团长、许老师这场聚会中最年长的两位，他们的眼圈儿在泛红，老泪在纵横，奇怪的是，好像在他们脸上没有丝毫衰老的感觉，他们依然年轻，依然蓬勃，依然健硕，全然不亚于台上台下正撒欢着的当年自己足以揽在怀里的这群孩子们……

高潮不断持续，升温，争先恐后的发言中有人提到了老爷子，场上的气氛立时有那么一阵短时间的凝重，好像背景音乐仍然循环于《白毛女》"北风那个吹"的旋律。老爷子和文工团，文工团和老爷子说起来像是一部涓涓长书，又像是一部岁月回响曲。在大家心目中，老爷子属于那种邻家的老大爷，或是一尊威风凛凛的铜像，再或是一位嬉笑怒骂的严父。至今，所有已经到了老爷子当年那把年纪与他共事过的人们,提到他都会有一种深深的敬畏。

这个点儿上提到老爷子多少有些莫名的局促,有些淡淡的伤感。还是杨华聪明,一段关于"裙子"的往事勾起她对老爷子的"恨事",那个极度闭塞的年代加上那个左得离奇的老爷子的"呵斥",反倒引发一阵阵开怀的爆笑,唤起了在场曾经不同程度被老爷子"迫害"过的人们一轮轮"声讨"的笑料。

在场的我,拿起杨华递过来的麦克风说了一番肺腑之言。不再记得当时说了些什么,反正在现场的感受和回到家里的不眠之夜,让我有一种从未有过的心潮激荡,为这位小城文化局的老副局长,同时兼任过京剧团、文工团的老团长,为这位给了我生命的父亲,为他留在小城文化艺术进程中的零碎片段,为他镌刻在所有能叫出他名字和称谓的人们心里的典型特征,为从他那张被烟卷儿熏得漆黑、不剩一颗牙的嘴里发出的朗朗的笑声,为人们对他人前人后报以的宽容和尊敬、欣赏和怀念……

过去了这么多年,老爷子的刚直不阿,老爷子的愤世嫉俗,老爷子的不卑不亢,老爷子的和蔼可亲,老爷子的大智若愚,老爷子的荒诞幽默传扬在恨过他、爱过他的人们中间,去年冬至那个晚上,我领着全家为父母祭拜的时候,把所有的这些在心底念叨给了他。

与老爷子相处和共事过的人们,都能随口讲述一段关于他的轶事,为他叫好,为他抱怨,为他心疼,为他惋惜。老爷子在位的时候两袖清风,一生坦荡,走的时候也一生坦荡,两袖清风。在这座小城的文化编年史上,在文工团的相册里,他也许只是个匆匆的过客,老爷子没能赶上当下的繁荣盛世,没能赶上享受他所宠爱过的这班老团员们的爱怜,尤其没能享受到儿孙满堂的清福。然而,作为他的儿子,我可以为他过去的人生和今天的口碑由衷地感到欣慰,为他精彩的人格和平凡的生命由衷地感到自豪:他来自那个文艺年代,是一个大写的人,是一个鲜活在人们口碑里的老人,更是我心中永远不朽的父亲!

# 校园里的水杉树

江苏话剧圈不熟悉柏昱的人不多，能如数家珍般倒背如流出江苏话剧编年史的人也不多，柏昱算一个。

省城剧场里，每一部话剧新剧上演，哪场观众席里缺了柏昱，那绝无可能。

我经常拿柏昱开玩笑说：你可得顶住啊，你可是我们江苏话剧《热血》观众群中《最后的堡垒》啊！

毋容置疑，这位名叫柏昱的非职业戏剧人，其实一直在默默践行着自己对话剧事业的那份痴狂，在自己那片话剧土地上耕耘着、种植着那棵他取名为"话剧"的水杉树。

江苏话剧的鼎盛年代、低谷时期、回转机遇，柏昱都赶上了。在这片算不上茂密的话剧森林里，柏昱与他倡导和引领下的校园剧社种下的林木，正在林中茁壮成长，枝繁叶茂。

省城不甚景气的话剧市场，剧场票房，柏昱和他剧社的学子们一直以来充当着中坚力量，粉丝阵营，票房保证。

一个从公安大学校门走出来的文学青年，转身与话剧艺术死磕到今天，不卑不亢，不屈不挠，然后毅然脱下警服，辞别秘书职位，一头扎进策划圈、电视圈、话剧圈，柏昱很快成了一名在多领域上下游刃有余、拳打脚踢、百变神功的"侠客"，只要有需要动脑子、耍笔杆、抡胳膊的地方，人们首先想到的是同一个人，这个人就是柏昱。

青年时的柏昱涉猎广泛，兴趣博大。到了中年，积淀到一定火候,沉淀到一定深度,柏昱学会在艺术海洋中伸展各种泳姿,在蔚蓝色的海水中畅游,搏击,自由呼吸……

白皙的肤色,中等魁伟的身材,智慧的脑门,厚实的嘴唇,敏捷的思维,灵光闪现的创意,能解死扣的逻辑天赋……柏昱最初尝试过歌唱,话剧表演,撰稿,影视,策划。到了五十岁上下,他把自己基本定位在了话剧、影视圈里的一位拓荒者,校园戏剧丛林里一棵挺拔的水杉树。

与柏昱交往、合作掐指算来已经有快二十个年头。柏昱是一个在人群中眼睛一眨,厚嘴皮上下一动弹,就能为你解除心结的人。很少见过柏昱有过郁郁寡欢的时候,却经常见到他在创作过程中,为一台节目,为一个死胡同,为一个拧巴了的纠结,眉飞色舞一阵海侃过后,自己反问自己:"有多大事儿哦,不就这么点小事吗",然后,雨过天晴,阴霾尽散。

柏昱这前半辈子最最敬重的人应该算是田野老前辈了,跟着这位中国话剧圣坛人物田汉的女儿、江苏话剧界泰斗张辉的爱妻、话剧舞台教母级恩师一路走来,柏昱的才学更长、话剧更精、眼界更宽、羽翼更丰了。

柏昱后来转身去了南林大,又拉扯出南林大"水杉剧社",很快让圈内圈外人无人不知,无人不晓。提及柏昱,圈内人无不感慨有加:按说,省城里每所高校都有学生剧社,可真正能做到南林大"水杉剧社"这个份儿上的,凤毛麟角,不可同日而语。今天的"水杉剧社"已经一跃成为江苏省普通高校戏剧活动和戏剧教育的一个标杆和品牌,成为南京林业大学校园文化建设和大学生思想政治教育工作的一张亮丽名片。

因为他们的"水杉剧社"有着像柏昱这样一位见证着江苏话剧每一个历史阶段,而且身体力行,一路痴迷话剧,从昨天走到今天的戏剧人。至今,像他这样数十年如一日忠诚着、执着着并且坚守着校园话剧的人不剩几个了。南林大校园里这棵已经身板健硕的水杉树,时而默默无声,时而又惊艳张扬地热捧着话剧。

这日,南林大举办的"水杉杯"校园戏剧节进入尾声,闭幕式这场,柏昱邀请我们几位观看剧社学生们演出的小剧场话剧《阳光背后》和《有雷无雨》。这是我第一次迈进南林大,走进"水杉剧社"小剧场。

剧场前厅局促的空间里,那面墙的位置上,同是"水杉剧社"创始人、柏昱和学生们共同的恩师——田野老师的照片镶嵌在一个金色相框里,放在那张贡台上,贡台上亮着灯,点着香。据说每天专门会有学生为她点香,擦拭,祈祷。这是"水杉剧社"历届学生们对这位恩师虔诚的敬仰和瞻礼。面对这方小小的贡台,我耳边响起了那位被水杉人尊称为"水杉魂"的田野老师常常谆谆教导和评价同学们的那句话:"水杉的演员们就是一张张白纸,什么都没有,但是我们最可爱最能打动人的就是——热情!"

不足百平米的小剧场,在校园都管它叫戏剧"黑匣子"。演员与观众面对面着,几乎是零距离。学生们三五成群,凭票走进剧场,端坐在自己的座位上,肃然起敬,鸦雀无声。也只有在水杉剧社小剧场,你才能目睹和感受这种常年培养而成、渐成观演习惯的庄严的仪式感。

看过不少校园戏剧,还是头一次看"水杉剧社"学生们的演出,能看到所有演员和幕后剧组工作人员开演前幕后的状态,不是柏昱很难调教出如此敬业和专业的技能和素养。在这里,我总算看到了业内人常常在嘴边念叨的,关于柏昱和"水杉剧社"里的"黑匣子"和"戏疯子"。

两台话剧看下来,尽管舞台上剧社演员们的表演还显得十分稚嫩和青涩,举手投足还只是像一只树上没成熟的青苹果。但对于这群非艺术专业的学生来说,是柏昱老师最先引领他们步入了戏剧的门厅,最初体验了戏剧,认识了话剧艺术。从他们身上你能看到他们作为老师的执着、韧劲、追求。一批批、一届届南林大的学生，在他们的学业之外有幸接触了戏剧，体验了话剧，爱上了艺术。柏昱不仅诱导了他们的梦想，也造就了他们的梦想。"水杉剧社"是个造梦的地方，也是将来能为学生们圆梦的地方。"像对待人生舞台一样对待戏剧舞台"已经成为每一个"水杉"人永远恪守的真理。

观众席里，同学们似在屏住呼吸，十分投入，眼睛瞪得浑圆，反应也很强烈，很真切。这是在其他剧场难以收获到的最近距离、最真实、最直接、最朴素的效果。

去年开始，柏昱和他的同仁们与省话以及"520剧作坊"深度戏剧合作，推出了小剧场话剧《探长来访》等剧作。柏昱把小剧场话剧理念和模式的触角延伸到众多领域。

这位早些年还算是戏剧界圈内圈外的"小鲜肉"，如今已经熬成"老腊肉"，名叫柏昱的非职业戏剧人，不仅从前，相信他将来也一直会是江苏话剧阵营内外，不折不扣、不离不弃、不请自到的一名忠实观众、优秀策划人、职业制作人、新锐导演。

我们的戏剧事业和话剧艺术需要有人不计功名、孜孜不倦地去传承，我们的话剧队伍需要有像校园剧社——"水杉剧社"这样一支支热爱话剧的生力军来接棒、呐喊、助威、壮大。我们的话剧市场和票房，需要一批批持之以恒、对话剧始终如痴如醉的观众群来支撑、拓展。

未来的小剧场话剧，同样能演绎出一部部博大精深、经久不衰的人生大戏！

2016年1月9日于南京

随笔
ESSAY

## 影 评

# 炸响了的"老炮儿"
## ——观影片《老炮儿》所感

穿过中国电影市场沉闷叹息、扭捏作态、虚假繁荣、荒诞不经的怪圈儿,赶在2015年电影贺岁档上,管虎和冯小刚的这部标注着典型中国气质的《老炮儿》,终于炸响了。

电影片尾:那一大片冰寒萧瑟、肃杀无边的野湖上,裹着将校呢大衣的老炮儿举着寒光逼人的战刀,使尽全身力气向湖对岸那群不讲"规矩""混不吝"的小炮儿们大步奔去,结果,自己却重重地摔在冰冻的湖面上,再也没有爬起身子。那一跤,摔得很重、很响、很悲壮,摔死了过去50后上下这代人曾经的沧桑、憋屈、磨难、霸气和辉煌,摔醒了北京爷儿们、中国男人——曾经父辈们的一世英名、一生正气、一代枭雄。

野湖那一刹那死一般的寂静过后,老炮儿身后那一帮老胳膊老腿的难兄难弟们,呼啸着,嘶喊着,拉开曾经彪悍过的架势、迈开曾经让地动过让山摇过的双脚,把所有的圆滑世故、小肚鸡肠子、一夜暴富的光环以及对可能失却生命的恐惧全都抛在身后,紧随老炮儿而去……

正是在这样一组极度悲凉又生猛雄性的血拼场景冲击下,作为50后观众的我,再也无法抑制住的一行热泪,夺眶涌出。

50后,往"六张"奔的这一个庞大群体里的男人,在不同的家族背景和年龄段上,都或多或少有过或见过身边像老炮儿这样貌不惊人、语不惊人又难成伟人的小人物们。那个年代过来的男人身上的肌肉不是健身房里练出来的,而是在街头巷陌众人面前靠耍石担子、红板砖、哑铃、单双杠玩耍帅,比出来的。那个年代男人们心中崇尚过的精神偶像除了董存瑞、黄继光、邱少云、雷锋、王杰、欧阳海,那就数史泰龙、阿兰·德龙、高仓健、周润发了。那个年代,即使还是一个心智尚未成熟的男人,他的崇高向往最多的会选择成为一名军人,就算成不了军人,他最高,也是最迫切、最虚荣的时尚追求也不过只是能拥有一件黄军装,再高一点的奢求是能有一件将校呢大衣。

《老炮儿》里,导演管虎和冯小刚将50后过来人的所有心结、经历、沧桑和情感调和成一坛子口味地道、口感浓烈的老北京二锅头,让不管好不好酒的老男人们一干而尽,喝了个痛快,喝完了就想找个地方骂街,骂娘,撒野……

导演选对了冯小刚,冯小刚也选对了"老炮儿"这个角色,很难想象,除了他会有谁能合适这个老炮儿。

冯小刚这把年纪的人,身上就长着老炮儿那种皇城根儿下"你大爷"的德行。有过抡圆了放倒十来个人年轻气盛时的匪气,有过泡妞时我行我素的牛气,有过不称呼他一声"六爷"不给你好脸的霸气,更有过路见不平、拔刀相助的豪气。

生活中蔫儿中带刺、温中藏火、睿中有智、义中有情的冯小刚,让老炮儿附体,悠悠闲闲又认认真真地过了一把影帝的瘾。他完全没在演:老炮儿就是他,街头一个无所事事、百无聊赖见天儿遛达着的"老混混",守着自己做人的底线,怜悯弱者,不畏强者,可以随波,却不逐流。懒散、放任、本能、不屑、耿直的品性都闲散地披在他那身合体的皮夹克上。他也在演了:他演出了与红颜知己酒吧女老板许晴那段"兽性"一发不可收的情色,他演出了老炮儿与儿子那段欲罢不能、欲哭无泪、欲恨无声的重磅级对手戏。他还演出了最后那场野湖冰面上悲壮血拼到老炮儿人生尽头的炸响。

导演很有智慧也很机灵,影片没有完全让事件和人物落俗在一个爱恨情仇、父子情深的老套里，几笔触碰、闪回、点醒，所有恩怨、金钱、荣华、价值都不重要，都可以一笔勾销，只求老炮儿归还那封隐藏着一幕极其可怕、不可告人的连环、塌方式贪腐内幕的信件。

老炮儿一面理性地向中纪委发出了自己的举报信，一面直面自己的人生，迎面比自己强大几倍的对手，不屈不挠地拼尽全身的血性，炸响了属于一个年代、一段辉煌、一个信念、一个父亲的蕴藏在那个小人物身体内不可估量又气吞山河的一声"老炮儿"。

整部影片从头至尾都在滚雷子，从闷雷到响雷，到炸雷。

一个老人，一个凡人，一个身边人，一个年代人，一个男人，一个父亲。电影讲述这个年代和这个年代人的方式很平实、很客观、很随性，没有明显的塑造痕迹和雕琢。给人以强烈心灵震撼的那段看似寻常又非同寻常的父子深情，有年代标志又跨越了所有年轮、忠孝、亲情、人伦。

一只笨嘴鹩哥，一次动情的救赎，一个手指的搀扶，一只鸵鸟的出逃，一把雪藏的战刀……每一个无声无息的场景，都会留给观者长长的震颤、绵绵的思索、久久的隐痛。

影片中几乎每个人，都在出口成"脏"，这个"脏"字，出在别处那是真脏，出在这部片子里，好像这个"脏"字已经悄然被老炮儿狗一样的忠诚、马一样的奔放、豹子一样的勇猛弱化、净化了，甚至自然融进了老北京话话里话外的"儿化音"了。

这部在贺岁档上炸响了的《老炮儿》，也许票房赶不上前几部国产喜剧片，然而这声由远而近、由小而大、由弱到强的响声会延续到来年，触碰到中国未来的电影观念、电影动向、电影价值和电影市场。

一旦收获像我们这个家庭观众年龄跨度和构成同样观感的，恐怕不多见，能同时让一个家庭的50后、70后、80后、2000后在同一个频点上震颤、共鸣、落泪、醒悟、振作，这是影片《老炮儿》独一无二的看点，也是一个一鸣惊人的炸点。

# 人性"动物城",上演"动态疯狂"
## ——动画电影《疯狂动物城》审美评述

每部电影突然蹿红或是"网红"绝对有它的道理,迪士尼这部3D动画电影《疯狂动物城》,在这个档期、这个火候,推出这样一部能拿得住娃娃,又拿得住老老少少,而且从影院出来赞不绝口、回味无穷的动画电影,其中,绝对有电影创作和制作者们用苦良心所在。

一个不算传奇的故事,一堆不算新鲜的动物形象,一个类似说教寓言的结构框架,经过迪士尼影业公司的这些动画电影大家们的锻造、打磨、提炼,诞生了这样一部松弛中裹着寓意、欢笑中藏着睿智、天真中含着善意、娱乐中透着净化的影片。一部假借动物之城、动物之身、动物之形、动物之性充分表现人性、表现善良、表现励志、表现价值的影片。

迪士尼以动物为原型创造经典的"动画基因"由来已久。将如此平淡,弄不好很有可能单一的叙事样式流俗在这样一部动画电影里,观众也不会太过见外。你能看出迪士尼电影非但没有这么做,而且制片方在制作每一部动画电影前都会做一番庞大而精准的背景与人群、主题与价值、传统与时尚、经典与市场的基础调研。这也是迪士尼动画电影坚不可摧的基础和顽强生命力之所在。

用温柔的动画电影手法,反击大千世界中的"不洁""伪善""丑陋"和"黑暗"。用质朴的电影价值观,以一种博大的宽容和善良,去拥抱现实生活中的荆棘和利刃。

《疯狂动物城》没有以一个悲观的现实主义的视角去解构作品,而是从一个天性倔强、生性超然的兔子警官朱迪、狐狸尼克等等一系列社会小人物,折射出人类社会中的各类群像、倒影、众生态。

影片中所有被"萌化"了的动物,其实一直在影片过程中在"萌化"着观众,"萌化"着各个年龄段、不同阶层、不同社会地位、不同知识结构的观众。甚至使得一些已经在入场之前做好心理准备,故意调低自身的智商等级,切换回童稚级别的审美频道后的人,依然在莞尔一笑和开怀大笑中,忘却了自我、丢失了矜持、回归了本我,随着故事的演进,"人物"的催情,悄然间被感化、净化、治愈。

这正是动画电影的神奇之处,也是这部动画影片的绝妙之处。

观众也正是在迪士尼的这种不经意的"动画基因"的渗透之下,被影片中极其简单和质朴的世界观和普世价值观触动和激励。

动画电影中将动物拟人化的手法并不鲜见。而像《疯狂动物城》中,能将所有传统意识中的动物形象如此逼真、传神、鲜活以至赋予现代人的个性特征、行为方式、价值取向和审美情趣,这是迪士尼动画电影的功力所在。

几个小动物演化成的几个小"人物",穿梭在一个虚拟的动物城里,讲述的是一个真实世界里的真实故事。将流传已久的传统意义上的寓言和童话故事难以维系的样式加以创新,加以锻造,描绘出一个多元社会中的价值内核,对多元世界的赞美以及对各种歧视和和偏见的矫正。这也是对传统动画形象的一次纵深拯救。

影片的意义和功能不仅体现在低龄儿童,对于成人世界和观念也是一次不小的冲击波。它让所有观众在一个动荡不安的动物城找到了一丝放松、一份心安、一阵快慰。

即便影片中带着批判、隐着鞭挞,全场的笑声中始终善解人意,留有余地,不会让你觉出尴尬,更让你在丝毫不设防的心境下,恍然进入一个简单而美妙的世界。同时,让你恍悟:在这个美妙世界中,谁都不可能保持纯色,谁都可能含有杂质。

有人说,这是迪士尼动画电影个性鲜明的转型之作,因为它的故事叙述方式出现了"反转",才让这座"人性"动物城上演如此这般"动态疯狂"。

我从影片中更多看到的是迪士尼对细节的技术处理已经达到超然的境界,游刃有余,而且可以取之不尽,用之不竭。这也是"迪士尼"调制人们审美情趣功能的绝招。

因为走出影院的那一刻,我和很多观众一样,期待影片会有续集,会再见兔子警官朱迪和狐狸尼克,还有那位车管所的工作"人员"——憨态可掬,萌死人不偿命的"树懒"……

当然,还有一个声音在思维空间重叠、回荡:中国动画电影,也该是你奋起直追的时候了!

2016 年 3 月 20 日于南京

# 做一个有情怀的"勺子"

## ——陈建斌导演处女作电影《一个勺子》随感

选一部电影,拍一部电影,拿一部电影当自己的导演处女作去崭露头角。这除了判断、勇气、眼光和技法,更多需要的是导演的情怀,一腔不甘平庸,又不随波逐流、堂堂正正的情怀。

从这部片子你能察觉,陈建斌很有智慧,他没在自己第一部电影处女作中拼尽全力地去获取所谓全息能量。这部看上去像小玩闹一样的影片,其实揭示出的是一个大命题,是一个常常挂在老百姓嘴边,而又往往会被忽略、被不屑的关于"好人没好报,人善被人欺"这样一个隐隐作痛的现实话题。

陈建斌正是选择了这样一个命题和镜头切入点,用极其质朴、原始、真实的镜头语汇捕捉到一个偏远山区一个叫"拉条子"的小人物和他的家庭,在集镇上被一个"勺子"(傻子)黏上、赖上,从此还算自足、平静的生活就被这个"勺子"搅乱得一塌糊涂、一片狼藉。原本就遇上儿子入狱的麻烦,四处求人为自己摆脱麻烦的"拉条子",却偏偏又遇上因"勺子"而起的一连串的麻烦。"拉条子"两口子眼看快崩溃了。

观众自然会替这位闭塞在山沟沟里,没文化,更没法律意识的"拉条子"着急,同时也为他身边像村长、大头哥、炒货店女老板、女警察一类的各阶层人物而无奈。身处这样一个社会环境和人际关系网里,势必将这位淳朴憨厚又一根筋的"拉条子"推向尴尬的境地和无助的深渊。

整部片子看下来，导演没有炫弄电影手法，没有刻意煽情，而是自然让人物和故事情节白描式地铺陈、流动。越是这样率真、直白、原态，观众心里反而越会趋向本真、触动、释怀和认同。

往远看，那是山沟里的"勺子"，好像与我们身边现实生活没有多大相干。回头看，我们生活的城市，每个角角落落和茫茫人海，难道就没有类似"勺子"和"拉条子"一样的小人物在上演同样的悲悯故事吗？答案会有不同，现实会有目共睹。

的确，每一位与"拉条子"遭遇过同样境遇或者没有任何经历的社会人，都会有他自私、自我、阴暗、善良、正义的复杂心态，都会有各自寻求解脱或转化的过程。"拉条子"两口子一开始在遭遇"勺子"纠缠的麻烦时，也曾痛下狠心，恨不能除掉这个麻烦。结果，仅凭他俩的微薄之力去救赎，借钱，登小广告，求警察，求大头哥，求村长……都无济于事。来自身边人的冷嘲热讽，接二连三遭遇戴口罩、戴头盔自称"勺子"兄弟的人上门勒索，被大头哥一次一次扔下车，留在后视镜里的孤独凄凉的身影。最终还是让想发善心、想做好事、想为好人的"拉条子"绝望了。

最后一个镜头定格在，他无奈地穿起"勺子"的老羊皮袄，戴上"勺子"从垃圾堆里捡来的塑料面罩，一派狼藉地游走在集镇的街头，承受着乡村孩子们一通猛烈的攻击和耻笑，背负着"谁把别人当傻子，谁就是最大的傻子"这样一个既荒诞又伪善的口实。看完影片，也许有人会怀疑"拉条子"的智力，有人会觉得呆人不见得就有呆福，甚至有人更会坚信，生活中"多一事不如少一事"。如果社会信仰和人生价值观当真拧巴成这样，也会是桩可悲的事。

影片结尾字幕向上移动的那一瞬间，我感受到的是这部影片带给我心灵深处不小的波动：不是凄凉和悲悯，而是一种鲜明的情怀，是一个社会小人物历经磨难和抗争后释放出的一种难能可贵的情怀。

  更何况,一部处女作,一部出自一位演员向导演转型并具有文艺范的导演处女作能表现出这样的情怀,他本身首先是一个具有"勺子"一样情怀的导演。作为观众,我们是不是也应该成为一名勇于追求"勺子"一样情怀的人。

2016 年 3 月 3 日于南京

# 英雄也问出处
## ——影片《火锅英雄》得失谈

像在影院吃了一顿"甩辣"的重庆火锅,重口味影片《火锅英雄》里放足了底料和猛料:集犯罪、黑帮、悬疑、情义、青春、家庭、忠孝烩于一锅。其明码标签是一部彻头彻尾"打斗"的娱乐类型片。

影片的关注点和选题从内地片的角度看已经可以说"大胆"得有所张扬。当然,全片的视角及风格,甚至场景、画面、色调的设计都在以"港片"暴力血腥的套路,带有向杜琪峰导演风范致敬的意味。

电影艺术惯用的多线发展、多重巧合、多元融合,在这部影片中被导演智慧性地运用了,并且随着火爆情节和场面的不断升温,使得观众不得不忽略存在于细节部分的合理性、逻辑性和伦理性。

影片让观众坐进影院,在短短的一个多钟头时间内所完成的感官及娱情效果已经达到。

雾都重庆与火锅城市燃起的热血迷雾,笼罩在生活在底层的百姓和几位具有时代感却在城市中没有社会地位的年轻奋斗者头上。当生活的重压、社会的突变、人情的冷暖、世态的炎凉燃烧到让火锅沸腾、辣味儿穿心的程度,当你被多重矛盾和外力挤压到难以维系尊严底线,从而难以自控导致扭曲变形的时候,人性会出现多重反转、多重变异、多重怪味。这种被导演在影片中典型化了的人物和情节脉络,贯穿着一种"黑色"与"灰色"交替串味儿的观影感受。

影片中的几个人物、几个事件、几段时间、几番纠葛，导演不断设计在一系列看似合理和自然的"反转"桥段中。既有"港剧"的跌宕，又有"美剧"的诙谐，还有"正剧"的质感。导演从内心期望通过土生土长在重庆的刘波、许东、王平川、于小慧等等这一帮年轻人的爱恨情仇，制造出一部极具视觉和感官冲击力的"致青春"的故事。

从这一点上看，首先陈坤做到了他在影视表演中的最好状态。这部影片，陈坤让自己有了脱胎换骨的骤变，一改他惯常拘泥于偶像派表演的定型。就连陈坤的"媚眼"和"媚态"都被辣味火锅"辣"出了别样的味道。还是头一回在影片中看到陈坤硬朗、血性、邋遢、英雄的成色。秦昊也做到了，起码挽回了他在《欢乐喜剧人》踢馆表演的那场遗憾。喻恩泰，这位内在和外在都具有表演天分的演员，在这部片子中的表演拿捏准确、传神、用功、出彩。只是白百何作为中学时代曾经暗恋男生的女生类型，她的整体气质中还是缺少些许娇美、清纯、玲珑和婉约。

人生进程中你会遇上太多的"机关"，如何掌握好命运的"火候"，放好自己调制的"火锅底料"，让自己和身边人一道兴致勃勃、痛痛快快地品尝一顿美味火锅，我想，这是这部影片创作者们隐约想传递的理想化的"初心"和心理暗示。这也是影片中的"得"与"德"之所在。

剧中"刘波"为钱索命、血拼、追杀到命悬一刻的那个惨烈场景下，人们才恍悟，他竭尽全力最终不是为钱，而是为情，为追回那封错过年代、错过青春的于小慧的情书。我以为，那场戏，完全可以在他从劫匪的包里抽出信，倒在血雨腥风中戛然而止，而不是打开信，甚至念完信……信的内容如果以其他形式完成，比如在片尾"圆满"的"火候"中，作为"画外音"处理成"空灵"和"释然"，也许会更符合观众审美的节点和"火候"。

不同的年代会诞生不同类别的"英雄",而所谓"英雄"往往又诞生在不经意的、戏剧性的轮回反转中。有时,英雄不问出处,随处、随地、随时可见。英雄有时也问出处,有他的根源、基因、血脉和底料……

每个人的青春都曾经融化在血液中,等待过它绽放的那一瞬间。

影片中的那句"我们都这岁数了,还混成这个样子",也许能成就一个年代准英雄的初心、动力、能源和力量……

## 剧　评

# 大声喊出《生命中的好日子》
## ——从电视剧《生命中的好日子》编剧谈开

　　心里有阳光、眼里有方向、内里有潜质、情里有澎湃的编剧，才能编出像《生命中的好日子》这样一部好剧，才能从同题材的影视剧中破茧而出，才能从"知青的伤痕文学"中走出苦难、怀揣红心、追赶太阳。

　　我与该剧编剧杨骏合作，共事，交往过。他是一位激情四射又愤世嫉俗的编剧，从影视圈中的"枪手"到"领军教头""编剧统筹"，再到今天的"独立编剧""领衔编剧"，杨骏一路小跑，摩拳擦掌，足下生风。愣是凭借"赤手空拳"的圈内武林秘籍闯荡、拼杀在"影视江湖"，熬到了本应属于他的《生命中的好日子》。

　　杨骏向来很有眼力和洞察力，很会抓剧，磨剧，做剧。这与他这么多年与影视死磕，"快枪手"做久了，磨练出一手好枪法有关，指哪儿打哪儿，打哪儿中哪儿。

　　这部剧又给杨俊抓准了，命中了。不然，这部"网红"过的小说，也不会在影视圈掀起这么波澜壮阔的浪潮。上手这部剧，杨骏眼睛很毒辣，头脑很清晰，手头很稳健，方向感极强。他没去顺着同类像知青返程、恢复高考、改革开放这样一些题材随大流、走老路、唱老调、说老话，也没有去追逐古装剧、青春剧、偶像剧、文艺剧。杨骏用他手中那杆笔，扣住了不同时代、不同律动的时代脉搏，用他这些年影视圈"编剧场"打拼出来的"满满土气"和"万丈豪情"，以深远的视角、开阔的视像、纵深的跨度和炽热的情怀，提升了年代影视剧创作的"文化审美"与"文化自觉",用永恒的爱情主题和途径,串起了不同年代里的政治、社会、人性以及梦想的一系列理性的思辨和感性的探索。

年代剧中,类似这个年代节点和跨度的剧不是很容易驾驭的,这是一块落在"40后"和"50后"身上的一块既敏感又生痛的伤疤,而且已经结成紫痂。想去揭开这块伤疤的人很多,也揭开过无数次,要么惨不忍睹、要么苦不堪言、要么捶胸顿足、要么不堪回首,弄不好会不讨好、不叫好、不落好。曾经久远的那部掀起过波澜的《蹉跎岁月》之后,《北风那个吹》也曾吹得那个年代过来的观众心里头有过一阵阵的"哇凉",一波波的温暖。

作为编剧的杨骏很有智慧,可以说很机敏。他的着力点用得很到位,很精准也很省力。他没把它当成一部宏大史剧去做,更没把它历史悲剧化,而又看似不经意地完成了一部史剧的历史担当。在正视峥嵘、淡化苦难、隐忍伤痕中,将那个年代特有的爱情模式,"50后"们赶上的"迷失",理想爱情主义的错位,经济大潮下的玩命抗争……好像这些所有会让那个年代挺过来的人痛苦不迭的哀叹,所有可以任意放大、渲染、烘托的大主题、大命题,剧中主人公"韩墨池"的那条享有过"英雄"称号的"残缺的腿",加上他"一瘸一拐"走过来的岁岁年年,走进"生命中的好日子"的故事,足可以"化悲痛为力量"了。

看完全剧后又找来原网络小说《春天的故事》读过。小说题目看上去比这部剧更宏大,更具有历史的承载感。将小说与改编后的电视剧再做一番比较你会发现,改编者在小说的基础上锦上添花、峰回路转、画龙点睛地完成了一次横穿文学与网络、与时代、与审美、与世俗、与理想、与影视戏剧的艺术再创作,而且是一次事半功倍的创作范例。

出现在这部剧中的人物和贯穿于全剧中的故事,没有回避当年的历史现实,没有逃避过往的人世沧桑,没有否认曾经的历史过错,没有狡辩年代的善恶情仇,没有埋怨命运和苦难。而从"韩墨池""韩秉先""柔嘉""钟思存""胡勇"等一系列年代代表人物的身上,你能被他们的担当、承受、纯粹、挣扎、顽强、执着、坦荡、救赎的情怀感染,触动,释怀,绽放。

其实,每个人心中或生命中都会有许多许多好日子,无论岁月有多坎坷、生活有多艰辛、人间有多沧桑、世态有多炎凉,学会从容面对,懂得知足感恩,永葆善良之心,你都会遇上无数个自给自足、自我陶醉、自我欣赏、为人羡慕、幸福美满的好日子。

对每个人来说,好日子的标准不同,形态不同,价值不同,程度也不同。

好日子是相对于苦日子、穷日子、坏日子比较出来的。好日子是各人从各自的生命中寻觅、品味和感悟出来的。

当然,该剧仅从编剧角度评点也不会是尽善尽美,改编本身也会是一次次文学本体上的损耗与戏剧的纠葛,也会像"韩墨池"那条腿一样留下不无遗憾的"残缺的美"。

如果影视改编能实现为文学尤其为网络文学推波助澜、锦上添花,不仅对文学是一种做加法的促进,也将是对影视自身的一场良性进化、无限延伸的突破。

令人心花怒放的是,这些年来,从江苏影视剧编剧朱苏进、江奇涛、周梅森等人笔下惊现过如《康熙王朝》《让子弹飞》《亮剑》《人间正道是沧桑》《汉武大帝》《少帅》《我主沉浮》《国家公诉》等一批流芳传世的经典影视巨作。

我们同时也期盼着江苏这片葱郁茂盛的影视丛林里多冲出几匹像编剧杨骏一样年轻气盛的黑骏马,用你们手中的笔杆勇敢写出并能大声喊出《生命中的好日子》。当然,不仅自己,而且要让更多的电视观众都能从精神上、审美上、感官上,哪怕是梦想上,过上属于自己的那些《生命中的好日子》。

2016 年 3 月 26 日于南京

# 《战马》催泪，话剧喜人
## ——观国家话剧院话剧《战马》所感

不得不承认，上海是一个文化密集度极高的大都市，上海的每一座剧院又是艺术精密度极高的观演场所。话剧在上海有它坚实的根基，肥沃的土壤，虔诚的观众。上海是一个能让话剧发声、生根、燃烧、震撼的艺术生态园。

中文版《战马》巡演到上海，一落地亮相，就以它彪悍、柔情、火爆折服了业内外，也征服了数万观众。中国国家话剧院和英国国家剧院联袂，让这部史诗级舞台巨制瞩目于中国的演出市场，所到之处受到广泛话剧爱好者们火辣的追捧，这算得上是近年来中国话剧市场一桩值得欣喜、值得感叹、更值得思索的盛事。

再看这支强悍的联合制作、运作团队以及关乎《战马》的一串大数据：历时 5 年精心打造，巡演 10 余个国家，超过 4 000 场的演出场次，观众高达 700 万人次，6 项托尼奖，24 项全球戏剧大奖。中文版《战马》历时 2 年，首轮巡演 200 场，服装 200 件，道具 615 件，木偶 14 个……

如此庞大的制作体系，打通了国际航线，让异国《战马》接上了中国的"地气儿"，也染上了中国的人情味。让每一位从剧场走出的国人，都涌动着那种"人马情未了"后的感动，深深坠入到"人马合一"的虚幻境界。

观众从剧场获得的那番强烈的传感体验，生生被舞台上那一匹匹"木偶马"的生物传感技术迷惑、沉醉，陷入到被《战马》"袭心"后的状态。同时也首次参与完成了在剧场里舞台艺术与科技跨界实验的亲身体验过程。

再说,自己觉着已经过了大老远去追捧一部剧的澎湃年龄,也不至于被一部剧征服得五体投地的境界。最终,还是没忍住四面八方关于《战马》咆哮的信息,嘶鸣的呼唤,追去了上海。

正是落座在上海文化广场大剧院的座椅上,看完整部话剧《战马》后,让我第一次真切感知到中国舞台剧市场跳动的脉搏和频次,速度和强度。

一个极其简单的故事线条,几个寻常人家的小人物与一匹"马"的故事。放在第一次世界大战的大背景中,正是这个"人与马"和"马与人"的故事随着剧情的推演不断被渲染,重彩,调和,升温,煮沸……起初的那匹弱不禁风的小马驹,经过他的主人艾尔伯特的精心调教,成为一匹会耕地的猎马。这匹取名为"乔伊"的猎马,学会了与主人艾尔伯特的沟通交流,能听懂主人"猫头鹰"的口哨声。主人对"乔伊"真心和真情的爱抚,养护,使得"乔伊"很快成为军中的一批勇猛的战马。屡建战功的"乔伊",奋战在战火硝烟的沙场,冲破猛烈的枪林弹雨,跨越层层密布的铁丝网,最终还是倒在战争的血泊中。就在它奄奄一息的一刹那,主人的口哨声,让它重新振作起最后的一丝余力,最终,颓然栽倒在主人身旁……

全剧舞台上没有多余的实景,没有惨烈的战争场景,没有浮夸的导演技法,没有奢华的艺术排场。最精致的"奢华"就是那几匹木偶"战马",几匹靠演员手动和传感动作的道具马。

真正让"战马"在全剧中做到逼真的不仅仅是道具木偶本身,而是剧情的推演进程,是人与马在战争背景中的命运跌宕。如是,假定性的"战马"也有了生命,有了灵性,有了血性,有了情感,更有了"催泪"的爆点。

当然,剧中的那只搞怪的人偶"鹅",那几只"乌鸦",那位时隐时现类似讲述人角色的"歌者"和手风琴,都是"乔伊"的伙伴,也都是能起到"催泪"效果的铺垫元素。

舞台背景黑天幕上那片暗灰色的银幕,像是尼克尔斯少校那本战地速写本上撕下的残缺一页,视频画面流动的也多是用速写画的笔触跟随剧情延伸的写意场景,简洁中透着苍劲,黑白中刻着坚毅,虚幻中隐着凄凉,流动中淌着泪珠……

女歌者,话剧中难得一见的用歌声贯穿全剧,又跳进跳出的一位讲述人。让话剧巧妙融入了音乐剧的基本元素,竟然丝毫没有唐突和割裂的痕迹。这与这位女声平实、天然、纯净,没有过多修饰的音色和她沉稳、柔和在剧情里的表演相关,具有话剧本体有时难以触碰的韵味和煽情的渲染。

那个下午场,据说正赶上《战马》沪上巡演的100场,"乔伊"会在剧院大厅向观众做互动谢幕。霎时间,大厅里人头攒动,水泄不通。"乔伊"庞大的身影一出现,人声鼎沸,一片欢腾,许多人还在不住地抹泪,狂喊着"乔伊……乔伊"。

"乔伊"高昂着头,也发出阵阵娇嗔的嘶鸣作为回应。

2016年的新年,这位不会说话的"战马",惊醒了中国的话剧,也惊喜了中国的百万话剧观众。让我们看到了多元技术已经引入到我们的话剧创作中,我们已经进入了一个定制化的话剧时代。这个时代也在倒逼着我们身边的话剧事业和话剧市场如何策马扬鞭。

一家三口,打着"高铁"去沪上追剧《战马》,而且还是自掏腰包,自费往返。身为话剧演员的妻子还连看两场。不虚此行,不枉自费。值得一看,也值得一写。

这是不是也在预示:当今文化的自发消费浪潮,已悄然到来,话剧的春天越来越近,大众文化消费行为正在深受影响?

# 话剧不孤单,信念可安放

话剧圈有颜值的导演不多,袁俊平算一个。

导演中有韧劲的导演不多,袁俊平算一个。

在这样一个一味看好颜值,戏剧本身内涵基本上《无处安放》的影视和戏剧乱象时空,袁导却不依不饶地选择了话剧本体艺术,选择了在《书香茶楼》里专攻话剧研读,选择了在话剧《最后的堡垒》里去坚守和奋起,他算得上是江苏话剧领域里为数不多的一位《Mr. 情剩儿》……

从这部剧里看出了袁导横溢的才情和内敛的豪情。袁导深藏不露的是他与生俱来的贵族气质,挥洒到话剧舞台上,是他唯美的追求,含蓄的探索,低调的迸发。

从《最后的堡垒》到这部《无处安放》,袁导一直在寻求自己心中一块心仪的净地,"安放"他的青春思考,释放他的"愤青"情怀。透过这两部原创话剧能窥见"老袁"的不安,惆怅,压抑,思辨和抗争。前一部剧,基本完成了他心中的夙愿,守住了自己创作的底线,也守住了南京城抗战系列剧的金字招牌。

袁导脸上天然的"俊俏"平复不了众多人们对他角色上的期待,一个满脸还稚气未脱的"潮男"和"型男",却始终在向圈里圈外人证明自己"熟男"心智。反而使得太多的追随者"无处安放"各自暗恋的芳心。

一九三七年的"收音机"传来年代的画外音:伴随着南京城破城前一天激烈的枪炮声,灯光变换而渲染下的德国莱茵公司地下室场景，首先从舞美设计上就赢得了头彩。极富画面感且具有南京城门沧桑的历史寓意。不变的场景，多重背景的人物，悬念迭起的的情节，硝烟味拌合着的浪漫爱情，演绎着当年南京城一段不为人知，却壮怀激烈、凄美悲悯的抗战故事。

每个角色人物身上都聚集着袁导和主创们对历史和战争深刻的反思和反省，对戏剧和艺术创新的执着和顽强。

抗战雷剧泛滥扎堆几乎没有同类素材空间可以跻身的狭缝中，这部剧以它独特的视角和情怀，以它精致的构思和讲述，以活着的人对"逝者"不同凡响的感怀，平实而坚挺地占据在舞台中央。刷新了主旋律话剧市场的屏保页面，刷爆了话剧人群内外的微信朋友圈。

好的剧本成型后，需要袁导这样好的导演去完成它，打磨它。更需要一群潜质好、品质好的演员去支撑它，美化它，塑造它。出自本土的满台年轻演员都做到了，而且做得当仁不让，当之无愧。

孙岚饰演的"孟梅"，人物基调准确到位，如花的美丽中浸透着善良，如水的温情中暗藏着坚毅，如火的爱情中融化着救赎。像孙岚这样的好演员话剧舞台更应该是她绽放和爆发的空间。

杨军饰演的"王俊瑞"，亦正亦邪，胆怯中有刚强，畏惧中有豪放，猥琐中有壮烈。杨军像剧中一根立柱，支撑力很强。

饰演"柳中泽"的黄鑫，尽管年轻，舞台上的资历看上去也稚嫩。带有极其复杂人格特征和角色依据的"柳中泽"这样一个很难把握的人物，黄鑫还是凭借他的"酷"和"倔"拿捏住了，让人对这样一个活在战争年代另类人群中的自我和虚幻人物有了一个善意的认可。

扮演"聂团长"的吕清超，我一直看好这位骨子里都能挤出戏来的小年轻。他好动脑子，好跟自己较劲，不放过任何一次只要与他有缘的机遇。这部剧里连"梦话"带台词虽然也没几句，然而，就是那么临终前的一段话，用足了他私下的功夫，看得见他的功力,也为这个角色加了一个高分。

影视、戏剧史上最帅的一个鬼子,当属于明哲饰演的那个只有几分钟戏份的"少佐"了。举手投足显然是他精心设计过的,尽管耍帅,也耍得自然,别人耍出来会有些怪异,于明哲耍出来,也恰到好处,夺人眼球。

剧中"小燕"和"吉田"两位,也演出了该有的人物气质,王妍妍是位极具潜质的好演员,演什么会给出什么,这部戏演的就是她驾轻就熟的本色,在这儿,只能随口一说她了。

还想说到的是,首先,剧本对"小四川"这个人物的刻画可圈可点,用墨机智。挑选到丁学林演,对他来说更是如影随形,像是为他私人定制。小个儿,略有些"呆萌"的四川话,敏捷的身手,傻傻乎乎的迟钝透着超人的机灵。丁学林把这个人物演活了,也让这部剧多出几分悲中带喜的戏剧亮色。

谢幕的时候,场内能看见很多捧场而来的话剧前辈和师长们,更多的是对话剧一向钟情、热爱、期待的同仁和继往开来的戏剧学院的学子们。鲜花和掌声中,袁导始终没有登台亮相,捧着一束鲜花,在台下向台上的演员和周围的观众举手致意。此时此刻,袁导那颗执着于话剧艺术的赤子之心可以暂时"安放"下来,还可以再听听观者们的感受和评点。

从集团到省话这些年,从上到下一直没有停歇,一直在狭缝中苦求生存。省话领导者们也在不断提携年轻人,提携有思想、有作为的话剧人。也使得话剧舞台不再寂寞,话剧艺术不再孤单。

大千世界,芸芸众生,人人都能张嘴,人人都会说话,人人都有话要说,我始终不信,话剧艺术于江苏无其于南京会没有更大市场,没有更大气场,没有更大卖场?

想对袁导说的是:你也不孤单,不是孤胆英雄,你的背后有的是热爱话剧的人群和资源,你和话剧人的信念会有"安放"的更大舞台……

2015 年 11 月 27 日于南京

# 追剧《伪装者》

说起来算是圈内人,很难被"剧"迷惑且一段时间沉迷其中,不得自拔。这部长达48集的《伪装者》做到了,做得让我服帖,入戏,难舍,失落。

最后15集我几乎是一气看完,大结局前篇还分了上下两集,最终为"大结局"。

我把这部剧与前面看过的所有谍战剧排了个顺序,《伪装者》应该排在《潜伏》《暗算》之后,名列第三。

如果非要归结,可以拿出来说道的是,这部剧严谨而不露败笔的戏剧结构,繁杂纷乱而历历在目的人物关系,以及一环紧扣一环的角色重叠身份,一浪高过一浪的世代恩仇,兄弟血海情深,姐弟大爱无疆的煽情桥段演进。

一条故事主线,几条故事辅线,分不清也不去分清谁是主角,平行交错,错落有致,大起大落一气呵成构架着整部剧的主干,人物个个丰满,鲜活,个性,立体。

我一般看剧有两种状态,属于催眠类的,我选择在睡前靠在床上看。让它们勾出"瞌睡虫"之后,关机入睡。能提精神的剧,我会带着一种自然而然的仪式感,端坐在沙发上,关闭其他多余光源,不受干扰,让自己假定性入戏。

这部剧也是让我很少为男主角所动,为他们连连赞叹又赞不绝口的,而且不是一个,是一群。这是一部真正意义上的"男神"群戏,正好又赶上"颜值"一词的盛行,剧中明楼、明诚、明台三兄弟,可谓集高颜值、高人气、高演技、高口碑于一身,拿下这个年度可与《北平无战事》美誉度和收视率一样攀升的关注度。

一个演员突然被爆红往往也就因为一部电影或一部剧,剧中扮演三兄弟的胡歌、靳东、王凯之前出镜率都很高,也许真正爆红的将会是这部剧。三位都不约而同,长着一副为电视而生的标准脸型。胡歌:加长版"瓜子脸",娇媚型美男,外加比例匀称的修长身段。靳东:眉宇间透出成熟和智慧,极品型男。王凯:悬崖峭壁一般刚毅,有棱有角的面庞。三位个性化的脸庞上都各自生长着"坚挺的鼻梁"……凑在一部剧里,不红也会红。

胡歌把"明台"古灵精怪、毛手毛脚又智勇双全的人物基调拿捏得巧妙到位,靳东将"明楼"长兄如父、坚毅沉稳、足智多谋的老辣重情驾驭得娴熟且有张力,王凯则把"明诚"身上憨厚仗义、两肋插刀、视死如归的血性兄弟演绎得真实可爱。三个演员都赶上了这部好剧,这部好剧,也成就了这三位的巅峰演艺机遇。机遇同时又毫不吝惜地给予了这三位有备而来的偶像加实力派的青年演员。

从影视剧市场和"风投"角度剖析:这三位演员的"血拼"又提升了这部剧的"颜值""时值""市值"和"价值"。

从此之后,当然,他们的身价和片酬也会水涨船高的……

身为圈内人,一旦看上一部好剧就很纠结,不忍接着看,又不忍放下,追剧追到这个份儿上,倒像是个"伪装者",不过,像我这样,能道出上述这些真实感受而且出于一片真诚的"伪装者"还不多见。

戏剧艺术中,导演和表演是需要在一种假定性的情境中通过"伪装"手段,呈现艺术形态,讲述虚构故事,塑造虚拟形象,完胜艺术创作。当然,这一切的一切必须来源于生活的真实,体验,提炼和升华。

戏剧中的"塑造"与"伪装"有同义。

还原到现实生活中,还是少些"伪装"讨人待见。

2015 年 9 月 30 日于南京

# 话剧"龙门",传奇"客栈"

几个志趣相投的话剧年轻人,常聚在类似客栈的那间酒吧,把酒神聊。聊着嗨着,觉着不能白瞎了年轻人的大好时光,被动等着有戏找上门来。聊完嗨过,这几个不甘寂寞,一头傻劲的年轻人,聊到话剧正题上,发誓要自己亲手从源头开始制作一部有喜感、有市场、有卖点的小剧场话剧。光说,光想不算,干脆撸起膀子大干起来。

挑头的是那位舞蹈专业出身,刚调进话剧院做形体指导的女孩张蕾。十来年舞蹈编导做下来,这女孩积攒了一箩筐不安分的鬼主意,偶尔提炼出来,有时还真能派上些用场。张蕾属于那类喜欢自我较劲,甚至有些自虐的文艺女青年。跟在她后面的一批不着四六、不问出处的90后话剧后生们,兴得一头,酒吧里,借着酒兴,胸脯拍得砰砰直响,手中的啤酒瓶相互碰撞着,山盟海誓,立下彼此的生死状,咬着后牙床赌咒发誓,坚决跟小剧场话剧死磕到底。

正是这几位不明真相,不知天高地厚,乳臭未干的话剧"活闹鬼"们,在一个月黑风高的夜晚,酒兴未消,"客栈"老板娘金镶玉扮演者张蕾,顾自拍板定夺拿下了《新龙门客栈》的演出版权,自任该剧的独立制作人,踌躇满志、跌跌撞撞地上路了。

上路迈出没几步,"金镶玉"首先傻眼了,哪儿有天上掉馅饼的好事儿,哪有那么多热衷话剧的文艺青年?原先碰上的那好些个一张口就牛×得跟什么似的主儿,当真求上门去找他,跟躲什么事的一溜烟儿没了人影。

掐指算下来,就是这么一部成本不算高的小剧场话剧,启动投资从哪儿来呢?剧组一拨人的吃喝拉撒如何解决?票房又在哪里?一旦赔了,何颜以对?如是想来,"一股拉踏"的琐事又接踵而来,有点让她招架不住了。

请不起导演,租不起剧场,讲不起排场,开不起空调。老板娘金镶玉抠门儿到了极点,几个月排练下来,剧组没吃上一顿像样的工作餐,倒是跟旁边的那家"重庆面馆"死磕上了。

都说店大欺客,"金镶玉"这么个不大点儿的"客栈",也从开始便有"欺人太甚"之嫌,直饿得打工和住店的"嗷嗷"乱叫,苦不堪言,直呼上当不浅。

虽说"金镶玉"早已心里苦水倒灌,那张小嘴倒像是抹了蜜一般甜得发腻。"客栈"伙计们经不起老板娘几句忽悠,饿着肚子,佯装已经变成菜色的笑脸,让这部剧晃晃悠悠站立起来。

是老板娘人缘好,还是这帮"客栈"伙计们被老帮娘给迷惑住了?说来道去,应该还是这帮伙计们生性憨厚、质朴,没有太多的"歪歪精",更不计较老板娘的抠门和吝啬,既然忍气吞声地把活儿接下来,也只有死乞白赖硬扛着把活给干完再说。

正儿八经地说:算老板娘幸运,身边招来这样一群市面上很少见着的一根筋、一条心、一股劲、一根绳一般的伙计们。伙计们不光省吃俭用"客栈"里的那点家当,还出奇地卖力干活儿,而且干的全都是力气活儿。

再往正经里说:"客栈"里这几个学过几年专业表演的伙计在剧中扮演的角色,个顶个的像那么回事,人人身上都像绑着一大捆"笑弹",说引爆就引爆,说炸响能炸响。倒是"金镶玉"本人对于话剧表演,可谓初出茅庐,初生牛犊。

正所谓物以类聚,人以群分。"客栈"伙计们个个都是人物。

"乐姐"最大,正宗中戏导演系毕业,完全被"老板娘"忽悠来陪着大家伙儿玩闹的。乐姐除了扮演剧中的"莫言",还兼着该剧表演指导。大姐就是大姐,给众伙计们做着榜样。在剧中虽说戏份不多,在剧组中却是一位举足轻重的人物。

大块头"楠哥"演的是"客栈"里的那位死心眼儿暗恋着老板娘的店小二,"楠哥"嗓门大,是"客栈"招揽生意的一把好手。戏外,"楠哥"又仗义执言,做事做人一点不含糊。

"小六"的爱称不知出处在哪儿?一米九的个儿,怎么也该叫他"小九"更合适。"小六"戏好,拿到角色会动脑子琢磨,不出彩不作罢。"小六"身上蕴藏的喜感从头到脚,尤其集中在面部那几块灵活的肌肉群。大个儿"小六"身子骨来得活份,形体机能运用极好。这么个"高海拔"的公公,舞台上罕见,由他而来的喜剧效果一波未平,一波又起……

剧组人直呼其名管他叫剧中人的名字"周淮安"了。学过表演,练过健美,一身疙瘩肉的"周淮安"有股子与角色天人合一的"轴"劲儿,老板娘"金镶玉"用尽"美人计"百般勾引,"周淮安"却不离不弃爱着他心仪的"莫言"。生活中,这位"周淮安"也"轴"得认真,"轴"得可爱。

剧组有两位扮演"言笑"的女演员,一个是"楠哥"的小娇妻"小萍",一个叫"洋洋"。"小萍"只演了一场就怀上"店小二"——"楠哥"的娃子,离开"客栈"回家静养了。"洋洋"顶替"小萍"上了"言笑"这个角色,两位的表演都有各自的设计,各自的彩头。剧组有这么两位开心果,惹人喜爱,乐此不疲。

"客栈"后厨,还有一位人见人爱的胖丫头——化妆师:圆圆。做"后厨"的往往近水楼台,每道菜上桌前都能先尝上一口,所以,"后厨"生得圆满,圆圆的福相。化妆师圆圆总是一笔一划把角色化得真真切切,栩栩如生,然后自己躲在后台,嗤嗤地乐呵。

"客栈"还请来了百忙之中的"董导",做艺术指导。"董导"自己早年就做了省城先锋话剧的"独行侠",集制作、编剧、导演于一身,一梭子打出好几部小剧场话剧,命中率尚可,影响力颇高。"董导"进出"客栈"几个来回,轻轻一拨,"客栈"也多出不少彩头。

老板娘在《客栈》首演前突然搬来了省京"名丑"小王东。小王东"人丑",出手的活儿却不丑。只需几招,设计出类似京剧《三岔口》的那段形体诡异、喜感俱佳的桥段,为"客栈"锦上添花。

风情万般的"客栈"老板娘金镶玉人气指数不差,运道也好。赶上顶头上司们的高度关注和呵护,又遇上太多好心人的帮衬,手把手的指点、拨弄。"客栈"开张两天下来,进账不多,客源不多,亏空也不多,面容憔悴、心力交瘁的老板娘看上去倒也还蛮知足的。

看到"客栈"伙计们个个卖尽全力,使尽浑身解数都没把自个儿当外人,想"客栈"所想,急"客栈"所急,自己动手制作道具,搬运布景,做着各类杂活儿,"老板娘"又是制作人的张蕾,在"庆功宵夜"上借着几杯啤酒酒兴和伙计们相拥在一起好好大哭了一场。大家也跟着"老板娘"抹泪了,抹的是那种喜极而泣的眼泪,是那种如释重负、苦尽甘来、大功告成的热泪盈眶的泪……

省城的话剧市场培育至今依然没有太多的热度,严冬的江南剧院依然四处穿风,一拨又一拨雄心勃勃的话剧人依然前赴后继,继往开来。

话剧人的"客栈"已经相继挂牌开张,"龙门"无数,"传奇"不断。不到黄河心不死的那群不着四六的话剧人们又会聚到那家类似"客栈"的酒吧,把酒言欢,将话剧的痴情和梦想融进酒水里,灌进肠胃里,浸在血脉里……

2015 年 11 月 29 日于南京

# 林中小鹿，亮丽《重逢》

舞蹈是身体里的意向语汇，传达出的是优雅，华丽，含蓄，灵动。

一个有梦的舞者，不甘示弱，不求繁华，不事张扬，只要给她一个舞台，一束追光，一段音乐，舞台就是她的，快乐就是她的，生命就是她的，《橄榄绿之梦》也是她的。

她，是丛林中一头轻盈飞奔的小鹿，《点绛唇》之后，是那样美艳，婀娜，敏捷，华贵。

她，是一只精灵，是裹着《一片羽毛》，舞动着《桃花扇》的舞蹈精灵。

她怀着淡淡的忧伤和缠绵，依偎在梧桐树下，挥舞着《难以伸出的手》，用肢体唤回《梧桐的记忆》，用泪与情、思与念、祈与祷，调动身体上下的躯干、肌肉、韧带、线条、足尖，用旋转、玉立、托举、大跳、脉脉深情发出空灵的问候：《亲爱的，你还好吗？》。

这个晚上，她以一个寻常舞者的名义，用自己金色的童年、青涩的少年、绿色的青春，带着千万次的小跳，无穷尽的旋转，无数回的跌倒，数不清的伤痛，忘不掉的徘徊拥有了整个舞台，拥抱了所有观众，收获了三十年后不同寻常的阵阵喝彩。

作为观众，我的视觉审美被舞者征服，我的审美愿望被舞者满足，这是一次舞者与舞者、舞者与空间、舞者与生命、舞者与舞台、舞者与观众的倾心对白。

作为同道，触动我的心智，搅动我的心绪，拨动我的情怀。

舞者林璐的这台《重逢》舞蹈专场，创意在先，情境再现，情景交融，人物贯穿。

舞蹈专场可以多种做法，别样做法。这场《重逢》用的是巧力，即四两拨千斤。一切自然流露，顺势贯穿，浑然天成，不露痕迹。练功房，把杆旁，镜子里，舞台上……

虚拟场景，写意情节，点睛人物，留白空间。能见创意智慧，导演灵性，团队品质。

八个舞段，完美展示了舞者林璐骄人的舞蹈天分，异样构思，舞者理念。完胜表述了舞蹈专场制作者们的意图、内涵和夙愿。

我尤为偏好其中的《梧桐记忆》《难以伸出的手》《亲爱的，你还好吗？》和《桃花扇》。

欣慰地看到，专场中，自始至终饱含着年轻编导们鲜活思想、新潮理念和戏剧手法。破中规，避中矩，立自信。看到无拘无束的挥洒，无忧无虑的宣泄，无休无止的激情，无邪无欲的追求……

多少年疲惫，多少次淤青，多少斤汗水，多少回彷徨，今晚，舞者傲然挺拔地站立在属于自己和舞蹈的绚丽舞台上，相信舞蹈，总会让人留下一段时光去深刻怀念，不只是在脑海，还有身体的每个部位。

真正好的舞蹈，最终让你甚至感觉不到技术的存在。舞蹈的魅力在于感动，而不仅在于炫技。今晚的舞者做到了，而且做得非常亮丽。

于舞者，这也许只是微信朋友圈里一个动态表情。

于林璐，这也许只是舞蹈跋涉旅途中一个心灵驿站。

但愿，这一场钟情的《重逢》意味着下一场惊喜的《邂逅》。

…………

2015 年 10 月 22 日凌晨于金陵御景园

杂　谈

# 仨老男人

论岁数排列为：戴老，熊老，张老。

论资历，阅历，才情，老张最浅。

自诩"仨老男人"，是三位频频相约，品茶、品酒、品论之时，随性脱口而出。隐约之中，也想从妇唱夫随"阴影"中，有那么丁点儿"偷欢"的意味，三老相约，把酒尽言、尽欢，无所顾忌，海阔天空。如此而来，没少让贤妻们宅在家里，"好生嫉妒"。

微信朋友圈"写生"过戴老，也算老乡，自称丹徒高资戴家庄人。每回三老聚会，只要有K歌的机会，这位曾经从省歌剧团退役下来的男高音，开唱的第一首歌竟然是《康定情歌》。不言而喻，歌为心声，戴老童年的那段美好记忆，远远超过他与小城的那份乡情。

再续缘分，倒带至十八年前，我即将调往省城歌舞团任副团长，毕竟调来的这位出自小城，又是在一把年纪上重返主持、歌唱舞台的新人。出于慎重，省城相继派遣两批资深艺术家团队前往小城"外调""考察"老张。戴老正是在老张在小城主演歌剧《海龄》时，在剧场"验收"这"货"。

转念想来，没有这两批人次的相继"验货"，老张也无能迈进中山门。

"省歌"曾是老张心生膜拜的艺术殿堂，戴老之辈更是老张仰慕已久的大师前辈。数不过来多少台省内外大型晚会、演出与戴老合作在一道,耳濡目染,亲密接触,从他身上偷食了不少的"干货"。那时,身为创作中心主任要职的戴老常常向我抛出橄榄枝,说我具备创意策划和文字撰稿能力,说服我从歌剧团改行去他们创作中心执笔,接他的班。我却辜负了老人的期望,不务正业,兜了好大一个圈,直到转迷糊了才转悠回来。

那些年,省城大小节庆、政府主题和艺术晚会,戴老是当然的文学总撰稿,我是当家男主持。碰上政府重大主题晚会,戴老的主持台本,不知会被折腾多少个来回。一句话,一个词,一个导向,一句口号,直到彩排演出,就见戴老在剧场还在不停上蹿下跳忙着即兴修改调整台本。戴老极其聪慧,思维敏捷。什么样的官样文章,至理名言,风向坐标,艺术经典,要什么他来什么,正所谓:兵来将挡,水来土掩。不止一次,在彩排或是演出现场,我还站在台上,戴老会冲上台,夺过我手中的台本,魔术师般神速抽掉某一页,换上某一页,用笔划掉某一句,加上某一句……

院里每次晚会策划会,戴老总会打破僵局,金点子彩虹惊现,横空出世。从没见过戴老师有一丝打蔫儿或是懈怠,妒忌他毕生的精力和才华,敬仰他取之不尽,用之不竭,源源不断的博大精深。

我没能达到他期望的高度,成为他事业上的传人,我却走近了他的生活,成了他"忘年可交"的老男伴。

我更没想到会有一天,会走近这位在我心里一直觉着高不可攀、不可企及的大师级人物——雄(熊)性(姓)男人,克明也。

这位俊朗、睿智、精致男人的身体里蕴含着巨大的哲学、心理学、伦理学、社会学、经济学、人文学、星相学以及文学等等博大浩瀚的宝库,像深邃而悠远,神秘而神圣的宇宙,又像天穹上高悬着,熠熠生辉的北斗星辰……结识他,走近他,聆听他,信服他,是老张后半生一大幸事,一大盛事,一页精彩……

他的一语中的,一眼看穿,一针见血,一言九鼎,一触即发,让他赢得了一生荣耀,一片赞扬,一程叩拜,一路阳光。

  他的生命是父母给的,他的绅士是妻子给的,他的自信是智慧给的,他的职业是政府给的,他的名望是人民给的,他的光环是国家给的……

  他内敛的低调却奏响着全国城市各大影院传导技术和音响系统的重低音分贝。一出手,却又高调矗立起一座座国际品质、国家风范的影城、剧院。他总是含蓄地把自己隐身于《莫斯科郊外的晚上》,(这也许是他每次在做最后一次剧院音响工程验收"试音"时,唯一喜欢哼唱的一首歌),每当他唱起这首婉约如述的苏联歌曲,你眼前会浮现出这样一幅浪漫的画面:四处静悄悄的儒林花园,悠然踱步着一位气质典雅,若有所思的男人,挽着他那位书卷气、贤淑气很浓的娇妻,踏着秦淮河河面上点点星光,闲适消遣着零碎的时光,享受着天主神圣的灵光。

  当然,再儒雅、绅士的男人也会有他忘乎所以,不管不顾的外露和失控。那只有在很小圈子里,很精致的朋友群里才能罕见他如此的"两面:"。场景:首先必须是锁定在某小城西津渡"锅盖面品鉴馆"。事件:必须是品尝那里的锅盖面——红汤麻油全素阳春面。数量:两大碗。速度:平均每两分钟一碗。场次:两江总督包间早餐。

  只有那一瞬间,他才会在最亲近的朋友们面前,忘我地暴露出自己食欲大好、胃口大好、性情大好和心情大好的那一面。

  或言之:那碗"面",才能亲历他的那一"面"。

  "仨老男人"就这么叫开了,不显山不露水地出没于不同地界,不同环境,不同场景。有日子未见,彼此惦念得厉害。三人中最潇洒的要数戴老,古稀老汉隔三岔五会携上老伴儿,健步如飞地游走于祖国名山大川,异国他乡湖海。动辄发来微信:"波,我周六赴沪送儿子赴美,回宁后大约有一个月休整,十月底将赴美探亲,明年四月归国。"又一则:"再见吧,朋友!重阳登高日,不日别重阳,浪打石头城,应是我回响。"

没过多久,大洋彼岸会又飞回一则带响儿的微信:"时差原是相思病,相距万里似离魂,梦门难入苦缱卷。长夜煎熬到天明,问苍穹晨昏何颠倒,问故里良药何处寻?却也是一方天地一方土,一方水土一方人。"老张随即回复打油诗一则:"月是故乡明,人是家乡亲。根是故土润,梦是金陵音。相思似离魂,回归能除病。"

转眼圣诞将近,手机清脆"唧唧"一声,戴老又来一诗:"今日,亚城雷雨,暖意袭人,小诗为证——冬雷阵阵迎圣诞,犹似春雨报平安。暖风吹拂忘数九,借问金陵几多寒?"老张正哆嗦在被窝里,眯着眼回去一首打油诗:"金陵雨丝裹风寒,祝福点点祈平安。雾霾昏黑颠白夜,朋友圈里已圣诞。"顷刻间,微信推送铃声"嗖"的一声,接龙熊老一首小诗:"《克明赋诗和友人》 两位挚友诗盎然,又到香梅问岁寒。金陵祈梦天涯客,相约高歌迎圣诞。"

获悉老张出书,并写出《仁老男人》。戴老又从大洋彼岸微信赋诗道贺:"同为润州客,从艺共秦淮。夜泊更相知,举杯邀诗来。"

如此趣味相投,喋喋不休,不离不弃的仁老男人,可谓故事,可谓戏剧,可谓人生……

正如戴老诗中所言:"一男占天机,一男古来稀,一男声如钟,共饮长相依。"

2016 年 3 月 24 日于南京

# 小城歌友

在一个地方住久了，一个人的性格，往往渗透着这个城市的性格，一个人的品位，往往透露出这个城市的品位。

越上年纪，你的朋友圈会越精致，该交什么样的，懒得交什么样的人，这个年纪上，"沙里淘金"已经淘过不知多少回了。光是小城，偌大一个朋友圈，沉淀下来，身边一帮子"歌友"，三天两头，腻腻歪歪，欲罢不能，不离不弃，一直"嗨"唱到今天，实属不易。

回到小城，恍然有种错觉，小城曾几何时变成了"歌城"？

身边太多的朋友，包括很多他们认识我，我却并不认识他们的朋友们，从早到晚，比专业的还专业，比职业的还职业。市面上的几家叫得上名儿的KTV自助歌厅，几乎被他们包圆了，成了他们名副其实的练歌房。

"大世界""阿波罗""南山一号""同一首歌""畅歌"……据说这些个地方，天天下午"歌友"爆满，唱得昏天黑地，好不畅快。

常被"歌友"们从省城"挟持"回来嗨歌，去的最多的地方当属"阿波罗"。"阿波罗"的门前，电动车、自行车、私家车满满当当，人都只能从缝隙中跻身进入。能有闲空来这里一唱就是一下午的（有时还带一个晚上的），中老年人居多，女性居多。据说多半还是有组织而来，这个组织便是小城这些年星罗棋布、名目繁多的各等"合唱团"。这个区，那个区，这个街道，那个街道的，老年大学，文化馆的……什么组织都没有的也有像我们这样，无组织但有规矩的"歌友们"。几次在聚会的酒桌上倡导过，不如以"洪哥"的名义和大旗拉起个响当当的"××歌友会",每回倡导过后一阵欢呼,至今也没见到这面大旗树起。

有歌友不止一次自嘲过:"一天不唱嗓子痒痒,几天不唱浑身痒痒,不唱到嗓子冒烟儿就是不爽!"

不信你去几趟"阿波罗"打探打探。成群结队的"歌友"们在门前聚集后,那份少有的亲密,由衷的快乐,藏不住的自信在"歌友"之间传递,蔓延,升温。个个捧着自己的小保温杯,也有玻璃杯的,你可以瞥见杯子里泡着的要么是"菊花加枸杞",要么是"西洋参大麦茶",最多的还是泡开像一朵花似的"胖大海"。

唱歌人来得讲究,过去,民间保护嗓子或是治理嗓子的灵丹妙药就指着"胖大海"了。想不到,"胖大海"胖到今天不见半点"瘦身"的迹象。

进"阿波罗"上电梯的"歌友",没有不在清喉咙的,有的甚至旁若无人地练起声,喊起嗓来。他们已经习惯在进入自己预定的包间之前,要把嗓子尽快调试到最佳状态。他们知道,再便宜的下午场,包间也是计时收费的。而这些"费"也是由他们各自腰包里掏出来的"AA制"。

"阿波罗"每层楼的过道上,你能听见从各个包间炸雷般传出的男女歌声。年龄都放在那儿了,歌,也尽是些老歌,模仿出的音色不外乎戴玉强、蒋大为、李双江、杨洪基、宋祖英、李谷一、殷秀梅、雷佳这些歌唱家。在这儿,通俗歌很少听到。每到晚上,这把年纪的"歌友"会很识趣地让位给小字辈的"歌友们",他们有的是时间,不在乎非得晚上去和"小鲜肉"们去PK。

唱着唱着,他们会从自己包间出来,楼上楼下来回"串场子"。因为这个时候,自我感觉嗓子已经唱开了,唱热了,包间里"歌友"听众不够劲儿,"串"到别的场子吼一嗓子,或许能震震人家。

是凡"歌友"的包间里,茶几上一般会是光滑滑的清爽,不像人们酒后常去的KTV包房,请客的总会点上一桌子花里胡哨的酒水、小菜、果盘什么的。在这儿,只有他们各自带来的茶杯,最多会放几只水果摊上买来的水果。他们聚到这里的目的很明确也很单纯,就来练歌的,而且是天天如此,犯不着讲什么排场。

说到"歌友",说到"阿波罗",不得不说到一个人,这个人是我每次被"歌友"们约回来总会在"阿波罗"见着的一位老者,虽然叫不出他的全名儿,我还是跟着各位称呼他"老关"。

## "老 关"

老关,瘦弱的躯干,纤细的脖颈上,长着一副正方型,布满岁月皱褶的小脸。初识老关,感觉他是"阿波罗"上上下下的红人一个,人们都这么叫他,叫得他两腿不沾地地来回忙乎,叫得他浑身上下的嘚瑟。后来几次,老关也会跟着我们嗨完歌后去嗨酒,过来敬酒时,总是在几杯啤酒下肚后,带着一脸腼腆,喝下杯里那半杯剩酒。

后来才知道,每次预订歌厅,歌友们先会电话打给老关,由他订好包间,确定那是一间"阿波罗"算得上音响效果最佳的包间之后,我们这队"歌友"才从四面八方聚拢过来。

老关总会在人没到齐的时候,自己在点唱机上熟练地选出一首歌,然后总会说上一句:"各位老师,我先抛砖引玉,给诸位献上一首歌,希望各位指点,也祝大家快乐!……"

老关要么不唱,要唱开口就是一首大歌。我们歌友圈子里统称的"大歌"是指难度系数较大,音域宽广的歌曲。有点经验和资历的"歌友"一般都会试唱几首"小歌"后,再去选择演唱"大歌"。老关却不以为然,没章没法,小城话叫"么天道数"张口就来,张口就唱高音,唱不上也唱。

"歌友"中,从没见谁评点或是计较过老关的唱法儿,只要老关开唱便使劲儿鼓掌、叫好。每回,老关都很是谦恭、腼腆,只是在这阵形式上的礼节之后会悄悄流露出一丝不易察觉的得意。

听得出来,老关的声音是受过伤的,受过与我们这个年龄有过相同经历,模仿过"李双江"挤着嗓子唱高音的伤害。老关苍白的声音里已经没有音色可言了,而且能听出声带被气息长时间强行冲击下,疲惫不堪后丝丝拉拉的泛音。老关的高音已经没有气息支点了,完全凭借老关所剩无几,自己摸索出来的方法在唱。老关已经七十三高龄的身体本钱,完全可以让所有"歌友"忽略他所有的唱功而对他肃然起敬。

老关是用自己的情在唱,是用自己的高龄在唱,也是在用自己的"透支"在唱。老关身上,我们能集中而凝练地看到小城一大批"歌友"身上的不懈追求,自得其乐和老有所乐。

据说,老关每天会几个包间来回串场子,手里也捧着一只泡满茶叶的杯子,口唱干了,趁歌曲间奏部分,大口喝上一口然后接着唱。每回只要我们去,老关开场和结尾都会准时,准点出现。惊讶老关会唱的歌真多,说明老关对自己始终不满足,仍在不停求索,求新,求异。

走道轻盈、敏捷如飞的老关细柳般的腰间总会缠着一只小腰包,看上去怎么都像街头蹬三轮的师傅。好奇过,那只成天挎着的腰包里究竟有什么讲究?后来,在一次酒桌上,他来敬酒,没忙着喝酒,我乘机把他拉到一边,与他多聊了几句。我这才知道,老关曾经是小城纱厂的一名机修工,纱厂红火的时候,老关也在厂子里红火过。他说他就是在纱厂纺织机轰鸣的机声中,边检修机器,边爱好上了歌唱。最早因为喜欢听李双江的歌,跟着李双江才摸索出"高音"的。我心里暗自庆幸自己的直觉,也证实是"李氏高音""毁"了他的声音。

"阿波罗"老板是老关一位要好的朋友,他也就顺理成章成了这里一位资深的会唱歌的"托儿"。来这儿的"歌友"几乎没有不认识老关的,老方总会有求必应,一一安排妥当。当然,交给老关安排包间是能享受一定的优惠和折扣,对我们这批挑剔一点的

"歌友",老关已经非常默契了,也就是会预留一间所谓听上去"声场"好一点的包间。早几年就退了休的老关每天泡在场子里,又能过过歌瘾,还能挣点外快提成,岂不悠哉、乐哉?

老关从腰包里掏出一本皱巴巴的学生用的"练习簿",每一页,密密麻麻地写着只有他能看懂的数字和文字,他一页页翻着给我看,我终于能看懂那上面记录的是,每天经他手安排出去的包间号和收费记录。

老关说他成天也就唱歌这一个乐子,能跟我们这群"歌友"在一块儿唱,他说他很荣幸也很快乐。相信他说的是真话,因为说完这句,从来不大杯喝酒的他,一仰脖子,一口气灌了下去,想拦都没拦住。

## "老 夏"

老夏如约来了,有三十年没见,KTV练歌房昏暗灯光下,还是能看见满头银发下那张浮肿,不少老年斑的圆脸。老夏说他今年有六十七了,说话声音却还是那么清亮。音乐学院工农兵学员四年找到的鼻腔+头腔共鸣感觉还在。这些年几乎全无老夏的音讯,这位当年文工团引进的唯一一位学院派男高音从院校出来,那还了得,声乐队所有能开口唱歌的人不服不行。初来乍到的老夏谦虚在面儿上,骨子里,往琴房钢琴边一坐,傲气了得,科班出来的男高音没有不牛的道理。男声独唱的交椅转交给他是毫无疑义的了,常唱的歌我记得是最红的那么几首《满载友谊去远航》《毛主席的光辉把炉台照亮》《我为伟大祖国站岗》。

老夏练歌和唱歌一样认真,中规中矩,一丝不苟,一个音唱不好绝不放过自己。这跟他那位一直没进专业圈子却声名久远的哥哥"老老夏"截然相反。"老老夏"天生一副洪钟一般的好嗓,说他牛吼狮叫一点不为过,上帝和爹妈偏偏就把天下人难能的好嗓给了他。这个行当里,你看好了,越是条件好的人越是不够努力,自以为本钱足够这辈子还绰绰有余。"老老夏"的声音从未经过任何专业训练张口就来,羞得许多歌者练就了浑身本事往"老老夏"跟前一站,听他一嗓子便立马羞愧难当,无地自容。老夏就不一样了,四年学院出来仍然坚持不懈地在琴房苦练,在他那里,声乐队男女学会了什么叫关闭,关闭之后高音才能一路攀升。老夏也是渐渐从人们的求教中获得越来越多的自信。

老夏个性内向,不善交际,不善辞令,倒也为人友善,浑圆的脸上见人会迅即打开笑容,当然关闭也快。见钢琴没空着,老夏会一声不吭回到宿舍,拎起那只唯一的破旧手风琴,横放在床上或凳子上,拉着键盘往上一个音一个音地拽。遇上外出巡演,身边没了这些,他会掏出随身携带的"校音器",顺着标准音往上找音阶。老夏给人们的标志性印象就是行为举止"吁吁糟糟",麻利中带着慌张。老夏张口说话不忘寻找声音位置,边说边找,直到找准为止。

那日再见老夏,老夏没觉半点陌生,跟昨天刚见过似的,丝毫没有久别重逢的意思。先是连声招呼,从不进K歌房唱歌,说那声音不是自己的,说那音量和混响是蒙人,也就是说,学院派的作风一点没有丢弃。我说,老夏,唱唱玩嘛,又不搞专业了,就别讲究了,跟大家一起玩玩。他知道,是我从小城各色纷乱的老年合唱队的茫茫人堆里寻找了老夏的音讯和踪迹,托人把他给刨出来的,想见见这位阔别三十来年的同事加歌友。老夏矜持片刻自觉过意不去,不如亮上一嗓子,为他点的是一首男高音必唱老歌《祖国慈祥的母亲》。

老夏开唱了,认真如初,每个音,每个字咬得很紧,很到位,还在不停找声音位置,只有我才能察觉,那只握话筒的手在微微颤抖。熟悉的音色三十年后重又响起,唱高音时软口盖还在极力打开,身体一劲儿在往前倾,老夏还是从前的老夏,只是声音不再统一,气息不再通畅,高音不再贯通。男高音最怕出现的破音接二连三。放下话筒,老夏连连推说自己太不适应 K 歌房的音响,会唱坏感觉和耳朵。连唱几首歌后,老夏兴致全无,拉着我看他那部小手机上的微信朋友圈,尽是自己过去学院的老同学,后来也成了我"省歌"的老同事。

老夏无心恋唱,拔腿走人了,原本想唱完歌留下他把酒尽欢,他还是一转身把他那"吁吁糟糟"的慈祥后背给了我们,留给 K 歌房一阵学院派的独特气味,赶去他的老年合唱团寻找另一种自娱自乐了……

## "袁 老"

每次回小城,"歌友们"都跟我说:袁老在小城表要太红哦,一帮子老头老太围在身边跟他学唱歌,成天到晚,袁老小电驴子后面总会带上个学生,穿城而过。后面一句自然是贴在袁老身上的"八卦",说袁老至今魅力不减当年,这点我有理由相信。

与袁老在小城文工团共事多年,也同在一个声乐队。袁老在队里就是一个"讨喜胞子",人见人爱。那会儿,袁老也就四十来岁吧,但因长得老成,早早被叫成了元老。"麻杆儿"一词足以概括袁老从上到下的轮廓。干瘦、瘪塌的腮帮里还一边一个,勉强嵌着一对酒窝,眯成一道缝的小眼睛,挡不住一线天似的,色迷迷的光芒。他自己说是年轻时满脸酒刺闹的,留在今天那张原本面积就不大的脸上若隐若现的"麻子"印记。

还别说,团里谁还都乐意与袁老相处,乐意拿他寻开心。从没见过有谁和袁老翻过脸。袁老属于那类非常"识闹"人,整天乐乐呵呵,无忧无虑。

袁老天生一副好嗓,按如今的分类,他当年的唱法,应该属于原生态唱法。

袁老纯自然音域里没有换声点,这是让很多男高音极其羡慕,也可以说嫉妒的一桩事。平常一个男高音从初学到学成,怎么也得花上大几年的工夫,他袁老生来就不用费那个事儿,一张口,轻轻松松就能唱到高音 C,甚至高音 D、F。

尖细尖细的音色抹上那么一丝华丽,袁老就是靠这本钱,在台上糊弄了好几十年。不很挺拔的鼻梁,恰恰能回旋出晶亮,华彩的高音,让太多同行,望尘莫及,望眼欲穿。

在团里,袁老除了独唱,还与另一位女民歌搭档,组合成当年最红火,小城版的"张振富,耿莲凤"二重唱。《毛主席派人来》《祖国一片新面貌》是他俩每场必唱的歌。

一晃,三十来年过去了,"袁老"真成袁老了。那天我转了一个圈子,找着他的电话,一个电话过去,清亮的男高音一点不显年龄。没说来唱歌,就说了一句,有好多年没见了,有空过来喝几杯小酒。袁老一听说有"小酒"喝,顿时来了精神,电驴子飞快骑到"阿波罗",见一帮歌友们在飙歌,缩在角落里,半天没开尊口。真心想听听阔别三十来年后,袁老曾经动听过的原生态歌声。记忆里他曾经唱过何纪光唱红过的那首《洞庭鱼米香》和《挑担茶叶上北京》。袁老唱歌还比别人略胜一筹的是他活灵活现的表现力。

在众歌友们百般推崇之下,又见歌友们像是有点唱累的意思,袁老早有准备地点了一首老歌《敖包相会》,走到一位女歌友跟前,绅士般地弯下"麻杆儿"老腰,像舞场上邀舞那样,请那位和他一起重唱这首歌。熟悉的音色从老袁喉咙里发出,经过无线麦,带混响的音箱修饰,叠加。袁老的声音依然很年轻,很华丽。不过,岁月的无情,年龄的现实,不得不让他的音质里蒙上了一层像烟丝又像酒精一般的杂质。人一旦上了年纪,杀猪刀不光会划在脸上留下道道残迹,对于歌者,还会悄然伤及到你的声带,使声带渐渐松垮,失去弹性,变得毛糙。不服老不行,于每位歌者,都将会是不争的事实。

不再能唱不代表不能教学,所以,袁老转型后一直在小城老年大学教老学员们歌唱,而且深得学员们的追捧。

上了酒桌,袁老比在歌厅还亢奋,酒量一点没减,只是速度比当年放缓下来许多。

平常,袁老头上总喜欢顶着一顶鸭舌帽,远远看上去很有艺术范儿。酒桌上也没见他摘下来过。从前就很稀疏的头发藏在帽子里,像是藏起了曾经的一段往事,藏起了自己曾经荣耀,又不堪回首的歌唱年代。

## "洪　哥"

"洪哥"小我一岁多,本名洪朗。歌友们都这么称呼他,他也当仁不让,一片呼唤中,也叫顺了嘴,我也就随大流跟着歌友们左一个"洪哥",右一个"洪哥"地叫了起来。

至今没人去深究"洪哥"家的族谱,上下几代人中,有没有出过一个像"洪哥"这样声如洪钟的家人。

从祖辈排下来,如果没有什么值得歌功颂德的家事,到了"洪哥"这辈,"洪哥"的嗓音理应归功于他的爹妈,归功于冥冥之中,说不清,道不明的遗传学里深奥的基因。"洪哥"也正是在父母体内偶然擦出的一个诡异而传奇的火花,接着孕育成一个经典和艺术的胚胎。诞生了一个"洪亮""明朗"的童声。不然,兄弟姊妹排行到"老巴子"——"洪哥"这第九位上,"洪家"怎么会出现这么一朵奇葩,一出奇迹?

从歌唱专业角度毫不夸张地说:"洪哥"天然的声音条件国内男中、低音歌唱家中也没几个。

"洪哥"属于那种戏剧性男中音,有天然结实、淳厚、低沉的胸腔共鸣,也有管状、通畅、洪亮、金属般穿透的高音区。仔细观察他的面部五官,尤其口腔和鼻腔,呈自然外凸型,鼻翼宽大,口腔内自然呈"O"型。开口说话仅仅在自然声区内,你会感觉一种强悍的立体声在你耳膜震荡、飘逸。一旦到了歌厅,即便没有话筒,他的男中音在滚滚气息的支撑下,涓涓涌动出来的不是一般常人所能拥有的美声,他是加上重低音炮之后的"天籁"之音,他是一种听上去经过雕琢,却不显半点雕琢痕迹,具有"海量"重金属音质的华丽男中音。

正是这么一个上帝恩赐给予他的美声,最早还是在小城的"公园山"每天清晨与一帮子"歌友"们喊出来的。后来,被中央民族乐团的"蒋老师"发掘过,受国际声乐教育大师周小燕先生指点过。"洪哥"虽说最终没跨入声乐专业这个圈子,但就凭这副嗓子的本钱,也足以让他在圈内外吃一辈子的老本儿。

"洪哥"不但声音宽厚,心地也宽厚。没见他发过愁,也没见他埋汰过身边的哪一位。其实"洪哥"这些年做的尽是大产业,算得上小城几位数得过来的青年民营企业家之一。也从没见过他装腔作势地在人前人后忙乎过自己身后那个庞大的产业。我一直在私下思忖:在他的事业与产业、家庭与生活、歌唱与业务、"歌友"与朋友之间,他莫非已经进入到一种至高无上、随心所欲的境界,属于那种随时可以自如切换频道、自主支配一切的主儿。反正在"歌友"圈子里,能感觉到他绝无二心。

偶尔得知他还做过"酒"的生意,每次回来聚会的餐桌上,都是他做的红酒和"舍得"酒。依照他的个性,他手上的酒,多半是送出去或者是给自己朋友们喝下去的。只有他才会"舍得"这么做。

平时不事张扬,不哼不哈,人前一张口还有点羞涩的"洪哥",几杯酒下肚,换了个人似的,大声吆喝不算还放声高唱,"公园山"上练就出来的童子功发出的声音,震颤得桌上的杯盘碗筷瑟瑟发抖。

"洪哥"人缘极好,人品一如酒品。只要桌上没有一个不对"桴子"的人,他会无休止地喝下去。再不尽兴就去大排档继续宵夜。

我开玩笑说过,"洪哥"得亏没迈进声乐界,不然还不得砸掉多少个男中音歌唱家的饭碗啊！

　　五官俊朗，小个子，肉墩墩，实实在在的"洪哥"，完全凭借这些年在圈内外积攒起来的满满的人气，潇洒驰骋在他给自己划定的直径很小的地盘上。为人"低调""谦和"甚至看上去有些许自卑的"洪哥"，向来不与人为敌，反倒尽可能地与人为善。如果要打个比方，他像是一艘潜在深海里的潜水艇，当然也备足了各式鱼雷，只是平时不到关键的时候，海面上连"泡泡"都不翻上一个，"鱼雷"更是一弹不发地躺在那里。

　　喜欢跟"洪哥"成天泡在一起的人，尤其喜欢在他的血液被酒精点燃后，释放出的那份真实，可爱，宽宏和豁达……

　　"洪哥"在歌厅最拿手的曲目，是用《滚滚长江东逝水》的雄浑中音，唱出他心中那片《多情的土地》，然后会用《江河万古流》的霸气，深情咏叹《黄河颂》。当然，骨子里的侠骨柔情，也会让他怀着《海恋》，喜欢在歌海边《拾彩贝》……

## "大　友"

　　大友，当年小城历届歌手大奖赛获奖专业户典型人物。首届湄兰奖卡拉OK歌手大奖赛民族唱法一等奖起家，之后，小城几乎所有歌手大奖的男民歌或美声组最高奖都跟他沾边。

　　一头浓密油黑的自来卷，年纪不算大的大友褶子布满一脸，使得本来就眯缝着的那双小眼睛与满脸的褶子扯不清关系，只有故意瞪圆了，才让人找着他眼睛所在的部位。

　　大友也是从小城"公园山"唱出来的一位男高音。大友属于那种乐天派，很少见过他有多愁善感的时候，整天嘻嘻哈哈，像是沉醉在自己那段《一个美丽的传说》里。

　　当年大友连年获奖，获得他连骄傲都"傲"不起来的感觉。大友那副好嗓，也跟"洪哥"一样，是早年在公园山喊出来的。那些个年头，估计山上的鸟儿都不来与他争鸣了，原因是他发出的声音脆生生的明亮，男高音应有的鼻腔、头腔、胸腔共鸣他都有，软腭一抬，眉头一扬，丹田一顶，高音直溜溜地上去，溜光水滑，清清爽爽。

小城很少有人不认识大友的。后来，估摸着参赛参腻味了，大友索性自己先后承包了两家歌舞厅，挣点银子之外，大友恐怕更是当自己歌舞厅是自己的练歌房玩。

大友红遍小城的时候，常有记者盯着他做访问。大友张口满嘴标准的小码头那块的方言，一时半会儿让他憋出一串普通话来还真不容易。

女记者问他："你有这么一副好嗓子，是不是坚持每天都在练声？"

大友不假思索地答曰："不憨定"（方言，不一定的意思）。

"那你每天开歌舞厅那么晚还要练唱歌，又参加比赛，还拿了那么多的大奖，你有何感想？"女记者又追问道。

大友有问必答，直率地答道："还好啦，就是有时会感觉有点个儿萎"（方言，有点累的意思）。

电台，电视播出过大友的访谈后，出自大友之口的那两句经典的"不憨定"和"有点个儿萎"，顿刻风靡小城上下，不胫而走。

大友要不是好一手麻将，一口小酒，一包纸烟，他的嗓音会更清亮，更持久，更迷人。

生活中，大友憨得可以，周围人都愿意和他相处。听说开歌舞厅之前，大友开过"大卡"，跑过运输。他说过，经营歌舞厅那会儿，是他日子最颠倒，心里最光鲜的阶段。

大友这些年好像没做什么大生意，好在前些年积攒的老本儿也够他吃一阵的了。

大友和洪哥一拨子"歌友"应该属于小城级别最高的一档，论资历，经历怎么也算得上歌坛"老炮儿"重量级的人物。完全有理由在"小鲜肉"、小字辈或者初级老歌友们面前抖抖威风，"老卵湿气"一番。

要论大友的老师他也能说出一串来,跟他走得最近的朋友都知道,大友私下没少下过私功,歌唱这玩意儿,老师点拨十年,不如自己悟性一日。悟性好的,长进就会"蹭蹭"的见效。大友也许正属于这类。

大友跟洪哥一样,都没正经八百地入这行,如今想来,不入比入要好得多,要活得自在。

大友整天一副随随便便、大大咧咧、玩世不恭的做派,要么喝酒,要么唱歌,身边歌友们"大友老师""大友老师"的叫唤着,心里别提多嘚瑟了。

要论"歌龄",洪哥、大友都算我前辈,只不过他俩平日讲究个"尊老爱幼",对我一口一个"老哥老哥"地叫着,叫着叫着,就见我这些年满脸褶子愣是比大友多出许多道道来。

## "建 青"

建青会常常邀请我们这拨子"歌友",聚在他独自经营的一所艺术培训中心里。中心有教室,有钢琴,有歌谱,关键是有歌唱的感觉。

那架放三角钢琴的琴房,会让歌友们找回"学院派"的歌唱状态。建青是歌友中为数不多具有歌唱专业学历的男高音。南艺音乐系声乐学成归来,美声改了通俗,一首《冬雨》唱红了小城,后来又是一首《千万次的问》,让他一夜间唱成了小城的"刘欢"。有句话说是:歌为心声,歌为相生。人们越来越发现,这位小城的"刘欢"不光歌声模仿得像刘欢,连人长得还越来越像了。

南艺学院上学那会儿,建青都在用嗓子。出了校门,建青学会了用脑子。那么多届南艺声乐系学生中,相比起来,当属建青的脑子好使,管用。

首先,他不光擅长用"脑子"唱歌,更用脑子做文化生意,用他学以致用的积累和资源,做起了小城一所拥有一定创新垄断、资源优势、品牌影响的艺培机构。前些年,还拉起了一支"爱乐女子合唱团"。建青是我们的"歌友",自己还带出了小城一大批"歌友"。

建青又是和大友从小玩到大的朋友。

建青也是"歌友"中唯一一位举办过自己独唱会的歌者。

建青这么多年,嗓子没闲着,脑子更没闲着。他是个能把自己经营得很好,也能把朋友处得很好,关键是还能把自己的产业打理得很好的人。

建青旗下的"艺培产业"发展得跟他的身形一样茁壮、健硕。建青是"歌友"中一位有明确志向,并具有"向天再借五百年"的雄心大略和能量的歌者。

在其他"歌友"们把唱歌当乐子、当消遣、当嗜好的时候,脑子够用的"歌友"建青,早就把歌唱做成了生意,做向了市场。

……

**还有……**

不一样的场合,遇到不一样的"歌友",你会有不一样的惊喜和诧异。

小城"歌友"的圈子很大,很广也很杂。好在圈子与圈子之间没有藩篱,没有芥蒂,更没有敌意。

常在练歌房遇到一些似曾相识的人,就算有点记忆和交往的人,突然有那么一天,他或她用歌声告诉你,他们已经爱上了歌唱,属于"歌友"圈子里的人了,你会有种恍如隔世的错觉,然后等你定下神来,将眼前所见的现实自我矫正回来,你会深深感叹歌唱的魔力,感叹时光的蹉跎,感叹物是人非。

"歌友"们聚在一起,你点你的歌,我唱我的情,每一位唱完之后都会互相报以一阵听上去由衷而热烈,实际上完全出于相互的鼓励和应有的礼节。

每个"歌友"圈子总会有一两个在人群中具有凝聚力和号召力的人，他们会将不可能转化为可能。他们能把退了休或还没退休的人们聚齐起来，每周一到两次，如约去某个练歌房练歌，不一定非得有老师指导，因为他们之间的演唱水准没有太大的差距，彼此彼此的唱功，也许正是能维系他们乐此不疲地走到一起，唱到一起、乐在一起的根基。

他们平时或许也会有其他嗜好，比如掼掼蛋，打打小麻将，跳跳广场舞，走走时装秀。在所有民间才艺中，歌唱，越来越成为一种没有门槛，极其容易找着自信、找着自恋、找着自娱的无障碍才艺。

家庭卡拉OK各种音响设备其实早就普及到千家万户了，就如家庭影院一样。人们最终还是喜欢走出家门，聚众在一起，在一种天然的从众心理驱使下，在一种歌唱或观看需要必要的仪式感的暗示下，人们普遍追求的是自我意识的外露和个性的张扬，以及在众人面前的表演欲望。

跟着"洪哥"和"大友"，我被他们稀里糊涂带进了不知多少个"歌友"圈子里。小城就那么大，我常说的一句话就是，在小城遇见一个陌生人，聊不出三分钟，你或许很快就能与他或她攀上亲戚。听上去有点搞笑或者邪乎的一句话，在小城不是没道理。犄角旮旯里冒出来一位，遇见或许就是与你的缘分，茫茫人海中，或许与你有着千丝万缕的瓜葛。

那天，在练歌房邂逅的是一位自称是我曾经邻居的中年女性，几十年过去了，记忆很快闪回到我住过的街边小楼下，一家食品店里的那位女店员。修长的身材，始终挂满甜甜笑容的脸庞，和那双一惊一乍的眼睛。也许看出我半信半疑的客套应酬，一直喋喋不休地在讲述一切她认为可以唤起我回忆的场景和片段。

已经记不清在她手上买过什么，却能很清晰地记起，在那个家庭还装不起电话的年代,很多找我的电话都会打到我楼下她们的小店。正是眼前这位歌友,曾经的女店员——我的老邻居,不止一次地冲着二楼的我家窗户,呼唤过我的名字。

她在回忆中描述的我,话里话外不无遗憾:"当年的你长得跟老外一样,又高又帅,电台里出来的声音好听极了,我们就喜欢故意呆在你边上,听你接电话的声音"。意思很明显:当年是那样,如今已经老成这样——惨不忍睹。

正是这位老邻居,居然也爱上了唱歌,一首接一首地在唱,还不时过来为我续茶,点歌。不想去点评她的歌了,却一直在纳闷儿,小城怎么会有这么一大群痴迷歌唱的"歌友",他们是出于"以歌会友"呢,还是完全"以歌为乐"了?

我所见到的"歌友"们,几乎都是麦霸,点歌器里的老歌新歌好像没有他们不会唱的。点起歌来速度之惊人,唱起歌来感情之投入,拿起话筒忘乎之所以。

我认识的一位很有功力的小城油画家,也曾经为我画过一张油画肖像。几次听说他因为视力的原因很少再作画,却疯狂地喜欢上了美声。一直想见见这位"歌友"圈里人人皆知的男高音,结果,几次都有不能相见的原因。

与太多"歌友"们见面,总感觉我在明处,他们始终在暗处,他们甚至能脱口而出有关我的所有细枝末节,讲着讲着往往不无悬念地还会戛然而止。

那次在大市口"畅歌"遇见的完全是一群陌生的"歌友",一对夫妇模样的老者,正唱得动情,投入得不行。"洪哥"转脸对着我耳语道:"他们跟你同住一个小区,是你现在的邻居"。两位看上去十分矜持的夫妇,到了晚上聚会的餐桌上,相互敬酒的时候,才透露自己的身份:妻子是小城医院一名资深医生,丈夫是大学退居二线的院长。越聊越近乎,近乎到我们确实同住一个小区,只是确实未曾在小区谋面过。

再有就是，妻子米娜那位多日未见的闺蜜杨蓓的两个妹妹和妹夫们，不知何时何地何因也酷爱上了歌唱，一发而不可收也。小妹杨蓉那天歌厅一张口，震惊四座，歌声了得，听上去不是一天两天学得的。唱的还尽是些难度极大的作品。默认她的天分之后，还是追问过跟谁学过。这又扯出一位"歌友"，还是我的初中同学方明。有道是一个人有一个圈儿，想不到老同学方明不光自己玩得入迷，还有两把刷子带出几个女弟子来。

在与歌友的交往中，还发现，许多"歌友"与"歌友"之间，多半不问各自的出处，彼此缘分因歌而起，歌起歌落也就足矣。

"歌友"的兴起和队伍的壮大，也在另一方面支撑着自助式KTV市场的经营后劲。白天的时段，再低的价位也不至于让练歌房空闲着，也能靠他们制造点城市群众文化的繁荣和娱乐自发消费的廉价需求。

任何兴趣爱好，一旦成了自己的专业未必会对它保持永恒的兴趣和追求。只有当它曾经作为自己的一段孜孜以求的情结，或者是突然被开发后的潜能。对于歌唱这门艺术门类之外的非职业歌唱者便是如此。歌唱的魔力会光顾他们，会让他们着迷，上瘾，癫狂。

其实，聪明的"歌友"只需对所谓的声乐艺术和技术一知半解即可，有点方法，会点技巧，懂点音乐就够了。不需要弄懂如何高深莫测的发声原理和演唱技巧，从模仿开始，到自如用声，再到驾驭演唱，你就完全可以立足于你的"歌友"圈，与他们为伍，切磋，共勉，自娱，自乐了。

在一定的年龄段，爱上歌唱与爱上舞蹈一样是一项极好的智力与精神、乐感与舞感、肌肉与肢体、气息与运动的全身健美操。只是歌唱运动幅度看起来不大，其实是在身体各个部位之间密切关联和默契的运动过程。歌唱的难度在于看不见摸不着，在于意会大于言传。

歌唱真可以当成中老年"歌友"们的交往理由、兴趣志向、倾诉方式和精神慰藉。歌唱是一种由内而外的情感抒发，有时还是一种宣泄、一种排遣、一种调节。

看着一群群有一把岁数的"歌友"们头上还冒着水蒸汽，满脸没能尽兴地从练歌房出来，听着他们把在练歌房没唱过瘾的歌曲和声音唱到大街上，跨上小电驴子还一路在唱："阳光路上，旗帜飞扬……"见此情形，你会为他们的人生感到多彩、感到充实、感到阳光。

# 老　外

　　清一色黄皮肤，老老少少的左邻右舍十来年住着，曾几何时眼皮子底下突然蹦出个老外来？而且见他常常依靠在一楼自家门外上下楼道入口处的黑暗处，偷着吸烟。

　　老外身材魁伟，个儿不高，肤色白皙透红，深褐色的双眸射出的眼神，先让你有种水土不服的错觉。老外也会常在小区大院门口叽哩哇啦地讲电话，腾出来的那只手在不停地比划。老外很少与邻里们交流，那晚我从外面喝高回来，又见老外躲在电梯口抽烟，暗光下，他那双眼睛褐色转蓝，闪烁出些许寒光。酒高胆大又兴奋，或许潜意识下为求壮胆，顺嘴溜出一句夹生英文："Hello"。

　　老外显然猝不及防，迅即吐出嘴里剩下的半截烟卷儿，应和了礼节性的后半句："Hello"，还外加一句："sweet night"。然后弯下身子，去地上捡拾那支扔出去的半截烟头。

　　之后，每回再遇见老外，他都会主动上前招呼，眼神中的寒光不见了。

　　邻居口中得知，老外娶了一位中国女孩，租下一楼那套103住下，一年后，多出一位白生生的外国小子。常见这对中外夫妇怀中抱着小的，骑着一辆超大电动车无声地进出。

　　自顾优雅的老外，不事张扬，与中国女孩一家平平静静过着自己的小日子，令人好生羡慕。

　　终于有一晚，老外开始半夜扰民了。一楼小院里，老外与生俱来的胸腔共鸣挤出低低的交谈声彻夜不绝，显然不是一个老外的声音。伸出头往下探望，就见一桌老外围坐在小院里，交杯换盏的宵夜，谈笑风生。如此杂音，居然没有一位邻居出来叫停，真想冲着楼下院子里的老外们回敬一句："sweet night"。

不止一次，老外们会在小院里宵夜，聊外国人的大天儿。

也许担心引发国际争端，仍然没人出面干预。有时甚至冒出奇怪冲动，既然被扰不能入睡，不如下楼与他们干上几杯。

老外半夜扰民，多少让我心存芥蒂。苦于语言不通，无法沟通。出出进进也自然免去了对他的那句英文问候。

老外丝毫没有愧意，始终不忘笑吟吟地招呼。

一楼进出的弹簧门，进出都会反弹回去，跟在后面慢一步的往往会来不及进门，还得再忙着掏钥匙。懂礼数的邻居，常常会眼疾手快，用胳膊顶住弹簧门，让后面邻居出入。

这日，大包小包从外面回来，见老外走我前头大步进门，心说，完了，这厮绝不会顾及身后邻居。"哐当"那声关门声"必响无疑"了。

不料，待我挨近大门，正准备放下大包小包，就见老外半个身子在里，一条长腿反勾在门上，顶住弹簧门，等我进来。

一句夹生英文又情不自禁从我嘴里冒出："thanks very much"。

老外却回复了一句中文："不用谢，好走"。

将心比心，以心换心，一个动作，一声问候，化解掉所有的不快。看来，该讲的礼数，老外还是讲得蛮像回事的……

2015 年 10 月 26 日于小火瓦巷

# 老戴·耀明

二十多年没通音讯的老戴不知怎么,就想见见他了。

电话过去,老戴还是老戴:"啊?张台,多少年没见啦!来扬中吃糕,喝糕……"(扬中人尤其在说"吃、喝"二字后面喜欢加上语气助词,音如:糕)

老戴早知道我调住省城,称呼却始终停留在九十年代初唤我"张台"上,听上去倒也亲切如初。再见他时,66周岁的老戴一点没有老相,看上去杠杠的硬朗。红扑扑的圆脑袋,墩在中等健硕的身板上,更没变的是那双滴溜乱转的眼睛照样炯炯有神。

老戴留给我最深的印象是"猴精猴精"的,二三十年一晃而过,演出行当风水轮流转,转没了好些个行当里的风云人物,一代枭雄,三教九流,阿猫阿狗。他老戴能撑到当下,实属珍稀物种。

九十年代小县城唯一的这家影院还不如说它是座公社大会堂,剧场四处穿堂风不算,连观众席里的椅子坐上去还吱吱作响。电台《星期八十分》栏目两百期庆典"听众联谊会",托付给了当时剧场的戴经理,忙得戴经理团团转,人撒欢。当然是因为我们请来了央视当红花旦主持人倪萍,戴经理打那个时候起便好上了追星、捧星、造星。有张与倪萍在戴经理办公室的合影我还保存至今。倪萍在那场演出中,看得出来很上心也很随和,丝毫没耍大牌的迹象,这跟戴经理忙前忙后的周到服务很有关系。

后来与老戴谈判无数,来往无数,合作无数。圈子里,能把他绕进去的人不多,被他拐进去的人不少。老戴眼珠子不带动弹就已经上他的套了,如果稍稍那么一转悠,足够你吃一壶的。要不,圈里圈外怎么那么多跟老戴一样猴精的主儿,这些年都被拍死在沙滩上,唯独剩下老戴还在海的正当间儿玩着冲浪呢?

满口扬中口音的老戴在抑扬顿挫交谈时,底气十足,信心满满,小胳膊挥舞不停。昔日新坝影剧院摇身拔地而起,变换成一座与小镇周边房舍不甚对称,气势却不输省城剧院的"新坝大剧院"。"我这儿的座位比你们省城大戏院多一百多个。"说这些时,老戴尤其显得神气活现,好像在炫耀他自家别墅的面积。

走进老戴跟贵宾接待室一般大的办公室,墙上挂满了他与各路明星合影的照片,张张照片上,除去服装显示出的年代与季节上的变换,老戴还是老戴,嘴角挂着千篇一律略带童稚的微笑,大陆港台全明星阵容几乎都被老戴忽悠去过他的"新坝"。

我说,想看看他那座说起来比我们省城豪华的大剧院,老戴起身到办公桌前摸出一盏应急灯,打开办公室另一扇门,原来他的办公室就在剧场舞台的下场门。台上像车展似的停放着他的那辆宝马座驾,边上还有一辆电影放映三轮车。

应急灯光扫射下,若隐若现的剧场内场和舞台轮廓显现,确实看上去比我们省城大戏院气派、崭新许多,标准的现代化剧院格局,一应俱全。连这么个小县城的剧院都有模有样,咱省城大剧院不如啊!

要说真正的转企改制,老戴个人的经历足以证明从"公有化"到"私有化"的转型与变脸,市场与红利。

政府没抛弃老戴,对老戴这么一个异类"活物"实施"放养",剧场属于公建、公有,经营交由老戴。只要是公益惠民演出,演一场补一场,不演不补。老戴脑筋活络,从不闲着,也不养闲人,数得过来的几个员工,就连清洁工也跟钟点工似的招之即来,挥之即去。说到得意处要算门口那辆电影放映车,算了笔账给我听,那辆走街串巷的放映车一年跑下来,听起来,起码足够养活我全家老小的了。

除了玻璃柜里显摆的,四面墙上满满当当挂着的,老戴不知从哪儿又掏出一摞奖状、证书之类,翻开见是全国高级经纪人、全国劳动模范……抬眼再看一眼老戴那张酱紫红色质朴的圆脸,怎么看,还是蛮像与劳模一个模子刻出来的。

老戴故事蛮多,人物又蛮鲜活,内心萌动着,很想依他的雏形写篇小说什么的……

2015 年 7 月 24 日于南京

# 大 澡 堂 子

人有时真的很"蜡烛",好日子过上了,还来的个矫情,该有的都有了吧,偏偏总想从前的事,想回过头去过。

就说浴室吧,不论大小,家家都应该有了。再简单总会有个淋浴的地方。好一点的家庭还不止一个。外面就更别说了,满大街一条街上少说也有两到三个,一个赛一个的豪华、奢侈,什么水云天啦,水世界啦,云顶温泉啦。应有尽有的各等高档洗浴场所,只要肯花钱,你会获得各种服务和享受。拉开了贫贱富贵不算,还滋生了腐败。

这么多年过去,只要回小城,每回走在街面上、巷弄里,只要一看见那几家老式的大澡堂,心头不免会生出一种怀旧的冲动,一丝亲切,一阵热乎。在我心里,如今再高档的洗浴场所里的服务和设施都不能与当年小城里的"大澡堂子"相比,要知道,那不光是泡一把澡、搓一回背、修一回脚那么简单,那是一种情怀、一种怀想。

这也就是小城人们常说的所谓"蜡烛胚"吧?放着好端端的日子不好好享受,还在那儿"得便宜卖乖",一准会有人这么埋汰你。

真的,当年留在小城里所有"大澡堂"的记忆,刻骨铭心,挥之不去。

记忆一:尚友新邨市级机关澡堂。说是机关澡堂,实际上一直对外开放着,除了住在机关宿舍楼里的市级机关干部及家属,可以优先享用之外,附近的居民百姓随时可以出入,只不过那会儿,不论男女,人人手中都会捧着一个脸盆,里面盛着毛巾、肥皂、拖鞋之类的物件。人多的时候,澡堂门口会排起长长的队伍。

从澡堂出来的人们,个个白里透红,粉嫩粉嫩的,头上还冒着呼呼热气。尤其是女人们,顶着一头湿漉漉的长短发,水光透滑的脸庞,红扑扑的惹人动心,撩人春心。

澡堂门前坐着个卖票的老者,洗把澡,好像也就几毛钱。记得给过钱后,他会给你一根短短的竹签一般的牌牌,充做凭证。

机关澡堂只有一个更衣室、一个大水池和一间淋浴间,所有更衣柜都是敞开着的,敢情好像那时的人们谁也用不着防谁,脱下来的衣裤,大大咧咧地往一格一格的柜子里塞,拿上自己带来的脸盆什么的,赤条条地就往池子里钻。

机关澡堂里你会遇见很多熟人,都光着身子,谁也不避讳谁。官再大的,年龄再长的,辈分再高的,进了澡堂立马没大没小,一视同仁。科长、处长、局长、市长的,彼此赤诚相见,连官腔儿都无影无踪了。雾水弥漫,热气腾腾的浴池里,分不出三六九等,寻常百姓一个,谁也摆不起谱来。

洗完澡,没有一块让你可以休息一会的地方,穿上衣服拔腿就得走人,这叫前客让后客。

要说当年的这个机关大澡堂,还真是一个接地气、讲民生、办实事的场所。普通百姓或是机关普通职员在这儿遇上平时很难遇见的一位高级领导,他可以有机会零距离地表达自己的心声,及时反映真实情况,毫无心理障碍可言。来洗澡的官员们也很坦荡、平实,没有太多的官架子,在能闻到彼此体味儿和皂沫味儿的距离内,还有什么谱可以摆,还有什么架子可以端,还有什么话听不进去呢?很多关系到百姓切身利益和社会民生的问题,澡堂出来很快能被关注到,重视到,解决掉。

最忘不了的,是在文化局当干部的父亲最先领我们哥俩去的机关澡堂。头几年,都是他在前前后后照顾我们,后来,父亲老了,又患病了,只有在澡堂里能清楚地看见父亲渐渐骨瘦如柴的身子和他日渐缓慢的动作。父亲是北方人,又是军人出身,洗澡不算很勤,都是在母亲的再三催促下,才懒懒地跑去澡堂洗上一把澡。之前都是父亲为我们搓背,后来,父亲走路都气喘吁吁,他生命中的最后一段时间,是哥哥和我陪着他去过几次澡堂,为他搓背的时候都不敢用力,搓在他瘦骨嶙峋的身板上,那根根肋骨和后背上的脊椎骨像是一块木搓板,咯咯楞楞的,大腿小腿几乎一般粗细了。

父亲走后,我们很少再去机关澡堂了,生怕在雾气弥漫的澡堂里,恍惚出现父亲残弱寒酸的身影,触碰心底那块最敏感的深深的隐痛。

小时候常去的另一家大澡堂就是在当年大市口"万祥商场"隔壁的甘泉浴室。

记得连理发带洗澡一共才四分钱。门脸不大的理发店在澡堂的马路对面,理完发,决不肯让理发师傅洗头,一是反正要去对面洗澡,澡堂里再洗也不迟。再就是为了省下洗头的钱去洗澡。

这家大澡堂整天被人挤得满满堂堂的,有时很难等到座位。与机关澡堂唯一不同的是这里有可以半躺着的木质躺椅,可以洗完澡在上面躺上一会儿。人实在太多的时候,澡堂师傅会把你和与你同来的人的衣服团在一起,堆在一张躺椅上。最多的时候好像我们三个人挤在过一张椅子上。

一般情况下,澡堂师傅只会让大人们洗完澡,在躺椅上躺一会儿,一看你是小孩,变着法子也会把你哄走或者干脆轰走。

也跟父亲去过这家澡堂,会跟父亲躺在同一张躺椅上,父亲洗完澡会躺上一小会儿,他太忙了,我们想多躺一会都不可能。因为只有跟着大人同去,我们才会有资格和可能跟着在椅子上多待一会儿。

回想起来,那个年代的世风还算高尚,民风还算淳朴。尽管一进澡堂子会被一阵熏鼻子的汗臭味儿、脚丫子味儿熏着,尽管所有人都扎在一个小池子里,使劲干搓身上的"老古裉",然后,池面会飘起一片白花花的"油花儿"……泡在池子里的人们心无芥蒂,心地坦荡,没心没肺聊着大天儿,唠着家常。那个时候,谁也不嫌脏,谁臭,谁的味儿大。

大澡堂的水池是孩子们最快活玩耍的地方,一个猛子扎下去,呛上几口洗澡水,比什么都快活。那也是男孩子们最初见识的人体博物馆:各等年龄,胖瘦,高矮,黑白人种,臃肿的、单薄的、健美的、肥硕的、麻秆儿的、佝偻的、皮挂挂的……

光着身子,腰部缠着一块大毛巾的搓背师傅,裹着毛巾的手掌会在你的后背敲得山响,那声音脆生生、亮堂堂的。

再一个与机关澡堂不一样的是,在这里,人们可以更随意、更放任,机关澡堂进进出出的毕竟是机关人员占多数,而来这里的基本上是最最普通的老百姓、老街坊。跟机关澡堂一比,这里跟集市一般闹忙,光溜溜的老老少少,连肤色都比机关澡堂里的人们黑上一倍好像。来这里洗澡的人们个个大嗓门说话,整个大澡堂喊得嘈嘈的。浴池里更别说了,天生带着回声和混响,一句话出来,在雾气腾腾、能见度不高的屋子里,声音撞在墙上会顺着墙壁四周打转转,嗡嗡响个不停。有在浴池里练歌的,毫不费劲一声吼出来,声音那个贼亮贼亮的,连自己都不敢相信是自己发出的。最多见的是半个身子泡在头池里一边哼着京戏,一边被烫得直嚷"啊哟喂"的老头儿们。这可是他们最享受的日子和时光,他们有事没事成天泡在浴室里,躺在头池的木栏上,满身上下尽是多余的赘肉和褶皱,声音还来得洪亮、穿透。除了广播,那会儿的样板戏唱段,多半儿是在大澡堂里听熟了的。

也怪,成天澡堂里那么大声嚷嚷,吵得人们难以忍受,就是没一个人去干涉，叫停。相反，浴池里老张老李老王的那么一咋呼，来得个亲热，投缘。熟悉不熟悉的，相互称呼过后，嗓子一吊上，几声喝彩，几句叫好，不熟的也熟了，不热乎的也热乎了。浴池出来裹着浴巾，往躺椅上躺成一个"大"字（也有说"太"字的），这个时辰，还会有什么比一个普通百姓更乐呵、更陶醉的事呢？

来澡堂的熟客、老人，待遇就是不一样，会有师傅围着你转悠，不停往你手上扔滚烫的手巾把子，会给你添茶，续水，会听你拉呱。总之，是凡来这里的人们都蛮有人缘的，如果你还能说会道，能掐会算，那一准会成为大澡堂里的一个人物，一个明星，一尊大佛。

过去的大澡堂，大事小情，小道八卦，张家长、李家短，风言风语，唠嗑在这里等于是一个民间社交场所，公众平台，传媒空间。

过去的大澡堂，人间冷暖，世态炎凉，友情亲情，尽收眼底，尽是乐子，尽在不言中。

如今的浴室，高贵了，奢侈了，齐活了，可跟从前大澡堂子比，缺的是乡音和乡情，少的是乡里乡亲，淡的是人情和人味，远的是儿女和情长。

老了的缘故吧？常想着哪天不单自己，还想拖着儿子下一趟小城老式的大澡堂子……

**2016 年 3 月 20 日于南京**

# 古城墙里藏书屋

听上去很好的一个创意，再看这几个书屋的名称，一个赛一个透着书香味道：金陵书苑：墨香缘，金陵书苑：樱洲书房，台城书房，不纸书店，如思书吧。

古城墙开洞建书屋，乃古都南京一桩破天荒的文化盛事，一向碰都不让碰的六朝古城墙，突然有一天，以"倡导全民阅读，建设书香南京"的名义，凿开城墙，开起了据说已经有9家同类书屋、书苑之类的公益阅读场所。对百姓来说，这本是一桩好事，能钻进千年古城墙，仗着六朝丰厚的文化底蕴，闻着老城墙墙砖散发出的古朴气味，再就着一杯香茶，放慢生活的节奏，让心沉到古时候，幻想着各个朝代文人墨客徜徉书海的梦境。那该是多么惬意，多么暖心的事！

一个晚上，散步经过那里，钻进过武定门的那家"金陵书苑"。书苑里灯火通明，座无虚席。人们在翘首等待着一位国学大师，聆听他的那堂据说十分引人入胜的国学课。

我正是在这个时辰去凑上了热闹，几乎跟那位大师踩在一个点儿上迈进书苑的门厅，享受到只有大师才能享受到的特殊礼遇——一片响亮而儒雅的掌声。

我好奇地挑了一个角落坐下，从书架上抽出一本闲书随意翻阅着，耳朵却在伸展着，捕捉那位大师慢条斯理又婉转低回地讲述唐诗宋词赏析。

定神看去，清一色的老年听众，煞有介事边听边往小本本上做着记录。双双老花带散光的目光,透着对大师的崇敬,把头点得跟拨浪鼓似的不紧不慢。

听上去,不像是第一堂课。透过玻璃窗,无意中发现,除了这间,隔一条走廊,对面还有间屋子,灯也亮着,里面好像没什么人。怕惊扰大师讲唐诗宋词,蹑手蹑脚溜去了对面那屋,果真空无一人。

屋子不大,还隔开几间镂空的包间,书架顺着墙壁摆满了书籍,剩下的空间便是一溜边的茶饮、咖啡、文具、礼品柜台。

如此,在喧闹繁华的都市,晚间能找到一块静谧的地方不算容易,起码这里禁止玩牌和喧哗,也有明晃晃的禁烟标识。点了一杯咖啡坐下,拿过桌上那本专供读者涂鸦或留言的空白小本本,随手写了一堆即兴感言。看我写得认真,服务生过来假借送一杯白开水,也顺带朝小本本瞥了一眼。

再有一次,是我完全出于猎奇心态,想把已经开张了的古城墙书屋都去体验一遍。你猜怎么?说是9家,居然没有一家留下明确的地址,只是比划了地段,诸如:哪个路段的城墙的蹬墙口,哪儿和哪儿的交界处,等等。

那次冲着玄武门城墙书店,专门去了玄武湖,问遍门卫,保安或是看上去应该知情的路人,竟然没一个能说准附近有什么城墙书屋的。结果还是自己在玄武湖走了一大圈,才摸着了一家叫"樱洲书房"的地方。依然空无一人,屋里转了一圈,整个一个亲子主题的少儿活动室,小桌子、小凳子、小人书什么的。一个胖老汉,没带一个小孙儿,独自溜进书房,四下张望,直看得服务生好生蹊跷,不无警觉。

又一天闲得无聊,打车还是去了玄武湖,心说,的士司机应该知道城墙书屋在哪儿吧?

绝就绝在,司机回答说,还真没听过,也从没带过客人去寻找什么"城墙书屋"的。您老还真是头一个。

司机显然也闲着,愿意拉着我兜风,反正不怕我不给他钱。围着玄武湖城墙兜了好大一圈,摇窗下来问了好几个城墙附近的人,还是没人知道他们每天围着打转的城墙会有藏着什么书屋。一位老兄高喊:打开导航搜索下啊!咦,这倒是是个不错的主意。

谁料想,导航和我一样木讷,输入"古城墙书店"关键词之后,搜出的竟是南京一堆所有书店名称。

只得让的士放下我,大老远来也来了,不找到地方,绝不会善罢甘休。

还是公园票房门前戴着工作牌的一位女士给我指引了一个精准的方位,才让我找着了这家深藏在城墙肚子里的"创营书屋"。

这家书屋没有任何明确的标牌挂在外面,问到城墙下的一扇小门边上的门卫,他朝门边那个窗口努了努嘴,那还是一个票房。票房里的女孩很笃定地回答我是有个书屋,就在这里,在哪儿没说,先说要买票。我说,我不进公园。她说,公园免票,进书屋要买票。我很诧异,哪有去书屋买票的道理。

她那张脸看上去完全没道理可讲,爱买不买,爱进不进。当然,来都来了,又是专程打车来的,也只有买了。

拿到票,那张板着的脸才算松弛下来,貌似神秘地把头往后一扭,说:书屋门在后面。没人检票,独自摸向那扇关闭着的门,推开,还要上一层不算矮的台阶,这才算进到书屋里面。

说是书屋,其实也就一道宽一点的走廊,狭长的过道上,一行书架延伸到柜台,柜台里藏着一个正在玩手机的女孩,抬头猛然见我,感觉浑身一阵哆嗦。

"这就是城墙书屋吗?"我问女孩。

"是的。"女孩有些警觉地放下手机答道。

"楼上还有空位吗?"我又问。

"没了,楼上是办公区。"

"有简餐吗?"已到午餐时间,转得我饥肠辘辘,问女孩说。

"没有,城墙内不让烧火,所以都没吃的,只有喝的。"女孩回答很麻溜,说明不止一人问过这个问题。

柜台茶单上只标有两样饮料和价格,说明没别的可选择的了,要么雨花茶,要么咖啡,每杯15元的18元。

不枉我跑这一趟,想到咖啡一杯就很快干完,茶比咖啡耐喝,可以添水。要了一杯雨花茶坐下,摊开笔记本电脑,边歇脚,边能写点什么。

一坐就是两个多钟头,整个书屋除了柜台里那个女孩,就我一人。拿出之前完成初稿的一篇小说修改着,喝干了三次水杯里的茶水,也轻声呼唤了三回那女孩过来添茶。

小说二稿改完了,也饿得坐不下去了,算是摸着所谓城墙书屋的门,体验过了。

书屋倒是很安静,静得有些可怕。照这样下去,能掀起"全民阅读"的热潮?这么好的稀缺资源拿出来说事,拿出来做文化惠民,怎么会做成这样?去哪儿读书不行,非来这里的理由和好处在哪里?凿开古城墙洞,这需要多么充分的理由和强势,而且一开就是9家,据说还会再开下去,值当吗?必要吗?

转身离开城墙书屋,远远回头看了一眼那个门洞,刹那间,不免为古城墙感到一阵心疼,一阵心寒,一阵心焦。

2016年3月5日于南京

# 老宴春早茶

小城西边,整条大西路已经无精打采,日落西山了,就剩下老字号的"老宴春"还在一条狭窄而杂乱的巷子口"精拽拽"地硬扛着,身边一家小菜场就留下一块满脸污垢的招牌。尚未吐绿的梧桐树干,眼巴巴望着进进出出"老宴春"的老食客们,惦记着店里下水道能溢出些汤汤水水、残羹剩菜什么的也好给树根一点滋润,一点油水。

"老宴春"像一位为数不多留在小城里的评书艺人,装着满肚子小城城里城外,犄角旮旯,稀奇古怪的故事。有气无力地倒背如流着向每一位坐在店堂里的食客喋喋不休的讲述。"老宴春"的热乎气每天一早从店堂门缝里一劲儿往外窜,直窜得经过它身边的人们猛咽口水,馋涎三尺。

"老宴春"也是小城人待人接物诱惑你怀旧的"由头"。茶余饭后能拿出来说事的舌尖上的味道,"老宴春"算得上倚老卖老的一个。

"老宴春"曾经有着极好的人缘,上佳的口碑,是小城几代人口口相传的"天下第一"。

"老宴春"是小城一本泛黄卷边儿的史书,藏着乾隆皇帝的点赞,竖着达官贵人的拇指,淌着百里开外乡里乡亲的口水。

恍惚记得八九十年代,巷子口曾有家"肖家面店",如今,"肖家面"只留在"老宴春"的菜单上。

显然,店堂里的墙壁、圆柱、桌椅板凳不知做旧过多少回了,深褐色的油漆厚厚堆在桌面上，没有光泽不算，还有种总也擦不干净的油腻。

店里早茶的价格不低，花样却不多。除了白汤光面，白汤敖面，坚决拒绝红汤面。可谓"扬长避短"已到了极致。

店堂只剩锅灶上的热气，缺的是里里外外的人气。

其他也罢，最败胃口要说是"大妈级"店员们一脸的"板扎"，难能懂微笑。

按说"字号"越老，越会有老的魅力，人们往往越好这口老味道。或许店员们看腻了出出进进店堂里的老食客，老茶客们，一耗就是一整天。或许不服气江边西津渡上，那家"锅盖面品鉴馆"，为何天天热气腾腾，人仰马翻的闹忙。

小城四处显赫地段和广告位上都大写着："镇江是一个美得让人吃醋的地方"。越这么说，小城人心里好像越容易犯酸。

眼下，缘何老字号们自己越来越打不起精神还丢失了自信，眼瞅着小字辈们的崛起犯酸。酸也白酸！

指望着"老宴春"能有振作起来的那一天，万不可被大西路两旁的梧桐树淹没在尘埃中，多你一个不多，少你一个不少。

微笑起来吧，"老宴春"，你微笑了，食客们才会有食欲，茶客们才会有谈兴，小城人才会有嘚瑟，外乡人才会有醋意。

# 掼　　蛋

男人不会玩掼蛋？人家会说你扯淡，说你装蒜，说你不给面子。

再推说不会，人家那张脸慢慢会阴沉下来，当你是异类，当你是局外人，不可交也。

岂有不会的道理？又岂有不玩的道理？尤其眼看一桌牌就缺一条腿，你又跟那儿杵着，那几位又岂能不扫兴？

掼蛋，其实也就是认识的不认识的聚在一起，摸摸牌，唠唠嗑，拌拌嘴，套套近乎的一种最自然不过的行为方式，一圈牌下来，不熟悉的也混熟了，多年不见的也一下热乎了，原本尴尬的也释然了。

掼蛋更是男人之间带有预热性、试探性、功利性、诱惑性，甚至进攻性的交流方式。掼蛋，一般起始于工作往来，商务洽谈，私交密会，关系疏通的前端。无需排场，看似随兴而为。一来二去，该谈的话题，该办的事由，该表的心意，已经在掼蛋牌局中亮出底牌，发出信号，互相默契，心知肚明了。所以，掼蛋一般最常见也是最佳时段，要么放在饭局之前，要么设在饭局之后。

故意将掼蛋时间提前在饭局之前比较充裕的时间里，足以说明主人蓄谋已久，有备而来。主宾既然应诺，也就顺势而上，半推半就了。

于是，牌桌上的组家、组队就在看似无意，其实故意的搭配之中，顺理成章地落座。接下来的"牌经""论道"都在牌起牌落，争先恐后的好强争胜的虚拟纸牌游戏中,悄然默契,水到渠成。

很多时候,掼蛋桌上,一眼能识别出几位的"目的性"与"功利性"所在。洗牌,摸牌,思考,出牌,判断,压牌……这一系列规定动作其实都不具有实际意义。一局牌中,尽管一句半句的交谈,随着手中的好坏牌应声甩出,掼响的也许正是一个话题包袱,接招的也许正是一个难题回应。

现实中的交际与聚会场所所包括的基本流程中,掼蛋入乡随俗地成为"上半场",饭局屈居为"下半场"。由此可见,"上半场"的掼蛋意义非凡,又不可小觑。上半场几个回合下来,掼得顺畅,下半场的饭局也喝得随兴,火上浇油或是再添一把柴,星火便足以燎原。倘若上半场略欠火候,或者干脆没掼响,下半场的酒局就可想而知,残酷至极了。当然,如果尾声部分,再延续一场掼蛋,或许能再扳回一局甚至起死回生。

再说,也有不那么邪性的掼蛋牌局,那纯粹是自家朋友聚在一起打发时间,等米下锅,等菜上桌。

掼蛋之前好像有过许多不同名目的"叫法儿",什么"斗地主""炒地皮""诈鸡"之类。为何后来连名目都进化到"掼蛋"上来,没做过考证。主观臆想,恐怕不仅仅是娱乐方式换代升级那么简单。

接着开头话题,我就属于"异类"那族,打心眼里排斥掼蛋,绕开"弱智"的缺憾,纯属对掼蛋上不了心的那群怪人。这类人给自己找的理由便是:懒得用脑过度,羞于智商偏低被自家人数落,被对家人耻笑。这类人往往交际和行为能力不堪,心算技能为零,再往矫情上说,便是不愿浪费时间在无谓的掼蛋事业上。

我的唯一一次,恐怕也是最后一次掼蛋"初夜"给的是挚友德平老兄。那回首先是我赴约姗姗迟来,失信在先。其次便是距离晚上饭局时间有将近三个多钟头,户外正大雨瓢泼,不由分说,直接被车拉到饭店包间。

另一桌陌生人早已开局,旁若无人,兴致正浓。德平、小季、陈总拖来一张方桌,率先坐下,随即洗牌,三张嘴同时教导着还没入座的这位年长的"新人"。似懂非懂之后,无奈入伙,颤巍巍地在他们麻利的手指间摸牌,理牌,出牌。少年时代"争"过"上游",从此,再也没摸过扑克牌那厮。一张张把牌摸回来,又掼出去,来不及凑齐手中那把同花顺,更不知道如何算计对家,惭愧至极的还有,对面自家兄弟有利可图的机缘都被我一一化解,望洋兴叹。自卑之余,很快又找回无赖的自信。谁让你们偏偏强求我上桌,入伙掼起蛋来?说我不会,就是不会,会也白会。

对面范兄教着教着,我俩还是连连"双下",眼看他快要失去耐心,嘴角歪斜,目光暗淡,光头锃亮,脸都绿了。

想象得到,一旦上手玩牌准会露怯,看上去装模作样的高智商,顷刻之间会在众人面前荡然无存。所以,天生怕掼蛋,"蛋"也怕被我"掼"。越是怕,越是躲避,越是躲避,越是乏味。

莫不成,我真是一个"脱离了低级趣味的人"?

掼蛋都不成,一个老男人,又有何为?呜呼!

2015 年 10 月 21 日于南京

# 席　　卡

什么都可以简约，也可以废除，唯有"席卡"会是社交、公务、官场最后一张难以割舍的底牌。"席卡"也曾黯然谢幕过一些场合，没过多久又甚嚣尘上，卷土重来。

"席卡"成为国人最后一点脸面。重要嘉宾、上级官员出席的场合，放弃"席卡"，等于放弃了等级、礼数，背离了现实，失敬了权贵。

摆放"席卡"极其难为地考量着担当会务重任的那位，摆得好，有诀窍，懂礼数，讲等级，给面子，这位也许会因此而青云直上。摆砸了，一锅粥，七上八下，顾此失彼，那就得看你造化了，多半儿会神不知鬼不觉地偃旗息鼓。

"席卡"的讲究和学问不是一般二般的人能精通的，可上可下，可左可右，可前可后，你得具有审时度势，察言观色，听话听音，乃至八面玲珑，笑看风云的心智和才干。

"席卡"是一桩令主办方纠结，令嘉宾、官员敏感，令各路媒体捕猎的非常棘手的公务行为。潜移默化传承着我们幼儿园时期嘴边常唱的那首儿歌："排排坐，吃果果"。排得好，出席会议，活动的头头脑脑都称心如意了，你的活动、你的行为才会被默认，这当然也是你该做好的。排砸了，头头或嘉宾会在别的地方找出你的茬，否定你的一切。你也只有躲在墙角抹泪、捶胸顿足的份儿。

可喜的是，上规模的一些团拜会、茶话会、报告会，"席卡"已经悄然隐身。

可囿的是，草根贫民阶层的婚宴、生日宴或是什么主题聚会时，"席卡"还耀武扬威、堂而皇之地端放于桌上。

"席卡"最常出现在主席台、酒会的主桌和次主桌上，出现在舞台上的地板或地毯上（那只能用编号、顺序，否则会被自己踏于脚下），还会出现在剧院观众席第五、第六或者第八排的椅背上。由此引发的笑料比比皆是：某位大人物起身时，背上会黏着自己的"席卡"，在一片哄笑中，又全然不知，茫然离席。再就是，台上那位嘉宾锃亮的皮鞋上会黏着"席卡"，"鸭子"一般搞笑退下。

眼见过一位仁兄，自认深谙此事，信心满满。一场全国性的会议上，厚厚一摞"席卡"在他手上，像赌场上发牌的那位，麻利干净，眼疾手快。按他所说，前一晚按所到嘉宾名单先摆好一轮，会议当天上午，首脑们进场前夕，验证确切信息后，再做些微调。

那日，与会首脑、嘉宾有变，而且不是一般的变，这下那位仁兄大乱。眼看开会在即，嘉宾身影已现门厅。十万火急之中，仁兄依然临危不惧，到底老辣，麻溜儿更换主桌上的"席卡"，提升几张次主桌"席卡"登顶主桌。被他性急之中从主桌抽出甩掉的"席卡"，顿悟有所不恭，随即扑向地毯，重拾回来，后背一阵冷汗……

写着写着，又想起一位老电台我的下属仁兄。先说那位在媒体混迹时间不短，调至文艺台，任新闻部主任。仁兄一口乡镇方言，最怕听他从电话里跟我讲述一件事，大半截话会在云里雾里。

此仁兄尤其讲究名分和等级，一人一间"新闻部主任室"里，吞云吐雾，独自逍遥。工作需要，又一位年轻人被我调入新闻部任副主任，入座主任那间单间。

工作例会上，那位仁兄操一口"乡普"热情洋溢表过态后，次日，他办公桌上赫然亮出一张自制粉色"席卡"——"×××主任"。

众愕然！

2015年10月23日于南京

# 后　台

　　圈外人往往对剧场后台都怀有一种莫名的神秘感，都在用各自的想象，验证和丰富自己的判断和虚构，这与他们对舞台上的戏剧故事、歌舞画面、人物命运、偶像光环的感触成正比、相一致。这也正是剧场里的舞台艺术带给观众几百年来经久不衰、波澜起伏、悬念跌宕的魅力所在。

　　舞台的三维或四维空间或穿越、或现实、或迷离、或虚拟的艺术手段，迷惑、震撼、沉醉了无以计数的观众，人们要么故意不去探究舞台背后剧中人物以及扮演者们的寻常琐事，要么会高度猎奇"后台"究竟会是怎样的一番景象，要么会痴迷幻想着扎进他们心尖的那些戏子、艺人、明星、偶像们，从前台到后台的这段神奇的旅程，幻觉中的"后台"会是他们的前世今生吗？

　　"后台"永远是戏迷、票友、粉丝、观众们神往而圣洁的艺术殿堂。

　　"后台"又像是艺人们用来故弄玄虚、半遮半掩深居闺房。

　　所以才会有很多人冒名"偷渡"，甚至闯入后台想一探究竟，想梦圆长安，想"一眼看千年"……

　　他们完全没料到，"后台"这块艺术圣地，竟是如此密不透风，如此坚如磐石，如此令人望穿秋水，如此让人欲罢不能。

　　他们多半不知，总会有一位六亲不认、不明身份的人会突然从黑暗中、从任何一个角落闪出，呵斥住他们进入后台，伤透他们的心，击碎他们的梦幻。

这个人的专业职务叫"舞台监督",他的权限也只有在演出开场前和开场后的这段有限时间内,享有千人之上(导演和演员都不在话下)至高无上的绝对权力。

其实,诸位大可不必为此而沮丧,一旦解密所谓圣殿一般的"后台",你会因此而释然,而不屑,而庆幸。

另类角度看,后台,说白了,其实是用来装扮和粉饰真实、弄虚作假的暗房。化妆师、服装师、道具师最先充当着弄虚作假的高手,每部剧的编导和主创们,是最先策划编造虚假故事和戏剧人生的操盘手,是这群人,人为营造了真实生命之外的虚拟故事和盘根错节的人物,制造出一连串舞台上下的戏剧悬念和悲喜人生,当然,也是他们让剧场"后台"充满着"见不得人"的神秘和形形色色的谜团。

演员作为戏剧和戏曲中的个体,是单纯的,单纯到化完妆,着上戏装后,他已经从里到外将自己的灵魂附体在那个角色上,他已经不再是他或她,他已经从精神和体验中融进戏里的张三李四,赵钱孙李身上。主演和次主演是这样,其他有姓无名的角色演员不见得表现得像主演那般正儿八经了。

剧团各行各当,争的就是个名分,有争一辈子的,有争半吊子的,当真看到没什么希望也有不再去争的。通常争上个主角B、C组也算有个盼头,也算熬出头了。

"后台"深不可测的同时,也貌不惊人,有的剧场后台,不看为好。

外界有所不知,"后台"有时还是艺人们的是非之地。无事生非的剧团,"后台"就是个典型"无事佬们"热衷"生非"之地。平日不常见的,后台候场时,久别重逢后会彼此汇总众多谈资和话题,张家长,李家短,一股脑会在"候场"时神聊开去。

"后台"又是最新、最快小道或"绯闻"信息发源地、中转站、交换台。太多"事发"之后,追根寻源,会追溯到某年某月某日在后台,某男某女某人所言所致……

当然,"后台"还是偶尔能见几位艺术大家在那儿"悟戏"或"入戏"的戏痴,能闻几声上场前的喊嗓。

"后台"发生过的嬉笑怒骂,争风吃醋,尔虞我诈,风言风语,峰回路转,柳暗花明,不胜枚举,不堪回首,不言也罢。

在后台,做演员的都会在上妆后,静坐在化妆台前,与镜子里的自己对视,对白,对抗。那一刻,是真实与虚伪,善良与邪恶,假定与现实,真我与忘我的瞬间外化……

那一刻,是布莱希特"间离"和"陌生"、"疏离"和"离情"的轮回。

剧场灯灭时,后台的灯还亮着……

2015 年 9 月 18 日于南京御景园

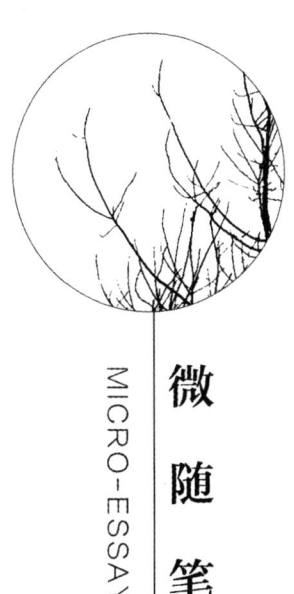

# 微随笔
MICRO-ESSAY

# 城市过往的回声

### 叫　卖

很多年了,城市街头巷尾不再听见此伏彼起又鲜活传神的叫卖声了。建筑工地的轰鸣,车水马龙的叫嚣,间或宁静中划破穿透的救护车、消防车和警车的呼啸声反倒刻上城市的音效商标。

想说的不仅仅限于怀旧情结,一个城市,还是需要那么点儿有民俗、有灵魂、有温度的声音存在。如今,虽说老街老巷逐一被蚕食、被出新,居民们都住进了有海拔、有高度、有视角的公寓楼、别墅群。人们多少还会怀念很久以前,留在童年、少年、青年或者中年时代,穿行于小巷深处,游走于家家门前,回荡于城市上空那一声声清脆悦耳又让人觉得乡里乡亲的叫卖声!叫卖,是那个时代的民生和民声。叫出的是人们的心声、需求、渴望、期盼和念想。叫出的是人们一天积蓄在心底的郁闷、烦忧、杂念、呼喊和宣泄。叫出的是身边最感人、最撩人、最动人、最诱人的乡音和乡情。

你每天都会在心里不期而遇这声声叫卖,你也会在默默等候着这声声叫卖,叫卖有时会像时钟一样精准无误,叫卖甚至能顷刻间驱散你心头的阴霾。你家菜刀钝了,你会期待那声"磨剪子铲刀……",你家绷床塌了,你会急等"修棕绷藤绷……"。你家雨伞折了,雨天出不了门,你会像热锅上的蚂蚁,坐卧不宁,那声忽然飘过的"修洋伞喽……"会让你有种拨开乌云见太阳的幸福感。

"弹棉花喽""补锅喽""赤豆棒冰""豆腐脑吃喽""香干臭干一角钱五块"……

要说现如今不是没有叫卖,有的是那种被录好音的叫卖声,从扩音机里循环传出,机械、刻板、生硬,没有灵魂和情感。被叫卖人挂在三轮车龙头上,被街边店放大在门口音箱里,被水果摊扔在一边角落里。再有就是跟着戴红袖标的居委会安全员四处叫唤的"××巷居民请注意,防火防盗……"。

逐渐消失叫卖的城市一如消失了亲情、民声。真正从心底发出的叫卖,每一声、每一句、每个字,都有温度,有内涵,有情感。完全没有了叫卖声的城市,会是一座心率不齐,情感有缺陷,心底有阴影,消化不良的城市……

## 爆米花

一幅漫画勾起我的怀旧,小巷深处那声闷闷的炸雷声,是儿时香喷喷的记忆和欢快的惊吓。看到炸炒米的老师傅或者在家听到那声闷响,会吵着闹着跟家里人弄出点糯米、玉米之类的,飞奔出去。

其实,大多数孩子是对炸炒米的过程饶有兴致。老师傅手上摇动着把柄在炭火中旋转,不时瞅上几眼炉子上那只闹钟一样圆的仪表盘,只有他知道的时辰,他会从小板凳上站起身,这该是起锅的时候了。围在炉子边看热闹的孩子们会四处躲开,用手蒙住耳朵。一声巨响之后,诱人喷香的炒米或是玉米味儿,从长长的布袋里飘出,那个馋啊!忙的时候,老师傅脚边会排着长长一串竹篮、米口袋之类的家什,无论等多长时间,大人孩子们都会有那分耐心。爆米花的香味能飘得很远,多长的巷子,就算拐上几道弯,空气里还是能充溢着爆米花诱人的香味儿。

如今,浑身上下带着烟味儿,衣服上沾满煤灰、污垢、油斑,推着小推车穿街走巷的"炸炒米"师傅太难见到了,偶尔见到一位,跟马王堆里出土的文物一般稀奇得要命。爆米花的身影最常见是在电影院的外卖柜台上,成了电影票房之外,最抢手的"卖品"之一了。可惜的是,影院柜台上那部机器里炸出的"爆米花"已经没了我们儿时的味道,是口味刁了,味觉矫情了,还是市井民俗画面模糊了?即使今天,如果再见街头上有"炸炒米"的,我还是会呆在一边傻傻地看上一会儿,要是离家近些,我想我会回去拎一袋玉米过来。

## 理　发

绝不是矫情,向毛主席保证,真不愿意去街上那些个"巨涛""艺之剪""美发名家"之类的发廊去理发。不怕贵,怕他们利用一切话茬跟你唠嗑,唠着唠着,会把你带到沟里,推销他的洗发水、护发素、会员卡。再不就引诱你去做"司帕儿",说能减掉你的肚子。

美发师也分三六九等,最高特级,最低四级。实在没办法只能去美发店了,也只挑个三四级的给你捯饬捯饬算了,不愿意去招呼所谓的特级。不是没试过特级,手艺当然看上去好些,那谱儿也摆得可以。腰间盘处扎着一圈美发工具,荷枪实弹的,又像是过去常见的厂子里的电工师傅。只见他麻溜地从腰上抽出各种类型的工具,粗剪的、细剪的,大梳子、小梳子,圆梳子、方梳子,小刀子、电推子……变戏法儿似的让你眼花缭乱。再瞧那位的发型,怎么怪怎么来,好像不怪,达不到特级似的。你的头,在他手上像块圆原石,任他在手中雕刻、摆弄、涂抹。摊上他,没有个把钟头,绝不放过你。

店堂里还尽放些嗨歌、嗨曲,那位还跟着哼哼摇摆,怕人家笑他不懂音乐。特级师傅上手理发时,边上会有好些个徒弟模样的在深情地欣赏着,他也许就是店里人的偶像明星。之所以喜欢点三四级的小师傅,是因为他们还没学会做作,摆谱。技术不高,手法却来得认真、朴实,顾不得跟你瞎掰活儿。

最怀念,还是从前的理发店,没多大讲究,老师傅们也没几样工具,喊哩咔嚓,没几分钟,带你到水龙头跟前,按下你的头,冲干净留在头上、脖子里的细碎头发,一会工夫,小头打理得服服帖帖,舒舒服服。店堂出来,小风一吹,精精神神的。如今,这样的小店快灭绝了,古平岗居然残留了一家。在儿子面前唠叨过无数次,说怎么怎么好,直说得儿子心驰神往了很久。有天傍晚带他去了那家,店里一水着白大褂中年女师傅,气鼓牢骚,懒洋洋地把我俩按在老店常见的转椅上,一句话没有,只觉着大口喘气往我后脖子里钻。最多五分钟,两个头修理完毕,一边抖落着围裙,一边大声嚷嚷:大的小的,一起 20 块。出门时,才听见几句她们在背后的牢骚:太辛苦,钱太少,太窝囊。儿子到家使劲看我的头,然后再看镜子里他自己的头:"这就是你说的……好吗?"

嗨,真不给我长脸啊,蛮好一个古时候的念想,给儿子留这么个印象。我只好自我解嘲:"咱们去的不是时候,正赶上她们店快打烊,回家心切吧。"

有天开车路过一条老街,河边上一长溜闲适中的老人,打牌,下棋,聊天。最惹眼的要数那几个剃头挑子:一张凳子,一副脸盆架,一个竹子热水瓶。剃头师父乐呵呵在给一个老者刮脸,那位一脸皂沫还在咧着嘴笑着,满脸还一劲儿冒着热乎气……这不就是我们儿时常见的剃头挑子吗?原汁原味,土生土长,接地气,有热气,聚人气啊!……我在那儿傻傻站立了很久,很久……

## 唱片不再

新街口处坚持到最后的这家"多来咪"唱片屋终于不见了,被一家意大利披萨、奶茶店取代。多少年下来,"多来咪"门前经过,总会进去转一圈,跻身在几排狭窄的碟架之间,翻翻唱片,听一会小店里播放的音乐。这既是一个感觉音乐存在的客栈,又是一处散步歇脚、喘口气的地方。

　　一边振臂高呼自己是文化强省，一边萎缩城市中仅存的这点儿文化地盘，这类现象屡见不鲜。当然，文化市场大浪淘沙，三十年河东，三十年河西的演变也几近残酷，猛烈地冲刷了曾经独霸天下的音像市场，别说"多来咪"，连新街口新华书店边上那家音像书店早就没了踪影。时代脚步太快，快得难以想象音像市场的后产品会是什么？我们这个年纪上下的人，见证过，也玩过木制唱片、塑料唱片、盒式磁带、大二分之一录像带、CD、DVD、MP3、MP4……直到今天电脑、网络、手机、U盘。唱片和影碟、影碟机、录像带等很快成古董了，没几年，它们都会陈列在音像博物馆的货架上。

　　穿梭过这座城市大大小小无数家音像店，与无数位音像店小老板有过交际，如今不知他们去向哪里？又转行做了什么？音乐不会终止它的传播，音乐殿堂越来越被膜拜于大中城市的僻静地带。音像产品悄然消失在庞大的文化发展工程环节里，音乐还会谋求不同的生存空间去传承。恐怕有时怀旧的依恋只能证明，我们想多了吧……

# 一地鸡毛

### 小　院

　　回小城,围着小院踱步是我一大喜好。小院绿地仅剩这里的一片还沾着小院的名分,其余大片都让停车位逐一蚕食,转租给了各家车主。刚入住时,这里还是一块净地,满目葱绿,满眼春色。偶尔静坐一会儿,会有很多思想流出,还能派上点用场。小院治安状况不错,保安像驴推磨似的成天围着小院转悠,巡查,进出车辆也会让你摇下车窗假模假式认一下你的脸,然后放行。

　　小院阳光旺盛时,格外显得精神矍铄,树荫下,阳光被揉成金色碎片,洒满一地。细雨霏霏时,小院分外妩媚,像沐浴过的江南女子,喃喃私语,娇柔恬静。

　　小院不惊不乍,静谧得可以,全然陌生的业主们擦肩而过也还彼此善意。

　　小院人家的日子过得还算充裕,没见几个当众急眼儿的。

　　小院墙外便是那条修旧如新的运河,蜿蜒流过,静静吟唱。

　　小院是老家一处栖身之地,也算是坐落在小城的一点念想……

### 西津渡的锅盖

　　当初打造西津渡的那些个主们,压根儿不会想到今天会火成这样,品鉴馆人山人海,座无虚席,两江总督包间前一晚就预定出去了,我等只能在二楼一角用屏风隔挡起来,不是包间也算包间了。

锅盖面讲究的就是一个锅盖,锅盖算得上小城那碗面的品位,有品人对锅盖也有讲究,路边面与西津面贫富两重天。品鉴馆对面的停车场建成了,超大宽敞,即使节日也没爆满。选择徒步去古街的人算够聪明,用不着为停车劳神受累的。古街上随便摆一个小摊都能挣口饭吃,西津渡的锅盖多少为小城挣了点儿文化的脸面,小城这口不算大的面锅,也就靠这只锅盖遮点儿羞、扬点名儿了。小城旅游能吆喝的资本也就靠佛、山、水、街、面了,有总比没有好,看到西津渡古街在往西延伸、拓展,说明小城城投、水投、交投之人思路开窍了。

外地人眼睁睁瞅着煮沸在面锅里的锅盖愣神儿,百思不得其解,一碗面下肚,口感就是说不出的好。但凡来过小城的,临别时满足的也就剩下个胃口,从面店出来,"三怪"也都算尝到了,古街走走,江风吹吹,到此一游过也……

## 播　粉

回小城走哪儿都会遇上当年的"播粉"。"你是……那个谁吧?""那个谁?……没错吧?""我们是听着您广播长大的……"院里的邻居大妈,街边摊上的店老板,大街上擦肩而过又返身追过来的陌生路人,聚餐桌上并不熟悉的那群人,就连在火车站候车室……

G弟电话过来:"你回来了,有人在火车站见到你了……"

晕,没有隐私了。尤其聚餐桌上,朋友的朋友的朋友,原本并不熟悉,一上桌,起先感觉还不熟悉,还绷着,还矜持着,碰上几杯,陌生感顿时消解,直呼其名,杯子换成酒壶,大口而饮,索性称兄道弟了。

感谢广播的无限魅力,永恒记忆,让老张还有四十岁至六七十岁的一大批"播粉"。其实说穿了他们不是爱我,是爱广播。提到广播,那是他们对广播匣子的念想。他们会突然神采奕奕变得年轻起来。

很多失去的记忆是靠他们口耳相传被唤起,被点燃。那个广播才是听众的恋人,也是老百姓的怀想。

今天的"播粉",与我们那个年代的"播粉"有本质上的区别。好在老广播人的心态很好,很恋旧也很新潮。感谢广播,更感谢身边那群不离不弃的"播粉"们……

## "飞鸽"单车

"飞鸽"被我放了鸽子,这一放就是两三年,同一堆无人认领的破旧自行车一道,歪歪倒倒,灰头土脸,你勾着我,我掐着你,蓬头垢面地被挤在车棚里,要不是车屁股上缠着一圈红玻璃绳,差点连主人都没认出它来。

好容易解脱出来,"飞鸽"原本波俏的身子骨羞臊得通红通红的。经主人稀里哗啦上下一阵淋浴过后,"飞鸽"立时来了精神,该亮堂的地方,也都放起光来,只是前后轮胎一泻千里,瘪瘪塌塌的一瘸一拐着。推它去了门口的自行车摊,摊主正聚精会神地坐在小凳上与人对弈象棋,头也不抬就能猜到车主的来意,向歪在地上的那个气筒努了努嘴。

记不得有多久没给自行车打过气了,只觉得有种返老还童的乐趣。充了气的两只轮胎看着看着神气活现地隆起,像撑得饱饱、浑圆的肚皮。

试骑了一圈转回来问摊主几个钱,摊主居然不屑一顾地摆摆手,那意思生怕我搅了他的棋局。

"飞鸽"像一头方才苏醒的小梅花鹿,欢蹦乱跳又不失优雅地上了慢车道。使劲一蹬,飞出几十米,"飞鸽"的速度还在,不减当年啊!速度有了,耐力呢?落荒那么多年,跑远点儿行吗?被两百来斤的胖人踩活着,几站路奔下来,"飞鸽"终于像一个怨妇,吱吱呀呀地低声哀怨着,让人不心疼不行。

蹬着"飞鸽"上路的感觉真好,腿脚也觉得麻利起来,好像不是它在跑,是自己在狂奔。当然,奔着奔着,会习惯奔上快车道,惹怒了身后一长溜大小车辆,嗷嗷冲我直叫唤。

蹬着蹬着,它在喘,我也在喘。红绿灯处俺俩都能喘口气。算起来,"飞鸽"跟了我们也快七八年了,主人冷落了它这些年,居然没有一丝陌生感,反倒让主人后脊梁一阵阵地冒着"负罪感"那样的寒气儿。

## 红　日

车正在黎明行驶,抬眼望见远方梧桐树丛顶端,那一轮喷薄的红日高悬在天上,像一位脸涨得通红的害羞少女。车越往前行,她把涨红的小脸越往树丛里钻,直到整个身子埋没于梧桐树丛中。这座城市的这条街道还在打着懒洋洋的哈欠,邋邋遢遢不及躲闪,被少女"红日"撞了个满怀。

你也许会在很多地方,很多季节,很多场景遇见过红日。红日让你血脉沸腾的触点和燃点相信是不会一样的。

这又是一天簇新簇新,生机盎然的感官刺激相信谁都会拥有。望见红日的那一刹那,你再冷漠的心也会被灼热,再沮丧的情绪也会被抚慰,再龌龊的心思也会被净化,再猥琐的念想也会被格式化。

红日用她放电的双眸掠过这座城市,这条街道,这片树林。这个早晨,我怎么看,她怎么就像一位满脸涨得通红的含羞的少女。

## "小美"的艺术

带儿子在学院美术馆观摩了那位"虫先生"的艺术展,先以为是书画，走近去看每个画框、宣纸和布板上，寥寥数笔，星星点点尽是各色小虫模样的逗点，墨迹。画面处处留白，所有文字既象形，又抽象，且神秘，且虚幻。类似阿拉伯文字，又如古埃及字体。

展厅灯光调得很暗，鬼吹灯一般幽静。幽静之中环绕着空灵的各色昆虫鸣叫声，低回婉转，悠长肃穆，四下寻声而去，见是由散落墙角处的几只微型音箱发出。

虫先生不仅有画，还有书籍。厚厚一叠硬版书面里，每页就那么酣畅的几笔墨点，不知所云。

转身观察儿子反应，与我神情无异。朱大人能让他笔下的"虫先生"登入高等学府的大雅之堂，可谓神矣。

整个上午，展厅除我俩还外带门口那两位眼看快要打盹的保安……

承认它是艺术的一种小众和小美，也信它多少会让形象思维的艺术学子们想入非非，说它是什么，像什么，美在哪里，它也就是了……

# 唠　叨

## 相　伴

顺不顺当,头十来年也过下来了,从卿卿我我,到恩恩爱爱,到磕磕绊绊,到你中有我,我中有你,无怨无悔,不离不弃。

回头想来,婚姻还真不是 $1+1=2$,而是 $0.5+0.5=1$,即两人各削去一半自己的个性和缺点,然后凑合在一起才完整,才久远。

大千世界,能相识成知己已属不易,能相伴携手几十年,到老,到终,不光靠被动维持,而要靠主动经营,精心呵护。

内心细致的男人不多,做到也不容易。好在这么多年相伴下来,谁都看透了谁,谁都摸准了谁,谁都吃定了谁,鸡毛蒜皮,提不上嘴的事,谁也不计较谁了。

相伴走过的岁月打磨成所谓的日子,有时淡,有时浓,有时烈,有时柔。不紧不慢,悠悠闲闲地撒落一地。有了孩子,视线转移了,注意力分散了,浪漫冲淡了,激情减弱了。

其实这个时候,真正意义上的"家"才诞生,才成立,才有价值。有了家的相伴,便开始有了一地鸡毛的家庭琐事,彼此的青春和中年在家庭琐事中被榨干,被变形,被异化,被升华。只有相伴着向老年走去,不是再像当年那样娇嗔依偎,而是步履蹒跚、神情呆滞地相互搀扶。只有这个时候,才真正体会相伴的意义,尝到相伴的滋味,触到相伴的温度。

有相伴着走了半程的，又从半程开始走向全程的。一路风景看过去，一路烦忧挺下来，一路磨难熬过去，一路温馨在心里，这就是相伴收获，历练，分享和快乐。

相伴是首歌，相伴是幅画，相伴是老少夫妻，拖家带口，相依为命，继续营生，走向天伦找乐的"知心老伴"。

## 唠叨

身为人父母之日起，唠叨也自觉不自觉地附体而来。一代传一代，经久不衰，发扬光大。

回忆起来，我们家父母的唠叨倒还不密集，母亲多于父亲。父亲回到家里缄默寡言，极少唠叨。播音员母亲，许是在公家每天对着话筒话都说腻味了，回家也懒得多说，要说也会连串着说，刹不住车。母亲到了她不算老的晚年，尤其父亲过世后，她的唠叨变成自言自语了。

传到他们的下一代，身为人父的我们这把年纪，唠叨随之而来。儿女也见怪不怪，嘴角挂着轻蔑的坏笑，目光游离不定，想怎么唠叨，随你的便。唠叨通常分几类，看不惯的，积怨较深的，不厌其烦的叮嘱，恨铁不成钢的着急上火，好为人师的炫耀。然父母对儿女的唠叨，多半是自身隐隐的残缺或未尽抱负急于想在儿女身上完胜，纠错，成就。儿女们本能的抵触或不屑其实用不着父母干着急，只是年龄周期和角色转换还没到那个份儿上。到了，他们会潜移默化地被传承，被复制。细细琢磨，碎碎的唠叨里面其实装着满满的道理，掰开来，捏圆它，都算得上人之常情，苦口婆心，忠言逆耳。虽说我的父母没留下太多唠叨，他们身正影子也正的完美为人处世、行为准则远远胜过了唠叨。而我们的唠叨之所以仍在持续，在于我们的言传还不足以身教，言行还不足以一致，形象还不足以高大。

唠叨的时机和火候也很重要，不在点儿上，唠叨也是白唠叨。

过火了,唠叨会适得其反。唠叨来,唠叨去,还不如随遇而安,如影随形,顺其自然罢了……

## 盼　头

你不信也得信,人这一辈子就靠"盼头"活着。

儿时,盼着快点长成大人,做大人做的事。成人后,盼着能做大事,做个大人物。

成家后,盼望能有后代,盼着后代早点儿成人,成事,成家,能接着去做自己没能做成的事。

老了,盼着儿女们日子过得顺顺当当,圆圆满满。老俩口活得健健康康,滋滋润润,平平安安。

正是这接二连三、循环反复的"盼头",不断打起我们的精神,让日子有着魅力无穷又跌宕起伏的"盼头"。

"盼头"是一日三餐,缺一而无味。"盼头"是一剂良药,药到病除。"盼头"是一个念想,有总比没有好,没有"盼头",人生便没了"噱头"……

## 国　庆

"国庆"伴着阵阵秋雨和隆隆雷鸣悄然而至。

沐浴、梳妆过的"国庆"不施粉黛,殷殷笑着,款款走着,尽管这些年没有太多人在意过节,只在乎放假了,"国庆"依然大度、娇贵地在熙熙攘攘的人群中踽踽穿行。人们习惯性从年头就开始翻着年历掐算一年当中的各种节庆和假日的天数,以至于节庆的主题早已被忽略和淡忘。"国庆"假期的天数反而成了人们的向往和期盼。

不过,也还是有像小郝那样的文学青年和像老张这等矫情老艺人,在内心澎湃地感怀曾经过往的"国庆",感怀"五星红旗"燃起过的血脉奔涌的年月。

闪回到儿时，"国庆"前几天，身体里那颗小红心就开始兔子一般欢快跳跃，好几年的国庆，小城都会组织盛大的国庆游行庆典，那个时候的小张还在健康路小学。所有游行队伍会在那个阳光普照、气象万千的早晨聚集在体育馆，国歌总是会同国旗一道升起，刹那间，儿童们呼吸局促，小心脏快要从胸口、从嘴里蹦达出来，个个小脸儿涨得绯红。一色白衬衫、蓝裤子、红领巾，手捧鲜花，跟着大人们的队伍，唱着歌从体育馆草坪出发，沿着解放路，向大市口、大西路围着小城转圈儿，小城沸腾着、燃烧着、喘息着，队伍过后，一片红色的海洋。

　　后来，渐渐地，"国庆"散落在广场，露脸在电视荧屏上。再后来，自己开始去忙省内外国庆晚会了。也只有在舞台上的那一刻，"国庆"才有温度。

　　又是一年国庆来了，前一夜阵阵炸响的雷声算是国庆的礼炮。动静不小的秋雨算是为这座城市从里到外荡涤了一番。没有了大阅兵那天的磅礴气势和国威，没有了惯例中的国庆电视晚会，这个国庆有些清淡。好就好在，起码我们这把年纪的人，会在心里欢度"国庆"，会用自己内心的仪式庆祝"国庆"。头顶一个天，好大一个家，这是我们心中引以为骄傲和自豪的国家。没有经过岁月洗礼，没有经过生活磨难，没有经过时世沧桑的人们不会深切感受这种骄傲和自豪。他们也许会对父辈们的这种境界表示疑惑，表示不屑，表示淡漠。没关系，他们会从未来岁月和经历中获取所有的感知、感受和感怀。

　　这个国庆，虽说天空没有放晴，人们的心中那片天空也许会是格外晴朗、格外清澈、格外敞亮。那就让我们直起身板，向国旗致敬，向祖国致敬！

秋　说

　　晨起，秋已经在窗外了。秋披着冷色的外套，不嘘寒，不问暖,意思是说:来都来了,就不客套了。

秋的目光里含着淡淡的萧瑟,嘴角上抿着浅浅的诡异,秋比夏来得深邃,来得矜持,当然要比冬多上几分世故圆滑。秋的脸色如它的脾性那样多变,红润不多,姹紫难得,金黄一瞥,木然无限。

秋有秋语,心有不同,听音不同。情有多类,感悟各异。秋的一声吁叹,令人惆怅;秋的一丝哀怨,令人情伤;秋的一脸坏笑,让人莫测。

秋,怀着神经质的情商,在天、地、人之间得意地揶揄,挑唆,嬉戏……

## 酒　说

酒是好东西,因为酒是真性情,胜不胜酒力,几杯酒下肚,平时寡言少语,羞于表露的人,天性顿放,口若悬河,真情表白,且又不失底线。

酒又不是好东西,抢着喝了,用力过猛又刹不住车,嬉笑怒骂,哭天喊地,大言不惭,丑态出尽。光是暴露在称兄道弟的朋友圈也就罢了,超出圈子,一醉不可收拾,难看至极。见多身边这等人士,近一点的关系,知道他们醉酒前的标志和信号,信号既出,山崩地裂,洪水泛滥,势不可挡。

是凡酒高闹酒的而又一反常态的人,内心多为脆弱得不堪一击,自卑得无以强大。酒精确实能点燃或是起化学作用于一位弱者,使其突发性改变一个人的常态,切换到霸气、狂言、泛爱甚至暴虐的强制模式。

更可怕的是醒来全然不知所有发生在自己身上的那些糗事。如此看来:酒是好东西,能检验人的真性情;酒又不是好东西,它能摧毁一个在你心目中原本还高尚、还儒雅、还绅士的人。

一早起来说酒,有些搞怪,像没醒酒的酒虫。其实,撩起这一

话题的是昨夜好友康宁的那篇微信,转载如下:

## 酒 哭

有人酒多闹,有人酒多笑,有人酒多哭,有人酒多话多,有人酒多闹事,有人酒多睡觉,有人酒多示爱……都是酒的作为。我以桌上不失态,回家睡一场为状态。不可否认,酒后吐真言,酒后出狂语,酒后妄承诺。说到底,本性使然,豪气战胜困难,亲情战胜原则。说酒哭,是为哭之有根有据。无数的触须在酒精的作用下奔放乱张,一旦点触,便鼻酸泪涌。大多的委屈都来源于平日的压抑,或为抗争之失败。酒哭很美,因为酸楚让人动情,泪脸让人茫然,妩媚有泪动容,像一丛忽然绽放的小花,让你的情窦无处可逃。这里专指女人酒哭,那般柔软,那般弱韵,让每一个男人动容,冲动或无奈。我是英雄救美型的男人,我不能容忍泪水所表达的辛酸,不能容忍受之折磨的经历,又无法冲破屏障,给予幸福[偷笑]。我不忍见到酒哭者,女人尚有美感,男人酒哭不如去死。

# 乐　子

## 乐　子

　　小院住着,小千逗着,小琴拉着,小曲哼着,小车开着,小资美着。阳光一点儿不吝啬,正对着小院,阳光房满满的暖意,小书房香香的墨迹,小客厅浓浓的爱意。

　　小两口电视上关乎着民生,老两口民生里关乎着时势。

　　琨哥那把琴,带出了小城无以计数的琴童,凑齐了无数五音不全家长的音阶,熏陶了左邻右舍的听觉美感。

　　阳光的早晨,大姐在QQ空间书写对宝贝千的浓浓爱意;入夜,横穿微博和微信两极怀念胡适,评点丹青,指点江山,挥斥方遒。怕让阳光晒懒了,小车一蹬去趟宜家,角角落落的家什都出自宜家,回来像儿时玩搭积木,拼装成件件组合式家具。书房那张书案上,随时可以铺开纸笔,挥洒墨宝。琴盖开启着,线谱《小夜曲》像是信手就能弹奏起琴键,流出音乐的情感。

　　大姐说她家里空虚时哪儿都不得劲儿,闹腾时尽想着往楼上卧室里藏匿。所有家人,温和、安静得像一首小提琴回旋曲。

　　唯有那只上了岁数的"点点",老态龙钟、步履蹒跚、心事重重地把肚皮拖在地板上,踽踽独行。"宝贝千"是全家人最阳光的亮点,所有的不快和阴郁,会被宝贝千童真的笑脸、童趣的欢笑一扫而光。进到这个家里,你会找回家的影子,家的模子,家的乐子……

## 聊 天

聊天应该是一桩很愉快的事,能坐下来无拘无束,口无遮拦聊天的本就不多。话题投机,心境顺畅,受益匪浅的聊天更是难能。

聊天没有技巧,也没太多技术含量,但有心理暗示和平和心态。聊天中免不了独自倾诉,以自我为中心,这时,就需要把控好话题比例,切不可占有过度比例,失去对方参与聊天的兴致。聊天不是辩论,不利于强词夺理,争强好胜。如果那样,会剑走偏锋,索然无味,不欢而散。

没有动力,不具备条件,话不投机的聊天不如不聊。当聊天成为负担,甚至心理障碍,缺乏快感,不如选择孤独。

读书,其实是最佳的聊天,无声的,独思的,自我的,又是可以与文字、与历史、与文脉交流的。聊天,切不可怀有太多功利性,借聊天获取潜在的目的,聊天的语境应该是平和、对等的,尊重对方的话语权,满足对方的心理表达需求,不轻易打断对方,更别抢占上风,咄咄逼人。

聊天其实也是一项全身运动,愉快了,血液流畅,筋骨疏通,呼吸匀称,性情温和,一如健身操,手舞足蹈过后,一阵说不出的畅快……

## 盒 饭

干我们这行的见到这玩意儿顿时就没了胃口,大小晚会做下来,吃下去上千盒不夸张吧?

这天,家里两位小女子去参加省里的劳模主题晚会,排练结束正好到饭点儿,多数人都溜了号回家吃了。两位又各自都有约去吃了各自的火锅,一堆盒饭送到后台,眼瞅着白花花的米饭不忍浪费,自个儿酒足饭饱后,竟然想到带回家说给俺混顿饭吃,还说吃过的都说好吃得不得了,真谢谢她俩在外还这么惦记俺。中午,恋着冰箱里的两盒饭,特地从外面跑回家,打开饭盒,看上去不赖。扔掉饭盒放蒸锅里热了一下,盛出来放在盘子里一拨弄,怎么也像盆菜社里的盖浇饭吧。再冲上一碗紫菜蛋汤,喊里咔嚓全包圆了。

准确地说,是膝下一直哼哼唧唧盘缠着的莎拉和小花,与我共同合作完成了这顿"劳模工作午餐",一点儿都没糟践。就这花样的盒饭,在剧组已经算上档的了,没有二十,也有十五一盒。

当然,这些年,把人们也惯坏了,一场大活动、大演出,前台刚还风风光光的,一到饭点儿,就见后台尽是黑压压的狼吞虎咽的"难民"潮。至今忘不了两家从名称上就不同凡响的盒饭。一家是在小城文艺台时经常给同事们订的"吃不饱"快餐店。你说叫什么不好,偏偏自己给自己的盒饭定位叫"吃不饱"。你倒是调侃下也罢,饭盒里浅浅的那口饭,送到我们那帮小伙子面前,不,连小姑娘都跟着直嚷嚷,"吃不饱,吃不饱",好像我这个当台长的在克扣他们的口粮似的,后来当然换了一家起码能吃饱的快餐店。

南京几年前有家"六点钟"快餐店,饭盒就很讲究,几种价格任你选,吃得那个让人一个爽啊!也不知现在这家还在不在。八项规定后,活动和演出少了又少,巨大的冲击波波及许多相关产业领域,产业链中很重要的搬家公司和盒饭公司这两年也跟着清汤寡水。偶尔能吃上一顿快餐盒饭,倒觉得新鲜起来。

人就这么蜡烛,有得吃不错了,还挑三拣四地埋汰。酒店生意下滑不代表外卖生意不好,这还是宠坏已经成了家和尚未成家的小年轻们,动不动拨通"零号线"叫上两份麻辣烫、肯德基上门。懒得像他们父辈那样在家热锅热灶的。也许这正是潮人们的时尚生活方式"君子动口不动手"吧?

2015 年 10 月 31 日于南京

# 街 头 歌 手

## 车　位

车位在逐渐吞噬着城市每一块净地,在剥削着有车一族的剩余价值。

车位一方面让所有有限空间无限增值,另一方面让驾车人原有的自尊日渐贬值。

主干道两侧,车位像一列列忠诚的卫士;街头巷尾,车位如一群群藏身的盲流。戴袖标的看车人成了城市的主人,手中的"袍斯机"侵吞着你的腰包,算计着你的时长。

全副武装的都市巡警,穿行于密喳喳的车位缝隙间,警告着你的侥幸,判决着你的人格。

车位比人情贵,比规则严,比世故精,比住宅窘。拥有车位,你会拥有自尊;无缘车位,你会无缘踏实。

酒店闲着那么多房间,车位却无处安身。广场容纳那么多大妈,车位却无缝可钻。车位是都市人绷紧的神经,是驾车人无助的哀求,是城管们手中的账单,是交警们警惕的猎物……

## 街头歌手

没人知道他们的出处和来路,夜幕下,随处可见他们擦黑的剪影。人人都赞叹他们的歌声,浪迹街头的歌手,观众对他们的评判只高不低。

大千世界，到处都是秀场，到处都有"秀我"的舞台。街头歌手很会聚焦路人的注目，很会叫醒听者的耳朵。怀旧老歌是他们的首选，驻足观看后，你会为他自创的歌曲动容。他们的歌声，有勇气穿过城市的嘈杂，穿透车马的喧嚣。他们的自信来自路人的注目，行人的窃语，情侣的陶醉，老人的怜悯。

　　过去，他们曾现身于街头巷陌中低档餐馆或夜排档，拿着一打歌单四下乞求食客们点歌，挣上几个可以置换吉他的小钱。如今，他们索性走上闹市，钻入地铁站，借助现代化高分贝音响，怀抱吉他自弹自唱。只求天性释放，不求生生乞讨。

　　有时他们是一个组合，一个乐队，哪里繁华，他们会助阵繁华，哪里僻静，他们会制造喧哗。他们是都市夜空的精灵，他们是都市寂寞的夜莺，他们唱出的是一个城市的喘息，他们哼鸣的是市井的鼾声。城市文明在他们哀怨的歌声中陷入思索，人们的信仰在他们豪放的吼叫中沉淀。

　　他们不屑去参加任何海选，往街头一站，他们已经是路人眼神中的歌星。他们无望去争头条，大庭广众的闹市他们已经独占鳌头。夜被他们唱深，唱黑，唱软，他们会静静收拾起乐器，悄然隐身于夜色下的人群中。他们是生存的逗号，艺术的问号，生命的双引号……

## 电　梯

　　一部电梯折射出太多寻常人的寻常心态：等候电梯上下的人们，都指望电梯空着，抑或只要自己能跻身其中上下自如。超载时，谁也不会认为自己是多余的那位，超载的那位，该退出的那位。

　　电梯有时像一个小社会，微表情的瞬间能分辨贫贱高低，雅俗取向。短暂的电梯行程让偶遇的人们惊鸿一瞥，令厌恶的彼此形同陌路，让生分的对方顿生尴尬。满员的时刻，目光会聚焦身边人的身形,不愿意遇见的人,电梯里偏偏让你遇见,而且,比平时逗留时间要感觉漫无边际。

电梯是男生女生浪漫的驿站,电梯是儿女对老人孝顺的舞台。电梯在医院是病人和家属宣泄的垃圾箱,电梯在酒店是酒鬼们放纵的客厅,电梯在影院是观众影评的沙龙,电梯在商场是购物狂们炫富的秀场。

电梯每天都会上演风花雪夜、浪漫情色、风雨故人、职场流萤、惊悚荒诞、光怪悬疑的小剧场戏剧……

## 图书馆

省城这座图书馆的建筑据说能载入建筑史上的一页。整栋楼的学术气度和读书氛围好得没话可说。馆内敞亮,豁达,霸气,宜人。借书,阅读没有高门槛,一百元押金办一张证,一次可借五本书,限期三个月。

冬暖夏凉的好地方,当然也收容了许多取暖纳凉的特殊市民。一楼给了少儿和他们的家长,父母或是爷爷奶奶跟来,也制止了很多本能的嘈杂。他们也是图书馆寂静的维护者。

要是哪天我们的剧场小观众能够如此安静该是件多么满足的事。

外借图书室一切都是数字化自助式,刷卡、搜索、扫瞄全靠独自完成,无需与管理员做任何交流。当然,多余一句的交流和询问,他(她)也许会答非所问,或一问三不知。懒得多看一眼、多说一句的管理员纯粹也就一个摆设,可有可无,现在条件下,完全可以省去如此人工。

图书馆不缺寂静,缺的是服务。都自助了,所以,高科技的服务理念就成了自我消化式服务。书架上的书籍分类很笼统,也很杂乱,看不出章法和头绪。文学类图书更是乱炖一锅,口味很怪,这或许是当今图书馆专业馆藏方法和分类学派。如今超市都能带包进入了，图书馆如此先进，居然必须存包入室，看来，书贼难防啊！

  羡慕这里的一切都是公益公办的。社会主义优越性到了图书馆你可随处可见，信手拈来。哪天剧场也能像图书馆这样公事公办，看戏也能像读书那样如此洒脱，戏子们不快活疯了才怪。

2015 年 10 月 30 日于南京

# 老花眼里的这个,那个……

## 老 花

鬼才记得这眼睛何时就老花了。从读书起,就新鲜、好奇甚至羡慕过人家鼻梁上托着的那副或白,或黑边框的近视眼镜,多有学识风度。没曾想,近视眼镜没戴上,老花镜于我却不离不弃了。

从最先带上的100度,到如今跟着年岁噌噌往上蹿度数:250度了。想过装酷,这回可好,正正经经的老花了。准确地说,我这属于近视+散光+老花,"三合一"型。

医院、眼镜店验过无数次光,体检时,还被医生吓唬过,说是轻度白内障。老花就老花呗,我也认了,干嘛总感觉眼前有只蚊虫在晃悠,眼珠转向哪儿,那小虫就跟到哪儿,跟我这么亲?上"度娘"一搜:才知不光我,太多人在疑问。是有这么回事,好像叫"飞虱"症,无大碍。家里、单位、随身包里、兜里,度数不等的老花镜加起来不下二十副。客厅、床头、书房、办公室、车上,只要能看文字的地方都有一副在那儿搁着。看长时间,眼睛会酸疼,还会流出几滴老泪。

老花不可怕,就是别扭。它总缠着你,摆脱不掉。上台主持、发言,你还不能戴着,走道晕乎,看人迷糊。索性把文稿放大,加粗,拉黑。头白加老花,"花白了",说明老了。人老,老的部件儿不一样,有人老在皱纹里,有人老在头发上,有人老在腿脚上,有人老在谈吐中,有人还……

我也许都沾了。怪谁?怪手机?电视?网络?还是?……谁也别怪,就是老了呗。平时再装得杠杠的,老花镜一戴上,一下萎靡好几岁。近视眼能治,老花呢?问过不少人,答案是否定的。

年轻时"心花",年岁大了"眼花",不能算"报应"吧?

## 食 堂

还是听了儿子的话,去吃了学院门口这家新开的和善园食堂。第一个进门的食客,自己把自己比作早晨第一缕阳光,理所当然受到店主们微笑而和善的接待,环境不错,菜单上的品种不少,点了老三样,又比外面便宜,关键还比外面早餐店清闲。没容多美上一会儿,所谓的清闲很快被呼呼啦啦一大群身子还没长开、四肢超长、小头小脑,一看就是附中舞蹈班的女孩们叽叽喳喳,还带着明显被窝味儿的声音中断,店主们脸上立马笑开得像一朵花似的灿烂。

想着儿子把老爹支开也许是为了不让同学们撞见,自己有个这么好食欲、这么肥硕的老爸,被人嗤笑?又想到蕾子在戏校读舞蹈专业那会儿,哪有这么丰盛的食堂?宿舍旁边唯有一个五六平方米的小卖部,每天还人头攒动,排起长龙。能买到的食品也就只有方便面、薯片、过期面包之类。九十年代初,连超市还没几家。蕾子过几天就会眼巴巴等着老爸送好吃的过来。蕾子读国关时,学校有大小好几个食堂,几次提出能否请老爸吃顿食堂都被拒绝,令老爹郁闷不已。一天送东西给她,转身钻进大食堂早餐,吃的那个香啊!结果还是被她同学撞见,随即电话过来,催我赶紧离开,说是不然老师看见印象不好……

老爹只好把含在嘴里的半截油条生吞下肚,落荒而逃。回头一路开车还在想:咋就怕被老师遇见?咋就印象不好?老爹太丑?吃相不堪?吃得寒酸?反正至今没想通。再就是遇上几次内急,想去趟学校厕所,结果几乎是被她给推搡着出了校门,说三站路那边有个厕所。如今跟她说起往事把她笑翻,其实留在老爸心里的费解至今还如影随形。儿子说他今早跟同学约好早餐了,我说正好我请你们呗,他说你不能请,只要你一请,那位同学不是留级就是转学。哈哈,老爸请客竟有这番功效?

再联想,他姐姐也有过类似尴尬事件发生。老了老了,顽童一般就好吃口食堂,还频遭冷遇。要不是记忆中掠过那年曾与娜娜坐上好几站公交车,专程去那所大学学生食堂吃过的那顿难忘的晚餐还有那么一点幸福怀想的话,张老汉人生当中就这么点儿可怜的奢求该有多么悲催啊!

### 剧场门前的黄牛

一半为工作,一半出于猎奇,在剧场门口蹲点观察,打探过"黄牛"票贩子。这群人很有意思,也是份很不容易的营生。刮风下雨,严寒酷暑,只要剧场有戏演,他们就有钱挣,有饭吃。

傍晚的剧场门前,有时会在离剧场数十米开外的地方,"黄牛"们个个两眼瞪得浑圆,身手矫健,步态灵活。黄牛们很识时务,懂行情,看脸色。经过剧场的人,他们能用行家的目敏锐筛选出你是否有买票或是退票的需求。如果是路人,他只是随意吆喝一声。

黄牛圈里的生意经很多,"生手""熟手",一看便知,从"小牛"熬到"大牛",你才配得上资深"黄牛"。你首先要懂得如何囤票,囤什么样的票,哪场演出值当你出手囤票。囤到手的票何时出手,他们的行话叫"甩货"。不及时出手甩货,票砸在手上,你就拉倒了。再就是"抢地盘",也有行里的规矩,抢了不该抢的地盘,这块江湖你也难混下去了。

开始我一直纳闷:剧场门前的"黄牛"哥们那么卖力吆喝,那么死乞白赖的死缠烂打的忙活,能挣几个钱?一日,显然那位熟脸"黄牛"那个晚上歇菜了,连吆喝都懒得出声了,一场好端端的"倾听巴顿"交响音乐会,曲高和寡被冷落着。

也正是趁这个机会,才能与他攀谈上几句:"哎,活丑了西了,砸得喽。"那位又像自言自语,又像冲我发发牢骚。狠狠拍打着手上那一摞入场券。我问:"你自己买的?"他诡秘地一笑:"还买的呢,要是买的那不更惨,朋友给的赠券,单位福利,工会发不出去,拿来给我,出手二一添作五。"一边说,眼睛还在四下搜寻。剧场里开场铃声已经响了,门厅灯光开始压暗,那位长长叹了口粗气:"哎,怎么喜欢听音乐会的就这么少呢?"

我心里好笑,敢情他也是个音乐迷?其实,"黄牛"自己很少有兴致自己进剧场去看戏,他们嘴上吆喝的倒像是比谁都在行,剧场里演什么,他们就吆喝什么,跟真的似的。不过,在行的"黄牛"据说也有,首先他们门儿清剧场里的座位,哪些是甲等座,哪些是乙等座,哪些是"飞机票"(后排或是边角座位票)。

碰上体育馆演唱会什么的,他们会悄悄溜进场内实地考察一下,看看远程音箱位置在哪儿,灯光架、摄像机位碍不碍事,有没有增加的投影屏幕?这些个"黄牛"人脉不差,票房,票务中心,机关单位工会,剧团营销口子上的都有他们的人。就算买来的票,也是三文不值两文的,这样,他才有赚头。

搞演出的人士,对"黄牛"们是又爱又恨,恨他们扰乱演出市场,爱他们水涨船高,虚张造势。有时,"黄牛"身影越多,说明这出戏越看好,票也越紧俏。最想听见"黄牛"们大老远就冲人大声嚷嚷:"啊有票多啊?""啊有多票啊?"这番问话式的吆喝,严重刺激着人们的好奇心和浓烈购买欲,不打算看戏的也有了进剧场的冲动,而且是极其迫切的冲动。

"黄牛"是演艺市场的一道风景,也是演出市场的晴雨表、气象站。哪天当真少了"黄牛",剧场门前那可真是门庭冷落车马稀了。

# 玩　票

## 票　友

　　戏曲行当内外不乏乌泱乌泱的玩票人群，五迷三道的图的就是个乐子。玩票人群的那股劲儿，不比专业戏曲演员差，只多不少。玩票与玩票的人们还斗得厉害，谁也不服谁，谁也不输谁。

　　可怜的戏曲市场，也就靠着这群玩票玩得闹腾的人群支撑着自个儿的那一方天地。玩票者常常看上去像一根筋，痴迷不怠，乐此不疲，坚不可摧。玩票不光是一种现状，更是一种心态。哪个领域都有，哪个领域都很需要这个群体。话说回来，说到自己头上，玩票玩的是文学的票，写作的票。追溯历史，由来已久，纯属20世纪还早些年头的事。最早萌生的念头其实是当一名作家，有过疯狂读书，疯狂写作，疯狂投稿的疯狂经历。狂热迷恋、效仿过我们那个年代的中外作家和诗人高尔基、小林多喜二、马雅科夫斯基、普希金、茅盾、屠格涅夫，等等，学着他们的写作风格写过一堆让自己汹涌澎湃的文稿，然后像放鸽子那样，放出去，不久它们又原封不动地飞了回来。

　　想想那些年代，一个文学青年的信念是那样宁死不屈，越挫越勇啊！就这样，"作家梦"从未被击碎过，只是后来为了谋生，干起其他在梦里没出现过的营生。这就是我的玩票方式，一直玩到今天还孜孜不倦，不管不顾。

　　前些年，赶上"博客"，乘机把自己的文字涂鸦贴在了上面，后来有了"微博",每天挤干水分、凑满140字的写作也玩了几年,感觉不是很爽。

"微信"窜出来的这些年,正值文艺革命的淡季,于是不甘寂寞的老张,重操旧业,再度玩起票来且一发不可收拾。实话实说,说来你也许不太会相信,老张微信朋友圈里没加几位朋友,老张看到的和看到老张的就那么几位,吃过交友不慎的亏,也不愿意用自己的思维或表达方式影响别人,每个人都有自己的行为方式,不可复制,更不可强求。

拿微信说事,知道微信朋友圈是用来分享"心灵鸡汤"和信息资讯、好友心情之类的,这些老张并没排斥,玩微信玩得最起劲的还是想通过这么一个新型互联网工具和手段,记录、抒发、练就、整理、搜集一些人生经历、文学感受、文字耐力、句式构架、文章语感,等等。至今能看到老张朋友圈的是你的幸运也是你的不幸:幸运的是无论你是否愿意,都无奈被动成了我绑架在"圈"里为数不多的那么几位中的一个;不幸的是,见天儿被老张冗长、乏味、干涩、自我的文字骚扰、强制。于是,有的干脆长期潜水,有的索性选择沉默,有的出于礼节懒懒上来点上个赞。

不得不跟诸位说声对不住了,老张无心想在诸位面前嘚瑟那几下子才艺,本来就才疏学浅,当"微信"草稿本了,爱看不看,任老张自顾玩乐罢了,实在不济,屏蔽了我,总比老张屏蔽你好些。

老张也常常嗤笑剧院门前打了鸡血般的那群票友,上杆子的入迷玩票,对着镜子一看,自己不就是另一群票友吗?当然,玩票的贼心还在于,凑个整岁数,出一个小文集,再和儿子出盘演唱专辑,文友、歌友、票友之间把玩一圈儿,也算个乐子。

大清早一睁眼,一向深居简出的小景又浮出水面点评老张了。有时,老张也在意朋友们点评,何况是小景呢?转了:"张波的丰富而卓有成就的前部人生,就是一个多姿多彩的舞台正剧。张波就是一个台前台后都保持一致的阳光主角。从现在开始,他用这种'纯文学'的形态,开辟了他的后部人生——同样朝气蓬勃,一脸霸气又富于弹性,用他与生俱来的激情燃烧他的朋友。只是他不知道,老张的这种存在不知不觉中改变了小景的悠闲的看客的姿态,害得我动不动低着头为他写字。呜呼!"

## 歌　友

歌唱已成为各自过往辉煌,华丽的高音没有太多杂质,本钱还在,利息也在,歌者们唱红过小城的舞台上下,角角落落。不去苛求技术标准,不再追求声音质地,歌唱已经成为彼此聚在一道的理由,琴声中,能唤起彼此的歌唱年代,歌声中,能挥发体内剩余的脂肪,能宣泄让精神累赘的羁绊。

琴房曾是我们的青春小屋,黑白琴键曾是我们成长的阶梯。学院派,野鸡派,自由派……歌唱没有戒律,没有束缚,只有纵情。

贝贝开始还不适应叔伯们如是放纵的歌唱,引导他走出课堂,与他的师哥们切磋声乐,互动钢伴。一个正在声乐道路上奔跑的少年,被同校大师兄们和父辈们浑身上下蓬勃的激情感染,看到了父辈身上的年代印记,触碰到歌声以外属于友情,属于澎湃的脉搏节律。琴房里响彻岁月老歌,老歌与老脸揉碎在并不苍老但有些沧桑的音色里,在《月飞山,英雄山》上飘荡,在《嘉陵江上》怒吼,在《中国的土地》上悠扬。

歌唱艺术成了小城这群歌友们永不休止的音符,是这帮老少爷们心中不离不弃的《啊,我的太阳》,没有尽兴的时候,没有唱够的老歌,所有不尽的情怀只有融进这首《我爱你,中国》,方才欲罢还休。这也是歌友们内心豪迈,由内而外的国庆放歌……

### 港囧又胜泰囧,徐峥又超自我

如果说《泰囧》是一次旅游途中笑料频出的窘迫,《港囧》却是一部爆笑不迭、喜中含泪的原态生活喜剧。如果说,第一部《泰囧》徐峥只是无意识抖了一下小机灵,完全出乎意料地赢得了票房大红,这部《港囧》却是徐峥精心创意、智慧完胜的一部上乘之作。

上映第二天,影院内,各年龄段观众内心由衷发出的快乐无极限的畅笑,足以验证《港囧》又胜一筹,徐峥又上一台阶。当年的《泰囧》一不小心带火了泰国旅游业,今天徐峥的这部《港囧》,将会重塑香港影视剧在内地人心中的地位,重温港片中一首首撼人心魄、温热如初的老歌老曲。影片太多桥段,徐峥动足心思,精心设计,妙想创意,引发观众由会心的笑,转而开怀的笑,继而忘乎所以的笑,随之笑中带泪的笑,最终达到难以自拔的爆笑。

之前,徐峥曾做客《金星秀》节目,金星让他对《港囧》做一下票房预测,徐峥毫不扭捏说出 15 亿、20 亿一串数字。我想,突破 15 亿极有可能。

当然,这部新片缺席黄渤、王宝强这两大活宝和票房保障,徐峥大胆启用新人包贝尔、杜鹃以及第一次掺和到喜剧片里的赵薇,着实令人捏汗。不过,《港囧》赶上了一个中秋国庆好档期,没有其他喜剧片与其竞争较量,相信徐峥又一次大获全胜近在当下,预祝并点赞。

微圈儿里的朋友们不妨去影院体验一番,让横膈膜和丹田无所顾忌、歇斯底里地抖动上个把小时,精神会畅快,心情会愉悦,愁云会消遁,抑郁会治愈……

## 好人有几,好戏有赞

这出戏演员演得过瘾,观众看得也过瘾。很久没这样的感觉了,首先刘总买下这部剧的版权,买得值当,决定投资把它推出也决策正确。省话青年男演员撑住了这部剧,也拔高了这部剧的男神颜值度。

说实话,选这部剧投向市场是需要有很大冒险精神的,不是每一部经典观众都能买账。如此大段台词叙述，冗长戏剧情节推进，军旅题材限制，外国剧的生涩，拗口台词节律等等，都会是小众剧场效应的前兆。然而两个半小时下来，事实和经验都足以证明，省话这批演员拿住了这部剧，也拿得住来看这部剧的观众，这在当今演出市场氛围下，实属难能可贵！为制作人晨光庆幸，为省话年轻人喝彩，为话剧的坚持和不懈呐喊！

戏有戏骨，剧有剧魂，人有人格。这是这部剧的最具说服力的看点。一般剧时间一长会拖沓，会令人疲劳，而这部剧戏扣很严谨也很有戏剧张力。看得出来，男神演员扎堆充分体现了较劲儿的态势，个个都动了脑子设计自己扮演的人物，哪怕一个不起眼的小角色。个个出彩，个顶个的到位，就连第一次担纲女主角的洋洋也毫不逊色。

这部剧下来对省话青年演员是个极好的磨练和升华，尤其作为男群戏，暗自较劲是必须的，也是值得的。一部好剧能成就很多人，成就很多事，相信晨光这部剧做出了江苏话剧年轻演员的标杆，也是新一轮江苏话剧市场的风向标、试金石、探雷器、导航仪……

江苏话剧好人不仅有几个，好人、能人其实无数……

# 朋友没有圈：速写身边人

## 戴老写生一

与他生分些的人们尊称他戴老师，与他近乎些的同事称他老戴，再热乎些的干脆唤他作小泉，敬仰他的都称他为戴老。全名戴晓权，艺名小泉。一晃，与戴老神交快二十多年了，还在小城文艺台时就常应邀参加省里的各大晚会活动之类，与戴老有过多次合作，上台主持的撰稿多半出自戴老之手。调入省歌后，与戴老更是频频朝夕相处地奋战在形形色色各等主题晚会中。省歌中层干部会包括各等晚会策划会少不了戴老，每每开头炮自诩"抛砖引玉"的总是他戴老，再有就是会议主持者遇上冷场往往点将戴老救场，戴老丝毫不带半点磨叽、丁点儿含糊，叽里哇啦一通畅所欲言。发言时的戴老言辞犀利，直奔主题，命中要害，直令场上与会者汗颜或大呼过瘾。领导不便说，不敢说，说不出口的话他戴老张口就来，要么不说，要说就说他个明明白白、畅畅快快！这一切跟平素戴老生性畅快、激情澎湃不无关系。

与戴老神交过后跟着就深交起来，这一路没少跟着戴老学玩意儿，戴老精通博古，文才渊厚，才思敏捷，落笔生风。只是今天看来多半辜负了戴老指望我接他班成长为一名大牌编剧的期望。戴老起先唤我"波"，后来见我日渐衰老，看上去也差不了他几岁，干脆改口为"波弟"，倒也更走近了彼此。进省歌后几乎所有省里大型晚会甚至外面私活儿，我都有幸与戴老相伴，从背诵他的主持词到跟他撰写主持词及文学台本,共同创意策划,后来又成长为总导演。总之,跟着戴老没少长进。

戴老极好的人缘还让他成为艺术圈内外的一枚开心果,主创团队都在争抢他。这跟戴老策划初期激发带动起团队成员们斗志和触及灵感部位有很大关联,所以,他老人家的创意切入点来得快,也把握得准,被采纳的概率和命中率也极高。像戴老这样能创意、能策划而且在二度文学创作中又能妙笔生花的主创谁能不争不抢呢?与戴老经历过太多回类似政府主题活动,节庆晚会,企业活动的创作竞标会,每每主创团队的创意阐述部分大家都一致首推戴老上阵,那会儿的他,神采飞扬,口若悬河,声如洪钟,说拉弹唱……说到酣处,他会蹦上桌椅手舞足蹈,神形兼备地描述文字所不足以宣泄的地方。此举,刹那会令所有在场人为之振奋犹如身临其境,晚会即将呈现的所有效果他戴老带你提前感受了。这不能不说是他戴老身怀的绝技之一。

## 戴老写生二

戴老看上去其实不老,记得认识他那会儿跟现在没多大变化,只是白发窜了许多上头,面部上的褶子也少许呈递进趋势地略有增多。戴老皮肤白皙,身体健硕,走起道来似年轻人一般快步如飞。最没变的是他的思维活力,依然旺盛,依然鲜活,依然富足。年轮和履历积淀了不少大部头的文学作品在他名下:如歌剧《孙武》,舞剧《五姑娘》《早春二月》《倾国倾城》《苏武》,清唱剧《孙中山与宋庆龄》等。晚会策划及歌词创作那就不计其数了。国家级各类奖项,如文华奖、五个一工程奖等对于戴老来说,只是数字叠加而已。身为国家一级编剧的戴老够吃老本,够享清福了。有一儿一女国内国外悉心孝顺着,有贤妻良母的范老师默默依偎着,有圈内圈外众多艺术家朋友们诚心呵护着,戴老活得潇洒,过得舒坦,玩得也自在。说到微博,好像还是我最先教会他的。后来,不甘落伍和寂寞的戴老又学会了玩微信,隔三岔五会从他的微信上发来与老伴儿游山玩水的诗词歌赋、光影图像。

戴老所到之处行文如风,落笔生花,出口成章。他波弟所能做的也就为他出本专著,连载杂志,约他小酌了。

每每酒后余兴未消,戴老随我们去了歌房,他自己才记起曾经有过歌剧团歌唱演员的"前科"。兴口唱来嗓子虽说不再了,那份歌唱演员加诗人又加编剧的艺术表现力无人可比。那首看家的《康定情歌》又在向众人讲述这位曾经的西北汉子的前世。

戴老常说自己其实应该算是镇江丹徒大港人,请他们夫妇俩来过镇江,游过西津渡,食过江鲜。喜欢与熊老师和戴老师一道(自诩仨老男人)饮茶品酒,谈论古今,阔论时政,访谈艺术。

再有多久未见,只要见到,或是电话、微信里的一句问候、一条转发、一句评点,亲切感顿会温暖周身。

那日,剧场偶遇,热暄几句过后,约了改日面叙。中午去了他家门口一家小馆,几碟小菜,一瓶劲酒,相叙甚欢。他还带了厚厚一摞教课用的参考书籍,慷慨赠我……

聊起戴老有说不完的话题,能从他身上学得些许才华、星点经纶,半点智慧已经足够我欣慰了。

早就想勾上几笔戴老的肖像写生,一时兴起,当真勾勒起来也还没能尽兴,还有的是机会。

戴老看了万不可介意波弟手拙和不才,谁让您认下这位老乡弟呢?哈哈!……

## 小城名记佬董

艺人、记者都有赶场一说,要说佬董赶起场子那才叫邪门。说好汉当年勇也就罢了,退下来的佬董只要小城的场子没有见不着他佬董的。换句话说,佬董未到,那场子开也白开。年轻时的佬董生得膀大腰圆,现如今可谓杠杠的健硕;佬董热情无比,心肠更是热得发烫,数得着小城日报社为数不多爱打抱不平的主儿。佬董手上那支笔亦正亦邪,正过来可描红,转过来可拉黑。

小城上至官府,下至平民,蒙难的第一时间想到的几乎都是求助佬董,佬董血气方刚的年代像一头媒体狮子王,只稍吼上一声,顷刻间正反新闻如炸锅一般脆生生作响。佬董七分生得像笑星马季,可惜这辈子吃亏却偏偏在舌根上,"知吃"不分还"呢勒"不利索,要不然马季后生里面没人比他有面儿。佬董傲视群雄的日子虽说远去,如今微信达人的盛名如日中天,手中不大点儿的手机无时无刻不在证明他佬董坐拥佬董"独家自媒体",常听他当众掰活自己微信朋友圈如何如何壮大,更常见他的转发量铺天盖地,排山倒海。人退了思维却在突飞猛进,纸质媒体风光那会儿,他佬董已经够风头的了,人退休正赶上网络媒体"微信"盛世,佬董又创造出小城的独一无二。佬董孜孜不倦在传统媒体与时尚传媒领域之间穿梭,在三百六十行字里行间跨越。至今仍然保持着老记者特有的敏捷、快速、精准、高效,还并蓄着当今传媒人拥有的生龙活虎,为佬董击掌称道!

这会儿,微信上得知佬董随小城餐饮业考察团正在行进路上,想必他此行又会赚得朋友圈内外的盆满钵满,佬董,吃好喝好玩好写好啊,你懂的!

### 敲得响键盘的画家、作家:王川

继续拜读王川兄散文集《敲得响的风景》,书名起得好,集子里篇篇游记里的风景都敲得响。王川散文用笔如他的版画,笔笔讲究,字字精致,文法细腻,遣词造句更是用心。随他文采神游世界可谓有种先睹为快、跃跃欲往的冲动。就算自认为再熟悉不过的小城经他描述后,也有了另类美感和历史厚度。钦佩王兄博学渊深,才识广阔,善于引经据典也就罢了,八百年前的历史及典故如数家珍,信手拈来,一如得来全不费工夫。手中有幸得了两本,还是夏兄心细,又请王兄签了大名转来一本。记起与王川兄在小城的多次交往,也多次邀请他做电台的嘉宾主持、大赛评委,等等,与他有过好几回聚餐,从没见他碰过酒杯。王兄里外为人为事尤其儒雅端正。跟小夏说过,等再回小城,约上王兄怎么也得小酌一把。文章写得跟美酒一般,不用点儿酒滋润滋润,岂不悔矣?

## 速写德平

德平内蒙回来没露丝毫倦怠顶着那顶形影不离的小帽,依旧神采奕奕地一头扎进金山湖一号笔会前前后后张罗起来。

与德平相识,相处有二十多年,人家见面想尊称他老报人又叫不出口,因为他油光锃亮的头型与面庞见不着太多岁月刻下的纹路,关键走道嗖嗖带响生风,全然算不上苍老。喝酒前的德平淡定无比,隐隐透着世人皆醉我独醒的孤傲。小酒杯一端,啤酒几瓶下肚,诗人、书法家、摇滚歌手本性尤其外露无疑。德平的朦胧诗曾在中国诗坛刮起过不小的旋风,那诗句要么缠绵得性感,要么热得发烫。与德平在一起无需遮遮掩掩,虚里吧唧,怎么豪放,怎么尽兴怎么来。说是他引领我走上文学之路一点不带夸张,我寄给报社的第一篇小小说就是经他手编辑过得以出炉。德平行事风格干脆利落,从不婆婆妈妈,腻腻歪歪,请到他的事多半会有求必应。德平身上有太多可以让你悄悄欣赏的东西。一旦聚到一起,喝到半醉那是必须的,而且还必须一场接一场、一轮接一轮地喝个痛快。德平学过弦乐器,不过唱起歌来很少注重旋律,怎么有感觉,怎么投入怎么唱,直唱到酣畅淋漓为算。交这样的朋友你会从他身上获得足够的能量,也能燃起对后半生的激情,像他题给我的那幅图腾,人生每个年龄段都会有图腾的时候,图腾的可能,图腾的信念……

## 梦笔生花·老唐明觉

　　咋一见明觉，愣神片刻才缓过气来，十好几年未见，略显发福的他更多几分成熟，偶遇在书画家笔会上，一时没将他与书画联系起来，更因眼前的明觉很难与早年观音桥巷电台新闻部记者的他相关联。那时的明觉白白净净，小小巧巧，文质彬彬，瘦若书生。常见他进进出出新闻部办公室时拎一只与他体格失衡的竖式黑色公文包，话不多，你急他不急，走道慢悠有节律。我们当班播音员与责编都在坐等外出记者采访回来编发当晚播出新闻稿件，编辑改好的稿件一旦出手交给播音员，播音员很像电影院专门的跑片一样，飞身钻进播音室开机播稿去了。因为当年是延时播发手写新闻稿件，所有记者稿件中最让播音员争抢的要数明觉等人的手稿。他的手稿字迹秀美，干净，整篇从头至尾，当班责编几乎不忍心下手添油加醋。每回，待责编将编好的稿件用毛笔蘸着红墨水在每篇的右上角编上序号，机灵点的播音员就开始先下手为强了。当然，播音员们心中也都有那么几位不招待见的记者稿件，谁都会避让那几位形如韩文，腾云驾雾，曲里拐弯仁兄的笔迹。再有就是那位从未谋面，且无好感的特约通讯员，他的稿件通篇文字胡子连着辫子，像孩子生下，脐带未剪开，上个字连着下个字不带喘气的，让人看了窒息。

　　同事们特有好感的正是老唐明觉的那手好字，看上去，一如工整的钢笔字帖，私下大家都会悄悄羡慕此兄。明觉好像当年跑机关和教育口，一如当年教育形势，不紧不慢，不惊不乍。时隔这些年彼此都已半百，然一旦见了，又重拾起当初意气风发的豪气。冷餐会后不觉尽兴，又随德平去了KTV，想到没聊够，试探着一则微信发给明觉，让他过来，他很快应了，两首歌的时间，明觉从家打车过来，开唱第一首齐秦《外面的世界》，然后童安格《其实你不懂我的心》，然后……一班人吼过歌，显然余兴未消径直又步行去了一家夜排档,咕咕噜噜灌下一箱啤酒,冒着酒气,呼哧哈差相拥道别各回各家……

加了明觉微信,如同登陆社科联信息网站,铺天盖地的最新信息扑面而来,甚是壮观。老友重逢欢喜不已。借此,也乘机感谢下白天笔会上明觉挥毫赠予的墨宝:梦笔生花!

## 又说大姐

大姐和琨哥的家,每个角落都洋溢着对生活的爱意,每处细节都能看出主人的讲究甚至挑剔。大姐唯独宽容老弟这一家子不讲究的老小,忍着,让着,将就着与粗犷的老弟共事多年,饱受清贫和磨难,委屈和风雨。老弟在老姐面前是一本只有她才愿意翻上几页的线装古书,老弟风光时,老姐隐在后头,老弟蒙难时,老姐冲在头里,老姐至今仍旧愤青的傲然风骨其实该追溯到……

搞艺术的或是不搞艺术的人们如果一旦融入大姐家,你会为艺术所染,所感,所动。琨哥甩掉官员的乌纱帽从那个神马局拂袖而去之后,那把小提琴成了他成天拥在怀里的"红颜知己"。大姐丝毫不吃醋,抱起更庞大的"猛男"手风琴向琨哥"示威"。提琴与钢琴,狼毫与手风琴,良辰与美景是这家子的一幅画,一行诗,一首曲,一道景……相形之下几张照片上的这几位就显得有些那个……

## 胡子的录音棚

孟胡子在南京的录音棚一向讲究,还在上海路那会儿,空间局促的小棚子是城里数得上最具人气和专业级棚子,拥而不杂,挤而不乱。后来,来录音的"棚虫"们人都开车来了,那条巷子绝对是磨练入库,倒桩的好地界。再后来,搬到月牙湖附近,宽敞多了,胡子又开始讲究起来,打了一面墙的橱柜,专门定制了一批杯子,供进棚录音的歌者们任选一只,并可在杯子上涂鸦留念。记不清哪年哪天照着做了,几天前朋友圈有人发出图片,不禁唏嘘不已,感慨有之。去过城里大小棚无数,唯有胡子的棚子温暖得可以,再说胡子小孟为人大度,做监棚也温和体贴,棚子到哪儿,"棚虫"们也会跟到哪儿。大气候原因,锐减了太多演艺活动,棚子也日渐凄冷,还好有时会有企业员工或者广场舞大爷大妈自娱自乐撑着进棚,棚子的人气还有他们撑着,架子没倒,因为胡子在京城混出了不俗的人样儿,胡子的音乐还在,温度还在,笑容还在,尤其近俩年胡子的歌声也唱嗨起来,棚子的生意他也不管不顾了……

# 涂在拉啡里的鸦

### 涂在拉啡里的鸦

人有时只需要这么一处哪怕容下自己身体和思想的狭窄空间,尽管这个空间是为学子们设身处地着想的。我进门时,矮小恬静的女店主独自依靠在自己店内那张长条座椅上读书,背景音乐好像正放着一首张信哲早期的歌。常常好奇从这间叫"拉啡"的小门店路过,就剩下好奇走进它。要不是因为等着接放学的儿子回家,当然也怕被雨淋着,一般说来是不会有这份闲情钻进这里。

挨着街面,屋内不足二十平米的拉啡小店经营着小黑板上写着和透着的文艺范儿的与咖啡有关的饮料和西式茶点。点单及预备着用来让学艺术的孩子们涂鸦的小本本上,满是各类良莠不等的字迹和图画草稿,字里行间倾泻着莫名奇妙又稀奇古怪的错乱情绪和纷繁杂念。有的甚至像特务接头惯用的标记或文字暗语。随手点了一份卡布奇诺,挑了一张能塞下自己这身赘肉的角落坐下,很快就闻到充溢着整个这间小屋的卡布奇诺淡香。

屋内一个下午除我和娜没来一位顾客,清闲之下把所有宁静和雅致留给了我们。我百无聊赖地翻阅着这里的几本涂鸦小册子,报着不同于任何一家咖啡店泡制出来的卡布奇诺,很享受这间被店主看似随性其实又非常创意地给别具匠心捯饬起来的门店。晚上兴许便是这条街上独一无二的小酒吧吧?刹那间我会这么想:幸好没来别人,不然人家会嫌我这等块头太占地方加上又生得这么碍眼会坏小店的生意的吧!

　　我一杯咖啡,娜一杯奶茶这么无聊喝着,总觉得有那么点儿对不住被我俩占据下的这里整整一个下午的时间和空间,更对不住那位看上去比我们还百无聊赖,还"无事佬"般年纪轻轻又被涂鸦本上的众顾客们多少有些肉麻地赞美不已貌美的女店主,于是乎,又从菜单上翻出了薯条、鸡米花两样小吃这才让愧疚的心理有了一份平复。

　　天色整个下午始终阴沉着,眼瞅着快要倾泻下来的一场大雨不知何故给憋回去了。张信哲歌过后记不清是什么旋律了,反正音乐就这么一直幽静地低回着,反正娜也一直窃窃吟诵着手机微信朋友圈里转来转去那类她认为饶有兴致的信息分享。我被她念过的一堆垃圾信息反倒给念饿了,忽然想到了曾被历届艺术学子们经久不息缅怀过的鸡蛋饼,即刻夺门而出,奔那小摊而去。

## 自怜自爱过 58

　　拖儿带女,养家糊口这么些年,不服老不行啊!当爹的在孩子们心里究竟啥样,能当你面说出来也不见得真实,自个儿心里没愧比什么都强吧。没让你们做成富二代,没让你们在外人跟前洋呼洋呼成官二代是当爹的无能,当爹的没给你们丢份儿,你们也没给当爹的丢人现眼,咱算扯平了。跟爹生活这么些年虽没享什么福,日子也还算凑合,起码比爹那会儿活得滋润。你们的老爹很感性,粗犷的外形框着一副肥硕的身板儿,里面竟然还藏着不少多愁善感的矫情,让你们见笑了。不是一家人,不进一家门,就认了吧,"58"联想到我爸,每天得闲就忙着续写那篇酝酿已久的小说《老爷子的西皮二黄》,感觉往中篇上跑了,一发不可收也。眼下,一家的日子过得也还算马虎,磕磕绊绊,絮絮叨叨,稀里糊涂下来了,还得往下过。心里默默许了几个愿……愿……既然许在心里,这儿就不说了……反正朋友圈里的亲朋好友们,天天快乐啊!

## 秋游农家乐

这家胖人玩的就是心血来潮,想怎么着就怎么着,大周末起床说今儿干点啥?蕾说,想吃螃蟹了,娜随即翻看大众点评,搜到高淳一家农家乐,说连吃螃蟹带刨地瓜,还……电话打过去那家很热情,说保准让您满意。于是,带上一家驱车上路。随着高德导航一路开过去100多公里,那家主人早在路边候着了。尾随农家主人往小巷深处走,见是纯朴殷实的一户农家,独家三十亩河塘养殖着称之为"固城湖"品牌的螃蟹。这位电话里结识的老陈,告诉我他是陈家村人,一家四口,三层小楼住着,楼里放了七桌,专等游人来家吃螃蟹。问他怎么就上了大众点评,他嘿嘿一乐:女儿在那儿工作,近水楼台嘛。原来如此……老陈摇着水泥船载上我们馋着螃蟹的一家胖人来到他家那三十亩蟹塘,望着城里跑来的这一家人,见什么都觉得新鲜好奇的傻帽,老陈眼神里透着几许揶揄。蕾子刚从网上淘得一副自拍支架,一路拍个不停。把老陈也拍在镜头里,感觉比咱这一家还要上镜。

挥汗如雨地在老陈家菜地里假模假式挖了几只地瓜,南瓜,又在老陈家看塘棚里坐了一小会儿,两个孩子镜头里那小脸儿上汗淌得跟民工子女一般令人怜悯。

纯属误打误撞认识了老陈这家,不像以往去过的所有农家乐,这就是独门独户的老陈家。显然中午就我们一家四口自投老陈家的"蟹网",也倒来得清净,跟走亲戚一般自来熟了起来。老陈话不多,问一句答一句,一句也不糟践。趁我们去蟹塘的工夫,老陈婆姨早已做好了农家饭菜,就等我们从蟹塘挑回的螃蟹下锅了。可不就为螃蟹它老人家来的吗?虚晃了几筷子农家小菜过后,直奔经娜娜之手左选右筛的那几只小肥蟹而去。到底是塘里刚捞出来的,蟹肉鲜美无比啊!全然冷落了那几盆干巴巴的农家小炒。边吃边说来着了,比城上便宜不算,关键是新鲜,有口感。

再说咱这是自家血汗钱吃的,比公款吃喝心里踏实,哈!这叫什么来着?这叫新时代中国梦式的阿Q精神!甭管咋地,这个中午,老陈家这幢农家小楼就咱一桌,清一色的农家土菜加几只奢侈的螃蟹而已。认了老陈家这门"亲戚",改日可以招一帮朋友过来,老陈心里估计也这么盘算。来的时候老陈在村口候着,走的时候老陈非得要拎着两袋地瓜送到村口。老陈啊老陈,瘦弱的背影还真让人心里落下几点儿流连忘返的触动……

### 排排坐,吃排档

足足两千多平方米的这家海鲜大排档,聚集有八十多家各色摊位,像一家大剧院按照座位号排列有序。大众点评搜出这家"湖南人",好客的老板会先领你去顶里头的海鲜卖场,想吃什么自己点,她会帮你跟卖家谈价。买回来的海鲜交给女老板现场加工,烹饪。呼哧哈差一会工夫,你点的海鲜从锅里热腾腾蹿腾着浓香辣味盛上桌,简直美味无比。上百桌排档满满铺开,还没到饭点儿已是人声鼎沸,油烟蒸腾,没有口味都不能够。女老板貌似胎气,送上一碗鸡蛋汤,随即缠着你在大众点评上给她家"湖南人"的排档写点评。敢情鸡蛋汤不是白送啊?呼呼啦啦写了一堆赞美之词,就见那位被油烟熏的黝黑蜡黄的女老板一甩手,结账买单时立马去掉八块零头,扔下一句比海鲜还鲜的亲热话:下回一定再来我家啊!……吃饱喝足出来,乌泱乌泱的人流往大排档涌去,忍不住招呼他们别去其他家,直接去湖南人11排××座……那年到海南去过海鲜大排档,这回这家"湖南人"排档的口味好像印象更深些。

### 男家长会

贝贝上小学的时候每逢学校通知开家长会都被我躲过去了,眼看初中快升高中了,班主任这回硬性通知家长会必须学生父亲参加。

俗话说,胳膊再粗也拗不过老师的手指啊,只好去了。数了数,到会家长四十人不到,还是有约16位孩子他妈,20来位孩子他爸们。出门前特意梳妆打扮了一阵,配上一副平光眼镜,头一回坐在儿子初三班的教室将肥硕的身子塞进间距很小的空档里,还强撑着坐得笔直,为的是别让其他孩子家长看出张佳贝他爸生得老气。那位据说至今单身的班主任苗老师,絮絮叨叨,旁征博引开场花了十多分钟专门讲述缘何让学生老爸参加家长会的道道。可想而知,开讲之前,班主任没少花工夫做功课,好一阵查阅过诸如父亲在孩子心目中的位置如何比母亲重要,父亲在孩子心理成长阶段如何扮演好自己角色,父亲是孩子敬仰和崇拜的丰碑等等。我瞥了一眼和我一样呆呼呼塞在孩子座位上的父亲们,也没见他们有太多骄傲挂在脸上,倒是发现教室里的母亲们嘴角和眼角划过那么一丝不屑或是幸灾乐祸的怪异。貌似夸完班上孩子们的父亲们,话锋一转,开始数落起父亲们来。大体说:父亲们太不关心孩子们的成长,以主外自居,放松对孩子们教育和关心,甚至态度粗暴、方法简单之类。班主任讲完,门自然开了,一位看上去羞答答的数学老师走进教室,12345,ABCDE的条理尤其清晰,一气解完一道数学方程式那么简单,完事转身出门让过语文戴老师登场了,这番上下场方式,太像演员上出场了,没有半点误差,都在点儿上。听下来最能侃的要数语文戴老师了,贝贝说过,所有老师中,也就算戴老师平时尤其看重他,在戴老师身上贝贝才能"夺回发球权",获得在数学课上丢失的那么些个儿自信。因为戴老师十分看好贝贝在课堂上回答问题的另类角度以及他出手的作文,这点我也有同感。

坐在教室里的那一刻,所有老爸们只有一个身份:老师班上学生的父亲。惭愧的是,我是所有"父亲"中年岁最长的好像。出门时贝贝不停"叮嘱":"老爸,能不讲话就不讲话啊。"回来后还在追问:"你没侃侃而谈吧?"我被追问得哭笑不得,我心说:你老爸哪有讲话的机会啊。好玩儿的是：每个老师讲话的间隙不知从教室的什么物件里，居然还能冒出一段间奏乐，语文老师那段整个是在配乐朗诵中进行……

## 韶韶话剧《民生巷 11 号》

何为本土？南京人脚下的这片土地长出来的故事用戏剧方式呈现且带有泥土味，土特产味，民间民俗味。一幢民国老宅子，三个打小尿尿和烂泥的玩伴儿，配上两朵可人的鲜花，构成了一部极富老南京 DNA 的坊间碎碎叨叨的戏剧故事。市话《民生巷 11 号》原创话剧选材又一次先拔头筹！

又缘何选在远离市区的浦口工业大学礼堂首演这类典型民俗题材的大戏？驱车穿过长江隧道的那一刻我还一直在困惑。剧场效果一次又一次为我解惑，除去学校现代化剧场和舞台空间的优势之外，占半数以上学生观众的自发性审美感应和情绪互动已经足以说明这部戏的观众群绝非小众。追看这部戏缘起是这部戏的导演是我们的一位小朋友：王冰茹。市话从我们小城请来一位仅仅读过上海一所民办艺术院校导演专业的年轻女孩执导这么一部老南京标签很明显的大戏，又成我另一疑惑。全剧看完，疑惑打消了，剧里透出的王冰茹并不年轻稚嫩，相反看上去还很老辣。

舞美实景和转台的设计为全剧剧情和人物时空起承转合提供了支点和支撑。制作方的制作本钱下得是地方也很值得。厚重敦实的木质结构老宅本身就是一部老南京的历史，老宅子里的几个老人，几件老物件，几声老吆喝，几道老小吃，几段老回忆，讲述着一段似曾相识，春如四季的老故事。

这部剧最先让人闻到的老南京味道是那几段马小宁的画外音。小宁的音色里带着些许苍凉黯哑又不失俏皮和弹性，寥寥数语勾勒出老南京的地道人文及坊间趣事。马小宁的萌里萌外，肖明的持重老成，于东江的姨里姨气，常小川的楚楚动人，小李子的木里石鼓：五人成就着南京人的群像。

# 幕　后

（一）

地点:五台山体育馆。主题:中国第六届艺术节开幕式。前面的议程进行过程中,我在后台承受着"室上速心动过速"的煎熬,虚汗不止,心跳加速至少 140/分钟,速效救心丸还在舌根下含着,仍无济于事。

仪式结束,宣布开幕,后台交响乐团,省歌与其他单位组成的庞大合唱团已经陆续登场。我还畏缩在体育馆的一个角落,站起身时仍觉头晕目眩,左右摇晃。好在开场序曲领唱合唱《艺术的盛会》先以合唱开头,为我赢得一分钟左右的平稳,镇定呼吸。我踉跄地走到舞台上场门,音响师将话筒递给了我,恍惚中,踩着前奏的小节登上舞台,舞台面光灯再一次推亮,炫目的强光下,心脏仍然在狂跳不已,虚汗没有止住,呼吸急促不均。

在场六千余人,场外电视直播的众目睽睽之下,没有任何余地让你退却、解释的状态下,只有拼尽全力放声歌唱:"万万紫千红,你看……这样美,金山银山……"

没有人知道我在幕后的那一番痛苦的煎熬,更没人知道,我站在舞台上,看似光鲜的那一刻是如何窘迫和不堪。

开场主题歌唱完,"六艺节"开幕式序幕拉开,来不及换下演出礼服,我悄悄溜出后台,打车去了医院。没有惊动任何人,更不想让"艺术盛会"留下不堪的插曲。

透过车窗向外看去,满街到处是大幅醒目的广告牌:"艺术的盛会,人民的节日……"

(二)

每一台晚会的幕后需要多少人的多少个日日夜夜的付出。这是一次又一次与自己博弈、较劲、抗争的过程。不甘平庸,不甘寂寞,不甘复制,这是我和我的团队们一如既往的信念。

从这里出发,我们一起越过无数个颠覆自我、扭转航标、跨越高度的临界线,成就过无数台或可圈可点或聊以自慰的大大小小的盛会。每一个人脑瓜都是创意思维的智囊,掏出来,放回去,扔出去,捡回来,一个又一个创意轮回,肯定否定,否定肯定,创意是在一系列无穷反复和挣扎中提炼、锻造、获取。每一次幕后的创意经历是痛楚的,又是快乐的。当创意果敢地站立起来,一步一步迈向剧场、舞台,走向观众,获得人们的赞许、肯定、褒奖,这是创意者们最宽心、最快慰、最满足、最踏实的收获。

直到今天,仍然沉浸在这种异样的满足之中,当然,所有的收获和满足,来源于团队中的每一位。在他们每一位身上我都接收到可贵的能量,那是一种蕴藏着各自艺术感知和认知的巨大潜能。一旦聚集,碰撞,燃烧就会爆发出无穷的威力和震撼。

团队像雪球,可大可小,可松可紧。策划创意没有捷径可走,需要走山路、越崎岖,绕曲折,蹚湍急。求新,求异,求奇,求绝。不见亮点,不见拐点,不动心弦,不达惊艳,誓不罢休。

那栋小楼很僻静,那间小屋很灵性,那一群人很悟性。幕后的暗淡是为了台前的光亮,幕后的付出是为了台前的惊喜。幕后所有的经历是一种享受、回味、咀嚼和释然。

(三)

至今,小城上了年纪,看过老文工团演出的,见了我,还是能脱口认出"二少爷"来。

"二少爷"出自曹禺话剧《雷雨》里的角色周冲。周家那位愣头愣脑,除了傻乎乎的"爱"不知愁滋味的公子哥。回头想想,小城文工团胆也够大的,导演从外面看过《雷雨》回来,竟然大刀阔斧把曹先生四个小时的经典话剧版缩减成两个多钟头。

我当时在团里年龄最小,身材又瘦小,导演一眼看中,就成"二少爷"了。导演让我把握人物基调好像是:满场飞,拼命追。追的是剧里比我大许多的"四凤"。

满大街还没几件西装的年代,我们团为这部剧下血本,头一回为大少爷、二少爷定做了几套西装。这等好机会,光台上穿哪儿能过瘾啊,演出前,经常会早早下后台,带着相机,套上西装,请人玩命地拍照。

这部没几个剧团敢演的剧,我们团居然周边四邻演了个遍,还看不到电视的小城观众,当我们是样板戏了,一遍又一遍不厌其烦地看。前不久遇见一位貌似还在惊叹:当年,台上的"二少爷"可帅了……

回头再看这张演出谢幕后拍的合影照,还恍如昨天。满台人,至今,就剩我还在从事着这个行业的半专业。全团没一个正经学表演的,就连普通话说全的也不多,说着说着,会冒出"镇普"音儿来。那天到外地演出,剧场外的大海报上,不知当地哪个"兔崽子"竟然在镇江话剧团的"镇江话"后面加了一个大大的,又极其惹眼的逗号,于是意思成了"镇江话,剧团"。

那晚的舞台上,"雷雨"交加,满台演员一怒之下,更是连"话"都不会说了……

(四)

那是一年东海水晶节晚会。

那晚很冷,司麦尔成总心细,周到,早早为剧组备齐了工作服——加厚型风雨衣,穿在身上暖暖呼呼的。与成总团队合作无数,温暖无处不在。

成总有人缘,有人脉更有人气。全省节庆及大小晚会他包揽过半还多。司麦尔团队处处体现出专业，敬业，职业水准，这也是他们能拥有无穷后劲，百战百胜的法宝所在。

与熊导合作多年，更是她带出的学生。熊导当年叱咤风云的电视导演生涯辉煌过，她是江苏电视人心中的标杆、楷模、雕像。熊导管我叫小老弟，事事推我在前，甘当绿叶。台前幕后，成总、熊导都是我的后盾、贵人。与司麦尔的每一次合作都很愉快，很有收获，司麦尔核心成员中的韦巍、小尹、小胡、列宁……都是以一当十的多面手。

做晚会的空隙，我、娜和熊导一行去了趟水晶大市场，晶莹剔透的水晶花花世界，转得我们头晕目眩，挑三拣四，我选了一副水晶老花镜，也正从那个时候起，眼睛开始老花了。莫非是被水晶看花了的……

彩排那晚，主持人没到场，莉蓉、小尹，我，还有……上台带走位了，大市场买来的老花镜派上用场了。每一幅照片都是一段回忆，每一段回忆都是一段温馨。

## （五）

1997年，那个日子很清晰，正好41岁生日，我去省歌报到。省歌是我年轻时的一个艺术之梦，确切地说，是我开始学习声乐的一个目标，一个方向。当然，这个目标和方向很渺茫，没有那么坚定不移，没有足够的自信。声乐是所有艺术门类中最玄乎的艺术，看不见，摸不着，猜不透，悟不尽。不是所有能开口唱歌，听上去嗓音还不赖的人都能成才，都能成歌唱家的。

之前，我跨进过省歌的大门，崇尚过大院里走进去和走出来过的很多省城的歌唱家们。当真有一天，我的职业让我有这份幸运再次跨进这个大门的时候，我怀着一种异样的冲动。理想果然照进现实的那一刻，时间和思维会出现短暂的凝固。

对我来说，这个院子并不陌生，正式调入之前，我已经是这里的常客。经常受邀参加省内外的许多大型活动和演出。拿着调令再进这里,感觉完全不一样了,一切的一切都是那么熟悉,那么亲近,那么神圣。

琴房里飘来那女高音的练声曲,小剧场门缝里挤出轰然作响的管弦乐序曲,大院里,来往走过的所有人,浑身上下往外洋溢着艺术的才气,音乐的活力。这里的每一个人都像是这座城市音乐的火种,播撒到哪里,哪里就会有怒放的艺术之花……

歌剧团在那栋楼的三楼,红遍江南的那位男高音歌唱家大管,带着标志性的"红牡丹"般的微笑,与指挥家老黄,几位歌队的声部长一起从走廊开始迎接了我。几句客套寒暄过后,不容分说,推着我上了四楼的排练室。偌大一间排练房,齐刷刷坐满了一屋子省城最高级别和水准的歌剧团团员们。那天的掌声仿佛还是那么依稀在耳,久久不断。全体起立中,大管说:"不用多说了,张团长与我们团合作多次了,只是今天是以歌剧团副团长的身份和大家见面……"

大管停顿之后的意思,就意味我要开口表态,那天的那会儿第一次和大家说的话,不知怎的,至今一字不落地牢记在我的记忆库里。后来,我与大管、老黄共事多年,与歌剧团团员们同台多年,走南闯北,走街串巷,同吃同住,同歌同舞。那些年,是我生命中最珍贵的歌唱年代。多少年过去,歌唱生涯还在延续,歌唱老人们都还健壮,歌唱的故事能写就一部歌剧,也会源远流长。这个时期属于省歌歌唱的巅峰时期,黄金时期,我荣幸,因为我也赶上了那个辉煌的时代……

## (六)

老照片里随手翻出一张,陈怡、我、今波在《非常周末》演播厅排练间隙。陈怡显然在备稿,我正在给台上嘉宾排练,今波看着嘉宾的卖萌在傻笑。就这样,周而复始的策划、创作、排练、直播,消耗了二位主持的青春最光华的时段,也耗去我中年最疲惫的年轮。

从每一期请什么样的嘉宾,到做什么样的游戏,从说什么样的台词,到能获得什么样的收视率。每一天,每一刻,这样的心结会伴随我们左右。不落定,就不踏实,就茶不思,饭不香。

照片上身影和状态,当年,我们都曾年轻过,踌躇满志过。周一到周六,起码有四天,我们会耗在台里用来策划节目的会议室或是演播厅里。每策划出台一期新节目,也最多就留一天休整期,嘉宾就跟着制片组巢萍到了现场。什么时候,巢萍衣着花枝招展地出现在现场,组里人才恍悟到当天的日子,不是周五就是周六。巢萍一到,嘉宾准到。巢萍几近发不出亮音儿的嗓子,让嘉宾最初能感觉出这支创作团队的每一个人有多么不容易,多么辛劳啊!

两位主持的眼神中,那会儿还透着清澈,新鲜和稚嫩。对不上号是哪期节目,哪几位嘉宾了。反正,每一位嘉宾来之前,我们从策划起就开始预谋该怎么"玩弄"他们了。把他们玩好,让他们玩好,玩儿开心了,观众畅怀了,收视率上去了,我们才放下心来,也才有那么一丝成就感。

陈怡、今波脑子好使极了,两边稿子一溜,立马拿下。即使这样熟练,每期节目直播现场还会发生不可预测的突变,之前排练再顺畅再天衣无缝,现场的应变还需要我们导演和主持人,和嘉宾默契配合,用眼神、手势、大字报、再不行,索性用大声语言交流。

现场,陈怡非常机敏、睿智。到底老乡之间,遇到紧急情况,我只有向她挤眉弄眼、手舞足蹈去随机应变,她会以最快反应、最佳状态、最好效果去处置,几乎让电视机边上的观众看不出任何破绽。剧组每一位,只要一到排练厅,即刻切换到注意力"全屏"模式,排除一切杂念,投入工作。很多精彩、闪光的点子和创意更多的是诞生在排练现场甚至是直播现场。即使是这张看似闲适的照片,每个人的心里其实都紧绷着,纠结着,困扰着……

## （七）

　　那期节目做的是与苏州乐园合作的《非常周末》直播专场。之前去过几趟苏州策划节目。苏州乐园开园后正当红，省内还没几家像他们那样规模的游乐园，他们也正看中《非常周末》当时的影响力和收视率。苏州乐园新落成的露天剧场很漂亮，在那儿做节目策划起来就有创作冲动。应该说，那期节目，主创团队拿出了一台非常有新意和动意的策划案，而且周密得几乎完美。栏目组进驻场地后，我正在与当晚担任直播的陈怡等几位主持人说节目流程。

　　那期节目，直升机都用上了，按照台本流程，陈怡会从飞机上降落到直播现场，几台机子会跟踪拍摄……乐园方为了给那期节目提前造势，动员直升机，向地面投放各类宣传品和奖品，其中最贵重的要数当时盛行的"BB机"。图片上仅有我们几位的原因之一正是：剧组好些人都去广场"抢"BB机去了。

　　那晚的节目流程很复杂，与当地电视台嘉宾主持人也都是头一次合作。各道工序的工作人员比常规节目要多出很多环节来。几位主持人倒是很认真，很早进入状态。画面中还有当时的副台长，总策划曹剑，艺术总监韶叔，背影长发那人好像是撰稿杨俊。左上方，远远的那人是那期请来的省歌男高音周金星。

　　就是那期感觉不会有任何问题的《非常周末》专场，问题却出大发了。整点直播时有画面，无音响，期待已久的直升机降落，拍出来跟恐怖片一般，黑漆麻乌，陈怡像是被外星人给劫持了，镜头中忽闪一下，连个人形都看不清楚。开场舞蹈出现在画面上，没有音乐声，急中生智的舞编邱江，在侧幕条里喊着节拍，舞蹈才按着节奏动起来。出师不利之后更是洋相层出，接下来的几个环节惨不忍睹……

　　本应该很出彩的节目，那期算是砸了。

　　当然，再砸也只有栏目组自己人知道，苏州乐园的目的达到了,收视率一点没受影响,反而上去了。

剧组一班人那晚再没心思逗留在乐园"简爱·罗切斯特"套间里,心情沉重地乘车返宁了。

看似光鲜,其实《非常周末》主创一班人,也常有非常低落的创作周期……

## (八)

那年,身为资方代表,该片监制之一,应邀去横店基地,参加了电视剧《功夫状元》开机仪式。全剧由周星驰公司旗下艺人出演及运作,浪淘沙影业公司制作。

开机仪式聚集了全国各路媒体,声势浩大。黄圣依主演,港台演艺明星加盟,吸引了当时业内外人士对横店和这部剧的极大关注度。

当年,华威时代娱乐公司进军影视不下五部剧,电影《夏天》,电视剧《幸福像花儿一样》《生死一线》《我们都是好朋友》《功夫状元》。老张做事向来谨小慎微,尤其影视圈水深,不敢轻易涉足。以固定回报形式投资该剧,以求稳妥。片场气场很大,黄圣依惊艳惹人,全剧拍摄很顺利,完成后期后迅速大卖。其他风险投资方赚得可以,华威只收回投资成本,就这样,我心比谁都踏实,不赔比什么都好。

拍片中途,制片人劝我改变投资方式还来得及,我婉拒了,别怪老张固执,影视圈玩玩可以,不想玩砸了,更不想玩丢了大老板辛辛苦苦挣来的钱。说是执行总裁,也只是个打工仔。

片子后来不仅大卖而且大红,看上去像是错过了挣大钱的机会。机会就是这样,下多少功夫,收获多少。功夫下歪了,也会赔出去。没成这个行业的"状元",说明"功夫"下得不够,即使如此,也不懊悔。

## (九)

有幸深得顾雪珍夫妇一向信任和重托,为她策划和执导了一系列歌唱主题音乐会,这台"岁月如歌——顾雪珍与她的学生们"专场音乐会算其中一台。夫妇俩约请我一顿午餐后,方案出来,很快得到认可。顾雪珍引领过江苏民族声乐教学的一个时代,桃李满天下。随手一扒拉,聚齐天南海北各占山头的一大拨子歌唱家,当属女声居多。

这台音乐会创意精华在于从琴房一组组练声曲引入序幕,将顾雪珍老师从艺、从教数十年的"教与学,学与教"的艺术生涯幻化成带响的音阶、音程和音域,从琴房飘出,从岁月走来……南艺音乐厅向来不容做任何格局上的变动,那场音乐会,在我不甘平庸的动意下,在顾老师恩威并重的沟通下,音乐厅舞台被我们的舞美团队大动干戈,面目全非。只恨场地空间太小,捆住手脚,不然,这会是一台更加抢眼和先声夺人,独具匠心的音乐会。回头再看,每次创作经历,值得欣慰,值得回味。

## (十)

十一岁在小城小京班演过《红灯记》中的李玉和。不是整场,是全剧中李玉和戴帽子的所有场次。斗鸠山和刑场两场重头戏上不了,那是两场李玉和脱帽子的戏。说出原因很可笑,只因那个年龄上我生得满头的黄毛,只能戴着大盖帽,脱帽的话,黄毛露出来对英雄人物不敬。

于是,整场戏里,出现了两个李玉和,两个李铁梅,一个李奶奶。演不了全场,特别是演不了人人爱看的那两场重头戏,心里那个急啊!抓耳挠腮,蚂蟥鸡躁的。

那时,可能因为剧组都是十来岁的孩子,四处巡演途中,组里专门配备了一名白白瘦瘦的女医生。我没少纠缠过她,问她如何能救救我这满头黄毛。医生不止一次跟我说过,回去让你爸妈给你把黑芝麻捻成末,每天吃几勺,说多吃会让头发转黑。还有谁跟我说过我忘了,说炸油条的那个油往头上抹管用。听他的话,更为能演上不戴帽那两场李玉和的重头戏,我每天争着一早去尚友新村油条摊买油条,回来的路上使劲儿往头上抹油条上的油……

如此折腾下来并没见效,头上整天油腻腻的,那顶大盖帽里面也被蹭得油泥巴糊的,演出时,服装老师一个劲儿在后台服装间大声嚷嚷:"怎么回事?帽子里总是油腻腻的,每天擦,每天还是油。"忙活了半天,最终还是没能如愿脱帽那两场重头戏,越是听到大人们夸我嗓子好,扮相好,心里越是别扭。

眼睁睁看着另一位小伙伴神气活现地在场上"斗鸠山""赴刑场"。我也只能在"鱼鳞片"(第一道侧幕条)边上为那位小李玉和配唱:"狱警传,似狼嚎,我迈步出监。"偶尔翻到那个年代样板戏《红灯记》中浩亮这张经典照片,想到孩提时代自己在小京班的记忆画面,不禁偷偷傻笑。

# 失失落落

## 隧　道

　　隧道是这座城市的"肠胃"。

　　饱食一天下来，只有每天清晨的一段时光，"肠胃"才是清澈、疏通、蠕动的。

　　这是一天中的早餐，"隧道"只进一些零食，而且有时间让它细嚼慢咽，美美享用。

　　赶早的车辆，一路呼啸，"穿肠"而过。七点之后，"隧道"的胃口越来越大，由不得它再挑食，有什么吃什么，口味还很重，大到客车及各类工程车辆，小到摩托和助力车，很快，"肠胃"会被撑满，常常动弹不得，呼吸急促。它能听见医生们给它的确诊是"肠梗阻"。

　　"隧道"不光肠胃功能有恙，且心胸不宽。容不得外界的指点，甚至连闺蜜"马路"的好言相劝也充耳不闻。

　　"隧道"一向自负，还贪食，感觉就没有饱的时候。

　　"隧道"贪食也就罢了，还贪酒，整天喝得昏天黑地，跌跌跄跄，很多时候还不醒人事。

　　"马路"就比"隧道"憨厚多了，这跟它的成熟有关，"隧道"仗着它年轻，颜值和人气指数又比"马路"高很多，因此，"隧道"尾巴翘得老高，傲慢得经常不用正眼看"马路"了。

　　"马路"豁达，不紧不慢，不离不弃还把"隧道"当自己的闺蜜，闺蜜遇到"肠胃"犯病,还得靠"马路"帮它,抚慰它。"马路"就比"隧道"多一路红绿灯的束缚,它也习惯这种约束,它知道,约束是对自己的理智,激情过头,追求速度,由着性子,是"隧道"年轻气盛表现出的一种狂妄。

所以,"马路"与"隧道"比,一直很阳光,很健壮,很坦荡。

"隧道"心里明白,嘴上却始终不依不饶……

## 漫步运河岸

来回踱步在静静的运河边,听不见运河的喘息声。

冬日里的运河深绿深绿,混混沌沌。两岸修整如新的草坪和垂柳倒是比运河有腔调。

几位蹲在河边垂钓的老者,除了一包鱼食,身边空空如也,显然是在打发多余的时光。

没有风,河边的一切都在静态画面中。

出家门能共享这么一片养眼的运河风光带,堪称福分。夕阳被云彩拉拉扯扯,撕成棉絮状,衣冠不整的样子,好在脚下这条小道体体面面,有型有款。

运河这些年常常被人们拿出来说事,好像不说运河显得自己没文化,一说运河,人家立刻觉得你博古通今,学识渊博,对你会刮目相看。

运河自己的日子过得舒舒坦坦,无欲无求。根本意识不到,那么多人在惦记着它,指望着它。运河没有累的时候,也没见它有亢奋的时候,它就是一首民谣,一年四季,循环往复原生态地在哼鸣着,自我陶醉着……

## 失　落

是年纪大了,感情脆弱的原因?

一件看似不足挂齿的小事却容易让我顿觉失落。

城市日新月异发展变迁的同时,古往今来,街头巷尾的手艺摊却在逐渐消亡。修鞋的,补锅的,修钟表的,修雨伞的,磨剪刀的……

那个休息天,儿子书包拉链坏了,还是个半新的,不舍得随手扔掉,骑着电炉子满世界溜达着,穿大街走小巷,近处的几条巷子犄角旮旯都摸了个遍,总算在一个居民小区的拐角处,寻找了这位修鞋钉掌还兼着专修拉链的大爷。

我问:"能修吗?"大爷都没正眼瞅我,拿过书包,口气大的一米:"坏了? 拿来,还没我不能修的拉链呢!"

很快,摊子跟前围拢过来好些个修鞋、修拉链的附近居民。大爷一会用螺丝起子,一会用老虎钳子,一会干脆上牙咬。嘴里还不停埋怨:"你瞧如今这拉链设计的,尽是反向拉,还双拉链,简直是缺心眼儿,太折磨人了。"翻来覆去折腾有半小时功夫,拉链磕磕绊绊给拉上了。看上去,也只能凑合着用半年,随口问了句:"像你这样手艺的不多了吧?"

大爷一边接手别人的活,一边凄凉地回我:"那是,这条街就剩我一个了,一天下来仨瓜俩枣的,也没人愿意干了。"

一抬头,大爷摊子跟前已经排起了长龙。说明人们的生活起居里一时半会儿缺不了这些个小修小补的东西。这些就跟留在人们寻常日子里的念想一样,修修补补之间,满足着老人们的怀旧,满足了传统观念中的节俭,于我说来,失落之余,被唤起的是一种"喜新不厌旧"的固执……

2015 年 12 月于南京

# 漫咖·蓝湾·烟斗

**漫咖啡**

一路开着开着就落雨了,车载导航指向附近300米的漫咖啡,要了一杯香草拿铁坐下。望着窗外淅淅沥沥的雨点,漫不经心地刷刷微信,发发呆。

这座城市里,漫咖啡是我和娜尤其偏好的歇脚之地,偏好这里木质的一切和原生态的小憩,雅致的环境。音量还算适中的流行音乐,微醺的光影,闲适的人们。外在粗犷,简陋的空间和藏在细节处很多文化的基因。

与家人不止一次来过这里,各自选择各自的咖啡,再点上几道甜点,各忙各的微信,时不时交流几句在家没有氛围涉及的话题。

漫咖啡引导的是慢生活,慢思索,慢表情。这里没有牌局,没有饭局,没有酒局,一切随心所欲,放松怡情。清江路开出首家漫咖啡之后,富春江路,丹凤街纷纷连锁,旗开得胜,口彩甚好。

明明能看出,店堂标新立异的陈设同样在作秀,但秀得妥帖,秀得自然,秀得巧妙。进来的人,没有任何拘束感甚至没有一丝装蒜的欲望。

落地窗外,城市在恍惚,人影在躁动,车流在蠕动。浮躁的奔波和盲从的抗争中,只有漫咖啡是理性的,只有座坐在漫咖啡里的人们是克制的,一杯卡布奇诺会让人的交感神经兴奋,一盘金枪鱼沙拉又会让人平复理智,忍不住再点一份芝士松饼……

漫咖啡讲求一个"漫"字,追求一个"情"字。

漫咖啡文化基因已经悄然渗透进都市人的精神体系,身体机能,时尚标签。雨天里的漫咖啡给人一种怡然的醉意……

### 蓝湾豆花鱼

隔三岔五便会馋上蓝湾咖啡这口豆花鱼。

豆花鱼不同于酸菜鱼,鱼片更嫩滑,口感更鲜香,小盅里的豆腐也跟着香嫩,滑溜。

有豆花鱼这道菜的地方不少,当属蓝湾最为正宗。再者,蓝湾还有个好环境,比别的咖啡馆高雅不足,算中等舒适。

省城各个街区相继开设的蓝湾连锁店无以计数,几乎布满全城。蓝湾又不像星巴克那么具有鲜明的统一管理模式和仪式感,说高不高,说低不低的品位搁在那儿,也没过多张扬。市区蓝湾生意、人气俱佳,好像天天爆满。

蓝湾名字好记,又是开口音,约起人来也响亮。只需说出所在地段,蓝湾就成了朋友小聚,聊点小事,吃点小点,眯个小觉的好去处。

电话响了,小城朋友说,老哥有段日子没回来了吧?桌上好几位都想你呢,抽空回来吧?回来好好聚聚啊!……你等下,有人跟你讲话……

类似这样热情洋溢的电话三天两头接着,只有耐着性子应和着,等桌上熟悉或不熟悉的人把酒话说完。

男人们酒桌上聚在一起,三巡过后就好给他玩得来的朋友打电话。首先是酒后冲动,其次是真的想了,再就是桌上撑个面子,说几句酒精作用下壮胆能说出的话……

连着几天阴雨了,古都又悄然泛起六朝的味道。

独自小坐于蓝湾,豆花鱼之后,要上一杯香草拿铁,这个午后可以沉浸在夫子庙白鹭洲边那片不一样的宁静中,思想着……

## 我的烟斗

大概是从家装选定"胡桃木"色系之后,悄悄钟爱上烟斗的。

这之后,见过几个很有型叼着烟斗的艺术家,尤其是被他们吐出来的异国烟草味道熏上了瘾头,有段日子,烟斗居然不离我左右了。

说来可笑,以为烟斗没什么诀窍,上手就得。不料,烟斗之中居然透着那么多的来头和技法,非一日之寒也。难怪当初自己会被烟斗熏得像刚从矿井里爬出来的矿工,又像累得手酸胳膊疼的钳工。

作曲家崔新算得上我最初的启蒙老师,也是他送了我第一批烟具,拉我下了水。他教会我如何装烟丝,如何绅士般地用嘴角内侧的牙尖抵住烟,然后如何保持十足男人派头地悠然喷吐出迷幻烟雾。

如此而已,我用了快半年的时间,叼着烟斗出没在大大小小的谈判桌上,用这个独特的"道具",干扰和麻醉对方的同时也在最大限度地镇定自己。

烟雾弥漫中,迷惑了太多的同胞,很让人有种在枪林弹雨中冲锋陷阵的胆气,直逼得当地与我开会谈判的人士见状,立马将茶杯换成紫砂茶壶,估摸着是想在文化品位上与他对面的我争个高下。

反被对方刺激后,我在烟斗爱好之余又发奋添了把紫砂茶壶。不知他会不会也多出一支烟斗来?

与戒烟计划一道,几套烟斗家伙事儿被我搁置在书橱里,尽管不时能偷看上几眼,也还是能抵挡住烟丝浓香的诱惑。

烟斗烟味香得很远,同事常常闻着烟香获得我的行踪。抽烟斗还有一好,可以省去互相敬烟,你抽你的,我抽我的,谁也不用客套。前几日忍不住又捣腾出烟斗系列,狠狠抽上一口,余香绕梁,美哉悠哉,心里明白再不会上瘾,偶尔几口解解馋而已。

# 不见桥的狮子桥

**不见桥的狮子桥**

久没逛街了,偏偏挑了个最冷的傍晚,俩胖人,坐上空荡如专车的一路公交,去湖南路狮子桥美食街觅食了。因为冷,平时水泄不通的狮子桥敞亮极了,也冷清极了。好在有花花绿绿的霓虹灯温暖着,有各式小吃店门缝里冒出的热乎气招摇着,有一群群同样为了觅食不畏寒冷的"挫人"们在游荡着。狮子桥怎么也算得上古都身上穿着的一件中西合璧样式的"唐装",板板扎扎,麻溜挺刮。餐饮大战,美食流派纷呈,你方唱罢我登场。这条街上,这些年来,一直没有停息,而且是悄默声儿在上演着换戏目,换角儿的大戏。好在再怎么换,戏台上的几位主角儿:狮王府,南京大排档,天狮百盛,狮子楼依然经久不衰,越老越精神。风水轮流转,转走了不少老店家,也窜出不少新店家。再想去"阿春家"吃碗热乎乎的白汤馄饨,小笼汤包,已经寻不见它的身影。抬头却能望见"傣妹"火锅依然健在,这家九十年代末,称得上市面上第一代廉价火锅连锁店居然能坚挺到今天,巍然屹立于狮子桥桥面上,纯属奇迹,更觉蹊跷。小街中间一长溜排列着各式糕点摊位,满是怀旧茶食果的香味儿。大京果,小京果,芝麻糖,花生糖,麦芽糖,云片糕,小核桃,葡萄干……这些味道与两旁小店里飘出的麻辣鸭脖,猪脑花,臭豆腐,撒尿牛丸的怪味儿掺和在一块,这就是狮子桥独有的味道。没见过狮子,也没见过有桥,狮子桥上的口味总会在南京人心里被惦记着,勾兑着,诱惑着……那晚的狮子桥很冷,从店堂里出来,却顿时觉着狮子桥没那么冷了,胃里暖和了,身子暖和了,心也会跟着暖和……

### 远光灯,近光灯

除了璀璨的街灯,夜幕降临后,车水马龙中亮眼的车灯,像一双双水汪汪,亮晶晶的眼睛,扮靓了整个都市,华彩着每个城市的繁荣度,衡量着城市人的行为规范。如果每一位驾车人都有意识呵护自己城市夜景的纯净,都有本能自觉守住自己行为的节操,都有宽容理智遏制自己的放纵,都有善意抑制自己的逆反。这个城市的夜晚一定祥和,温柔,华丽。这个城市夜晚的街道一定灯海绚烂,星光熠熠,和睦静谧。做到这些其实并不艰难,这属于每一位驾车人最基本的理性素养条件。都可以有,又都可能放弃或扭曲。与人方便也是为了与己方便,把握好一个度,人与人之间不会怀有太多的防御,反击或敌意。顺行,逆行车与车交汇时,彼此亮着柔和的近光灯如彼此友善的微笑,会意的相视,礼貌的交流。相反,一路远光灯刺目驶来,亮爽你眼睛的那一刻,刺痛的是你对方车主的善举,激怒和颠覆的是一群陌生人善良的情怀。我行我素,有来有往,以其人之道还治其人之身,投桃报李,以致尔虞我诈……一场原本属于性本善原始素养中的行为准则被不经意亵渎之后,人人都学会自卫反击,以牙还牙,以亮还亮。恶性效仿行为随之升级成随波逐流。于是,这座城市的夜晚貌似繁华、夺目、耀眼,其实,人与人、车与车、灵与魂已经悄然在裂变,在退化,在悲催。每一个人开车上路,都不情愿遇见一道远光横眉冷对而来,直逼自己的脆弱,伤及自己的尊严。即使是你的疏忽、马虎、霸气或不屑,如此这般不经意的小动作,会影响一座城市的格调,一个人的腔调,几代人的情调……倘若你还远光着你的氙气大灯,大摇大摆在道路上划着S步伐,那你的车品和人品就差到极点,一落千丈。远光灯照亮道路的同时也照亮你自己的胸怀,是明是暗,是宽是窄,一目了然,一语中的,一针见血。即便你有深谋远虑,宏韬大略,不在于远光多亮,多远。而在于,该亮的时候能亮,该远的时候能远,该近的时候也该放下你的虚荣,虐心,霸道,私欲。这座城市的夜晚需要多一些低调的高尚,近距离的亲和,柔顺的光芒以及本质上的善良……

### 好奇的漫步

早就想去趟玄武湖城墙洞里的那家"金陵书苑"坐坐。好奇心驱使下去过武定门那家,感觉还行,这天有空,一脚迈出去,迈到达玄武湖,一路问过去,都冲我摇头。也是啊,这年头像我这样还有那份好奇心关心什么"书苑"的人恐怕没几个了。想到大礼拜天,地铁一准人哄哄的闹忙,走到地铁口,一转身上了一路公交车,车上那个空啊,屁股底下的座垫感觉还带电加热,热乎极了。心说,坐长也不成啊,像热锅上的蚂蚁。玄武湖门口总算问到一位保安,很肯定地指了一条路给我,说是公园里确实有一个叫"书香公园"的地方。他这一指走了有五千步,到了图片上这个地方,叫什么:"樱洲书房",说这就是你要去的"书苑"。天哪,这不是儿童天地吗?一屋子席地而坐的小坐垫,小书架,小人书。再一细看,原来还是当年宋庆龄先生捐助,属于民国风格的单层独栋建筑。这里正是我要找的所谓"书香公园"。介绍上明明说着:2015年起,江苏省率先实现全民阅读立法,玄武湖公园也成为江苏省设立的首家"书香公园"。再看下去,果然是以少儿读书为主,樱洲儿童之家,樱洲学堂,樱洲读书会,周末体验营芸芸。来也来了,不枉走出的这五千多步,感受一下:樱桃树下草木葱葱,小岛中的一所孤零零的庭院,屋内稚子天然的陈设,书香飘飘。环抱着湖光山色,湖水涟漪。老了老了,好奇心未老,总想着做点儿新鲜的事儿,看点儿新鲜的动静。礼拜天的这个下午,聚到公园里的人不少,光着身子奔跑的小年轻,跳着广场舞的大妈大爷,溜着旱冰的动感一族,腰里别着小音箱的快走游人。寻着歌声的方向上了几层台阶,一位大爷,两位大妈,用一只广场上常见的拉杆音响,一首接一首大声唱着老歌,有没有人驻足观看,有没有人喝彩不在乎,那位大爷显然是她们中的灵魂人物,挥舞着拍子,脸上挂着使劲鼓励歌者的微笑,歌声传得很远,在这儿唱歌。不算扰民,自娱自乐之余,还显摆了自以为是的唱功,老有所乐,老有所歌。

## 书城～书乐～书写

脚一踏,玄武湖出来,过街到了凤凰书城。直奔二楼文学书柜,挑了几本文学闲书,找到这方小天地,闹中取静,虽说不像街面上的星巴克有味道,只求一份安静就行。文学专区与音像书店在同一层楼,还夹着钢琴专卖区,一架钢琴边上正有一老一少两位,一会儿像在练琴,一会儿又像在练声。这个可以小憩片刻的角落还真不错,像是被我和另一位正在窗户跟前小声念英语的小女孩包圆儿了。这会儿真觉出有点走累了,口渴了,要了一杯咖啡,挑了一张角落里的座位坐下,从双肩包里掏出有备而来的那台崭新的iPadPro,配齐键盘后,感觉用得很爽,随身携带出来,可以随处体验书写的快意。一旦静下来想想,许是前几年公务繁杂,身不由己,交往过多,话更偏多,也该歇下来调一调,缓一缓了。这样也可以多给自己一些静独,反思,充电的时间。浮浮躁躁,庸庸碌碌又一年过去了,回头捋捋,好像也没做成什么大事,当然,也无任何大碍,也算图个清净,理理头绪,顺顺气息。前年到去年这两年,倒是写下不少文字,我说过,我的文字是给自己看的,不值当显摆,也只是在"朋友圈"里,当然,后来一冲动,弄到"张波纯文学杂志"上去了。了解我的歪歪嘴一笑:闲的慌了,有空写写了,不了解的有些被惊着了:老张还能写写画画?身边一些玩了大半辈子笔杆子的朋友很是不屑,这哪儿算是文学啊,玩点儿小资,不,老资情调而已。管他呢,我行我素惯了,顾不得人家的好恶,老张生来骨子里就是任性,自说自话惯了,怎么高兴怎么来,说不高兴甩手扔下。感觉不好的人,也不得罪他,懒得再见他而已。老张信奉自己的信条便是随时"归零"。一个地方呆腻了,一个位置无聊了,一个人无趣了,一件事做烦了,一个人见底儿了,说"归零"就"归零"。我自圆其说所谓"归零"的好处就是:见好就收,激流勇退,前功尽弃,从头再来。抬头往窗外望去,不知不觉,街灯亮了,正在动工的湖南路一条街被两头围挡着,顿时清闲了许多。难得这么气定神闲地在外面跑上、坐上一个下午,无所事事地放空自己,在一个陌生的地方,噼里啪啦,敲着键盘胡乱写来,老来任性啊!

## 收信快乐

很久没打开自家的邮箱了,扒开一摞银行对账单,各色广告宣传册,一封普通又抢眼的平信从信堆里跳出:来自北京司麦澳的中和。顿觉一股暖流从信箱到眼帘,到心窝。久违了的收信快乐油然升腾,唤醒,激荡。虽然只是一页薄薄的贺卡,贺卡上也只有成总亲笔书法一行祝辞。在当下如此浮躁,喧哗,虚无的信息交往语境中,书信的方式平添了几多亲情,几多暖意,几多回味。成总率队北上之后,司麦澳团队影响力如日中天,蒸蒸日上。成总是一位具有满满激情,浓浓澎湃,深深情义的兄弟。始终由内而外,洋溢在他脸上的微笑,就像是司麦尔、司麦澳的 logo,是整个团队成员向日葵般灿烂的微笑。时过境迁,书信早已淡出人们的视野,淡出时尚的怪圈。街面上的邮政局也只剩储蓄业务,再也闻不到邮局门厅里带着米香浆糊的味道。偶尔竖在街头上的邮筒,也只是为了满足这个城市的那一丝伤感的怀旧,充当行为艺术的道具而已。再也难以体味渴望收信的那份焦躁,不安,期盼。再也难以获得收到书信时的那份幸福,快乐和释然……那牛皮信封的年代感,那信封里夹着的粮票、枫叶、相片,那信笺纸墨里透出的沁人芳香……当然,如今的互联网+可以涵盖一切,如今的高科技通讯手段可以覆盖所有。短信、微博、微信、朋友圈、微群可以做到你所要做到的一切。然而,我们这辈人,书信,只有书信,才能唤起最浓烈、最纯真、最落地的情愫。很难想象,书信真正从人们日常生活中完全消失的那一天会是怎样一番情形。真想尝试着再回归书信,回归从前那种原始的的交往方式,找回那份收信的快乐,找回渐渐丢失的那份如火的乡情,如诗的温情,如昨的亲情……

## 国剧也跨年

各大卫视一到岁末,跨年演唱会激战正酣,几乎到了白热化程度。今年相比起来,当属东方卫视好看,有情有感,有张有弛。湖南卫视显得有点杂乱无章,不知所云。江苏想打的是怀旧牌,聚集了一帮过气歌星,唱的也是让人快背过气的不经典的老歌。遥控快进键很快看完几个台的跨年演唱会,没提起多大精神,倒是倒吸了一口冷气。回头又打开安徽卫视的《国剧盛典》,除了广告插播,再没动一下快进键,看看一大堆养眼的小鲜肉、小美女,回味下他们这一年出演的影视剧,分享他们几乎都有奖的那份戏外的感动和天真,比看跨年温馨许多。靳东、胡歌、王凯三兄弟,今年撞大运了,一人摊上几部好剧,尤其胡歌,真是以《伪装者》的身份,堂堂正正荣登《琅琊榜》,赶上他 2015 的《大好时光》。这几位连续多次登台领奖,真所谓,领到手酸,手软。一遍遍在表白获奖感言,心里的那份快乐看上去已近麻木不仁了。几位主持中意外加上了个金星,又不能开口闭口的"毒舌",简直憋坏她了。圈内都说"戏包人",这些个演员之前也都演了好几十部戏了,都赶上在同一部戏里爆红。说明多亏戏好。三兄弟走哪儿都会引发海潮一般的尖叫、呐喊。所以,今年,命里注定他们会火、会红。

今年跨年演唱会如果遇冷,是因为有一半歌迷的粉丝去追影星去了。何况,影星也会歌唱,唱得而且也不赖。留心观察了,是凡镜头上出镜的,都是来领奖的,没出场的影星,即使入围影像中有镜头,只要没到场,就说明没他的奖。如此规则早就不算"潜"了,明摆着的。奖项名目繁多,一大桶花露水,该洒的都洒到了。玩的就图个痛快!去年,影视剧说得上是盛年了,宫廷剧,抗战雷剧,爱情剧,家庭剧,励志剧,年代剧,百花齐放,百家争宠,热闹非凡。说它是《国剧盛典》,一点都不为过。

# 晨语生日

**晨语生日**

  1997年独自到省城报到的那天，也是个生日。把家安排停当，独自在家发愣时，小邱电话来了，说来大上海吃个饭吧，说他已经到了。是他前前后后张罗着把我安顿好住进科巷的家。两人端起酒杯时他才说：为你办事时知道今天是你生日，也没告诉别人，咱们又算是邻居，就算我代表省歌为你过了。一刹那，四十岁，自以为还很坚强的男人突然觉着自己很脆弱，竟然鼻子酸酸的想哭。老大不小一头闯进省城意味着一切从头开始打拼……小邱当时还是省歌副院长，我上任歌剧团副团长。大上海酒店就在我住处楼下，隔窗能看见楼上的包间。小邱住离科巷不远的四条巷省歌公寓。我住的是院里特别为我安置的"腾仓房"，在我之前的户主是省评弹团著名评弹艺术家杨乃珍。那晚，酒店大厅闹哄哄的，好几桌在聚餐，我和小邱在一间小包间里畅饮、畅谈，也是十二月，外面也很冷，不过，记忆中的那个晚上尤其温暖……第二天要去歌剧团就职，天一亮将开始翻开自己人生新的一页。当年的小邱前些年就办了退休，我那间科巷小屋还在，时间却已经过去有十八个年头。搬家那天，是少俭过来帮的忙，从小城也没带什么家当过来，乱七八糟，坛坛罐罐也装满一卡车。好像也是在附近一家小饭店喝了一顿小酒。十八年后的今天，当年许多场景和记忆历历在目,清晰如昨。没打算惊动朋友圈,却被蕾子给穿帮,干脆露出马脚。老张一路过来遇到好几位贵人相帮,好人相助,今天想来,已经够知足了。做人低调,做事高调,广交朋友,诚恳待人又爱憎分明,是老张一贯的秉性。喜欢就喜欢,不喜欢再不会喜欢是老张骨子里的倔性。体形变了,容颜变了,眼睛花了,脚步缓了,头发白了,脑瓜笨了,但个性始终没变也不会再变了。几个领域转悠一圈,又"动中回"到原点。不去埋怨、懊恼、忧郁,有得就有失,该失去的终归失去,该得到的也会得到,老张也算过得自在洒脱,心安理得,聊以自慰……容颜虽老心还没老,说快乐也能快乐起来,睡得早,醒得也早,看似没心没肺地过着每一天,其实内心还是充满感恩、感激、感怀。啰嗦来啰嗦去只一个目的:感恩所有朋友圈里的朋友,每天与你们朝夕相处,坦诚相见,又娓娓道来很是快慰。感恩家人让我快乐每一天,感谢娜娜和儿女们带给他们家户主老张的天伦之乐……窗外,天又大亮了……

## 西津茶趣

每回小城,只要得空,不能不吃面,不能不逛西津渡。周末西津渡赚足了游客的人气,很窄的这条古街,动足了脑筋,把古时候有过和没有过的花里胡哨的家当放在一间间小门脸儿里,装进奇离古怪的店面招牌里。真想租下一家店面做点小生意图点儿老有所乐。"一壶山"里歇着,与那位自称早与我有过神交的"茶人"天南海北地神聊。多半听他神侃普洱茶经。貌似津津有味饮着他一手泡出来的的"深普",越听口感越好,越重。很难想象茶经里的学问会让许多人如此痴迷,如此乐道。眼前这一小壶看似寻常的普洱,从他嘴里说出的价格动辄上千,立马会有种让你不忍下咽的窘迫。见过几位玩茶玩到家的主儿,满屋子古色古香的摆设,好像没一件不是稀世珍品。一直在一边泡茶的女孩儿,芳龄才十九岁,半道插上一两句话来,句句还都是高深莫测的茶经。店家约上我们晚上小聚,我们还随口问了一句那女孩:"一道吃点?"女孩甜甜一笑:"我们玩茶人不喜喝酒,怕会影响了口中的味觉……"那晚的羊蝎子火锅,聚齐了十来个人,把个"一壶山"小包间撑得快要爆了。这桌人从白酒喝到黑啤,羊肉下肚火烧火燎的还觉不尽兴,又转场去了对面的清吧外加K歌房,不唱到酣畅淋漓绝不散去,这向来是我每回小城朋友们不折不扣的流程。夜深了,嗓子唱得冒烟儿,几种酒味还在胃里,嘴里往外冒着气泡,一桌人踉踉跄跄走在西津渡冰凉还硬邦邦的石板路上。依依不舍地相拥道别,跟八辈子不会再见着似的。这就是小城哥儿们的率性,天真和气质,再老也不会改变。

## 与声俱来

三岁不到,贝贝就开唱了。谁也别轻易勾起他那根脆弱的歌唱神经,一旦勾起便一发不可收,一而再,再而三地给你唱下去,想打住都不能够。歌唱天性全然属于"与生俱来"。打小唱得有模有样,煞有介事,当然跟他老爸有关,这就叫"与声俱来"。一有工夫,抱在腿上,老爸一句一句示范,贝贝一句一句模唱。你看那专注的神态,顶真的表情,不屑的眉眼。学着学着,轮着他示范给老爸听了:口腔打开,声音从脑后出来,要用头腔……哎,真所谓,龙生龙,凤生凤,老……后来的饭局上,聚会中,走道上,走哪儿唱哪儿。妈妈给他在包里预备了一只玩具话筒,只要桌上有人提出让他唱,他就开始忙着从包里翻出"话筒",你起什么调,他都能精准无误地找着。小嘴撅着,小脸红着,小头晃着,小腰扭着。没半点害羞,没一丝扭捏。最初省城公众亮相,是在韶叔六十大寿生日聚会上,小家伙一气唱了三首。举座"惊艳"。之后,韶叔推荐上了《非常周末》栏目,一举夺冠,拿下"无敌小宝贝"。再之后,朋友圈内外的生日、婚庆堂会,大大小各类晚会,都有这位"四岁小太阳"的身影和歌声了。小家伙早早火了,这与司麦尔成总功不可没。日子一晃,小家伙长成了害羞腼腆的小伙子,金口难开了,走上专业音乐学习小道了。一张口,没完全发育成熟的嗓音中,明显带着院校派的声音走向。乐感极好,悟性极好的小伙子已经积攒了"半腹经纶"。接下来的路还长着,学校有位好老师带着,家里有好爹妈、好姐姐牵着,不混出个好模样唱出好声音也说不过去吧。从前的张佳贝,今天的张竣哲,就看你的了啊!

## 那片土地

2006年空降到这片土地上,一扎就是四年。从民营文化公司又华丽转身回归体制内,不是每一个人都会遇上的幸运机遇。甩开膀子干了四年,几乎每天都会用脚步丈量一遍这片2113亩土地,对土地上的一草一木,一砖一瓦,一池一塘,一鸭一鹅,了如指掌,如数家珍。这片土地上的村民被迁移了,与村干部们天天开会,商讨拆迁方案。迁移出去的村民心中都怀有一个梦想,天天眼睁睁巴望着这片土地能在我们手上长出金子,挖出宝藏。全球性规划设计招标结果出来了:规划图是蓝色的,沙盘是辽阔的,宣传片是红色的,推介口号是金色的……接待过考察团,来访者无限,讲解过产业园理念,前景无数。该来视察的都来过,该说的壮语都说过,该夸的海口也都夸过。这片天空依然湛蓝,幅员依然宽阔,空气依然清澈,鸟群依然欢畅。扎在这里的几年,我长了太多的见识,涉足太多不太有机会涉足的土地、拆迁、挂牌、规划、招商、建设领域。这片土地曾经是江苏文化宏大的战略目标、创意典范、产业方向。能拥有这些年经历的人是幸运的,是深得厚爱的,是闪光的。与这个镇子上的几任村干部们打过交道,吃过狗肉,拼过老酒。这么多年过去了,地里虽说没长出金子,这块镶金的金子招牌还在,还有几位"狼牙山壮士"在坚守阵地。走出石湫,再也没回去过。石湫的创业经历已经沉淀成一部传说,是当地村民们翘首以盼的一个梦幻,是历任广电领军人物的一串豪言,是我们所有经历者们的一段磨砺。石湫基地很长时间会成为这座城市的一部天书,一段历史,一个悬念,一个问号,一个谜面。解读这部天书的人不多,揭晓这个谜面的人更少。石湫的故事也许很快会写进一部中篇小说……

## 晨

晨起时,夜还没醒。淡淡的晨光中,星星点点的街灯还没隐去。秦淮区的人们多半还沉醉在梦乡里,永和大王餐厅里已经坐着一位五老村的居民老汉。餐厅音响里活动播放着京剧老生和花旦夸张的念白中间夹杂着摇滚说唱,能听出意思是:永和大王你算来着了。窗外晃动着赶早的人们,三号线大口大口涌出大拨大拨的上班族群,匆匆向四面散去,急急赶路。原本静谧的小火瓦巷被熙熙攘攘的人群撑得满满当当。台湾人的永和豆浆抢滩大陆有些年头了,吃的就是一个清爽。起码比摊头上的煎饼油条放心。店堂里这个点儿进来吃早餐的,都是送孩子上学的父母,孩子个个带着浓厚的被窝味儿,爱理不理的,懒得跟父母搭腔。有懒觉不睡被拖起上学,没一个孩子乐意。这跟我每次一早送贝贝上学一样,漫长的路途全程无交流。只有一周一次把他从学校里接回家的路上,孩子才有那么一阵短暂的兴奋点。这会儿坐在店堂里的,要么是遛早的大爷大妈,要么就是像我这号早睡早起,最早去坐班的老干部。永和大王的这碗面实在不敢恭维,吃到嘴里跟橡皮筋似的,哪儿有锅盖面劲道?油条还行,还算脆嘣嘣的爽口。每天清早都会准时与小区和办公楼清洁工打个照面,心说:既然每天起早,不如担一份清洁工作,多挣一份工钱也成啊!

怕在家弄出动静吵醒家人,只要早醒,就会一脚出门,几步走到单位办公室。中央空调还没开,裹着大衣坐在电脑前可以写上点什么。发呆也是发呆,闲着也是闲着,还别说,大清早的老脑袋瓜还很清透,手指敲在键盘上还挺轻巧,码字效率还极高。堆积在脑子里的东西太多,不往外倒腾点出来,往里装不进东西了,这叫"吐故纳新"吧……每天可以从容地写到九十点钟,基本不受任何外界干扰。当然,快到九点半,楼道走廊会传出其他办公室一些同事上班的脚步声和寒暄声。说来怪了,一栋楼的人,这么些年下来,能叫出名字的居然没几个。每天除了开非开不可的会,一头扎进自己办公室很少与外部交流。人家也觉着老张多少有些神秘,莫非抑郁了?这把年纪,心里其实比任何年龄段的人都要淡定,装进去的就让他在里头了,只出不进了。再想让谁进去,那就很难了。心门已经关上了,除非抵御不住的人,才放他从门缝里钻进来。想想自己,实际上是个喜欢独处的那类人,尤其年轻时代,老文工团人都知道,那个年头没听我说过几句话。后来去了电台,不知哪根神经搭错了,成话唠了。长到这把岁数,天性又回去了。想独处,想孤独,想淡定……一壶水烧开了,写了一堆字……

**把烟抖抖**

有人向来烟瘾不大,谱摆得却不小,那人老张也。一铺开来,烟斗排队,虽不值几个铜钱,花式品种繁多,不算搁在办公室和小城书房里的那两堆,这张图里的只是省城家中所有。冷落在书橱里有一年多了,发誓不再碰它们。那晚邀请好友看戏,友人又带来一只香港淘来的上品烟斗,这下好,旧情和烟瘾统统被勾起,重又把它们鼓捣出来,一二三报数,列队集合。随后,装满烟丝,吞云吐雾,香气袭来,重温旧梦……其实,烟斗有太多讲究,老张也就只沾了点皮毛,拿根大葱装大蒜而已。那年遇上小城好友画家亚明,握一支烟斗在手,身后背景是他的水墨大作,口中飘出的缭绕烟雾,若隐若现,叠在画上,浑然天成。亚明娓娓道来着,向我传授了一套如何养烟斗的技法,听来传神入迷,又自叹弗如。心说,有养烟斗的时间,不如养养自己。一道一道的工序里透着儒雅、虔诚,一套套讲究里藏着知书达理。再看眼前这几只被我含过嘴里,又荒凉许久的"斗兄",顿时心生怜悯,羞愧以对。粗手大脚、故作深沉地将它们件件打理了一番,挑了一只长得像我,最肥硕的那只,点着了,啪嗒起来。满屋子的香味重又洋溢开来,旧的没去,新的又来了⋯⋯

### 探长来访,大咖来聚

去剧院观赏好友柏玉执导的小剧场话剧《探长来访》下午场,偶遇有日子未见的韶叔、向亮等,甚是欢喜。寒暄几句之后,当即约下结束后小酒聚聚。几位老友并排坐着,职业性地出于对话剧,尤其是对导演柏玉的尊重,全程专注投入剧中不再做多余交谈。全剧看到隐在幕后的柏玉老弟几十年如一日对话剧艺术不离不弃,敢爱敢恨又孜孜以求的迷恋。看到职业话剧体制外的话剧人对话剧艺术不屈不挠和不依不饶的探索、抗争。当"探长"果真来访,二道幕徐徐落下,几位年轻和已经不年轻的演员向台下观众深深鞠躬的那一刹那,我们几位相信都各自会有种隐隐怜惜和明显被触动的反应。谢幕很低调,一如"探长"来得很蹊跷。导演柏玉没登台,只是顾自在观众席里默默沉醉。这天外面很冷,剧场内冷上加冷。好在有那么几位对话剧满腔热情的话剧人给加了一把温度。柏玉总算完成了他在成熟年龄段执掌职业话剧的一个梦。许多话剧人敢想却不敢做的,他做到了,而且做得很好,不仅让江苏的校园戏剧蒸蒸日上,如火如荼,还把话剧那么一点很难有燃点的温度带进开不起空调的剧场……祝贺过柏玉,也打算约上他一起以小酒畅聊一番,柏玉又去忙另一桩他认为更值当的事了。于是,韶叔、向亮以及招之即来的邱江几位《非常周末》的原味大咖,连同娜、蕾,一头钻进原味楼,把酒尽欢,直喝到酒店等着我们几个迟迟打烊。开始桌上还只聊《非常周末》,酒过三巡后,不得不聊起话剧,聊得最凶最猛的,居然是搞舞蹈的邱江。乌镇回来的邱江对话剧大有顿悟,聊得全体老艺术家插不上话,接不上茬。韶叔已经很少出门看话剧了,向亮已经开始执导滑稽戏了,老张也只能偶尔发发话剧感慨。长江后浪邱江、柏玉他们一跃而起,把前浪话剧老人们推得踉踉跄跄,还差点呛水。我说,早就想约韶叔他们喝小酒了,又遇向亮、邱江,择日不如撞日,就今天了。这晚喝得好嗨,好爽,乐得好痛快。其实,话题、笑点还在话剧,这拨人原本就是为艺术而生的,转悠到话剧圈圈里已经不能自拔了……韶叔说他很长时间没这么喝,没这么乐了,我们都说,最值得让韶叔乐的,是韶叔有像邱江、柏玉这样,青出于蓝而胜于蓝的接班人了。听了这句,韶叔乐得更加欢实,可爱了……

### 浪遇《非常周末》,老炮江湖

再进到这个大院,一切的一切既陌生又熟悉。完全物是人非,今非昔比了。《非常周末》原班人马早已淡出人们的视野,摄影棚里能见到的尽是虎虎生威、虎虎生机的80后、90后。胖墩墩的现场导演小唐引我进了空无一人的嘉宾室,跟我聊起了当天要录制的节目内容和评分、点评要求。按说,久经沙场的小唐完全可以从容面对他们邀请来的这位曾经的元老级电视娱乐节目的导演,《非常周末》曾经的辉煌早已属于过去,《非常周末》的原班人马,早已过气,小唐导演的底气完全可以十足加百倍。然而小唐还是给足了眼前这位又胖又老的导演的面子,娓娓道来,敬重有加。随后不一会儿,又进来一位比我姑娘看上去还小,自称这个节目制片人的女孩儿,一口一个张导的称呼着,问我需要什么,有什么要求只管提出来。谦恭地弯着腰进来,说完,依然弯着腰谦恭着退出去。一切画面和场景闪回到从前,又很快淡出,叠画,隐去。当年《非常周末》组里的毛晶晶、王舒、秋灵她们那拨子女孩儿刚来栏目组的时候也是像她们那样,怯生生,战战兢兢的。骨子里,其实她们内心成熟很快,也强大很快,只要有机会,有平台,有魄力,所以后来,她们个个都在各自岗位上如鱼得水,游刃有余,旗开得胜。真快啊!连她们那拨子年轻男孩、女孩们都往幕后退了,都隐身或是选择跳槽了,据说去年一年,台里的中坚力量选择集体出走,玩的就是一个任性。看着眼前小唐他们这拨子年轻编导们,已经驾轻就熟、呼风唤雨地活跃在演播厅内外,心里好一阵感慨。电视就是年轻人的世界和舞台,也是他们的游乐场,他们,才是当今电视文艺和娱乐节目的主宰。演播厅外的墙壁上爬满了藤蔓,像是一拨一拨年长的电视人,在呵护着正在成长的新一代。忽然听见耳边有人唤我,转身见是唯一留在演播厅里的音响师小尹。居然还是从前模样,一点没变样。居然也还是像从前《非常周末》那样,手中拿着一部相机,见到嘉宾就合影。这天,他执意要与我合影,我一口应了他,做了一回他身边的嘉宾。合完影,一溜烟儿没了人影。录完节目还没播,前几天,小唐导演微信上又邀请我周末再录两期《主播爱上广场舞》,二话没多说,我应了下来。电视娱乐江湖虽然还残留着我们老一辈的传说,如今的年代,顺从年轻人,顺从年轻的电视浪潮,也是我们老一辈应有的德行。

## 信,中医则灵

认识陈医生好些年,70后的陈医生已经坐堂在省城市中医院"名医堂"的位置上也有好些年。名医堂属专家门诊,预约上一个号不容易。每次都是先一个电话过去,看看他在不在班,坐不坐堂,忙不忙。每个电话过去,他都很兴奋,都说还好不怎么忙,你来吧。去了一看,其实都排了一长溜的人。见惯了陈医生麻溜的手脚和问诊,也许年轻医生都这么干练,干脆。一问诊,一搭脉,拿过几根银针,找你说的痛处或足三里什么的一针扎下去,疼,也觉着立马不疼了。一家人脖子扭了,腰伤了,长痘了,去看陈医生,用不了半小时,医院门出来,神了,即刻见效。那天,自认为的肩周炎疼得不行,快一个来月下来,自家赤脚医生娜娜学的那半吊子刮痧、火罐医术该用的都用上了,还是没顶用。只好又打电话给陈医生,陈医生还是那么回答。陈医生周围没几个像我们这样让他感到好奇的职业的病人。一半问诊,一半聊天,问这问那的。当真约他看戏吧,他又说家里忙不过来。看得出,对我们这行也仅仅是好奇和新鲜而已。在他面前见过的这样那样的病情多了去了,也见怪不怪了,唯独我们这个职业却给他另一种值得探究和"问诊"的神秘感。陈医生脸上始终挂着对周围任何事物一丝的不屑和无所谓,大毛小病在他眼里和嘴里跟玩似的,不足挂齿。这让痛苦不迭去求医的病人们首先从心理上消除恐惧和烦恼,见过陈医生,浑身的病痛也顿时觉着轻缓了许多。尤其嘴角上那一撇坏笑,是陈医生出手治疗的杀手锏,嘴角一歪,茅塞顿开,欢喜就来。话说这天,陈医生左右手一搭脉,说了句气血虚了,要补一补。拿过三根银针,撸起我的右腿,一边问着:最近又有什么大作了,演出多不多,一边精准地扎进足三里。拿起刮痧板,依然一脸坏笑着,狠狠地在我喊痛的肩膀头上一阵猛刮。直刮得已经算是能吃痛的我嗷嗷乱叫。"来,跟我一起呼吸,像唱美声那样呼吸,然后把膀子往上,往前伸展。"陈医生随手取过一只只火罐,点着火,重重扣在我肩膀上。又接着问我剧团里的这个那个。这中间不断有电话进来，有人进门。陈医生三言两语，不带半点啰嗦，全给打发了。娜娜乘机问上自己的小毛病，儿子脸上的痘痘怎么办，陈医生一一作答，听上去，压根就不是一个事儿。门厅里那面墙上的公告栏上没找着陈医生的简历和照片，也许论资排辈，还没轮上这位70后的中医后生。但他已经是像我们这样的"病人"们首选的名医了。陈医生的门前也许不如那几位"白发名医"那般闹忙，再熬上几年，相信陈医生也会上榜，门前也会蜂拥，名声也会大振。别人信不信，我不管，我信。说实话，中医就是那么回事，信了，中医就灵验，信了那个人，从精神上、肌体上、感觉上就会有信了的反应，信了的效果，信了的缓解。一个月没见效果的肩周炎，见过陈医生，挨了他几下，舒坦多了是真的。

# 年味儿……

### 年前即景

大早,赶在年前还是去吃了碗"大国"面,老板娘冲着人群直嚷:"明天小店打烊过年了,美女帅哥们别空跑啊,年初八再见啦"。一听这话,好这口的主儿们碗里的面吃得更欢实了。这碗面显然比平时少了些分量,味道好像也串了。半饱着,开车满街兜风玩儿。

路过运河下来转了一圈。又看了一眼河对岸金发碧眼的"运河之母",是过年的缘故吗?怎么觉着比原来顺眼多了。人们都去忙年了,扔下这片空寥寥的运河公园,无精打采地在寒风中嘚瑟。

顺着桥过去,见有家咖啡馆,贴着正在装修的招牌。完全中式的亭台楼阁,陡然冒出一间西式咖啡馆,惹眼不算,还有些咯眼。

打心眼里喜欢这里的静谧,也同情它被落寞了的荒芜。偌大一片景区,只剩一个脱单了的老者,旁若无人地就着半导体里的一段音乐,使劲搓揉着那张黝黑、粗糙,看似饱经风霜面颊,他是想抹去岁月还是抹去记忆?

公园里的几家茶社早早关门歇业回家过年去了。隔窗望去,店堂里的桌椅横七竖八地歪扭着,显然店家来不及收拾,归心似箭了。

旁边一家洗车店,排着长长的车龙,挨个等候洗浴,车载广播里听到过,今年年前的洗车价格暴涨,省城涨到 100 元一辆,小城呢?

再逛下去有些凉意,驱车直接漫无目的去了丁卯开发区。一路依然冷寂,马路上的车辆也比以往稀落了。想象得出,大多数人们对过年还是那么上心。尽管,平日胡吃海塞惯了的国人们,过年这几顿团圆家宴,比什么都会吃得香。

要说,年前这个天还是蛮架事的,少有的湛蓝中,还有那么点儿清透。

悠闲地开着车,有自己下载的一组音乐和歌曲伴着,突然觉着小城是一座值得留恋的慢城,将来可以尽情在这里享受充足怡然的慢生活,享受亲朋老友们说聚就聚的那份随性和坦然。

再说小城马路右转的红色圆形信号灯很多,尽可以放任地向右转向,无拘无束。转着转着,郭德纲版语音导航响了:"前面路口有急转弯,它急你别急……"

## 怀旧焦山

小城焦山伴我童年,少年,青年,中年,直到今天的老年。

进出的大门早已改变了方位,老大门一脸倦容地立在老地方。对面应该是过去纺织厂的原址,"宁波老妈海鲜火锅"堂而皇之取代了它。

如今,焦山新大门远远望去开阔得可以,候船大厅空无一人,不忍心让一条渡船载我一人过江,50 元一张门票也亏了人家。售票员慵懒的表情,显然极不情愿卖出这一张船票。无奈只能独立寒风中,隔岸远远向焦山眺望,从我口中播过无数部小城各类电视专题片,形容焦山是江中的一块美不胜收的浮玉。

那个年代去焦山再方便不过了,也记不清去过多少次,去干嘛的了,唯有一次是 90 年代末的一个夏天好像,跟广权、老马他们一帮人去过一趟焦山,说是专门为了我体验一下古炮台"海龄"的感觉。当晚,在焦山一家餐馆喝足一顿小酒后,那几位拉开架势打起了扑克。剩下我独自一人摸黑去了古炮台,站在漆黑的古炮台跟前,念叨着歌剧《海龄》中的台词和唱词……

然后好像还在那儿与山上成群结队的蚊虫过了一夜。回来后最大的收获,就是在《镇江日报》上发了一篇散文《古炮台,感觉海龄》。

瑟瑟寒风中的焦山四周静得可怕,也是啊!谁会像我冒傻气,偏偏在这个点上去逛焦山?是凡小城人谁都能说出"三山"和"三怪"不同版本的故事来。想想小城这些年历任的大小官员们还是蛮有政绩的,开通了一条长长的长江风光带,一路贯通过去,连接着三山名胜,让小城多少有了一点不俗的"卖相"。

小车行驶在这条江滨路通衢大道上,一路播放着韩磊、孙楠在《我是歌手》终极对抗赛上演唱的摇滚歌曲《雁南飞,呼伦贝尔大草原》和《一块红布,南泥湾》。摇下车窗,迎着呼啸着的寒风,学着年轻人惯常在马路上招摇过市的"拉风"作派,三个字:"倍儿爽"。像这样没心没肺地独自悠闲,感觉真好。从前过年家家都会聚在一道忙年,如今,用不着费那份事,饭店订一桌餐,走个形式,年也就算过过了。

### 老门东年味儿还在……

其他地方已经淡去了年味儿,唯有老门东还拖着年的尾巴,残留着老城南被做旧了的年味儿。双双对对的年轻人,或追随,或尾随老人们怀旧来了。对于再小一些的孩童们倒是最初体验到了老街上各式老年景,新玩意了。捏面人,糖葫芦,剪纸,麦芽糖,棉花糖,做糖人……"古时候"的一切手工艺年景在老门东延续着,传承着,作秀着……真正意义上的中国年的年景和年味不容易重现了。想专程去趟老门东感受下,一抬腿就到了。一圈走下来，不，应该说是"挤"下来，从熙熙攘攘的人堆里脱身，直接进了这家"问渠茶馆"。依然喜欢这里做旧了的一切陈设，喜欢进门一眼瞅见的小人书摊。茶馆里人不多，一桌老者在玩牌、聊天，另一桌好像在谈生意。窗外人如潮涌，踏进来的人就是不多。

既然把老城南"复古"了，还是该为怀旧的老人们多着想才是，看过店里茶单，能想象到如此门庭冷落的原因是价格偏高。一旦当旅游景点做了，初衷就会变质，一杯茶四五十元，一壶茶上百元，生生把普通百姓和工薪阶层拦在门外。又进来几批客人，坐下来还是开门见山谈生意、聊公务的。拖家带口的出出进进，一问价格，扭头走了。像我这样难得图个清静，讲个感觉的人不会太多，记得这家茶楼节前一直关着，估计难以为继吧。门口那条窄巷倒是整日水泄不通，老南京的各式小吃充溢在巷子深处，老远能闻到豆腐脑、臭豆腐、牛肉锅贴的香味诱人食欲。德云社剧场大门紧闭着，门口水牌也撤了，人们好奇地簇拥着扒着窗户往里探个究竟。已近黄昏，这个点儿涌进来的人，多半是冲着小吃来的。老门东啊，也只能靠点儿坊间小吃，解解馋了……人气有了，人味呢？……

能有一份闲心，就着老门东这杯茶，闹中取静，像儿时那样，蘸着唾液，翻完整整一本小人书……出门时，老门东街灯亮了，人影恍惚了，天色也更凉了……

# 唠哩唠叨跨新年

偌大一个省城，2015年最后的这一天下来，满城的路快要堵疯了，弄不清是出城的还是进城的，莫非所有人都出来跨年了？

人家跨年都去找地方"嗨皮"去了，有这么一群让人不忍心说老，又说不上年轻的，从四面八方约到了这家叫作"茶客老栈"的茶楼，说是以自己的方式也玩儿下"跨年"。

这个说：越老，越觉着日子不经过，发个呆，日子连一个招呼不打，便从身边拂袖而去。

那个说：去年的今天挂上墙的日历，原先还像是穿着厚厚的棉袄，这会儿再看它时，已经像被剥光只剩一条内裤的顽童，一副啼笑皆非的模样，煞是窘迫。

天空还是老样子，提不起精神的时候多，只是过去没那个叫"雾霾"的新词，那会儿，想晒个太阳的老人们，扎堆坐在一块，数落起头顶上那方天，都觉着它见天儿"阴阳怪气"的，就像谁欠它二百文似的，愁眉不展。

过去，这拨人还常指着别人的背影张口就说，那老头怎么怎么地，转个身一瞅镜子里的自己个儿，这不也都是老头了吗？经常有人说，如今五六十岁的人算作中年，美得这拨子人忘了天有多高，地有多厚了，走道轻飘飘的，跟腾了空似的，其实老骨头跟着在胳膊肘、膝盖间、腰间盘、尾巴骨那块吱吱作响，只是多少留点面子和虚荣给大伯大婶们而已。其实新闻八卦里最多见的奇离古怪的事儿，早就明明白白地指向四十来岁的老汉，五十来岁的大爷了。

幸好这拨人还能跟上信息爆炸的节奏，会玩儿几下电脑，或者手机微信上的朋友圈，要不还真是只能对着身边那些奔跑着的小兄弟们，望洋兴叹，自愧不如，捶胸顿足罢了。

老哥老姐们一点也不甘示弱，凑上一堆人兴师动众玩起微信群来。玩着玩着也能上瘾。七嘴八舌，鸡毛蒜皮，骂骂咧咧，七荤八素，不比小年轻们低能多少。实在没聊的了，彼此就互相转发帖子，健康保健，人五人六，疑神疑鬼，装神弄鬼，小道消息，胳肢窝里的八卦，最多要数相互熬制一碗"心灵鸡汤"来得实惠，讨喜，你来他去，空虚无聊的日子里，也算有了那么点儿乐子了。

上了这把岁数的人，不提当年勇怎么会让人知道自己曾经是条好汉呢？于是，在小辈面前倚老卖老，在同辈跟前大言不惭，在老者身边耀武扬威，一般是这个年纪上下的人好自为之的状态。

明知老了，绝对不服老，就算孙子、孙女追在背后管你叫爷爷奶奶，你也懒得搭理他们。自己觉着压根儿没玩够呢，怎么就老了呢？

没赶上延迟退休的一大拨子老男老女们，一早一晚，只有跑去广场或是只要有片空着的场地跳广场舞了，过去还有舞厅给老人们浪漫浪漫，据说一浪漫就会过头，毕竟被压抑半辈子了的这个群体，生活质量高了，身体素质好了，营养品多了，荷尔蒙过剩了，当然也会有干柴烈火的时候，黄昏恋、三角恋、畸形恋，纷至沓来，汹涌澎湃，势不可挡。还不如让这拨人暴露在光天化日的广场下，让他们心里、眼里、身体里只有阳光，没有其他为好……

再说，这个年纪是凡在单位里好不容易混上点权力的大官小官们，这一年纠结得要命。眼睁睁地看着自己的日子在倒着过，伤心至极。居高临下，傲视群雄，不可一世，大义凛然的位置说倒就要倒，说让就得让了，不敢想象退回到家里，往后的日子会是怎样一番窘境。江湖后狼不依不饶撵着前狼，前狼气喘吁吁没处躲没处藏。就你那个位置,有点像"海底捞"门口满满当当坐着的,七八个在候着呢?

老赖着能行吗?你以为缺你不成,放眼看看,缺谁不成啊?

想开点儿,别把自己当根葱,更别把自己这个村长当成什么干部。比你大的多了去了,再能干,身体再好,该退退,该歇歇,该干嘛干嘛去,钻那个牛角尖又何苦来着?不是还有那么多高你几个级别的进了局子,成了"老炮儿"了吗?知足吧,您呐……

最气人的是,比你年轻的也跟在后面起哄架秧子,扒着手指头算他自己退休的年头,还在那儿使劲唉声叹气地矫情,明明还有十好几年呐,存心想"呕"他跟前这群老梆子不成?

老梆子们先是小口,假装绅士抿着小杯普洱茶,越聊越冲动,越愤慨,索性直接端起小茶壶往嘴里灌了。

末了,还赖在班上的主儿,推说自己第二天起早要上班开会,退下来的几位,不肯再挪地方,要了一副扑克,掼起蛋来……

其实,大家伙儿兜里的电话早就被老伴催个不停了,有回家做饭的,有回去抱孙孙的,有回去陪老伴儿遛弯的,还有……

该聊的,该唠的,该吐的,该损的都发出来了,一个个看上去很是痛快。

过去有小车接送的,打着车回了。过去就没配车的,蹬着电驴子回了。还有说是要走着回测测计步器灵不灵的……

这家茶客老栈,来来往往最多的也就这拨人,赚的也是他们彼此兜里为数不多的几个私房钱。

给过去了的一年留个背影,给新的来年一个正脸儿,老人老办法儿,老人老开心,越老也许越精彩吧?

你好?2016 的"猴哥"!

2016 年 1 月 1 日于南京

# 微 群 联 想

## 代　驾

　　禁止酒驾,派生代驾。这门介于餐饮与服务业,亦或穿插于汽车出租业之间的行业,很快风生水起且茁壮成长。

　　"代驾"黄蜂一般簇拥遍布大小酒店场所,争相捕捉他们的"猎物"。那些上了桌,拍着胸脯发誓绝不进酒的仁兄们,经不起几番忽悠,最终还是喝得五迷三道地出来,应招来的"代驾"会迎上前去,从"醉鬼"手上夺过钥匙,打开车门,扶他上车。"代驾"们的服务是经过短期突击培训或是训导过的,这门新兴职业没几天的发展历史,却又服务到位,热情体贴。更让人服帖的是,他们每个夜晚从家里(有的据说是从被窝里)被应招出来,还得将一个个醉得不省人事,不听使唤,听不懂人话,又常常大呼小叫,满嘴酒话的客人准确无误地送回家,在车上的这一路,还得耐着性子与"醉鬼"们搭讪、周旋、应酬。稍不如意,弄不好,还得被他们羞辱、打骂。与不清醒的人对话是需要意志支撑的。与完全失态的客人对话,需要"代驾"们顽强的克制力和大无畏的无产阶级革命精神。我所见过的"代驾"都还是客客气气,温文尔雅的。他们比谁都知道,能捧上这个饭碗不容易,砸掉它会是分分钟的事。"醉鬼"们情绪失控状态下,什么事都能做得出来,抓起电话就能砸你的饭碗,炒你的鱿鱼。

　　"代驾"问世,人们上了酒桌也敢端杯了,不然好酒的人喝不着酒会闹心,请客的人见客人不喝酒会烦心。一个电话,约好"代驾",一桌情绪立马大好。主人很有面子,酒店很有派头,酒水也有了销路。当初是谁出了"代驾"这么个馊点子,好酒的人们,应该把他人肉出来,个个敬他一杯酒才是!"代驾"行业发展迅猛,代驾公司多如牛毛。连酒店厕所里都随处可见代驾公司的小广告。再看酒店门前的"代驾"司机们个个胸前荧光闪烁的胸牌,跟夏日里萤火虫似的亮眼。靠谱点的"代驾"会很职业地拿个小本本,围着你的车子绕上一圈,记下你的车牌号,然后打个电话给公司,证明他已经开工接客了。不管你是否清醒,会告诉你起步价如何如何,超过公里数会如何如何。送你到家,停好车子,收好钱,钥匙交给你,他会很敏捷地消失在夜幕中。也趁着酒兴问过"代驾"送到点后,他们如何回去?他们说多半是乘夜班公交车回去,有的会走回去。大气一点的公司,也有报销他们打的费的。常常望着他们离去的背影会生出些许隐隐的暗伤。想想,这个行业的兴起,多少也会挣了一口出租司机大锅里的饭菜。也跟司机聊过,没想到的士司机们表现出异常的淡定和从容,而且还很豁达。他们也认为"代驾"的出现是必然,"代驾"能做的,恰恰是他们不能做的。他们对同行"代驾"司机们竟然是如此宽容大度。

那晚酒店出来,见到一位蹬着一辆滑板车的"代驾"小伙,起初还不信他是叫来的"代驾"。他说正是他,自己给自己配上"车"了,这样一来,送完客人返回方便,小车可以折叠起来,放在客人车上。嘿!看着"代驾"小伙满脸乐乐呵呵的,比喝了酒的我们还多些亢奋,由衷生出一串对"代驾"行业的尊敬和信任。"代驾"兄弟,你们带给客人们的不仅是微笑服务,还有你们的那份阳光,那份充实,那份知足和那份快乐!

### 微群的联想

偶然想到一个比喻,微群好比地下室的一间开阔的,成天不见阳光,又不开灯的大通铺。黑洞洞的,伸手不见五指。偶尔能有几声喘息声和一惊一乍的呼噜声之外,除了晚上,白天大多时间死一般沉寂。不管你怎么进的群,被生拽进去的,或是兴冲冲进去的,懂点礼貌的,黑暗中会跟你打个招呼,你也不知他或她是谁,都把头蒙在被子里,各想各的心思,各怀各的鬼胎。不感兴趣的事儿,你喊破天,没人出来跟你搭讪。

微群那间屋子里,空床铺多的是,没人告诉你睡哪张床,自己任意挑一张,倒头就睡。大白天,群里床铺空着,人都出门了。就算有人回来,喊两嗓子,也是为了清清嗓门,壮壮胆子。不然,屋子里静得会瘆得慌。你是谁,什么身份,是男是女,是高是矮,是胖是瘦,没人想知道。太无聊了,有人会扔一个八卦在屋里,或是故意挑逗下屋里的哪一位。惹急了那位,那位会在暗地里骂骂咧咧一阵,边上会跟着一帮人干起哄,指望把事情闹大,不然也太无趣了。

逢年过节,屋里会比平时动静大点儿,摸着黑也会强打起精神互相问候几声。最闹忙的时候,是你扔个红包出来,不论大小、多少,屋里的人会饿狼一般扑将过来。你以为不剩一口气的人,这会儿诈尸一般精神、敏捷。只有这个时候,动物本能才完璧归赵,真相毕露。屋里充斥着各种怪味儿,高低价格不等的品牌香水味、体香味儿之外,夹杂着腋味儿、口味儿、脚丫味……冷不防冒出一句话,口味都重得要命。平时都穿着各自的衣服,这间屋子,人都猥琐在被窝里,分不清谁是谁,谁跟谁。即便套了件衣服从被窝里钻出来,那件衣服也人不人鬼不鬼的,还不如不穿。通铺也分上下铺,上铺弄点动静,下铺也只好接着。不过,所有进了这间屋子的人都回归到原始本能状态,言行举止可以毫无约束,不受限制,可以痛痛快快地大声说几句脏话,骂几句大街。谁也看不清谁在黑屋子里,谁还怕谁不成?屋子里充满诡异、神奇的同时,好像又深藏着魔咒什么的。

那个屋子还是不进为好,进去了转身出来又会被察觉,说你不厚道。不出来吧,在里面又憋得慌,瘆得慌。要进,就进那间亮着灯的屋子,分得清谁是谁,谁跟谁,别藏着掖着,更别暗地里耀武扬威地充大个儿。要么,干脆像过去的一间大澡堂子,彼此赤条,坦荡相见,没大没小,索性豁出去了……

## 宠物医院

莎拉连着几天作怪了,唧唧歪歪的叫唤个不停。叫声明显是那种细溜溜,从嗓子眼里挤出来用来表示撒娇的声音。不同的是,碰它一下身子会叫半天,又不知道浑身上下哪儿不舒服。先以为脚扭伤了,四只脚试着捏过,都不哼不哈的。不单叫唤,整天弓着背,夹着尾巴,战战兢兢的可怜样。没人碰它,竟然也在那儿神经质般使劲叫唤。

莎拉出生后到我们家整整八年,按狗龄算,每一年相当于人的七岁。如此算下来,今年它也是五十六七岁上下,已近老龄。与它"大女儿"小花相比,莎拉显得老态龙钟,失去了早年的灵活,跳跃,渐渐步履蹒跚起来。

家里有了狗狗,等于添了孩子,狗狗在边上撒欢的时候,主人别提有多欢喜。什么时候看见它们在你跟前"蔫头搭脑",病呀呀的了,主人会急得抓瞎。眼见莎拉可怜兮兮的样子,泪盈盈的目光里露出对主人的苦苦祈求,二话不说,抱起它驱车往远处那家宠物医院里跑。

这家宠物医院带着莎拉和小花来过几趟,这天,店里没一个顾客和宠物,几位看上去刚出校门,还怯生生的年轻宠物医生盘问了一连串关于莎拉的病症。其中一位年龄看上去稍大些的小伙儿用手摸遍莎拉全身上下,莎拉竟然一声不吭,没有半点痛感,连娇也没有撒一声。他很肯定地给莎拉的最初诊断是:年龄大了,骨质增生,或许严重缺钙。建议我们给它做个全面检查,做个生化,查查血常规,拍张片子,再……。娜娜知道宠物医院的路数,迟疑在那里。我说,就按你们说的全面检查下吧,我们也放个心。

几个小伙听了这话,私下散开,各就各位忙开了。这个时候,乘机环顾了这家不算大的宠物医院,貌似医疗设备还算齐全,应有尽有的感觉。小伙子嘱咐我俩摁住莎拉前后脚,将它按在那台胸透床上,莎拉紧张得四肢乱蹬一通,抬头看看是它的主人,也就放下心来。很快,莎拉的透视片从电脑屏幕上显现出来,一个小肉坨横在那里,一条条的肋骨有序排列在它小小的躯体内,几个小伙围在电脑跟前,小声嘀嘀咕咕半天只有他们能听懂的话。大小伙仰起头对我们说了句:片子上看问题不算大,没有骨刺或是什么硬伤,也不像吞下了什么东西。因为这之前,娜怀疑说是不是它吞下了她前几天丢失的一只耳环。"耳环"疑点被排除后,我们长长舒了一口气。大小伙说,等血常规出来看下再说。那间房间里,几个年轻医生正在忙着提取莎拉的血样,然后在显微镜下测试它的血常规。专注的神情类似我们通常见过的一丝不苟的科研人员。半个小时左右,血样出来了,病例报告上果然显示白血球偏低,严重缺钙。建议我们给它坚持打几天的针,突击补钙。娜娜说,不用,回家多给它吃吃钙片。小伙儿在我们俩面前整齐地排成一行,听说不想打针,喂药,随即跑向柜台抽出几盒店里的补钙药递到我们手上。同时还有两包说是八岁以上的狗狗专门补钙吃的狗粮。这些,都被娜娜一一婉拒了,这个时候,我倒宁愿相信娜娜,之前她家养过小狗不算,莎拉跟在她身边吃喝拉撒八年了,大毛小病她见多了。再者说,就连莎拉生下四只小狗也都是娜娜亲手接的生。免得让几个医生太过失望,大早除了莎拉没接到一个"病犬",我还是接下了他们递过来的两种补钙药,娜娜一结账,九百多。

上了车娜娜还在嘀咕:狗狗看病比咱们还贵呢,小孩查下血常规也不过十几元,莎拉一查就八十元,拍张片子两百元,血常规五百元,加上……我说,送上门的生意,人家不能不做啊,再者说,给莎拉全面检查下,我们做"家长"的心里也踏实。再看正腻味在娜怀里的莎拉,娇嗔地舔着她的手指,抬头含情脉脉地看着我俩,目光里像是能看出一丝感激来。车子返回的路上缓缓前行,原来,道路上长长的车水马龙是为了赶早去梅花山赏梅的,难怪刚才问过店里缘何这般冷清,那位白大褂小伙儿回答我说,都去看梅花了吧。正想着,正堵着的车队长龙中,一辆车车窗摇下,探出一只棕色泰迪的小脑袋,好奇地东张西望着,一副受宠若惊的模样,它也是跟着去赏梅的吗?

### 董桥,桥上怎么没见你?

还是小尹一篇散文读后感,让我有兴致费老劲儿,让淘宝公主娜娜在网上寻到一本董桥文集《旧时月色》。董桥散文读来清新,通俗,像一杯上等白茶,沁人心田,回味悠长。

这天,儿子从学校来电,说他们语文老师布置他们找董桥的书读读。除了家里这本,我想顺便去书店再找几本。新街口最大的凤凰书城里找遍书架谁的书都有,就不见"董桥"的身影。问过营业员,回曰:"哪个董桥?"一小伙儿说他认识,带我到一面斜面检索显示屏上,操作着并不熟练的拼音搜索着"董桥",显示:"没有搜寻对象。"小伙耸了耸肩膀,表示无奈地说:"书店一般很少进他的书,不太好卖。"

谢过那位小伙,我从书架上抽出几本汪曾祺、林徽因、村上春树的书扭头回了。可怜用《文字下酒,吃得风流》的"董桥",你带着《书房阶前的花影》,闪了一下《灵光》,《圆了一帘幽梦才走》。你懂《上帝不听电话》,你懂《信,是有缘的》,你拉开《满抽屉的寂寞》,《给后花园点灯》后,长叹一口气,脱口一句:这《时代太新太冷了》。

## 我的圈儿

　　我的圈儿很大,大到烂熟一片,百搭成群。我的圈儿又很小,小到直径不过百十来米,圈进来的人没几个,有说我各色的,有说我小资的,有说我自我的,说得最多的是,老张太那个了。"那个"里面包含的意思就多了去了,也懒得说了。

　　负责任地说,被我圈进圈子里的朋友是你们的荣幸,也是你们的不幸。有你们自己闹着要被圈的,有我主动圈的。圈进来的,后悔都来不及。整天得忍受老张无休止的刷屏、絮叨。老张的"朋友圈"也像座围城,外面的人想进来,进来的人想出去。出不去的,只好每天跟老张打个照面儿,高兴时,打个哈哈,不高兴了,缩在暗地里瞅上几眼,实在看不下去了,背地里埋汰几句。这已经不错了,更有甚者,干脆一个猛子扎下去潜水到底,一年也不见他翻个泡泡。

　　老张早就习惯了,也释然了,所以能不圈进来的坚决不圈,实在拗不过去,先圈进来,自己熬不过去,溜了更好。不溜,也不言不语的,日子长了,对不住,老张也会手动更新一回,放你出去。老张豪爽的时候尤其豪爽,各色起来也真各色。多半是为你着想,怕把你憋坏了。更怕被暗地里的一双不会说话的眼睛整天盯着,喜怒哀乐都没反应,只有"萨伊哦哪啦了"。

　　老张知道,玩微信光顾着自己跟自己玩儿,不太顾人,也不顾跟别人分享什么的。自己那点儿陈芝麻烂谷子的事也总喜欢拿出来嘚瑟,碰上人家兴头上,人家上来给个笑脸,竖个大拇指,大不了给朵玫瑰花什么的,遇上也喝了几杯的,给你留几句美言。老张眼拙,心粗,懒得回复人家。几次下来,一来二去,伤了人家的自尊。圈里朋友常常问我:怎么这么洋洋万言的在写,而且什么都敢写。他们不知道,我的圈里真正有多少人在看。拉我进"群"的,前脚进去,后脚我会很快溜出来,自卑,不喜欢群聊,打小不合群,真对不住这"群",那"群"了。死党好友小景就不止一次借在酒桌上可以无话不说的当口劝过我,说你大小也算个有身份的人物,干嘛不让自己保持点儿神秘感,鸡毛蒜皮的事别写在圈里了。我听进去了,也当真了,可性子一上来,又把不住指尖了。

奇怪的是,小景不仅没愤怒,一早还勾着"兰花指"给了我一段感言:"自从有了微信世界,自从有了这个通向小波内心世界的窗口,我们不难看到:无论时间过去了多久,无论空间发生了怎样改变,波始终用一颗孩童之心去畅游人生,始终有一种回到人生原本潇洒的追求,并一如既往地活力四射。值得大力发扬光大!"此言估计多半儿是"无语"之后的酒话,安抚我一通罢了。趁沐浴过后神清气爽,捋捋凌乱的思路,饮上一口金骏眉"竹韵"红茶,一般认真,一般随意地也就这么一说。圈里的朋友,当真当假,您自己愿怎么着就怎么着吧。人老了,定型了,掰不过来了。

## 没有母亲的元宵节

母亲是宁波人,喜欢甜食。母亲在世时,逢年过节,做元宵是她的拿手绝活。从磨面粉开始,母亲都亲力亲为,一丝不苟。炒芝麻,撕猪油,擀芝麻,和面,包元宵……

看母亲做汤团的过程是一种享受,更能被诱惑出饥渴难耐的食欲。母亲做出来的元宵甜而不腻,口感极佳,余味无穷。记忆中,少年时,曾有记录,一顿吃下母亲做的元宵25只。没有冰箱的年代,没吃完的元宵,会盖上一层浸过水的纱布,放在碗橱里,不舍得吃。母亲不在后,尤其想吃她亲手做的元宵。

后来,每到元宵节,也只能去选超市冰柜里的龙凤、思念芝麻汤团。又逢元宵节,又想能吃一口母亲手里捏出的柔软、甜嫩的元宵了。都说母亲"雨田"广播里的声音甜美,可人。这是不是跟她宁波人好吃一口甜食,会一手汤团手艺有关呢?今天,市面上元宵品种繁多,花色齐全,口味杂陈。吃来吃去,都不及母亲亲手中做出来的那个味儿,那个鲜,那个香,那个甜……

## "西厢"上岛了

外人眼里绝然看不出任何破绽,原先原地,白下路上的一家"上岛咖啡",一夜之间消失,挂出"内部装修"的告示。

年前,一家名曰"西厢"的咖啡茶饮店悄默声地开张了。好奇心驱使还是拎着电脑进去了,眼前情形全然没有了原先"上岛"的格局和氛围,所有装饰店主随意而为,又像是临时凑合,随时会拔腿就走的意思。

南京城内外"上岛咖啡"有不少家,这家离单位最近,常来坐坐,点上一杯咖啡、一壶茶,一坐就是一个下午。来"上岛"的人色也较杂,室内也嘈杂。但玩牌的、喧哗的人不多,附近几家写字楼上来聊生意,谈公务的人不少,各谈各的,互不打搅,想静也能让你静得下来。怎么说没就没了?城里城外开得最多,最密集的咖啡馆要数"蓝湾咖啡"。几乎随处可见它的存在。新开的这家"西厢"缘何挤走了"上岛",无论如何,不像是生意不济啊。那日,进门还是点了一份"豆花鱼",知道除"蓝湾"没别的可比,既然进了这家,不妨尝尝。没办法,就不是"蓝湾"的味道。

"上岛"虽说也没几样能冲着它去的咖啡和美食,可"上岛"有"上岛"的意境,"西厢"呢?几只摆放随意的书架上,散落着一些闲书供来人品读,桌椅板凳东拼西凑,毫无章法地摆布在四周,连半隔断的包间都显得很奇怪,没弄懂店家的主旨和意图。挑了一本北岛的散文集随手翻翻,始终有种坐不住的躁动。失去意味着失落,更新意味着忘却。"上岛"被"西厢"了,"西厢"又会维持多久呢?

## 中国好+

床头放了一本中国书籍出版社出版的《中国好小说》,每晚临睡前翻几页读读,好就好在解乏、提神、健脑。边读,边联想到,"好东西"即出,各行各业都在跟着"无限复制"和"跟风"。出版界竟然也未能脱俗,推出《中国好小说》年度系列。

电视选秀节目《中国好声音》之后,连连出了多少"中国好××"之类的"克隆"。"中国好舞蹈""中国好歌手""中国好父亲""中国好警察""中国好媳妇"……如此,"中国好+"可以任意搭配所有名词和附加词。好的东西和事物、人物、事件确实比比皆是,关键是前面冠以"中国好",那就应该是不一般的好,具有国家级水准的好。一旦被复制、盗用、滥用,"中国好"也便自然降格成约定俗成的专有词汇。

再想,满大街什么东西火了,顷刻间便一哄而上,跟风不止,直让你看着起腻,吃着想吐,想着憋屈。记得珠江路上第一家"鲜芋仙"刚出来,年轻的百姓欢呼雀跃,每天长龙乍现,成为一种时尚,一道风景。跟着,"鲜芋仙"连锁店铺天盖地,无处不在,再之后便悄然"仙逝",渺无踪影。再说,"黄焖鸡米饭"起初只稍稍探出半个脑袋,深得工薪阶层、上班一族快餐消费档次接纳后,顿时闻鸡起舞,风生水起,大街小巷,走三步一家"黄焖鸡",吃得人们"饱嗝""打鸣"不已,半夜还学鸡叫。如今,省城街面上开得最多的小食店便是"重庆小面"了。这得说到"孟非",人家是电视名人,即便开的不是"重庆小面",照样会火。重庆人都得感谢"孟爷",感谢那个节目。不然谁会好上那口说香不香,说鲜不鲜,说辣贼辣的重庆小面呢。再说下去,底气更足了,如今,发现没有?街面上越来越多的是"丹阳眼镜店"。家乡丹阳人也太牛了,愣是把不值几个小钱的"眼镜"打进了省城,傲然屹立在"吴良材眼镜店""明亮眼镜店""四明眼镜店"身边,直冲得眼镜市场稀里哗啦,晕头转向。绝就绝在,每家新门店开张那一周内,每天会有长长一溜老头老太排着队,等着新店开头承诺送出的"老花镜"。丹阳眼镜除了打品牌战,主要打价格战,其他眼镜店上百上千的眼镜,丹阳眼镜店几十块钱出手,玩的就是爽气！以前去过丹阳眼镜大市场,十块二十块一堆墨镜买回来过,既然店开到家门口了,也没闲着,买了一堆"老花镜"回来,家里、办公室、车上、身上,反正只要能用上眼镜的地方,各放一副,随手可得。跟风跟不下去的状况也有,那就是本人最爱的"镇江锅盖面"了。每见一家家乡的面店字号,跟遇见亲人似的,有事没事,饱或没饱总要进去吃上一碗。只可惜,开一家,凉一家,败一家。怎么会"墙内开花"墙外就不香呢？害得我经常就为一口面,找个理由往家跑,打着"高铁"回家吃那口"中国好面条"去。

# 晨语:春尽江南

**宜家"大食堂"**

　　宜家变味了,宜家有味了。这味道是打宜家有了这片能吃能喝的休闲区起,来宜家的人更多,除了奔家具来的,其实多数南京人是奔美食而来,再露骨点儿说,是冲着那里能蹭网,能免费喝咖啡、喝饮料,能一呆就是一个下午的那份"便宜"而来的。

　　"宜家"的"宜"变成了"便宜"的"宜"了。其实,"宜家"的家具也未必便宜到哪儿去,只是每一件都设计精良,灵巧,奇特。看上去简简单单,一点不拖泥带水。

　　这年头,南京的"宜家"像极了购物连带吃喝拉撒的商贸休闲中心、大型超市。围着宜家转悠每个人都会有头晕目眩的体验。标示在地下的一个一直向前的箭头,转着转着你会偏离方向,会转到起点。

　　人们的普遍心理怎一个"从众"了得。亲眼所见,眼见为实,眼到手到,过眼的东西,怎么看怎么好,去转悠的人,没人空着手返回的。老老少少都爱上宜家,小孩们屁颠颠地跟着大人,老人们转不动了,沙发上一靠,席梦思上一躺呼呼大睡。远远看去,以为是宜家签约的席梦思床垫"形象代言人"。瞬间,广告词我都能脱口而出:"某某牌席梦思床垫,挨在她身上,你会进入甜蜜的梦乡。"

　　转饿了,人们会蜂拥至那里的餐厅,继续跟着人群,顺着"弓形"栏杆继续旋转着挑选各自中意的中西餐点。从前的咖啡真是免费的,是让你餐后小雅上一会儿。冲着那杯免费咖啡,去的人越来越多,去那儿约会谈事,聊天的人也越来越多。"宜家"绝对看出了破绽,觉察到自己再这么下去亏大了。于是,网络也飘忽不定了,咖啡也收费了:6元一杯,领一个小杯(可以续杯)。没过多久,聪明的百姓很快有了自己聪明的对策。他们想到可以直接用自己带来的保温杯灌装咖啡,甚至喝足之后,还可以直接灌满保温杯,堂而皇之地带回家继续喝。

之前只是听说,一次去宜家,等在咖啡机边上,亲眼所见几位老阿姨这么做着,无语,无语。常笑话那么各色的大姐一家人,偏偏爱上"宜家",来南京从不看望他老弟,直接"宜家"去,"宜家"回的。也从不吃老弟家一口饭。莫不是也好上"宜家"那口看上去清清爽爽的中西餐了?

当然,我足有理由相信,他们绝不会为了那杯免费的咖啡而不顾老弟的尊严的。哈哈哈!如果大姐也亲历我说的那一幕,她一准回去就发一篇朋友圈:想到胡适,想到陈丹青,想到世风低下,想到民不聊生……呵呵!

再说,"宜家"买回来的东西得自己动手安装,简单一点的会让你有种儿时搭积木的回味,复杂点的,你会束手无策,眼巴巴滴看着那堆东西发傻。这方面,娜娜比我能干,座椅板凳、衣橱柜子散落的零件买回来,蹲在地上磨蹭好一会儿,立马成型。站起身还带着满满成就感,感觉装成的不只是一件家具,而是一艘航空母舰。我赶紧追加一句点赞:"不愧是省劳模厂长家的女儿。"娜娜想笑又想哭了。

宜家真的变味儿了,变得像是过去厂子里的一个职工大食堂……

### 晨语之"春尽江南"

早早睡下,又早早醒来,迟迟无眠,用电视催眠仍不奏效。再捧起格非小说《春尽江南》,把剩下的第四章读完,春未尽,江南也醒了。喜欢他三部曲中的压轴篇,喜欢他小说文字叙述的方式,情感波动的脉络。江南春色在他字里行间不断躁动,江南人色活脱在他行文走笔之间灵动。

小城里的江南,江南里的小城,隐隐约约,闪闪烁烁晃动着似曾相识的场景,人物,语境和个性。作家格非倾注了诗人压抑,狂躁,错位,优柔的复杂情感,将一群未能免俗的文化人酸腐心态,刻画得淋漓尽致,栩栩如生。地方志办公室里那堆尘封变味的史志,典藏着小城角角落落的坊间轶事,标记着遗老遗少扭曲变态,澎湃纠结的世相百态。端午,家玉,徐吉士,老郭……等等食色性者,上演着春色未尽,情色已尽的办公室和荒郊野外场景更迭的风情故事。情与景,肉与欲,灵与魂,丑与恶,春光乍现,春色妖娆。格非的笔锋尤其穿透,一笔一划,一撇一捺间,人情冷暖,冰火两重,妖魔鬼怪,三六九等便跃然纸上,熠熠生辉。读他的小说有种得以畅快宣泄和释放的快感。能有如此对生活敏锐和犀利观察力,而且这个年龄段上的作家不说在小城了,全国也不多见。接着会去读他三部曲的另两部……

## 也来看樱花

心血来潮,被早就"网红"了的鸡鸣寺的樱花诱惑不已,偷闲这个午后,打了个地铁三号线,三站路直奔鸡鸣寺樱花而去。

显然已经来晚了,一条本不宽阔的小道被来看樱花的人群挤得水泄不通。说起来还是资深搞新闻的,居然也经不住各方海量信息的鼓噪,跟着凑热闹,挤进人堆,摩肩接踵赏起樱花来。十足一个暖春午后,密扎扎的人流中,来赏樱花的年轻人居多,且都是恋爱中的青年男女,一路走来,暖和的春光,兴高采烈后的升温,情侣们都褪去外套,有的索性短裙上身。远远望去,顺坡而上的鸡鸣寺小道上,姹紫嫣红的服饰仿佛在与两旁盛开的樱花争奇斗艳。樱花的香味被一路赏花人身上的各色浓郁的香水味吞没。没有人不在拍照,很少人不在与樱花合影,更多人在不住地自拍。一路最多的小贩是卖自拍杆和樱花花环的。不光小年轻,来赏花的老两口们也在手忙脚乱地相互拍照。

据说,樱花的魅力就在于它的短暂,顽强,娇艳和妩媚。一年一度，半个来月的花开花落，让更多的人们珍惜它，敬重它，怜爱它……南京赏樱花的地方有很多，都蜂拥到鸡鸣寺，或许是这里离市区最近，最便捷，说来就来，说走就走。再就是紧邻市政府大院和鸡鸣寺寺庙，又顺路可去玄武湖……这些年，南京人对樱花的热爱好比正月十五去夫子庙看灯会。据说前些天周末，警察都出动了，又封路，又停车的，如临大敌，煞有介事。这会儿还有武警和警车全副武装地守候在政府门前。赏樱花，还能捎带赏一眼亭亭玉立着的警花。独自前往，也跟着自拍人群混在人堆里自拍了一张。估计看见我的人都会觉着这位胖老头很搞笑吧！樱花"网红"后，南京冒出了个新的名片："花漾南京"。走着走着，感觉自己不就是人群中一位"花样爷爷"吗？往回走着，禁不住嘴里脱口一句："樱花美女，爷爷来看你了……"

### 朗诵，让诗歌活过来

一周前的那天，德平没喝酒，电话里的声音听上去很理智也很亢奋。他说想做一台中国六位有影响力的诗人的诗歌朗诵会，邀请我和米娜朗诵。我欣然答应下来，更为我生活中的这两位曾经的诗人朋友回归诗坛，重披诗人的战袍，由衷喜悦。

正如老曙在长诗《时间》里所言："时间很仗义"，我的这两位为数不多的诗人朋友，在我们相处的时间里，他们的友情也很仗义。仗义的友情当然需要仗义的回报。仗义，也使我回归朗诵领域，我说，要让我选诗，还是朗诵几首你和老曙的诗吧。只有有感情、有温度的人，才能读出诗的感情、诗的温度。何况，我们彼此间又这么知根知底。当然，感情之外，其他几位诗人的诗文还是读了。

说真的，读到最后，还是感情占了上风。从朗诵者的角度说，我们小城的这两位诗人的作品更具有朗诵价值。诗人都是自我的，表现在诗句中恍惚的意向，自我的修辞，文字的炫弄，情感的倾泻各有各的矫情。年轻时，我也曾为诗歌癫狂过，见识过不同年代的不同诗人和他们的诗作，也尝试过写诗，甚至已经到了为诗恍惚的边缘。后来累了，索性把自己归于朗诵者的行列，作为一个有过文学,诗歌创作阅历的朗诵者,驾驭朗诵表达反倒成了我的优势之处。

我喜欢莱蒙托夫的抒情诗,喜欢马雅科夫斯基的阶梯诗,喜欢泰戈尔的散文诗,喜欢顾城的朦胧诗,喜欢郭小川、臧克家的朗诵诗。如今这六位已不年轻的诗人中,我固执地喜欢德平和老曙的诗。当然,我也可以将其他几位诗人作品中晦涩的意念、病态的自恋、无厘头的幻象用我的朗诵诠释矫正。

再自我的诗人和作品,写在纸上,装进诗集,混上书架,没几个人会去碰它,念它,放声朗诵它。即使经过再不称职的朗诵者朗诵出来,起码诗歌还有出头之日。时间久了,诗歌几乎会销声匿迹,或者瘫痪在纸张上,没有活力可言,没有了生命的迹象。这些年,诗歌还在坚挺着,朗诵也在时隐时现。诗歌真的要想出人头地,张扬个性,首先必须摆脱自我。借助当今已经后现代化了的各种业态,各种渠道去打通诗歌的传播路径。诗人们早就应该走出抱着诗歌意淫的怪圈,扔掉自以为是的遮羞布,是好是坏,交给观众的眼睛的同时,也交给听众的耳朵。否则,即便你有天大的抱负,博大的胸襟,深远的诗情,你还是你,你也只有在你自我的"湿地"(诗地)孤影自怜。

昨晚的江科大报告厅,看上去,诗歌已经嵌入每个学子们的心房了,他们听得很入神,在跟着朗诵者的声音去理解,去感受,去焕发。他们的专注和自然反应,他们的呼吸节奏和掌声分贝足以说明,他们在通过朗诵会认识了诗歌,结识了诗人,领略了诗歌朗诵的魅力。朗诵让诗歌插上了翅膀,朗诵让诗歌活了起来,朗诵也让诗人有声有色。

# 后　　记

　　汇总完这些年来自以为带有一定文学感觉的文字,在电脑上写下这篇后记时,首先蹦出两个词:"暗恋"和"感性"。从年轻时"暗恋"文学开始,一直"感性"到这把年纪上,而且有增无减。又何以兴致勃勃地出这本集子? 自问自答是:还"老爷子"一个清白。

　　小说《老爷子的西皮二黄》从动笔至今跨度有五六年了,一直想了却自己的一个心愿,写一部以老爷子为原型的小说。完稿的那一天,我如释重负,心中一下坦然多了。有机会将这部小说与这些年积攒的文字汇集成册出版,也算对"老爷子"有个交代。

　　从纸质时代到网媒时代,文学有高地、有高峰但越来越少门槛。文学越来越像是一种倾诉、一种宣泄、一种矫情,与它一旦对上眼儿,你会有种情何以堪、爱莫能助、要死要活的纠结!

　　我的文学是在感性、回忆、怀旧、纠结、触动、念想中涌动。自我的成分较多,加上"老爷子"身上悄然传承下来的"自嘲"基因。我的社交圈不算大,跨界的经历却不算少。学校出来去工厂当过工人,留下了《蒸发不去的念想》。工厂逃出来去了文工团,《不美的青春痘》长满一脸。台上演着演着,成了一只《倦鸟》,飞落在架广播用的电线杆上。从播音员当起,又当编辑,又当采编播合一的主持人,文艺部主任,文艺台台长。这段经历,整个像一部冗长的《广播评书》。当然,书中有我最爱的一个章节:《最怀念,母子播音那时光……》。

有一天突然觉着自己的职业有些做腻了，拔腿去了省城，混进省歌舞团又干起主持和歌唱的老本行。干着干着，机遇又来了，赶巧电视台《非常周末》栏目筹备开播，一头扎进去，一扎就是好几年，做起了曾经留在那个年代许多电视观众至今难以忘怀，创下收视率天文数字的那档节目的总导演，记录在《"韶叔"是一部长书》和《往事"非周"》里。回归广电的同时，也开始了我电视及舞台晚会导演的里程。这期间，抡圆了膀子干起省城的文化产业项目、民营企业文化开发、影视基地创意产业园、演艺的宣传企划……

在恍惚迷失自己的主业和副业方向的时候，猛然抬头，睁大老花眼才意识到：猴年里，属鸡的小人物从《老家小巷》走来的老张年虚 60 了。回首望去，走过来的一路，撒下《一地鸡毛》，一片《唠叨》，好在还有满纸的《乐子》。这些个《城市过往的回声》，经一个文学圈里《玩票》和《幕后》的老人描述出来，倘若还不失《晚节》，就足以欣慰了。

向所有为这本小书劳神过的师长、家人、朋友致谢。

谨以此书献给我敬爱的父亲和母亲，献给我热爱的妻子和儿女……

张　波

2016 年 3 月 22 日于南京金陵御景园

图书在版编目（CIP）数据

老爷子的西皮二黄/张波著. —南京：南京师范大学出版社，2016.5
（张波小说散文自选集）
ISBN 978-7-5651-2638-3

Ⅰ.①老… Ⅱ.①张… Ⅲ.①小说集－中国－当代 ②散文集－中国－当代 Ⅳ.①I217.2

中国版本图书馆 CIP 数据核字（2016）第 093249 号

| | |
|---|---|
| 书　　名 | 老爷子的西皮二黄 |
| 著　　者 | 张　波 |
| 特约编辑 | 马万梅 |
| 责任编辑 | 崔　兰 |
| 出版发行 | 南京师范大学出版社 |
| 地　　址 | 江苏省南京市宁海路 122 号（邮编：210097） |
| 电　　话 | （025）83598919（总编办）　83598412（营销部）　83598297（邮购部） |
| 网　　址 | http://www.njnup.com |
| 电子信箱 | nspzbb@163.com |
| 印　　刷 | 南京玉河印刷厂 |
| 开　　本 | 890 毫米×1240 毫米　1/32 |
| 印　　张 | 14 |
| 字　　数 | 364 千 |
| 版　　次 | 2016 年 5 月第 1 版　2016 年 5 月第 1 次印刷 |
| 书　　号 | ISBN 978-7-5651-2638-3 |
| 定　　价 | 38.00 元 |
| 出 版 人 | 彭志斌 |

南京师大版图书若有印装问题请与销售商调换
版权所有　侵犯必究